IMMORTAL CONSEQUENCES

L'AUTRICE

Née d'une mère péruvienne et d'un père chilien, **I. V. Marie** a grandi sous le soleil de Miami. C'est là qu'elle a développé un goût marqué pour les petits cafés de l'après-midi, ainsi qu'une passion dévorante pour les livres. Son envie d'écrire lui est venue dès l'enfance, où elle inventait ses propres histoires – souvent étranges, parfois magiques –, derrière l'ordinateur de ses grands-parents. Diplômée en communication de la Loyola Marymount University, elle vit aujourd'hui à Los Angeles et lorsqu'elle ne travaille pas sur ses projets d'écriture, elle aime se promener avec son chien aussi chaotique qu'adorable, Mr. Darcy.

I. V. MARIE

IMMORTAL CONSEQUENCES

Traduit de l'anglais (États-Unis)
par Cécile Chartres

POCKET JEUNESSE
PKJ·

Directeur de collection :
Xavier d'Almeida

Titre original :
Immortal Consequences
Publié pour la première fois par Delacorte Press,
an imprint of RandomHouse Children's Books,
a division of Penguin Random House LLC, New York

Loi n° 49-956 du 16 juillet 1949 sur les publications
destinées à la jeunesse : août 2025

ISBN 978-2-266-34687-0
Dépôt légal : août 2025

Pour Mami et Papi.
Je n'aurais jamais cru en moi
si vous n'aviez pas d'abord cru en moi.
Te quiero millones de millones

PARTIE I

LA CHUTE

1

WREN

Wren Loughty n'avait pas pris la peine de fermer la porte de sa chambre. Verrouiller les serrures et lancer des sorts de protection ne servait à rien et elle l'avait accepté. Éviter l'inévitable était tout simplement impossible. Ainsi, quand elle se réveilla avec une main plaquée sur la bouche et qu'elle respira une odeur familière de menthe poivrée et de bois de santal, elle ne fut pas tellement surprise.

D'ailleurs, elle s'y attendait.

Le rêve très étrange qu'elle avait fait de sa mère juste avant était bien plus déconcertant. Elle trouvait bizarre de pouvoir encore rêver et dormir. Les morts n'étaient pas censés rêver. D'accord, elle n'était pas morte – pas vraiment. Elle et les autres évoluaient dans un entre-deux. Un endroit entre la vie et la mort, à la frontière de l'au-delà.

Ce qui ne voulait rien dire.

Elle essayait de ne pas trop s'attarder sur la nature transitoire du purgatoire.

Un rayon de lumière pâle s'immisçait entre les rideaux opaques, éclairant le plafond décoré de lierre. Wren cligna des yeux, qui s'adaptèrent à la pénombre, et reporta son attention sur l'intrus.

Les yeux gris ardoise d'Augustin Hughes la scrutaient. Le côté droit de sa bouche formait un rictus condescendant.

— J'espère que tu me pardonneras ce réveil brutal, Loughty, déclara-t-il. Je devais m'assurer que tu n'allais pas crier et trahir ma présence. Tu sais… compte tenu de tes habitudes.

Wren grogna, agacée. C'était pourtant vrai : elle avait la réputation de déranger les autres élèves de Pettyworth, leur résidence. De nombreuses plaintes avaient été transmises à Maître Marigold, leur responsable, à propos de ses terreurs nocturnes bruyantes, qui réveillaient souvent ses camarades et les chassaient de leur chambre.

C'était un défaut auquel elle entendait remédier.

August se pencha davantage vers elle.

— Je peux enlever ma main sans que tu fasses une scène ?

Irritée, Wren plissa les yeux puis tenta de riposter avec une série d'obscénités qui furent étouffées par sa paume. Pour autant, le message était clair.

N'exagère pas.

August sourit et la libéra. Il était tout près d'elle.

— Ne sois pas aussi agressive. Je ne suis pas là pour me disputer avec toi, *darling*.

— Alors, la prochaine fois, tu n'as qu'à frapper à la porte, au lieu de plaquer ta main sur ma bouche comme un tueur en série, rétorqua Wren.

Elle sortit de son lit et se dirigea vers la fenêtre. Sa chemise de nuit épaisse la protégeait du regard chargé de reproches d'August, lui évitant de se sentir mal à l'aise.

Elle tourna la poignée de la fenêtre et une brise fraîche pénétra dans la pièce. La lueur argentée émanant de Blackwood Academy tourbillonnait en rubans délicats dans la brume nocturne. Prendre cette lumière éthérée pour un rayon de lune aurait été tentant, mais Wren savait qu'il n'en était rien.

Il n'y avait pas de lune dans le ciel. Pas de Terre. Pas d'univers. Aucun repère familier.

Rien de tout ça n'existait à Blackwood.

Du moins, pas vraiment.

August s'adossa au montant en bois de son lit et croisa les bras. Il arborait son éternel sourire en coin et son uniforme habituel : un pantalon noir, une chemise blanche dont les manches retroussées révélaient les muscles saillants de ses avant-bras, et une veste noire bien ajustée. Une minuscule cicatrice s'étirait sous son œil droit – ce détail avait toujours intrigué Wren, mais elle n'avait jamais osé lui demander comment il se l'était faite.

Ils parlaient rarement de leur ancienne vie. Et elle ne comptait pas commencer maintenant.

En dépit de leur animosité, Wren aurait sans doute trouvé August séduisant s'ils s'étaient rencontrés avant. Il était beau au sens conventionnel du terme, avec sa mâchoire ciselée et ses mèches noires indomptables. Il était aussi intimidant et pouvait, grâce à un regard ou à une simple remarque prononcée avec son chic accent British, se dépêtrer de n'importe quelle situation embarrassante. Peut-être se seraient-ils croisés en vacances ? Elle imaginait August allongé sur la plage, le torse luisant de sueur, des traces de crème solaire sur sa peau naturellement bronzée tandis qu'il se prélassait au soleil.

Le *soleil.*

Mon Dieu, que le soleil lui manquait !

— Tu aimes ce que tu vois ? lui demanda August en inclinant la tête sur le côté. Si tu veux, je peux te faire un portrait de moi.

Wren leva les yeux au ciel.

— Qu'est-ce que tu cherches ?

— J'allais sortir, expliqua-t-il en toute décontraction, les mains derrière le dos.

— Et tu pensais que ça m'intéresserait de venir avec toi, parce que… ?

— Parce que…

Il retira l'anneau en argent qu'il portait à l'index et le lança en l'air comme une pièce de monnaie.

— Je sais de source sûre qu'un nouvel élève va débarquer à Blackwood cette nuit.

Wren se raidit. Il était probable qu'il mente ; August n'était pas la personne la plus fiable de Blackwood. Quand bien même, l'annonce était troublante.

La venue d'un nouvel élève était un fait rare, qui ne se produisait qu'une fois en plusieurs décennies – et tout le monde le savait. Blackwood fonctionnait avec la précision d'une horloge suisse et les écarts étaient exceptionnels. C'était la fierté de l'académie : ordre, équilibre, respect des traditions. De plus, un nouvel élève était déjà arrivé l'année précédente. Si August disait la vérité, alors quelque chose dans l'organisation millimétrée de l'école avait changé.

— Admettons que je te croie, répondit Wren. Pourquoi irais-je volontairement assister à ça avec toi ?

— Oh, Loughty ! ricana August. Tu es la personne la plus compétitive et énervante que j'ai eu le malheur de rencontrer. Ne fais pas comme si ça ne cogitait pas dans ta jolie petite tête.

— Ce n'est pas vrai, rétorqua-t-elle. C'est peut-être toi qui projettes tes propres peurs sur moi. Toi qui crains qu'un élève ne soit un meilleur guide que toi.

— Guide ? répéta August, et son visage pâlit.

Elle redressa les épaules.

— Oui. C'est ce qu'on fait, non ?

— Non.

Il fit un pas en avant. Ses traits se durcirent. Le plancher grinça sous ses bottes en cuir.

— On récolte les âmes perdues. On ne les prend pas par la main pour partir sautiller au crépuscule, déclara-t-il en secouant la tête, fâché. Enfin, Loughty, pour qui tu te prends ?

— Ce n'est pas…

Wren inspira. Elle n'était pas d'humeur à se lancer dans un de leurs sempiternels débats. Et, oui, elle était intriguée. Elle ne pouvait renier cet aspect très humain de sa personnalité : elle voulait en savoir plus. Elle souhaitait mieux comprendre le monde qui l'entourait.

Ce désir allait-il un jour disparaître ? Quand ?

— Écoute, soupira-t-elle. Il est possible qu'on minimise tous les deux notre curiosité. On a tous les deux envie de bien faire. D'être les meilleurs. Peut-être…

— C'est bon, j'ai compris, l'interrompit-il en agitant la main. On a tous les deux un esprit de compétition trop marqué. On est des connards. Pas la peine d'insister.

Des connards à l'esprit de compétition trop marqué. C'était une façon de voir les choses. Wren aurait plutôt opté pour *ennemis jurés*. Cela décrivait mieux leur relation compliquée. Toutefois, elle n'allait pas le corriger.

Dès son arrivée à Blackwood, August s'était introduit dans sa vie comme une écharde qu'elle ne pouvait retirer malgré ses efforts. Elle ignorait pourquoi il avait décidé de l'embêter pour l'éternité, mais elle refusait de s'en préoccuper. Qui sait ce qu'il se passait dans le cerveau torturé d'Augustin Hughes !

Wren le contourna pour aller fouiller dans son armoire. Elle enfila son trench-coat noir habituel et observa August dans le reflet du miroir terni. Il passait avec nonchalance son index sur le dos des vieux manuels en cuir qui garnissaient ses étagères.

— Comment peux-tu en être sûr ?

— Sûr de quoi ? demanda-t-il sans la regarder.

— Qu'un autre élève a été sélectionné, précisa Wren en glissant son poignard préféré dans la poche de son imper. C'est une grosse anomalie. Cela fait moins d'un an que le nouveau…

— Emilio, enchaîna August. Oui, je sais.

— Ça ne répond pas à ma question.

August hésita, puis tourna la tête vers elle.

— C'est vraiment si difficile pour toi de me faire confiance ? Ce serait bien plus marrant si tu arrêtais de poser autant de questions.

Il aurait été plus raisonnable de refuser, Wren en avait conscience. Plus facile, aussi. Elle n'avait qu'à l'envoyer balader, à se remettre au lit et à faire comme s'il ne l'avait jamais réveillée. Mais s'il y avait *vraiment* un nouvel élève accueilli à Blackwood ce soir, elle avait besoin d'en savoir plus.

— D'accord, soupira-t-elle en désignant la porte. Allons-y.

August sourit, triomphant.

— Ah ! voilà qui est mieux.

Il claqua des doigts, et la porte s'ouvrit.

— Après toi.

Wren ignora l'air satisfait qu'il affichait et passa devant lui.

Le couloir était orné d'un papier peint cramoisi dont les bords se détachaient et se racornissaient avec le temps. Des appliques l'éclairaient d'une lumière orangée ; des filaments verts entouraient leurs socles comme des toiles d'araignée et remontaient vers le plafond.

Wren laissa sa main courir sur le mur.

— Tu es prêt pour l'examen de Calligan demain matin ? dit-elle.

— Loughty, *darling*, railla-t-il en haussant un sourcil. Essayerais-tu de bavarder avec moi ?

— Je ne...

Wren s'arrêta en titubant, une rougeur indésirable lui montant dans le cou.

— C'est *toi* qui m'as sortie de mon lit !

August s'appuya contre le mur.

— Personne ne t'a forcée.

— Tu ne m'as pas vraiment laissé le choix.

— Bon Dieu, marmonna-t-il, exaspéré. Tu peux encore faire demi-tour. On n'est pas loin de ta chambre. C'est moi qui t'invite à m'accompagner, et tu me fais passer pour un salopard.

Une porte s'ouvrit sur leur gauche.

— Vous pouvez faire moins de bruit ? leur demanda Maya Romero, dont les cheveux courts étaient encore plus ébouriffés que d'habitude. Je sais que le repos est un concept qui vous échappe, mais la plupart d'entre nous essayent de dormir.

— Pardon, Maya, s'excusa Wren. On sort juste faire un tour.

— Après le couvre-feu ?

— Ça te pose un problème ? rétorqua August en s'avançant vers elle.

Maya tressaillit.

— Non. Mais… Un groupe de Valeureux a été aperçu dans la cour principale. Ils ont envoyé une dizaine d'élèves en salle de détention. (Elle jeta un coup d'œil dans le couloir avec nervosité.) Je ne pense pas que vous devriez tenter le diable à un jour de la Décade.

Wren jura sous cape. *Merde.* Préoccupée comme elle l'était par l'arrivée d'un nouvel élève, elle avait oublié que la cérémonie d'ouverture avait lieu le lendemain soir. Si on les surprenait, jamais elle ne serait choisie.

Tous les dix ans, les élèves de Blackwood Academy participaient au Festival de la Décade. Parmi les centaines d'élèves de l'établissement, un seul était nommé, sélectionné en fonction de ses compétences et de ses talents par le proviseur et les six Maîtres. Le candidat concourait ensuite à quatre épreuves destinées à tester sa magie. En réalité, tout cela n'était qu'une formalité. Une tradition aussi ancienne que la Décade. Personne n'avait jamais raté les épreuves dans toute l'histoire de Blackwood.

Bien sûr, on pouvait toujours être le premier.

Après les quatre épreuves, le candidat avait le choix : être officiellement diplômé et devenir un Valeureux, ou bien s'aventurer dans l'inconnu et passer de l'Autre Côté, là où reposent les âmes.

Pour toujours.

Le souci, c'était que personne ne savait à quoi ressemblait l'Autre Côté. C'était un pari. Un risque à prendre.

Pour Wren, le choix avait toujours été évident. Les Valeureux avaient le droit d'utiliser leur magie comme ils voulaient et n'avaient pas à récolter d'âmes perdues. Ils vivaient dans un bâtiment spécial sur le campus et aidaient les Maîtres à faire cours. Si Wren était élue lors de la Décade, elle opterait pour ça.

Il lui fallait simplement trouver un moyen de retirer August de l'équation.

— On ne se fera pas prendre, promit-elle.

Maya hocha la tête, les salua d'un geste vague de la main et referma sa porte. August ricana et s'éloigna. Wren fit de son mieux pour coller à son pas.

— Elle pourrait se mêler de ses affaires, ronchonna-t-il.

— Elle est en réalité très gentille, contra Wren. Tu connais ce mot ? « Gentille » ?

— Je ne crois pas. Tu pourrais me donner un exemple ?

— Ha, ha. Très drôle, ricana Wren en roulant les yeux. Toi, tu devrais apprendre à être plus gentil. Certains pensent que tu es un mort vivant. Une âme brisée sans émotions ni sentiments.

August lui adressa un sourire mauvais. Cependant, Wren décela dans son regard gris quelque chose qui ressemblait à du regret.

— Non, ma chère Loughty. Si je n'avais pas d'émotions ni de sentiments, je serais un Desmion. Et bien que l'idée d'avoir des pouvoirs illimités soit très excitante, mon humanité est encore intacte.

Pour l'instant.

Wren n'avait aucun mal à imaginer August au sein de l'Ordre des Desmions. Elle l'avait déjà fait à de nombreuses reprises.

L'emplacement précis de l'Ordre des Desmions demeurait un mystère mais, d'après les rumeurs, il se trouvait quelque part à la lisière de Blackwood, bien caché dans la forêt environnante, derrière les branches tordues et les feuilles pourries. Les Desmions vouaient un culte à une puissance supérieure, une entité inconnue qu'on appelait Celui-Sans-Âme, qui leur donnait la possibilité d'accéder à la magie d'ombres – s'ils se délestaient de leur humanité.

Des élèves de Blackwood avaient choisi par le passé de s'aventurer au-delà du portail en fer pour rejoindre l'Ordre des Desmions, prêts à sacrifier leur être, leur âme, en échange d'un pouvoir éternel. Mais devenir un Desmion impliquait de renoncer complètement à sa vie d'avant. À ce peu d'humanité qu'il leur restait. À cette partie d'eux-mêmes qui désirait rentrer à la maison. Qui s'accrochait à ce lien.

Plus un Desmion créait de magie d'ombres, plus son âme se délitait, pourrissait. Au point de devenir une carcasse vide. Sans boussole morale. Incapable de prendre de bonnes décisions. Les ombres corrompaient l'âme, consommant chaque particule de la personne qu'on était avant.

Sans la moindre possibilité de revenir en arrière.

— Mets ton cerveau en pause, râla August en tournant à droite. J'en entends les rouages fonctionner d'ici. Je n'ai pas l'intention de rejoindre l'Ordre des Desmions. J'aime simplement te pousser à bout.

— Je suis ravie de l'apprendre. Tu veux une médaille ? Un défilé à ta gloire ?

— Pas la peine, répondit-il en esquissant un sourire.

Ils approchaient des portes voûtées en bois qui délimitaient l'entrée de Pettyworth.

— Voir ta tête à la Décade quand je serai nommé est la seule récompense dont j'aie besoin.

— C'est bien présomptueux de ta part, commenta Wren en camouflant sa colère derrière un sourire contrit.

Il est fort possible que tu ne sois pas choisi. Encore une fois. Cela fait combien d'années, vieillard ? Au moins cent, non ? (Elle haussa les sourcils, satisfaite.) Si j'étais toi, je m'inquiéterais. Tu n'as plus beaucoup de temps.

— N'importe quoi, répliqua-t-il, sur la défensive. Il faut des siècles avant de commencer à Oublier. Tu n'es pas près d'être débarrassée de moi.

Wren frissonna, et tout sentiment de victoire disparut.

L'Oubli.

Cette terrible transition. C'était ainsi que Blackwood maintenait un certain équilibre, un ordre naturel. Après quelques centaines d'années à Blackwood, un pensionnaire pouvait commencer à perdre les souvenirs de sa vie d'avant. Cela annonçait la phase suivante de sa mission éternelle. Devenu amnésique, l'élève était définitivement écarté de Blackwood et envoyé dans l'Éther accomplir l'ultime partie de son devoir, à savoir récolter les âmes perdues pour l'éternité. Pour s'y préparer, les élèves de Blackwood s'y attelaient déjà une fois par semaine. Si lugubre que cela puisse paraître, c'était simplement le cycle de la vie dans l'au-delà – du moins, c'était ce qu'affirmaient les Maîtres. On comptait environ cinq cents personnes à Blackwood Academy, et l'Oubli était un moyen pour l'école de libérer de la place pour de nouveaux élèves.

Et c'était bien pour cela que tous voulaient désespérément être sélectionnés.

La Décade était la seule façon d'échapper à l'inéluctable fin.

— Est-ce que tu…

Wren s'interrompit, cherchant ses mots.

— Non, répondit August, qui semblait avoir compris. Mes souvenirs sont toujours là.

— C'est une bonne chose. Tu le sais, ça, n'est-ce pas ? continua Wren en l'observant. Tu ne peux pas vouloir basculer dans l'Oubli. Je sais que les souvenirs peuvent être douloureux, mais ça ne peut pas être pire que passer le reste de ton existence à récolter sans fin des âmes perdues.

Un éclair de douleur parcourut le visage d'August. L'espace d'un instant, Wren crut qu'il allait abattre le mur qu'il avait érigé entre eux pour la laisser entrevoir une partie de son passé. Mais il se racla la gorge et dit :

— Aucun souci à se faire, alors. Vu que je suis le premier en lice pour cette Décade.

— Comment le sais-tu ?

— Maître Marigold me l'a dit elle-même.

Wren serra les poings. La soudaine colère qui avait envahi sa poitrine se dissipa un peu.

— Vraiment ?

— Oui, assura August en s'approchant d'elle. Ça te dérange ?

— Pas du tout, répondit-elle.

Et elle fit à son tour un pas vers lui.

— Parce que ce n'est pas vrai.

— Tu penses que je mens ? demanda August, plus amusé qu'offensé.

— J'en suis sûre.

— *Darling*, je ne te mentirai jamais. C'est simplement que tu manques d'imagination.

— Qu'est-ce que tu veux dire par là ? grogna Wren, exaspérée.

— Que tu ne te demandes pas comment j'ai pu obtenir cette information, expliqua-t-il, ses yeux gris se mettant à briller. Tu serais surprise de voir ce qu'on peut obtenir avec un peu de manipulation mentale.

Wren poussa un soupir incrédule.
— Non, tu n'as pas fait ça !
— Oh que si ! lança-t-il, triomphant.
— Tu ne peux pas utiliser de la magie psychique sur un Maître, hoqueta Wren. C'est dépasser les bornes !
— Épargne-moi tes sermons. Je lui ai simplement donné un petit encouragement. Juste ce qu'il fallait pour lui soutirer cette information.
— Tu t'es immiscé dans son esprit.
— Depuis quand tu te soucies des règles de Blackwood ? demanda-t-il, sceptique. Je ne crois pas t'avoir vue hésiter, la semaine dernière, quand tu as recouru à un sort d'invisibilité pour sortir après le couvre-feu.
— Ce n'est pas la même chose.
Wren passait souvent ses nuits à s'agiter dans son lit. Ses rêves de sa vie d'avant la torturaient. Cela faisait dix-huit ans qu'elle était à Blackwood. Autant d'années qu'elle en avait vécu sur Terre. Et elle n'avait pas réussi à réduire au silence la petite voix dans sa tête qui se languissait du réconfort d'avant. Elle se souvenait de ses étés passés à marcher sur la plage, de la sensation de l'eau entre ses orteils. De la brise d'automne qui faisait frémir les feuilles des arbres de sa maison dans le Maine. Des jours de neige emmitouflée devant la cheminée à écouter Etta James et à manger des cookies.
De sa mère, aussi rousse qu'elle, assise devant le piano. De son sourire ridé d'avoir trop souri.
— Comme c'est pratique, fit remarquer August, la sortant de ses pensées. Quoi qu'il en soit, il est temps que tu me félicites pour ma promotion à venir. (Il enfonça les mains dans ses poches et soupira, songeur.) Augustin Hughes. Membre des Valeureux. Ça sonne bien.

— Tu es peut-être en lice, concéda Wren avec amertume, mais moi aussi.

Il haussa les épaules.

— C'est possible. Heureusement, je récolte les âmes plus vite que toi. Ce qui, en dépit de ton agaçante capacité à obtenir toujours de très bonnes notes, a beaucoup d'importance, au final.

— Je ne suis sûrement pas la première fille à te signaler que plus rapide, ça ne veut pas forcément dire mieux.

— Ce n'est pas… (August s'interrompit et ricana.) Tu sais quoi, Loughty ? Tu es sans doute la seule personne assez téméraire pour me parler ainsi. Surtout que, dans mon ancienne vie…

— Oh ? intervint Wren en feignant la surprise. Est-ce que le mystérieux et insaisissable Augustin Hughes va enfin me confier quelque chose sur son ancienne vie ?

— Non, pas dans cette éternité, *darling*.

Wren se sentit traversée par un élan de fureur. Il savait vraiment comment faire pour l'énerver.

— Ah, reprit August en s'appuyant contre l'encadrement de la porte. Je reconnais cet air de dédain. Aurais-je visé juste ?

— Dans tes rêves.

Elle ne faisait qu'attiser son désir pervers de la rendre complètement folle, mais elle était incapable de réfréner sa colère. D'ailleurs, elle était en train de se demander si elle préférait lui tordre le cou ou l'énucléer avec son poignard. Malheureusement, aucune de ces deux options n'était envisageable : quelle que soit sa volonté, elle ne pouvait pas tuer Augustin Hughes.

— Allons, continua-t-il. Pas la peine de recourir à la violence. On n'en est plus là, si ?

— Je ne sais pas. Je crois qu'un test s'impose.

— Si tu veux, tu peux me poignarder, proposa-t-il en haussant les épaules. Ça te met toujours de meilleure humeur.

— S'il est vrai que te tourmenter me procure beaucoup de joie, tu n'as pas de souci à te faire. Je ne vais pas mettre en péril ma nomination pour le simple plaisir de t'étrangler ou te balancer du haut du bâtiment. (Elle sourit et croisa les bras.) Enfin, pas en public, du moins. En revanche, te mutiler en privé de temps en temps, ça reste d'actualité. Je ne voudrais pas que tu déprimes.

— C'est fort généreux de ta part, ironisa-t-il.

Wren fit un pas en avant dans l'idée de passer devant lui mais il étendit le bras et lui bloqua le passage.

— Quoi ? soupira-t-elle.

— Tu as oublié de mettre des chaussures. Je ne voudrais pas que tu te fasses mal.

Cette idée les fit sourire tous les deux.

Avoir mal.

Wren n'aurait jamais pensé que ça lui manquerait. La morsure d'une coupure de papier. L'insupportable torsion des crampes menstruelles. Les violentes palpitations d'une migraine. Elle aurait donné n'importe quoi pour les éprouver de nouveau. August aussi. C'était pour cela qu'ils se querellaient sans cesse. Pour trouver un moyen, en dépit de tout, de se sentir encore vivants.

À leur très grande déception, ils échouaient chaque fois.

Wren posa la main sur le bras d'August. Au contact de ses doigts, il frémit. Ça, il le sentait, elle en était sûre. Cet émoi de… quelque chose. D'être trop près l'un de l'autre. De franchir une limite qu'il ne fallait pas franchir, et encore moins le reconnaître.

— Je crois que ça va aller, répondit-elle avec un petit sourire.

Il baissa le bras et lui fit signe d'avancer d'un geste nonchalant de la main.

— Mais, comme toujours, merci de te soucier de moi, August.

2

EMILIO

Emilio Córdova écrasa la flamme de la bougie sur son bras et fronça les sourcils. Il percevait l'odeur de sa chair brûlée. Il voyait sa peau mate fondre, cloquer, se friper. Il devinait même une légère pression, semblable à la caresse d'une plume.

Soupirant, il éloigna la bougie et vit la plaie se résorber aussitôt.

Encore une vaine tentative de se sentir humain, perdue d'avance, parce que Emilio n'était pas vivant. Il fallait sans cesse qu'il se le rappelle. Il l'écrivait même sur des morceaux de papier qu'il collait sur les murs de sa chambre.

Tu n'es pas vivant.

Le tout, c'était d'accepter. C'était du moins ce qu'on lui avait dit. Mais comment Emilio pouvait-il accepter d'être mort accidentellement à l'âge de dix-sept ans ? Il se souvenait très bien de la fête. Les stroboscopes multicolores qui rebondissaient sur les parois de la pièce. La vibration des basses dans sa poitrine. Le goût amer de la pilule sur sa langue, et la douce libération qui s'était ensuivie.

Hélas, cette douce libération avait été trop douce, justement.

Et voilà.

Il était mort.

Pourquoi n'était-il pas passé de l'Autre Côté ? Cette question le hantait. Oui, il avait ses défauts, mais était-ce suffisant pour le condamner à un non-repos éternel ? Non, il ne pensait pas. Cela dit, tout n'était pas terrible.

Ici, la magie était réelle – comme dans ses rêves de gosse.

— Arrête de te torturer, lui dit une voix familière au-dessus de lui avec un fort accent français qui résonnait dans l'air comme une mélodie.

Emilio leva les yeux vers la coursive qui parcourait tout l'étage de la bibliothèque et y aperçut Olivier, assis, les jambes pendant dans le vide.

— Ça ne changera pas. Ta blessure guérira toujours.

Emilio n'avait pas pensé croiser qui que ce soit ce soir-là. La veille de la cérémonie de la Décade, après le couvre-feu, peu d'élèves prendraient ce risque. Emilio, lui, savait qu'il n'avait aucune chance d'être choisi, et ne comptait pas prétendre le contraire. Il avait pris pour habitude de se faufiler dans la bibliothèque après les heures d'ouverture pour se noyer dans des textes anciens et des piles de manuels. C'était son petit plaisir coupable. *L'intoxication par le savoir.* Bien que n'étant à Blackwood que depuis un an, il avait le sentiment de mieux connaître l'académie que les autres et mémorisait un maximum d'informations. Par exemple, que l'emplacement tactique de Blackwood en faisait un nexus de magie. Que l'Éther – l'endroit liminal où erraient les âmes perdues – existait sur un plan astral au-delà de leur compréhension (on ne pouvait y accéder qu'en franchissant un portail niché dans le Bureau Opale). Et que l'Académie préservait l'équilibre précaire de l'Au-Delà entre ses bâtiments en briques et ses vastes halls.

Cependant, il y avait des lacunes dans ses connaissances. Des sujets qui restaient flous, sur lesquels aucune donnée concrète ne filtrait pour les élèves. Emilio voulait en savoir plus sur les origines de Blackwood. Mais il ne trouvait rien. Rien d'autre qu'une explication d'une grande banalité, à savoir que l'école avait toujours été là, flottant au cœur du purgatoire, maillon essentiel de la toile complexe de l'au-delà.

— À quoi tu penses ?

La voix chaleureuse d'Olivier le ramena au présent.

— Ma seule pensée, c'est que tu dois arrêter de m'espionner.

Emilio ramassa ses livres et les rangea dans sa besace tout en ignorant la panique qui pulsait dans sa poitrine. Cela lui arrivait souvent, surtout en présence d'Olivier. C'était touchant d'humanité. Et, en cet instant, extrêmement gênant.

— Je ne t'espionne pas. Cela peut te surprendre, mais tu n'es pas le seul à apprécier le calme et le silence.

Olivier claqua des doigts et se matérialisa devant Emilio dans un nuage de fumée noire.

— Merde… jura Emilio avant de soupirer bruyamment. Je t'ai déjà dit de ne pas faire ça. Tes jambes fonctionnent. Sers-t'en.

Olivier grimaça et souffla sur une mèche blonde qui lui tombait dans les yeux.

— Mais ce n'est pas aussi amusant. J'ai travaillé dur pour maîtriser ce sort de délocalisation. Autant que je l'exploite.

— C'est donc ça, alors ? lui demanda Emilio avec méfiance. Tu cherches à m'exploiter ?

— Que veux-tu dire par là, mon amour ?

— Hors de question que je te donne les réponses à l'examen de Calligan. Pas cette fois.

Olivier bouda comme un petit enfant désespéré.

— Allez, Emilio. C'est ce que font les meilleurs amis, non ? Ils s'aident dans les moments de crise ?

— Nous (Emilio agita la main entre eux) ne sommes pas meilleurs amis.

— De bons amis ?

Emilio croisa les bras.

— Des connaissances ?

De nouveau, il soupira bruyamment.

— D'accord. De toute manière, je n'en ai pas besoin, lança Olivier en sautillant vers la fenêtre ouverte et en évitant la vigne vierge qui couvrait le sol. Puisque c'est comme ça que tu vois les choses, pas de souci. Pourtant, on sait tous les deux que tu perdrais complètement la tête dans cet endroit maudit si je n'étais pas là.

Emilio envisagea de répondre mais se mordit la langue et passa la bandoulière de sa besace sur son épaule. Il s'avançait vers la porte quand Olivier se précipita vers lui et lui attrapa gentiment le poignet.

— Attends, murmura-t-il.

La sensation de la main d'Olivier contre sa peau l'immobilisa. Dans une autre vie, Olivier aurait senti son pouls battre frénétiquement dans ses veines. Son sang circuler. Mais maintenant ? Il n'y avait rien. Seulement un vide profond entre eux.

— Ne pars pas, poursuivit Olivier à voix basse. Je ne veux pas t'embêter. Je… J'essaye réellement d'être ton ami.

— Pourquoi ?

Olivier haussa les épaules.

— Parce que je pense que tu es… une belle personne. Et c'est une qualité rare, ici.

— Tu te trompes, répondit Emilio en secouant la tête.

— Vraiment ?

Emilio retira sa main de celle d'Olivier et ignora la sensation de manque qui en résulta.

— Si j'étais une belle personne, je n'aurais pas atterri ici. De toute évidence, j'ai fait quelque chose pour mériter ça.

— Chercher à comprendre pourquoi Blackwood t'a choisi va te rendre fou, souligna Olivier en examinant le visage d'Emilio de ses yeux verts. Mon conseil, c'est d'accepter ta situation comme étant une conclusion inévitable. Tu n'aurais rien pu changer. Rien pu y faire. C'est simplement… comme ça.

— C'est une approche très philosophique, grommela Emilio. Depuis quand es-tu aussi sage ?

— J'ai toujours été sage, répondit Olivier avec fierté. C'est toi qui ne veux pas entendre.

Il n'avait pas tort. Emilio s'évertuait à ignorer Olivier et à le repousser à la périphérie de son esprit. Ça n'avait rien de personnel. Emilio s'était simplement promis de ne pas se lier d'amitié avec qui que ce soit. Il était mort. À quoi bon ? Et s'il comptait être appelé lors d'une future Décade, il fallait qu'il se concentre sur ses études et non pas sur les histoires fantastiques, et souvent longues, d'Olivier.

Non qu'Olivier ne fût pas de bonne compagnie. Il était un souffle d'air frais dans le néant qui habitait désormais ses journées. Un brouillard surnaturel enveloppait Blackwood, une nuée épaisse et grise qui s'immisçait entre chaque fissure de ce monde.

Mais pas Olivier.

Lui, c'était un rayon de soleil. Une lueur dans l'obscurité. Une flamme persistante dans une toundra froide et impitoyable. Olivier donnait sans doute à Emilio l'impression d'être normal. D'être une personne réelle, tangible, et pas seulement une entité égarée coincée dans une enveloppe charnelle. Ce qu'il n'admettrait d'ailleurs jamais à voix haute. Il n'était pas nécessaire d'enfler davantage son ego démesuré.

Dans le cœur d'Emilio, Olivier était ce qui ressemblait le plus à un ami. Si un professeur leur demandait de se trouver un binôme, leurs yeux se cherchaient et une entente tacite se nouait entre eux. Et sans se parler, simplement en hochant la tête, ils savaient immédiatement ce que l'autre pensait. Ils étaient liés. Ils se comprenaient.

Je te vois. Tu me vois.

— … et je sais que je te soûle plus que d'habitude mais c'est l'imminence de la Décade qui me stresse…

Olivier parlait, et ses paroles s'étaient noyées dans le flot des pensées d'Emilio.

— … tu seras choisi et tu vas m'abandonner.

Emilio tressauta, tout à coup attentif.

— Tu penses que j'ai une chance d'être nommé ? demanda-t-il en se penchant vers lui. Qu'est-ce qui te fait dire ça ?

— Tes notes, évidemment. Tout le monde sait que tu es parmi les meilleurs, expliqua Olivier. En plus, tous les Maîtres t'adorent.

Emilio rougit et baissa la tête.

— Mais je suis nul en récolte d'âmes.

Ce n'était pas de la fausse modestie. Ses compétences étaient médiocres. Ses dernières missions dans l'Éther avaient failli tourner au désastre et il aurait enchaîné les échecs si Olivier n'avait pas été là pour limiter les dégâts.

— Ce n'est que ma première Décade. Je ne vais pas être désigné dès la première fois.

Olivier agita vaguement la main et repartit en direction de la fenêtre. Emilio le suivit et contempla le jardin qui se déployait devant eux par-delà la vitre teintée. Une brume opaque recouvrait le campus, mais il apercevait quand même les résidences au loin, la lueur d'une bougie illuminant les ouvertures arrondies sur le haut.

— Tu vas t'améliorer pour récolter les âmes. Ce que tu as, ce qui te rend unique, c'est ta capacité à retenir quantité d'informations, à la manière d'une encyclopédie vivante, assura Olivier. Enfin, vivante, ce n'est pas le bon terme, mais tu vois ce que je veux dire.

— Et alors ? répondit Emilio en haussant les épaules. Mes connaissances ne me mèneront nulle part.

— La connaissance, c'est tout, insista Olivier. C'est un pouvoir. Un écho de la vie. Et si tu peux emmagasiner des connaissances bien plus vite que nous tous, tu es un atout.

— Je vois, marmonna Emilio. Un atout. Un rouage dans la machine. Quelque chose dont on se sert, qu'on manipule…

— Ce n'est pas ce que je veux dire, l'interrompit Olivier en posant les mains sur ses épaules. Toi, mon amour, tu es un atout pour toi-même. Et c'est une qualité que tous les Valeureux devraient posséder.

Emilio resta muet et Olivier l'observa attentivement. Soudain, il écarquilla les yeux.

— Tu ne veux… pas devenir un Valeureux ?

— Tu as l'air surpris.

Olivier retira ses mains et s'adossa à la fenêtre.

— C'est simplement que… comment peut-on vouloir passer de l'Autre Côté ? Et si on cessait tout bonnement d'exister ?

— Tu n'en sais rien, fit remarquer Emilio. Et si l'Autre Côté était en fait…

— Oh, allez, ricana Olivier, une pointe d'amertume inhabituelle se glissant dans ses mots. Tu ne crois quand même pas qu'il y a une sorte de paradis céleste de l'Autre Côté ?

— Je ne sais pas, murmura Emilio, sensible au fait qu'il rougissait. Il doit bien y avoir quelque chose, non ?

— Si Blackwood m'a appris un truc, répliqua Olivier en s'asseyant sur le rebord de la fenêtre, c'est que les idées que les gens se font sur la mort ne sont que des raccourcis. Des réponses simples, accessibles, dont nos petits cerveaux peuvent s'emparer. Toi comme moi, nous savons que l'au-delà, ça dépasse toute notion de bien et de mal. C'est… complexe. Et comme personne ne sait ce qui nous attend de l'Autre Côté, je n'ai pas tellement envie de me jeter dans l'inconnu et d'atterrir dans un endroit qui ne me plaît pas.

— Tu préférerais exister ici à tout jamais ? lui demanda Emilio. À Blackwood ?

Olivier cligna des yeux, comme s'il ne s'était pas attendu à cette question.

— Oui… je suppose.

— Mais tu évolueras, lui rappela Emilio. Tu oublieras qui tu étais. Ton ancienne vie. Tes souvenirs.

— J'ai encore du temps avant de me soucier de l'Oubli, grimaça Olivier.

— Combien ?

— Je…

Olivier émit un petit rire. Cependant, une ombre voila son regard. Un poids, qui n'était pas là avant, s'installa sur ses épaules.

— Ne t'inquiète pas pour moi, Emilio. Je suis indestructible. En revanche, toi… (Il secoua la tête.) Il doit y avoir un moyen de te convaincre de ne pas passer de l'Autre Côté.

Emilio sentit son cœur se serrer. Il avait envie de dire la vérité à Olivier : il voulait se prouver qu'il était suffisamment bon pour passer de l'Autre Côté. Qu'il le méritait. Cela le hantait depuis qu'il était arrivé. Cette incertitude…

Peut-être n'était-il pas assez digne. Peut-être méritait-il cette punition. Emilio avait toujours été lâche, avait toujours été rongé par le doute, l'appréhension. Il n'avait jamais vraiment essayé. Ses parents l'aimaient mais avaient surtout attendu qu'il se bouge. Qu'il se décide à puiser dans tout son potentiel.

Il n'avait fait que les décevoir.

— Emilio ? reprit Olivier en le regardant intensément. Ça va ?

— Je ne sais pas, répondit-il en se frottant la nuque. Je… J'aurais tellement aimé ne jamais avoir à penser à tout ça. J'aimerais tellement être encore vivant.

— Sauf que ce n'est pas le cas, rétorqua Olivier avec insistance. Et malgré cela, tu es ici. Tu peux penser. Tu peux parler. Tu peux ressentir. Et, certes, tu n'as pas de pouls, tu ne peux pas sentir la douleur et rien n'a vraiment de sens, mais… tu es ici. Alors, tu peux continuer à te plaindre et à te languir d'une vie qui ne t'appartient plus, ou tu peux prendre le contrôle de ton existence actuelle. (Il inspira, et ses yeux se mirent à briller.) Par ailleurs, la situation ici n'est pas si terrible. Si tu n'étais pas venu à Blackwood, on ne se serait jamais rencontrés.

Un nœud se forma dans la gorge d'Emilio. Il cherchait à formuler une réponse cohérente quand il aperçut un mouvement dehors. Il se précipita vers la fenêtre, se posta contre Olivier. Ce contact provoqua une réaction dans son ventre, qu'il feignit de ne pas remarquer.

— Regarde.

Deux silhouettes. Un garçon et une fille. Le garçon était grand, avait de larges épaules. Le halo éthéré auréolant Blackwood éclairait ses cheveux noirs. Les cheveux auburn de la fille avaient été noués à la va-vite en une tresse qui lui descendait jusqu'à la taille.

Bizarre.

Elle n'avait pas de chaussures.

— Ça ne serait pas… songea Olivier en se penchant en avant. Oui, je crois que c'est August et Wren. Ils se dirigent vers le portail principal.

Un puissant sentiment d'angoisse envahit tout à coup Emilio. Ces deux-là étaient les dernières personnes qu'il avait envie de croiser en pleine nuit. Il n'avait jamais su trouver le courage de parler à Wren. C'était une des meilleures élèves de l'école et une des personnes les plus intelligentes qu'il avait jamais rencontrées. Et August était… eh bien… *August.* À l'observer trop longtemps, on prenait le risque de finir avec un poignard dans le ventre ou un thé empoisonné. Certes, rien de vraiment douloureux, mais ça restait handicapant.

Si tous les élèves de Blackwood avaient la possibilité de se soigner par la magie, une blessure mortelle pouvait durer des semaines. Parfois même des mois. Et personne n'avait envie de passer près de la moitié de l'année à l'infirmerie, dans un état comateux, à gaspiller chaque jour mille occasions d'avoir de bonnes notes et d'être sélectionné pour la Décade.

Focalisé sur le duo qui avançait dans le brouillard épais, Emilio n'avait pas vu qu'Olivier se dirigeait déjà vers la porte.

— Où vas-tu ? lui demanda-t-il, inquiet.

— À ton avis ? Si ces deux-là ont décidé de s'attirer des ennuis, je veux en être.

— Pourquoi ? protesta Emilio.

Olivier s'arrêta devant la porte puis fit face à Emilio. Il lui sourit, de son éternel sourire tordu, et des fossettes se creusèrent sur ses joues.

— Pourquoi pas ?

Emilio aurait préféré s'enfermer dans la bibliothèque pour réviser l'examen du lendemain matin, mais Olivier avait prévu autre chose et, malgré toutes ses bonnes résolutions, il n'allait pas le laisser seul. Dans un même élan, ils hochèrent la tête avant de se tourner vers la porte et, épaule contre épaule, ils sortirent dans la nuit.

3

IRENE

Enfreindre les règles ne posait aucun problème à Irene Manette Bamford. D'ailleurs, elle estimait qu'elles étaient là pour être ignorées. C'était, au mieux, des conseils qu'elle pouvait interpréter à sa guise.

Les règles, c'était malléable.

Flexible.

Prenez une serrure, par exemple. D'un point de vue pratique, une serrure en métal servait à empêcher les gens d'entrer. La règle tacite, qu'Irene n'avait aucune intention de respecter, c'était qu'il ne fallait pas forcer une serrure qui ne lui appartenait pas. Que, sans une clé et un droit de propriété sur ladite serrure, manipuler le métal avec ne serait-ce qu'une étincelle de magie ou un frôlement du doigt était interdit.

Et pourtant, voilà précisément ce qu'Irene était en train de faire.

Ou du moins, c'était ce qu'elle essayait de faire. De toute évidence, Maître Calligan avait muni la serrure en métal d'une barrière de protection qui l'empêchait d'accéder à ses propriétés physiques.

Irene plissa le front et serra les dents afin d'alléger la pression sur ses tempes.

L'entrave ne céda pas. Irene baissa les mains de frustration.

Son plan, qui était pourtant simple, venait de se complexifier considérablement. À présent, Irene allait devoir démanteler le sort de protection. Ce n'était pas faute d'en être capable – franchement, il n'y avait pas grand-chose qu'Irene ne pouvait pas accomplir. Mais la magie défensive ne l'intéressait pas. Ce qui l'intéressait était tout autre : la magie corporelle.

La magie qui pouvait dépecer des membres et déchirer la chair.

Ce revers de fortune lui servit de rappel : il fallait qu'elle diversifie ses centres d'intérêt. Parce que, pour être la meilleure – et Irene devait être la meilleure –, elle ne pouvait pas se contenter de briller en magie corporelle. Elle devait maîtriser toutes les formes de magie enseignées à Blackwood, qu'elle les considère comme importantes ou pas. Si elle voulait s'assurer d'être nommée pour la prochaine Décade, elle avait besoin d'un coup de pouce.

Par exemple, des questions à l'examen du lendemain matin.

Si seulement elle parvenait à forcer la serrure !

Irene s'apprêtait à balancer une boule de feu sur la porte quand les particules dans l'air se modifièrent, et elle sentit une autre présence. Une pression familière lui enserra la poitrine. Les poils de sa nuque se hérissèrent.

Elle n'hésita pas.

Elle attrapa le poignard accroché à sa taille et le planta dans le ventre de l'élève peu méfiant derrière elle. Un hoquet de surprise lui parvint et elle leva la tête, posant son regard sur une paire d'yeux dorés familiers.

Masika.

— Oh, gloussa Irene, ravie. Zut.

— Zut ? s'indigna Masika. Tu m'as poignardée.

Irene soupira.

— Je ne savais pas que c'était toi.

— Je ne comprends pas pourquoi tu tiens à trimballer ce truc débile, déclara Masika en arrachant le poignard de son abdomen.

Des giclées de sang maculèrent ses chaussures bordeaux ; la blessure se referma aussitôt sous les mailles déchirées de son pull.

— Visiblement, ça ne te rend pas service. Et, selon moi, c'est un peu théâtral.

— Ça ne cause pas de gros dégâts, mais c'est quand même désagréable, expliqua Irene en prenant l'arme des mains de Masika et la glissant dans son fourreau. Et tu me connais, Masi. J'adore les mélodrames. Ça permet de ne pas s'ennuyer.

— Oui, je sais.

Masika déporta son regard vers la porte.

— J'imagine que tu as une bonne raison de traîner devant le bureau de Calligan après le couvre-feu ?

— Il a installé un sceau d'énergie sur la serrure, marmonna Irene. Ce connard est plus que parano.

— On se demande pourquoi, ironisa Masika en faisant signe à Irene de se pousser. Laisse-moi regarder.

Les yeux plissés, Masika s'approcha de la serrure. Sa peau café au lait scintillait à la lumière ambrée du chandelier fixé au mur. Elle ramena une mèche de cheveux derrière son oreille, se mordit l'intérieur de la joue puis leva les mains et ferma les paupières. Des étincelles dorées jaillirent de sa peau et se dissipèrent dans l'air comme des grains de poussière avant de former des rubans irisés qui s'enroulèrent autour de la serrure.

— Évidemment, déclara Masika avec un sourire. Un petit sort moléculaire capricieux. C'est un peu plus compliqué qu'un simple sceau d'énergie. Il y a plusieurs couches. Comme si Calligan avait tissé une toile de magie défensive selon un motif très précis. (Les paupières toujours closes, elle tordit la bouche.) C'est très malin.

— Non, c'est très énervant, souffla Irene. Et j'ai déjà essayé de le démanteler. Ce n'est pas aussi facile que…

— Et voilà.

— Quoi ?

Masika vacilla légèrement. Une goutte de sueur perla sur son front et elle s'appuya contre la porte. Ce tour de magie l'avait fatiguée – c'était le cas pour tous les élèves de Blackwood.

— Tu peux y aller. Plus d'entrave.

Irene hésita, peu encline à accepter que son amie ait démantelé ce sort de protection en quelques secondes. Masika avait du talent – elle avait toujours été bonne en magie défensive –, mais Irene n'en avait pas tout à fait pris la mesure. C'était déconcertant. Et un peu agaçant.

Leur amitié fonctionnait parce qu'elles jouaient dans la même catégorie. Ce qu'il manquait à Masika, Irene l'apportait. Là où Irene peinait, Masika excellait. L'équilibre était maintenu, et aucune des deux ne prenait l'avantage sur l'autre. Cependant, Irene ne se souvenait pas que Masika lui ait dit qu'elle pouvait briser une barrière de protection à plusieurs niveaux, et encore moins une barrière installée par un Maître.

Irene sentit la balance pencher d'un côté, et pas du bon.

— Bien joué, dit-elle d'un ton léger.

Elle posa les doigts sur la porte. Des aiguilles argentées s'échappèrent de sa peau et se nichèrent dans la serrure. La magie courait dans ses veines, un courant électrique pulsait dans sa poitrine. Elle pouvait visualiser les atomes. Chaque particule de métal scintillait comme la flamme d'une bougie. Il suffisait qu'elle déplace le mécanisme de la serrure sur la gauche, qu'elle le maintienne là pendant une seconde ou deux, et…

Clic.

La chaleur qui s'était répandue dans ses veines fut aussitôt remplacée par un frisson glacial, qui remonta le long de sa colonne vertébrale. Elle fut prise ensuite d'un léger vertige, qu'elle chassa rapidement. Elle avait l'habitude des effets secondaires de sa magie, surtout quand elle l'utilisait beaucoup.

— Enfin, murmura Irene tandis que la porte s'ouvrait, jetant un coup d'œil vers Masika. Tu veux te joindre à moi ?

— Tu penses vraiment que les résultats de l'examen de Calligan demain auront une conséquence sur la nomination ? demanda Masika, exaspérée. Je pense qu'ils ont déjà pris une décision.

— Je ne vais rien laisser au hasard.

Irene observa la serrure avec attention. Un doute s'immisça dans son cerveau. Elle se racla la gorge.

— Alors, lança-t-elle. Comment tu as fait ?

— Fait quoi ?

— Pour démanteler la barrière de protection. Il t'a fallu quelques secondes à peine.

— Je me suis entraînée, répondit Masika en toute simplicité. C'est un problème ?

— Non, répondit Irene. Simple curiosité.

Elle mentait, bien entendu. C'était bel et bien un problème. Elles s'étaient toujours entraînées ensemble. Elles faisaient tout ensemble. Elles étaient inséparables. Mais à présent, Masika s'entraînait sans Irene ? Développait des compétences au-delà de celles d'Irene ? C'était inquiétant. Et d'autant plus qu'Irene soupçonnait Masika de cacher autre chose derrière cet air nonchalant.

Ne fais jamais confiance aux autres, lui rappela la voix de sa mère. *Même ceux que tu considères comme des amis.*

Irene pensait rarement à sa mère. Suffisamment de temps s'était écoulé, et son souvenir s'était réduit à un minuscule fragment à l'arrière de son crâne. Mais, parfois, les paroles de cette dernière ressurgissaient. Sa mère, qui lui avait appris à endurcir son cœur et à enfouir ses émotions à l'abri des regards de ceux qui étaient assez bêtes pour essayer de s'en servir contre elle.

Longtemps, Irene lui en avait voulu de l'avoir élevée ainsi. Toujours en mouvement. Toujours en fuite. Une existence faite de deals dans des contre-allées obscures et de motels aux murs décrépits. Irene avait souvent souhaité mettre tout ça derrière elles. Se poser quelque part, peut-être même déménager en Corée pour vivre avec ses grands-parents, à quelques kilomètres de Séoul.

Elle n'avait jamais eu l'occasion d'y aller. Elle avait passé son enfance à suivre sa mère et ses bons à rien d'amants dans toute la Nouvelle-Angleterre. Elle ne savait pas grand-chose de sa famille. Au fil des années, le peu d'informations qu'elle avait glané, c'était quand sa mère se shootait à l'héroïne et baissait sa garde. Mais elle en avait rêvé. Elle rêvait de tenir les mains ridées de sa grand-mère dans les siennes et de se promener dans des champs de fleurs sauvages. Elle rêvait d'une vie pleine de rires, d'une vie où elle se serait sentie en sécurité.

D'une vie très éloignée de celle qu'elle avait connue.

C'étaient des rêves d'enfant. D'une enfant stupide, naïve, qui refusait d'accepter la réalité qui était la sienne – une réalité à laquelle elle ne pouvait pas échapper, quoi qu'elle fasse. Alors Irene avait fini par comprendre qu'elle ne pouvait fuir la vie que sa mère lui avait donnée. Parce que cette vie avait des conséquences.

Des conséquences qui l'avaient menée ici.

— Qu'est-ce que tu attends ? demanda Masika, sortant Irene de ses pensées.

Elle claqua des doigts, et une petite flamme apparut dans sa paume ouverte.

— Rien.

Irene poussa la porte et fit un pas hésitant à l'intérieur. Les gonds grincèrent. Le bureau était plongé dans la pénombre, à peine éclairé par la lueur émanant de la flamme de Masika. Une lanterne enchantée était posée près de l'entrée, et Irene l'alluma d'un geste du poignet.

Des paysages peints, des étagères débordant d'ouvrages à la couverture de cuir et de rouleaux de parchemin anciens sur la magie d'illusion ornaient les murs lambrissés. Une odeur étouffante de vieux livres et de poussière imprégnait l'air.

— Ça doit être quelque part par là, marmonna Irene en examinant les piles de papiers jetés sur le grand bureau au milieu de la pièce.

— Tu sais, tu pourrais tout aussi bien réviser, fit remarquer Masika en faisant tournoyer la flamme dans sa main. Ça te ferait du bien.

— Je révise, grommela Irene. Mais j'ai besoin d'une longueur d'avance. Tout le monde a besoin d'une longueur d'avance.

— Tu t'inquiètes pour la Décade.

Un silence lourd comme une chape de plomb leur tomba dessus. Irene agrippa violemment le bord du bureau. Elle sentait ses émotions prendre le dessus, la colère bouillonner dans son ventre et menacer à tout instant d'exploser.

Elle prit une grande inspiration. Et une autre, pour être sûre.

Détends-toi, Irene. Tout est sous contrôle.

— Non, je ne suis pas inquiète, répondit-elle lentement. Anticiper, ce n'est pas une mauvaise chose. Et si cet examen stupide est le seul obstacle entre moi et mes pleins pouvoirs, eh bien soit.

Masika fit un pas en avant. Irene sentit les yeux de son amie se poser sur elle.

— Écoute… je comprends. La Décade, c'est important pour tout le monde. J'adorerais être choisie mais… (Masika laissa ses mots se perdre et soupira.) C'est une loterie. On est nombreux à être talentueux. À avoir les compétences requises.

— J'ai les compétences requises, s'énerva Irene en tapant sur le bureau – un encrier bascula et s'écrasa par terre. Personne ne le mérite plus que moi. Personne n'a plus travaillé.

Elle marqua un temps, reprit son souffle puis leva la tête et croisa le regard de Masika.

— Et si tu crois que je vais passer encore dix ans à gaspiller mon potentiel, à épuiser ma magie jusqu'à être balancée dans l'Éther pour récolter à jamais des âmes perdues, c'est que tu me connais mal.

Le silence entre elles se renforça. Dans les yeux de Masika, Irene lut une émotion qu'elle ne pouvait interpréter. Mais avant qu'elles ne puissent dire quoi que ce soit, quelque chose attira l'attention d'Irene. Une large enveloppe glissée sous une pile de vieux examens. Elle soupira de soulagement.

— Vous voilà ! Je savais que j'allais vous trouver. Franchement, Calligan devrait ranger son bureau. C'est un véritable…

— Irene… la coupa Masika en se raclant la gorge. Tu n'envisages pas encore… l'autre option, si ?

Irene cligna des yeux, surprise. Elle ne s'attendait pas à ça.

— Quoi ?

— Lors de la dernière Décade, reprit Masika d'un ton calme. Quand Avery a été sélectionnée. Tu étais ivre et tu m'as sorti une longue tirade sur le fait de devenir un Desmion. Tu as dit : « Je préférerais être avalée par les ombres plutôt que perdre une seconde de plus ici. »

Irene se raidit.

— Je ne le pensais pas.

— Parce que ce n'est pas une solution, insista Masika. Renoncer à ton humanité te détruirait. Tu… Tu perdrais tout ce qui faisait de toi la personne que tu étais quand tu étais en vie.

Oui. Et c'était précisément pour cela qu'Irene avait imaginé les rejoindre.

— J'étais soûle, soupira Irene. Je n'aurais pas dû dire ça. C'était une erreur.

— Promis ? demanda Masika, dont la voix flancha.

Poser la question était un signe de faiblesse. Elle le savait. Et pourtant… voilà qu'elle exposait ses craintes à Irene. Elle lui offrait son cœur sur un plateau d'argent.

Irene ravala ses remords.

— Promis.

Mentir à sa seule amie lui déplaisait, mais elle n'avait pas le choix. Masika avait perdu une amie à l'Ordre des Desmions, longtemps auparavant, avant même qu'Irene n'arrive à Blackwood. Celle-ci ne savait pas exactement ce qu'il s'était passé. Elle avait réussi à glaner quelques détails ici ou là, au fil du temps, sans parvenir à reconstituer toute l'histoire. Elle savait simplement que Masika avait autrefois été proche de quelqu'un que l'Ordre lui avait pris.

Si Masika apprenait qu'Irene envisageait en effet de les rallier, elle ne le lui pardonnerait jamais.

Heureusement pour elle, Masika passa à autre chose.

— Mais qu'est-ce qu'ils font ? demanda-t-elle en s'approchant de la fenêtre.

— Qui ?

— C'est Olivier. Il court en direction du portail principal avec le nouveau.

— Et alors ? rétorqua Irene en haussant les épaules.

— Comment ça, et alors ? Tu vas me faire croire que tu n'as pas envie de savoir pourquoi ils sont dehors à cette heure-ci ?

— Les escapades nocturnes d'Olivier ne m'intéressent pas.

— Mouais, rit Masika. Tu préfères entrer dans des bureaux par effraction et voler des documents.

— Exactement.

— Et si ça te concernait ?

— Comment ça pourrait me concerner ? demanda Irene, tout à coup intriguée.

— Je ne sais pas.

Masika ouvrit la fenêtre et passa une jambe de l'autre côté du cadre. Ses yeux ambrés brillaient sous le ciel argenté.

— Il n'y a qu'une façon de le savoir.

4

AUGUST

On ne pouvait pas faire confiance à Augustin Hughes. Il était cruel. Froid. Mieux valait éviter de croiser son regard. Les autres élèves fuyaient devant lui comme des cafards. Ce qui ne les empêchait pas de parler de lui en cachette. D'après les rumeurs, son âme avait pratiquement fusionné avec les murs de Blackwood Academy. Il était là depuis si longtemps qu'il s'était perdu, s'était laissé piéger dans les entrailles du purgatoire.

Et lui estimait que c'était très bien comme ça.

Être craint avait des avantages. Et il préférait être craint que plaint. Ainsi, même si la plupart des rumeurs étaient fausses, August ne prenait pas la peine de les corriger. Au contraire, il les encourageait. Il voulait qu'on le laisse tranquille. Qu'on ne s'approche pas. Sincèrement, ça ne l'aurait pas dérangé qu'ils le prennent tous pour le diable en personne. D'ailleurs, il pensait avoir réussi à en convaincre tout le monde.

Enfin, presque tout le monde.

À l'exception de Wren Loughty.

Wren – exaspérante, moralisatrice, docte – qui déambulait dans les couloirs avec son air angélique. Il avait bien essayé de réduire à néant sa confiance en elle, mais elle était aussi solide que sa morale. Et bien que leurs disputes et leurs jeux meurtriers le divertissent, il commençait à se dire qu'elle avait réellement une chance d'être nommée lors de la Décade.

Ce qui était un *vrai* problème.

Il ne voulait pas qu'elle échoue. Avec le temps, il en était venu à la… tolérer. Et il savait, même s'il ne l'admettrait jamais, que Wren ferait une très bonne Valeureuse, peut-être même la meilleure. Elle s'épanouirait parmi l'élite académique. Ils feraient d'elle une sainte. Seulement, sa simple présence mettait en péril tout ce pour quoi il avait travaillé.

En réalité, August se fichait éperdument d'être un Valeureux. Et il se fichait encore plus de gloire académique. Mais leur rivalité idiote lui permettait de pousser Wren dans ses retranchements, seul moyen de détourner son attention. De l'empêcher de découvrir ce qu'il voulait vraiment. Et il savait, maintenant plus que jamais, qu'il devrait garder ses distances. Renforcer ce mur entre eux. Pour son bien à elle.

Alors pourquoi diable lui avait-il proposé de venir avec lui ?

Une décision stupide, égoïste. Il pouvait se l'avouer. Il avait conscience de leur dépendance perverse l'un envers l'autre, de cet étrange magnétisme qui les rapprochait sans cesse. C'était plus fort que lui. Il se sentait inexplicablement attiré vers elle. C'était exaspérant.

— Tu peux arrêter de marcher d'un pas aussi lourd ? siffla Wren alors qu'ils avançaient dans l'épaisse brume. Tu n'es pas discret.

August ne prit pas la peine de la regarder.

— Si tu arrêtais de râler quelques secondes, tu remarquerais peut-être le bouclier antibruit autour de nous.

— Le bouclier anti… (Elle hoqueta de surprise.) Ah.

— Tu pensais vraiment que je ne prendrais aucune précaution ?

Il avança la main et frôla les contours de la paroi invisible. Un éclat de lumière bleue chatoya autour d'eux.

— Arrêtez de vous inquiéter, toi et ta jolie petite tête. Personne ne nous entend.

— Tu sais, marmonna Wren en tripotant le bout de sa tresse, c'est la deuxième fois que tu me qualifies de jolie ce soir. Attention, August. On pourrait t'accuser d'avoir un faible pour moi.

— Ça te plairait, non ? ricana-t-il.

— Ne sois pas arrogant, se renfrogna-t-elle.

— Ne me tente pas, alors.

Ils coupèrent par l'est. Le chemin était flanqué de pelouses où étaient installés des sculptures en pierre et des bancs en fer forgé. Des buissons touffus de fleurs prune ou bleu fluorescent bordaient le périmètre – des primeroses, des tulipes, des lis aux couleurs étranges. Le brouillard s'épaississait à chaque seconde. August pouvait à peine voir ses mains.

Un souvenir traversa son esprit.

Une brume compacte entre les herbes hautes. Une belle demeure en haut d'une colline, des briques rouges recouvertes de vigne vierge et de fleurs des champs. C'était une maison, pas un foyer. Il ne régnait aucune chaleur dans les grands halls du bâtiment, aucun amour ne maintenait les fondations en place. C'était une forteresse. Une cage.

Cependant, il y avait des moments de joie. Deux personnes sur cette Terre sur qui il pouvait compter. Sa mère. Sa sœur.

Les cœurs battants de la famille, le ciment qui empêchait qu'il ne renonce complètement au bonheur.

Les premières lueurs de l'aube caressaient sa peau. Les brins d'herbe humides de rosée glissaient entre ses doigts.

La voix de sa sœur résonna derrière lui. « Augustin, ralentis ! »

Il tourna la tête. Des mèches sombres fouettaient son visage alors qu'un rire lui échappait. Quelques mètres derrière sa sœur, sa mère, les mains croisées, marchait avec un air serein. Un sourire doux. Il avait beau être jeune, un enfant, August savait que ces instants de bonheur fugace représentaient tout pour sa mère.

Et bien que personne ne le dise jamais, il savait.

Ils n'avaient rien d'autre.

C'était il y avait si longtemps que le souvenir avait commencé à s'estomper, à se corroder sur les bords. Pas à la manière de l'Oubli, disparaissant complètement jusqu'à ce qu'il n'y ait plus que de l'obscurité, mais comme s'estompaient les souvenirs avec le temps. Ils ramollissaient. S'éloignaient. Et donnaient l'impression d'assister à la vie de quelqu'un d'autre.

Malgré tout, il s'y accrochait encore, parce qu'il avait désespérément besoin d'authenticité.

Tout ce qu'il n'était pas.

— August, dit Wren, le tirant de ses pensées, où allons-nous exactement ?

Ils passaient devant la bibliothèque. Avec ses murs en briques rouges, c'était le plus grand édifice sur le campus. Du lierre grimpait le long des côtés vers la coupole en verre au-dessus. Quatre colonnes corinthiennes encadraient l'entrée, chacune ensevelie sous l'abondant feuillage qui dévorait tous les bâtiments de Blackwood.

— Sur le toit de Bonestrod.

Wren s'arrêta net.

— Mais c'est un endroit réservé aux professeurs.

— Ça te pose un problème ?

Wren ricana.

— Évidemment, que ça me pose un problème ! Si on nous surprend, on peut être exclus de la Décade. Sortir après le couvre-feu, c'est une chose. Entrer par effraction dans une résidence réservée aux profs la veille de la Décade, c'est trop risqué. Même pour toi.

— Allez, Loughty. Où est passé ton esprit d'aventure ?

— Je ne sais pas, rétorqua-t-elle. Je pense que je l'ai laissé avec ton bon sens.

August secoua la tête. Si elle voulait faire demi-tour, très bien. Plus il s'éloignait d'elle, mieux c'était. Cependant, à peine avait-il parcouru deux mètres qu'il entendit un ronchonnement las, suivi par des bruits de pas réticents.

Un rictus se dessina sur ses lèvres.

— Je savais que tu ne pourrais pas résister.

— Tais-toi.

Ils mirent du temps à franchir les espaces où se trouvaient les résidences puis à descendre le chemin gravillonné bordé de chênes, mais ils atteignirent enfin Bonestrod. Le bâtiment était à l'écart du reste du campus, près du portail principal. Une volée de marches menait à une porte voûtée au-dessus de laquelle était inscrit « Bonestrod » en lettres dorées à moitié mangées par la vigne vierge. Derrière lui, Wren hésita. L'ignorant, il tendit la main vers la porte.

— Attends !

August la regarda par-dessus son épaule.

— Qu'est-ce qu'il y a encore ?

Wren ouvrit puis referma la bouche. Un voile assombrit son visage.

— Fais attention, bredouilla-t-elle.

La sincérité qu'il perçut dans sa voix surprit August. Dans sa poitrine, un étrange sentiment d'espoir se répandit, qu'il étouffa aussitôt, et il camoufla ce ridicule moment de faiblesse par un hochement de tête.

— Toujours.

Il s'était entraîné à ce sort toute la semaine. Une barrière de protection compliquée entourait la porte, mais il n'y avait rien dont il ne pouvait venir à bout avec un peu de patience. Des étincelles dorées surgirent de ses doigts, tourbillonnèrent autour de la serrure et s'immiscèrent dans le trou. Il serra la mâchoire afin de repousser la tension qui comprimait son corps comme un étau. Trois secondes plus tard, la serrure s'ouvrit avec un petit bruit métallique.

Une vague de fatigue le submergea. Il en fit abstraction et se tourna vers Wren.

— Impressionnée ?

Elle secoua la tête et lutta pour ne pas sourire.

— Jamais.

Ils entrèrent, prenant soin de bien refermer derrière eux.

— Oh ! la la, ça sent la vieille chaussette, ici, commenta Wren en posant la main sur son nez et en fronçant les sourcils. On peut se dépêcher ?

August acquiesça.

— Suis-moi.

Ils traversèrent l'entrée principale, dont le sol était recouvert de moutons de poussière et de branches qui s'étaient faufilées par les fenêtres. Le plancher était pourri et le bois craquait sous leurs pas. En dehors d'une horloge qui tictaquait de manière lugubre au loin, l'endroit était plongé dans le silence. August frissonna. Il avait le sentiment de basculer dans le néant.

Il se dirigea vers l'escalier en colimaçon à l'arrière du bâtiment et jeta un coup d'œil derrière lui.

— Grouille-toi.

Wren s'immobilisa en bas des marches.

— Attends. Tu ne m'as pas dit comment tu avais obtenu cette information.

— J'ai mes sources, répondit-il en posant une main sur la rambarde et un pied sur le premier degré. Et si tu gardais tes questions pour plus tard et que tu me suivais comme une gentille petite…

Tout à coup, il se figea. Haussa les sourcils. Un poignard était planté dans sa main. Il pivota vers Wren, qui le regardait avec un air de défi.

Il n'aurait jamais dû lui tourner le dos. Ça lui apprendrait.

— Tu comptes terminer cette phrase ? (La tête penchée sur le côté, elle appuya sur le manche, enfonçant davantage la lame.) Allez, vas-y.

— Tu dois être très fière de toi, concéda August en essayant de retirer le couteau de sa main, sans succès. Allez, Loughty. Tu ne penses pas que tu exagères ?

— Je ne l'enlèverai pas tant que tu ne me le diras pas.

August entendait ses os crisser. Ses ligaments se déchirer. Ça ne faisait pas mal, mais Wren avait suffisamment enfoncé la lame pour le coincer.

— Tu pensais vraiment que j'allais te suivre sans en savoir plus ? demanda-t-elle avec un sourire mauvais. Si ça se trouve, tu m'as fait venir ici uniquement pour me pousser du toit. J'avoue, c'est malin. Je ne serais pas en cours demain, trop occupée à reconsolider mes os. Pour la Décade, ça craint.

— Tu es plus que parano, grogna August.

— Non, rétorqua Wren. Je te connais.

— Je me permets quand même de te rappeler que, de nous deux, c'est toi qui, le plus souvent, me pousses du haut d'un bâtiment, souligna August, amer. Tu l'as déjà fait deux fois. Avant un examen.

— Ce n'est pas le sujet, répondit-elle en haussant les épaules.

August fut déstabilisé par le subit accès de rage qui le consuma. Lui pourtant si réfléchi ne put empêcher des flammes de jaillir du bout de ses doigts.

— Bon sang ! s'exclama Wren, sans pour autant relâcher le poignard.

August referma le poing et éteignit les flammes. Des volutes de fumée noire s'échappèrent dans l'air.

Un épais silence envahit l'espace.

— Tu as du mal à contrôler tes émotions, reprit Wren, le regard malicieux.

— Je vais bien.

— Les flammes qui viennent de surgir de tes mains laissent penser le contraire.

— C'est simplement que… (Il prit une grande inspiration.) Je suis fatigué.

— Fatigué ? répéta Wren. Vraiment ?

— Oui, fatigué, d'accord ? Mentalement, s'agaça-t-il tout en ravalant sa colère.

Des étincelles crépitaient en lui, un picotement familier dans ses mains. *Augustin, ressaisis-toi.*

— C'est ça que tu veux entendre ? Que parfois, malgré tout, je ne parviens pas à me contrôler ?

Wren tressaillit.
— Non. Ce… Ce n'est pas ce que je veux entendre.
— Alors quoi ?
— La vérité.
August poussa un soupir exaspéré.
Cette fille allait provoquer sa chute, il en était certain.
— Je suis entré par effraction dans le bureau du proviseur Silas.
Elle écarquilla les yeux, choquée.
— Tu… Quoi ? Ça va pas, la tête ? Pourquoi diable ferais-tu…
— Je m'ennuyais, l'interrompit-il avec nonchalance. J'avais du temps à perdre et son bureau était accessible. Pendant que je fouillais dans ses affaires, je suis tombé sur un livre.
— Un livre ?
— Qui contenait des noms. Nos noms. À nous tous.
— Je ne comprends pas, dit Wren.
— Il y avait les noms de tous les élèves admis à Blackwood au fil du temps. Et il y en avait un que je n'ai pas reconnu. À la dernière page.
— Un autre nom… Celui de la personne qui débarque ce soir ?
August hocha la tête.
— Louise Nordain. À côté de son nom figurait la date d'aujourd'hui, écrite en rouge. Comme nous sommes tous arrivés exactement à trois heures du matin…
— … elle ne va pas tarder à franchir le portail, termina Wren.
August souffla sur une de ses mèches de cheveux.
— Voilà, tu es contente, maintenant ?
— Extatique.

Wren retira le couteau de sa main. Elle était en train de le ranger dans son trench-coat quand August le lui prit et le plaqua contre sa gorge. Elle trébucha, manqua de basculer en arrière, réussit à se rattraper à la rambarde. Leurs regards se croisèrent.

— Sale petit prétentieux…

— Allez, Loughty, sois gentille.

August posa un poing sur le mur derrière elle. L'autre tenait fermement le manche du poignard. Elle ne pouvait pas sentir le tranchant de la lame sur sa peau, mais ça n'avait pas d'importance. La faire souffrir n'avait jamais été son objectif.

L'énerver suffisait à son bonheur.

— Qui nous fait perdre du temps, à présent ? railla Wren, le menton dressé. Vas-y, si tu t'ennuies à ce point. Mais tu vas simplement salir tes chaussures.

— C'est toi qui as commencé, répondit-il avec calme.

— Et c'est moi qui vais en finir, répliqua-t-elle. À l'instant où ma peau cicatrisera, je planterai cette lame dans ton dos.

— Si c'est ça, ta technique de drague, murmura-t-il en se rapprochant, je dois avouer que ça marche.

Elle frémit, et August ne put s'empêcher de rire.

— Qu'est-ce qu'il y a de drôle ? demanda Wren.

— Rien. Tu ne trouves pas ça… intéressant ?

Il effleura la base de son cou de son index et fut ravi de la voir fermer puis rouvrir les yeux.

— On ne peut pas ressentir la douleur, mais on peut ressentir… plein d'autres choses.

Elle le dévisagea et il sentit comme une pression dans sa poitrine. Malgré lui, il s'approcha encore. Trop, et franchit la frontière qu'ils avaient tous les deux juré en secret de ne jamais franchir. Wren se crispa mais ne se déroba pas. D'ailleurs, elle se pencha à son tour vers lui, légèrement.

Le temps se figea. Ils étaient tous les deux suspendus dans l'obscurité, leurs veines pulsant d'une tension fébrile.

Cela ne dura pas.

Wren repoussa August et saisit l'occasion pour lui reprendre le couteau des mains avant qu'il ne puisse réagir.

— Je ne pense pas que tu sois si fatigué, déclara-t-elle en sautillant devant lui et en faisant tournoyer le poignard entre ses doigts. Tant mieux. J'avais peur que le tristement célèbre Augustin Hughes ne commence à se ramollir.

Un frisson d'excitation lui parcourut le corps.

— Jamais de la vie, répondit-il.

Puis il se courba et fit un geste de la main.

— Après toi.

— Merci. Comme toujours, un vrai gentleman.

Un vent glacial les accueillit lorsqu'ils ouvrirent la porte en haut de l'escalier et pénétrèrent sur le toit. L'air sentait la fumée, avec quelques touches de vanille et de santal – cette odeur familière qui collait à Wren, où qu'elle aille. Il se surprit à se pencher vers elle, attiré comme un papillon de nuit naïf par la flamme d'une bougie.

Blackwood Academy se déployait devant eux, vers le nord. Un paysage de tours pointues et d'arches, de fenêtres voûtées teintées de rose et de contreforts richement décorés. Des chênes aux branches tordues et aux feuilles couleur terre de Sienne occupaient presque tout l'espace, faisant planer leur ombre sur les bâtiments.

Vers le sud s'étendait la forêt. La limite inconnue et menaçante du purgatoire, qui chuchotait des promesses de pouvoir à ceux et à celles qui étaient assez stupides pour écouter. L'Ordre des Desmions pouvait tenter d'attirer des élèves avec ses mensonges, mais August n'en ferait pas partie. Il savait qu'on n'échappait jamais vraiment au châtiment éternel. Il ne trouverait là aucune liberté.

Aucune rédemption pour les damnés.

— Et maintenant ? demanda Wren en s'approchant du vide. On se regarde dans le blanc des yeux jusqu'à ce que quelqu'un tombe du ciel ?

August se racla la gorge.

— Oui, un truc comme ça.

— J'aurais dû prendre un bouquin, grommela-t-elle.

— Je ne suffis pas à te divertir ?

— Ça dépend.

— De quoi ?

Un crissement résonna au loin, les interrompant. Ils levèrent les yeux en même temps. Puis Wren jeta un coup d'œil à August, et il sut qu'ils pensaient la même chose.

Nous ne sommes pas seuls.

August fit apparaître des flammes dans ses paumes, se préparant au pire. Le feu ondulait sur sa peau, remontait sur ses avant-bras. Il était très doué en magie élémentaire, mais le feu était son péché mignon.

Wren, de son côté, opta pour quelque chose de plus élégant et subtil. Des fils dorés se déroulèrent de ses paumes, et elle s'en servit pour ériger un dôme protecteur autour d'eux. Une magie susceptible de leur sauver la mise si quelqu'un essayait de les chasser du toit.

Du bruit derrière la porte. Des bottes heurtant le plancher. Une marche qui grince.

Soudain, la porte s'entrebâilla.

August n'hésita pas et balança aussitôt une boule de feu en direction de la personne se tenant dans l'ouverture. Ce ne fut que lorsque les flammes lui échappèrent qu'il distingua le visage familier d'Olivier, qui l'observait, les yeux écarquillés et la bouche formant un O de surprise.

Si August visait toujours juste, Olivier quant à lui était très agile – c'en était même agaçant – et il parvint à esquiver au dernier moment. Contrairement au nouveau derrière lui, qui se prit la boule de feu en pleine figure.

— On se détend ! s'écria Olivier en levant les mains en l'air. Ce n'est que nous.

— Qu'est-ce que vous faites là ? s'emporta August. Vous nous avez suivis ?

— C'était son idée ! se défendit le nouveau.

August se souvint qu'il s'appelait Emilio.

Il souffla frénétiquement sur les flammes et grimaça tandis que la peau brûlée en haut de ses épaules cicatrisait.

— Je suis victime de sa curiosité obstinée.

— Pfff, tu étais aussi curieux que moi, répliqua Olivier. Avoue.

— Pas du tout ! protesta Emilio en considérant les autres d'un air nerveux.

— Éteins tes flammes, dit Wren à August. Ils sont inoffensifs.

— Ils n'ont pas répondu à ma question, objecta-t-il, méfiant.

— D'accord, reprit Olivier en s'appuyant contre le chambranle de la porte avec assurance. Oui. On vous a suivis. Mais pouvez-vous vraiment nous en vouloir ?

— Pourquoi ?

— Parce que j'étais intrigué.

— Et vous, quelqu'un vous a suivis ? insista August. Vous êtes seuls ?

— Évidemment, qu'on est seuls ! protesta Olivier. Je suis bien trop discret.

— Raté, annonça une troisième voix derrière lui. Cela dit, je doute que vous soyez étonnés.

August connaissait cette voix. Incandescente. Sucrée comme du miel qui coule dans la gorge.

— Irene.

Alors que son nom franchissait ses lèvres, Irene se matérialisa devant eux dans un nuage de fumée rouge. Masika se tenait à ses côtés. Comme toujours – elles étaient pareilles à des sœurs siamoises. Quand on repérait l'une, l'autre n'était jamais bien loin. En dépit de leur relation symbiotique, elles étaient différentes. Les gestes de Masika étaient fluides, comme ceux d'un acrobate. À croire que son corps bougeait au rythme d'une chanson qu'elle seule entendait. Irene, au contraire, était dure, rigide, comme un bloc de glace.

De ses yeux sombres, elle l'observa avec attention.

— Super, grommela Wren. Est-ce que tout Blackwood a réussi à nous trouver ?

— Non, répondit Irene en la fusillant du regard. Seulement les éléments doués d'intelligence. Ce qui m'amène à te demander : qu'est-ce que tu fais là ?

— August m'a invitée, répliqua Wren.

— Mais oui, bien sûr, ricana Irene.

— C'est vrai, confirma August. Je lui ai dit de venir avec moi.

Il ne rata pas l'étincelle de jalousie qui irradia dans les yeux d'Irene. Cela faisait des décennies qu'ils avaient décidé de mettre fin à leur… À leur quoi ? Il ne savait pas vraiment comment désigner le temps qu'ils avaient passé ensemble. Ce n'était pas une relation, pas une vraie, en tout cas. Une relation était basée sur le respect mutuel, sur l'amour, sur l'adoration. Ce qui avait existé entre eux tenait du désespoir pur, de l'extrême solitude. D'un besoin primaire de remplir le vide abyssal en eux avec quelque chose, n'importe quoi, pourvu que ça leur donne vaguement le sentiment d'être en vie.

Quoi qu'il en soit, Irene lui en voulait. Même s'ils étaient repartis chacun de leur côté quelques années avant l'arrivée de Wren, Irene la tenait pour responsable de leur séparation. C'était plus facile pour elle que d'admettre qu'ils étaient toxiques l'un pour l'autre.

— Vous couchez enfin ensemble ? demanda Masika d'un ton las.

— Non ! hurlèrent August et Wren à l'unisson, ce qui, songea August, n'arrangeait pas leur cas.

Wren semblait penser la même chose parce qu'elle détourna la tête et se mordit l'intérieur de la joue.

— Bien sûr, marmonna Masika, amusée. Donc on en est toujours à faire comme si vous vous détestiez. Compris.

— J'ai une idée, proposa Olivier en sautillant jusqu'à Irene et en passant le bras autour de ses épaules. Et si on délocalisait cette petite fête dans un endroit plus approprié ? Par exemple, ma chambre.

— Je préférerais m'arroser d'essence et m'immoler ! railla Irene.

— Charmant, grimaça Olivier en retournant auprès d'Emilio. Quelqu'un pourrait me dire ce qu'on fait ici ?

Masika désigna August et Wren.

— Pose-leur la question. C'est eux qu'on suivait.

— Malheureusement, c'est confidentiel, répondit August. Loughty et moi avons des affaires à régler.

— Comme c'est mignon, persifla Irene en feignant de vomir.

— La jalousie te va mal, déclara Olivier en riant.

— Je ne suis pas jalouse, cracha Irene. Pourquoi je serais jalouse ? Elle m'a rendu service en faisant d'August son toutou.

— Mon *toutou*, répéta Wren, perplexe.

— Oh, ne me fais pas croire qu'il ne t'obéit pas au doigt et à l'œil.

— Bon, ça suffit, tonna August en s'avançant.

— Quoi ? C'est la vérité, poursuivit Irene, sur la défensive. Tu traînes dans ses pattes comme un petit chiot amoureux depuis le jour de son arrivée.

— Irene ! s'exclama Masika en riant. Si tu essayes de nous prouver que tu n'es pas jalouse, c'est raté.

Irene se tourna vers elle.

— Pardon ? Tu es censée être de mon côté !

— Oh, ne sois pas aussi susceptible. Je plaisante.

Des flammes jaillirent de ses doigts.

— Je ne… suis pas… susceptible.

— Bizarre, enchaîna Olivier en adressant un sourire complice à Masika. N'est-ce pas pourtant la réaction qu'aurait une personne susceptible ?

— Navré de vous interrompre, intervint Emilio d'une voix tremblante, mais… euh… je suppose que vous ne voulez pas louper ça.

Il avait les yeux rivés sur le portail de l'entrée. Les autres pivotèrent dans la même direction et suivirent son regard.

August vit tout de suite la lumière scintillante qui fendait le ciel obscur. Elle vibrait derrière les nuages opaques, radieuse et claire. Un lourd silence enveloppa le groupe, et un sentiment partagé d'émerveillement s'empara d'eux.

Wren fut la première à parler.

— Ça commence ?

— Je crois, répondit August dans un murmure.

— Qu'est-ce qui commence ? demanda Olivier, le souffle court.

— Un nouvel élève arrive à Blackwood, déclara Irene. C'est pour ça que vous êtes là. Pour voir ça.

— T'es pas bête, toi, dit August d'un air narquois.

— Un nouvel élève… marmonna Emilio en secouant la tête. Ce n'est pas possible. Il ne devrait pas y avoir de nouveau avant…

La terre se mit à trembler, interrompant Emilio. Une vibration modérée dans un premier temps, à peine perceptible, puis tout à coup une secousse parcourut le sol et une faille apparut. Le phénomène fut si soudain, si abrupt qu'aucun n'eut le temps de s'y préparer.

Wren trébucha vers le bord du toit. Elle écarquilla les yeux de surprise, perdit l'équilibre et bascula en arrière.

Cela fut si rapide qu'August faillit ne pas réagir à temps.

Il tendit la main, agrippa le pan de son trench-coat puis la tira vers lui avant qu'elle ne tombe dans le vide. Ç'avait été instinctif. Un réflexe primaire qui l'avait saisi sans prévenir.

Wren allait tomber et il avait aussitôt agi pour la sauver.

Elle s'écrasa contre sa poitrine et poussa un petit cri. Toutes les terminaisons nerveuses du corps d'August s'enflammèrent. Sa peau irradiait de chaleur. Pendant un instant, ils ne dirent rien ni l'un ni l'autre et se dévisagèrent.

— Est-ce que…

La suite mourut sur ses lèvres. Il n'osait pas poser la question.

Wren hocha la tête.

— Je vais bien.

Un bruit perçant les sortit de leur transe. La seconde d'après, une lumière blanche aveuglante déchira le ciel, formant un cylindre parfait qui jaillit des nuages et s'étira jusqu'au sol, juste devant le portail principal de Blackwood.

Ensuite, la lumière gagna en intensité et une silhouette apparut en haut du conduit phosphorescent et se mit à descendre. Deux bras. Deux jambes. Une tête. Un corps. C'était une personne. Une âme. Comme eux. Et tandis qu'elle progressait lentement vers le sol, August ne put s'empêcher d'éprouver une vague d'émotions indésirables.

La nouvelle élève était à présent allongée devant le portail en fer de Blackwood, au milieu des hautes herbes. Ils attendirent. Ils connaissaient la suite. L'élève se réveillerait, désorientée, perdue, et le portail de l'académie s'ouvrirait lentement pour l'accueillir.

Cela s'était passé ainsi pour chacun d'entre eux. Le même processus. La même issue inéluctable.

Sauf que…

Tout à coup, une colonne de fumée noire ondoyante s'échappa de son corps.

Des ombres.

Olivier s'approcha du bord du toit.

— Qu'est-ce qu'il se passe ?

— Je ne sais pas, répondit Emilio avec circonspection en le rejoignant. Ce n'est pas normal.

— Est-ce que c'est… osa Irene, avant de lâcher un rire hystérique. C'est de la magie d'ombres.

— C'est insensé, bredouilla Masika, incrédule.

Le visage de Wren se tordit de terreur.

— Non… Ce n'est pas… Ça ne peut pas…

— C'est une Desmion ? demanda Olivier, stupéfait.

— Ce n'est pas possible, enfin, déclara Irene d'un ton sec dans lequel August perçut cependant une note de panique. On l'a vue entrer dans Blackwood. Ce… Ce n'est pas possible.

— C'est peut-être une illusion, suggéra Emilio d'une voix timide. Rien de tout ça n'est vrai.

Masika secoua la tête.

— On le sentirait. Et, regarde…

Levant la main, elle invoqua les runes violettes familières associées à la magie d'illusion, mais elles crépitèrent et s'éteignirent rapidement, comme si on avait soufflé dessus.

— Rien. Ce n'est pas une illusion.

La vérité leur tomba tous dessus au même moment. Une vérité trop terrifiante pour être émise à haute voix.

Sauf par August.

— Ces ombres, murmura-t-il. Elles émanent d'elle.

À ce moment précis, Louise se réveilla. Elle ouvrit les yeux, et un cri d'horreur s'échappa de sa gorge. Malgré la distance, August sentit la pression de son cri, qui se réverbéra tout autour d'eux à une vitesse supersonique. Puis les ombres qui dansaient sur sa peau se dressèrent, noires, opaques, infinies, formant comme une épaisse dentelle d'obscurité.

Une autre silhouette apparut devant le portail. À l'aide d'un contre-sort, elle écarta le rideau d'ombres et s'approcha du corps en transe de Louise. Quand elle lui murmura quelque chose à l'oreille, tout se figea.

Les ombres s'évanouirent. Louise cessa de crier.

Silence.

Tous les six, ils virent la personne s'emparer de Louise et la porter vers l'entrée principale de Blackwood avant de disparaître.

PARTIE II

UNE ÉPREUVE DE FORCE

5

OLIVIER

Tout le monde le savait, Olivier Dupont ne tenait pas en place. Il était agité, n'arrêtait pas de tripoter sa mèche de cheveux blonds qui tombait devant ses yeux ou les manches de son manteau. Ce n'était pas très étonnant, car Olivier était dans un état de nervosité perpétuel. Son père, témoin privilégié de ses nombreux troubles et de son anxiété, plaisantait souvent en disant que seule la mort apporterait un peu de tranquillité à son fils.

Il s'était trompé. La mort n'avait fait qu'empirer les choses.

Pour couronner le tout, Olivier venait d'assister à un phénomène insoutenable. Il n'avait jamais vu de magie d'ombres auparavant. Il en avait entendu parler. Il l'avait lu dans des livres. Mais rien n'aurait pu le préparer à la vision de cette nouvelle élève enveloppée dans des rubans d'ombres. Ni à la façon dont le monde avait frémi, comme si les particules de l'au-delà s'étaient scindées en deux.

Les élèves n'avaient pas accès à la magie d'ombres. C'était un fait. Et pourtant, cette fille, cette fille en apparence inoffensive, avait réalisé l'impossible. Elle avait invoqué des ombres au moment d'entrer dans Blackwood.

— Olivier ! s'écria Emilio en le prenant par les épaules. Ressaisis-toi.

Olivier cligna des yeux. Il observa le toit. Ils étaient seuls.

— Où sont les autres ?

— Ils sont déjà descendus. Je t'ai appelé, mais tu étais… (Emilio agita vaguement les mains) … loin.

— D'accord, concéda Olivier en tirant sur son col et en se raclant la gorge. Allons-y.

Il s'élança vers la porte, qu'il poussa d'un geste qu'Emilio aurait sans doute qualifié d'*inutilement théâtral*. Il entendait les autres en bas. Une cacophonie de murmures et de pas nerveux. Alors qu'Olivier et Emilio descendaient l'escalier en colimaçon, ce dernier aperçut ses camarades dans l'entrée. Wren se tenait raide comme un piquet, les bras serrés contre sa poitrine. Irene et Masika semblaient trouver tout ça terriblement ennuyeux – normal.

August, dont la voix était étrangement calme, s'appuya contre une porte.

— On retourne dans nos chambres et on ne dit rien, déclara-t-il. On se tait.

— On se tait ? répéta Wren. Tu as perdu la raison ? On vient de voir une nouvelle élève pratiquer de la magie d'ombres !

— Et on ignore l'identité de la personne qui est venue la chercher, ajouta Masika. Sans doute un Desmion. Nous devons en informer le proviseur Silas. Maintenant.

C'était la marche à suivre évidente. Ils étaient dépassés. Cependant, la suggestion de Masika déplut à August, qui se tourna vers elle en fronçant les sourcils.

— Ce n'est pas une bonne idée.

— Pourquoi ? soupira Wren, exaspérée. S'il y a quelqu'un qui saura quoi faire, c'est lui.

— Parce que Augustin a des comptes à régler avec notre grand et illustre proviseur, expliqua Irene. N'est-ce pas ?

— Je n'ai pas de… rétorqua August avant de secouer la tête. Je pense simplement qu'on ne devrait pas impliquer Silas avant de savoir de quoi il s'agit.

— De *qui* il s'agit, corrigea Masika. Vous ne comprenez pas ? On ne sait pas qui vient d'entrer dans Blackwood. Cette fille pourrait travailler pour l'Ordre des Desmions !

— Ne sois pas ridicule, riposta Irene. Elle vient de mourir. On l'a vue de nos propres yeux tomber du ciel.

— Et on l'a aussi vue déployer de la magie d'ombres, rappela Emilio.

— Personne ne t'a demandé ton avis, le nouveau, s'agaça Irene.

— Hé, on se calme, intervint Olivier.

Irene le regarda d'un air amusé, à la limite de la provocation. Presque comme si elle voulait qu'ils se disputent. Pas de souci. Qu'elle essaye un peu de parler à Emilio sur ce ton encore une fois, et elle verrait bien.

— Ce que je veux dire, c'est qu'on ne peut pas ignorer ce qui vient de se passer simplement parce qu'on pense que c'est impossible, reprit Emilio. On nous a expliqué que les Desmions étaient les seuls capables de contrôler la magie d'ombres. Mais ce n'est peut-être pas vrai. Cette élève a peut-être libéré de la magie d'ombres sans le faire exprès lors de sa transition.

— Ça ne nous aide pas du tout, soupira Irene. On ne sait absolument pas de quoi on parle et on devrait sans doute nous tourner vers quelqu'un qui maîtrise le sujet. Par exemple, le proviseur de cette école.

August frappa du poing sur la porte.

— Ça suffit !

Sa voix résonna dans la pièce et un silence embarrassant les enveloppa.

— Vous ne voyez donc pas ce qu'il se passera si on va voir Silas ? demanda-t-il en les regardant un par un. On ne ferait que se dénoncer.

— Pas de nomination, hoqueta Wren. On serait privés de Décade.

Un frisson remonta le long de la colonne vertébrale d'Olivier. Comment avaient-ils pu oublier la Décade ? La cérémonie d'ouverture était dans moins d'un jour. S'ils allaient voir Silas, ils perdraient toute chance d'être choisis.

Irene pâlit.

— Je... Je n'avais pas pensé à ça.

— C'est pourquoi je suggère qu'on réfléchisse, justement, reprit August. Avant de faire un truc totalement stupide qui gâche nos chances d'être sélectionnés. Moi, je propose qu'on retourne dans nos chambres et qu'on...

À ce moment précis, les portes de Bonestrod s'ouvrirent. Une bourrasque balaya des feuilles jusqu'à leurs pieds.

Un trio de visages familiers aux mêmes regards noirs apparut – Maître Birdie, Maître Wesley et Maître Russo. Birdie, qui faisait au bas mot un mètre quatre-vingt-quinze, avec des cheveux blond clair et des yeux qui ressemblaient à des turquoises polies, se tenait devant. Wesley, avec ses cheveux blond foncé et ses yeux vert-jaune, les observait d'un air nerveux. Russo, elle, était aussi impassible que d'habitude : un visage neutre et des yeux noirs et absents.

Pendant un instant, personne ne parla. Les deux groupes se toisèrent simplement, comme si chacun attendait que l'autre fasse le premier pas.

Ce fut Birdie qui brisa le silence avec son fort accent texan.

— Eh bien, si ça c'est pas un sacré bordel…

En proie à une vive agitation, Olivier envisageait de sauter par la fenêtre. Il préférait attendre que sa jambe cassée se répare plutôt que de rester une seconde de plus ici, où la tension était étouffante.

Après qu'ils eurent expliqué ce qu'ils avaient vu, Birdie avait exigé qu'ils les accompagnent au Mémorium. Le mot mit Olivier mal à l'aise. C'était un vieux bâtiment en pierre délabré semblable à une ancienne église, avec des vitraux et d'imposantes portes en bois ornées. Le côté droit de l'édifice s'étirait vers le ciel comme une flèche.

Olivier l'évitait comme la peste. Le Mémorium n'avait qu'une seule raison d'être : permettre aux élèves de rendre hommage à leurs camarades perdus au profit de l'Ordre des Desmions. L'intérieur était vide, à peine quelques rangées de bancs au centre de la pièce principale. Au fond se dressait un large monument en pierre sur lequel étaient écrits des centaines de noms et devant lequel s'empilaient des lettres maculées de larmes. Des souvenirs laissés par les élèves qui avaient quitté Blackwood pour rejoindre l'Ordre.

C'était un endroit où l'on pouvait faire son deuil.

Olivier trouvait l'ensemble extrêmement déprimant.

— Depuis combien de temps sont-ils là-dedans ? demanda Emilio.

Il était assis à côté de lui. Il avait ramené ses jambes contre sa poitrine et posé son menton sur ses genoux.

Cela ne faisait qu'un quart d'heure. Plus ou moins. Olivier avait cessé de compter.

Ils appelaient les élèves dans le bureau l'un après l'autre. Wren était passée la première et elle en était sortie le visage blême, comme si elle allait vomir. August avait suivi. Puis Irene. Et, à présent, Masika. Bien qu'ignorant ce qui se disait à l'intérieur, Olivier partait du principe qu'ils ne prenaient pas gentiment le thé.

— Ça ne devrait plus trop durer, dit-il en bâillant et en étirant ses jambes devant lui. (Ses doigts tapotèrent sa cuisse.)

Je ne sais pas pour toi, mais moi, je passe un merveilleux moment. On a pris l'air. On a bavardé. On a vu de la magie d'ombres à l'œuvre, ce qui risque de nous traumatiser pour l'éternité. (Il haussa les épaules et ferma les yeux.) J'ai connu des soirées pires que ça.

— Silence ! le rabroua une voix nasillarde.

Olivier ouvrit un œil.

Everly Hawthorne. Elle se tenait devant la porte du bureau, les bras croisés, le visage fermé et menaçant. Everly avait l'air inoffensive – à peine un mètre cinquante-cinq, les cheveux blond vénitien tressés –, mais elle avait l'immense privilège d'appartenir aux Valeureux. Son existence consistait donc à donner des ordres aux élèves et à profiter pleinement de sa magie. Plus important, elle n'aurait jamais à subir l'Oubli.

Olivier ferma les yeux et fouilla dans ses souvenirs.

La petite ferme en haut de la colline. Son père qui travaille dans les écuries. Sa mère qui coud devant le foyer. Le papier peint lavande – non. Pas lavande. Bleu. Il était bleu, non ?

— Ça va ? lui demanda Emilio avec douceur.

Olivier rouvrit les yeux, baissa la tête. Il avait violemment enfoncé ses ongles dans sa paume, faisant apparaître de petits croissants de lune sur sa peau. Il glissa les mains sous ses cuisses.

— Oui, super.

Il avait remarqué quelques semaines auparavant qu'il perdait ses souvenirs. Au début, il avait pensé que c'était dans sa tête. Un sentiment de paranoïa dû au fait qu'il se savait là depuis plus longtemps que la plupart des autres. Mais un souvenir vague laissa la place à un autre. Et à un autre. Ensuite, les souvenirs ne devinrent pas seulement flous, ils étaient introuvables. Un néant sombre avait pris racine dans son cerveau et dévorait lentement tout ce qui structurait sa personnalité.

On ne pouvait échapper à l'inévitable.

Plus que jamais, le temps lui était compté.

— Everly, chérie, lança-t-il en se raclant la gorge. Penses-tu que tu pourrais aller me chercher de l'eau ? Je meurs de soif.

— J'ai dit : « Silence », répondit-elle en plissant les yeux.

Oups. Il n'y avait rien de pire qu'une Valeureuse imbue de son pouvoir. Olivier observa l'anneau doré à son annulaire – tous les Valeureux en avaient un, symbole de leur statut supérieur. Cependant, une autre chose différenciait Everly des non-Valeureux ; un détail qu'il était difficile d'ignorer.

Ses yeux brillaient.

On aurait dit que ses iris attrapaient la lumière en permanence, comme les yeux des prédateurs dans la nuit. À présent, ces yeux félins étaient braqués sur Olivier et le fixaient avec mépris.

— Tu penses qu'on sera exclus de la Décade ? demanda Emilio.

Olivier haussa les épaules.

— Je ne sais pas. Peut-être. Probablement.

Il avait beau faire de son mieux pour paraître indifférent, en réalité, il était dévasté. Non qu'il eût vraiment cru à ses chances d'être choisi, mais, oui, il espérait. S'il était nommé, il pourrait repousser l'inéluctable.

Il pourrait se sauver.

Emilio gémit et posa son front sur ses genoux.

— Je ne t'écouterai plus jamais.

— N'importe quoi, chantonna Olivier d'un ton léger. Tu étais aussi curieux que moi.

— Tu as une très mauvaise influence sur moi, grogna Emilio, la voix à moitié étouffée.

— Merci.

La porte s'ouvrit et ils levèrent la tête en même temps. Masika sortit, les bras autour de sa poitrine et les yeux baissés. Olivier envisageait de l'interpeller quand Maître Wesley passa la tête hors de la pièce et lui fit signe de venir.

— Monsieur Dupont. C'est à vous.

Wesley posa ensuite son regard sur Emilio. Il remonta ses lunettes sur son nez et lui adressa un sourire contrit.

— Monsieur Córdova, j'avoue que je suis très étonné de vous voir parmi ces fauteurs de troubles.

— Croyez-moi, dit Emilio en frissonnant, moi aussi.

Olivier bondit et frappa dans ses mains. À côté de lui, Emilio se ratatina.

— Ne t'inquiète pas, mon amour, lui murmura Olivier, sincèrement désolé. Ça ne fera pas mal. Promis.

Emilio l'observa un instant derrière ses longs cils.

— Tu m'es redevable.

Le cœur d'Olivier se serra.

— Je sais.

Il se tourna vers Wesley, redressa les épaules et roula des hanches jusqu'au bureau.

C'était une petite pièce sans prétention. De la poussière s'amoncelait dans les coins, un lustre en fer pendait fébrilement du plafond lambrissé. Une grande fenêtre découpait le mur à l'est et des piles de livres étaient entassées en dessous. Maître Birdie se tenait debout, les bras croisés, Maître Russo à ses côtés. Elles formaient un duo comique, étant diamétralement opposées. Le soleil et la lune. Et puis il y avait Wesley, qu'Olivier ne pouvait pas comparer à un objet céleste.

En revanche, il pouvait le comparer à un furet nerveux.

— Eh bien, allez. Asseyez-vous, marmonna Wesley derrière lui en posant une main amicale sur son épaule.

Olivier obéit avec réticence et s'approcha du bureau en acajou au fond de la salle.

Il n'aperçut la silhouette cachée dans un recoin qu'au dernier moment.

— Monsieur Dupont. Ce que vos amis m'ont confié m'intrigue beaucoup.

Olivier sursauta. Il avait déjà croisé le célèbre proviseur. Compte tenu de la situation, sa présence n'avait rien d'une bonne surprise.

— Proviseur Silas, bredouilla-t-il en remuant sur sa chaise. Oui, la nuit a été mouvementée. Je me permets quand même de préciser que nous ne sommes pas tous amis.

Silas sortit de la zone d'ombre. Le choc de sa canne sur le sol faisait trembler les murs tandis qu'il avançait, un sourire énigmatique sur les lèvres. Il portait son caban marine habituel. Ses cheveux grisonnants avaient été ramenés en arrière. Olivier se demanda quel âge il avait vraiment. Il semblait proche de la quarantaine, mais certains élèves affirmaient qu'il n'avait jamais été vivant. Qu'il était Dieu en personne. D'autres pensaient qu'il était autre chose, une créature éternelle qui défiait l'entendement.

D'après Olivier, tout ça, c'étaient des conneries. Et Silas, si intimidant qu'il soit, n'était qu'un homme.

— Ah, je vois, dit ce dernier en s'arrêtant devant le bureau. Alors, comment faut-il vous définir ?

Olivier émit un rire nerveux.

— Euh… peut-être des relations de circonstance ?

Un rictus se dessina sur le visage du proviseur.

— Quoi qu'il en soit, vous voilà tous les six dans de beaux draps. Toute une série d'infractions a eu lieu ce soir. Non-respect du couvre-feu, destruction des barrières de protection, entrée par effraction dans un bâtiment administratif, énuméra-t-il en tapotant de sa main gantée la boule dorée de sa canne. On ne peut pas dire que je sois ravi. Et même, je suis très déçu.

Olivier tenta de ravaler le nœud qui s'était formé dans sa gorge.

— Ça se comprend.

Silas plissa les yeux. D'ordinaire, ils étaient d'une chaude nuance de marron, mais dans ce bureau mal éclairé, ils paraissaient noirs.

Olivier fit de son mieux pour garder son calme.

— Évidemment, il y a le problème de Louise Nordain.

Olivier se figea. Il ne s'était pas attendu à ça.

— Vous… Vous savez ?

— Bien entendu, ricana Silas. C'est mon école. Je suis au courant de qui y entre et qui en sort. C'est même moi qui ai trouvé la jeune fille et l'ai ramenée.

— C'était vous, murmura Olivier en se redressant. Alors, vous avez vu ce qu'il s'est passé. Elle a manipulé de la magie d'ombres, non ?

— Écoutez-moi bien, monsieur Dupont, reprit Silas en considérant Olivier avec ce même sourire indéchiffrable. Ce que vous avez vu ce soir m'inquiète. De toute évidence, nos ennemis ne reculent devant rien pour tenter d'appâter les élèves de Blackwood.

— L'Ordre des Desmions, souffla Olivier.

Silas acquiesça.

— Leur stratégie de recrutement ne fonctionne plus. Ces dix dernières années, le nombre d'élèves ayant quitté Blackwood a été étonnamment bas, et il est clair que nous ne sommes pas les seuls à l'avoir remarqué.

Olivier s'avança sur sa chaise.

— Qu'êtes-vous en train de me dire ?

Le proviseur soupira puis s'appuya contre le bureau.

— La magie d'ombres que vous avez vue cette nuit ne provenait pas de Louise, elle a plutôt été utilisée contre elle. Nous pensons qu'ils essayaient de séparer son âme de Blackwood afin de l'enlever.

— C'est possible ? demanda Olivier, stupéfait.

— Apparemment, oui, affirma Silas d'un ton solennel. Heureusement, cette fois-ci, ils ont échoué. Cependant, ils réessayeront, j'en suis certain. Ils veulent le chaos, et rien ne les arrêtera. L'Ordre va corrompre les âmes de Blackwood jusqu'à ce que notre fragile équilibre se brise.

Olivier sentit son sang se glacer. Le chaos dans l'au-delà. C'était une pensée terrifiante.

— Et maintenant, il se passe quoi ?

Le proviseur hésita. La tension dans ses sourcils s'apaisa.

— Maintenant, reprit-il avec gravité, je sollicite votre coopération.

— Ma coopération ? bafouilla Olivier.

— Si vos camarades et vous gardez pour vous ce que vous avez vu ce soir, je vous pardonne vos infractions. Vous ne serez pas sanctionnés et vous ne serez pas exclus de la Décade.

Dans n'importe quelle autre circonstance, les nombreuses infractions qu'ils avaient commises les auraient condamnés à nettoyer les sols ou à ranger des dossiers à Bonestrod jusqu'à ce qu'ils n'aient plus que leurs yeux pour pleurer. Et là, Silas se contentait de leur coopération ?

C'était trop… simple. Facile.

Cela dit, Olivier n'allait pas s'en plaindre.

— Bien entendu, répondit-il en agitant la tête. Je ne dirai rien.

— Bien. Très bien, se réjouit Silas en frappant dans ses mains.

Alors qu'Olivier se levait, soulagé, il entendit le proviseur se racler la gorge.

— Monsieur Dupont, une dernière chose.

— Oui ? s'enquit Olivier.

— Bien que je sache que vous êtes un homme de confiance, je vous signale quand même que rompre cette promesse vous exposerait à de sérieuses conséquences. Qui ne seraient guère agréables.

Silas se pencha en avant. Aussitôt, l'air se chargea d'une odeur terreuse, celle d'une magie ancienne. Une étrange brise agita les rideaux. Olivier en eut la chair de poule.

— Me suis-je bien fait comprendre ?

Un silence pesant envahit la pièce. Olivier observa un instant les Maîtres, imperturbables, pleins d'assurance, déterminés. Il n'y avait aucune échappatoire possible. S'il essayait de prévenir les autres élèves, de leur parler de magie d'ombres, ils le sauraient. On l'avait à l'œil.

Olivier ravala ses hésitations.

— Parfaitement.

Silas hocha de nouveau la tête puis désigna la porte d'un geste autoritaire.

— Bien. Faites entrer le dernier.

6

MASIKA

Masika Sallow se rua hors du bâtiment et tenta de reprendre son souffle. Agrippant ses genoux, elle ferma les yeux et força la bile qui remontait dans sa gorge à redescendre. Elle n'aurait pas dû réagir comme ça, pas après tous les efforts qu'elle avait fournis, pas après toutes ces années consacrées à effacer ces souvenirs de son cerveau.

Et pourtant.

Quelques heures misérables passées au Mémorium, et tout s'effondrait. C'était rageant. Elle aurait aimé étrangler Catherine de ses propres mains ; à cause d'elle, elle se sentait faible. Pathétiquement humaine. Personne dans son ancienne vie n'avait pu plonger ses griffes dans son cœur comme l'avait fait Catherine. Oui, elle avait eu des histoires passagères, des amants secrets – mais rien d'important. Rien de durable.

Cela dit, avec Catherine non plus, ça n'avait pas vraiment duré.

— S'il te plaît, ne vomis pas, lui enjoignit Irene adossée à un chêne, le talon d'une botte posé sur le tronc. Sérieux. Si tu vomis… moi aussi. C'est plus fort que moi.

— Je vais bien, lui assura Masika en prenant une grande inspiration. En revanche, la personne qui a décidé que les morts pourraient avoir la nausée devrait être torturée.

— J'en conclus que ta conversation avec Silas a été aussi plaisante que la mienne ?

Masika se pinça l'arête du nez.

— Oui. Une vraie partie de plaisir.

Son entrevue avec Silas n'avait en effet pas apaisé la tornade dévastatrice dans sa poitrine, mais ce n'était pas ça qui expliquait sa « réaction », faute d'un meilleur terme. Comment la définir ? Une crise de panique, peut-être. Pour autant, elle refusait de prononcer ces mots à voix haute. Elle refusait de reconnaître leur existence.

Son père avait souffert de crises de panique toute sa vie, conséquence d'un traumatisme non résolu et de la malchance. Et bien qu'elle eût passé l'essentiel de son enfance à l'abri de cette malédiction familiale, elle avait toujours su que ce n'était qu'une question de temps.

Même en vie, Masika passait ses journées à attendre la crise inévitable. À attendre l'instant où elle craquerait, aussi facilement que si on appuyait sur un interrupteur. Elle s'asseyait sur les marches de la sortie de secours de son appartement en briques rouges de Toronto et observait la circulation sous ses pieds, écoutait le bruit des sirènes au loin et le murmure des conversations se perdant dans le vent. Elle fermait les yeux et traquait en elle toute trace d'anxiété, d'obscurité latente, et priait pour ne jamais en trouver.

Ce qu'elle ignorait, ce qu'elle n'avait pas pu anticiper, c'était que quelque chose de pire encore la guettait. De bien plus sinistre. Et avant même d'avoir pu voir les contours de la mort effleurer son cœur, son destin avait été scellé.

— Tu as besoin de quelque chose ? demanda Irene en se rapprochant. On peut passer par la chambre d'Ezra. Il doit avoir un truc pour te calmer, un peu de vin enchanté, peut-être ?

Masika secoua la tête.

— Non, ça va.

— Comme tu voudras, soupira Irene.

Elle lui tapota gentiment le dos avant de se diriger vers le sentier gravillonné et de disparaître en direction du campus principal. Ignorant les palpitations qui étreignaient sa poitrine, Masika se redressa et lui emboîta le pas.

Les premières lueurs de l'aube se répandaient sur Blackwood – l'épaisse brume de la nuit se dissipait, révélant un ciel couleur prune et des nuages effilochés céruléens. Pas de soleil, simplement une lueur argentée qui émanait du ciel et enveloppait leur monde d'un voile translucide.

À mesure qu'Irene et Masika marchaient, la vie sur le campus s'éveillait. Même les arbres semblaient sortir de leur torpeur, s'étirant et agitant leur feuillage roux. À l'instant où la cloche du bâtiment Elysium retentit, un groupe d'élèves sortit de Holsterd, la résidence qui se trouvait à gauche de la bibliothèque. C'était une mer de manteaux écossais et de tons neutres, une palette terne de chemises et de dentelles.

En arrivant à Blackwood, chacun recevait un uniforme. Celui d'Irene comprenait une robe en soie noire fendue de chaque côté des jambes et une paire de bottes noires à talons. Masika, elle, portait un col roulé bordeaux rentré dans une jupe noire qui lui moulait les hanches et s'évasait ensuite.

Leurs uniformes leur allaient. Et pas seulement au niveau de la taille. Ils correspondaient à leur identité profonde.

— Alors ? Qu'est-ce que tu en penses ? demanda Irene en glissant son bras sous celui de Masika.

— De quoi ?

— La fille. Louise. Les ombres.

Masika serra son amie contre elle.

— Tu veux nous attirer des ennuis ? On a promis à Silas qu'on ne dirait rien. Si quelqu'un nous surprend…

— Personne ne m'écoute, gloussa Irene en levant les yeux au ciel. Regarde autour de toi. Ils sont tous trop préoccupés par la Décade.

Masika regarda nerveusement autour d'elle. Irene avait raison. Il y avait de l'électricité dans l'air, une fébrilité ambiante. Des élèves se rassemblaient en petits groupes, se parlaient en chuchotant, les yeux brillants d'espoir. Eux, c'étaient les rêveurs. Ils avaient les joues roses et le regard avide. Ils pensaient sincèrement avoir une chance d'être nommés.

Reconnaître les réalistes était facile. Les élèves qui mâchonnaient leur stylo tout en écrivant frénétiquement dans leur carnet. Ceux qui étaient perchés sur des bancs, un manuel entre les mains et affichant un air déterminé. Ils ne nourrissaient aucun espoir parce qu'ils avaient accepté leur sort. À défaut d'autre chose, ils se noyaient dans le travail, préférant se perdre dans leur encrier et dans les toiles d'araignée.

Masika existait quelque part entre les deux, et ça lui convenait. Elle espérait en secret. Personne ne voulait faire l'expérience de l'Oubli. Personne ne voulait passer l'éternité à errer dans l'Éther et à récolter des âmes perdues. Mais elle savait aussi qu'être nommée pour la Décade n'était pas facile. C'était un coup de chance. Et bien qu'elle souhaitât qu'on lui donne le choix, qu'on lui laisse la possibilité de décider de son avenir, elle ne comptait pas non plus être brisée par le poids de la déception.

— D'accord, soupira Masika en glissant une mèche de cheveux derrière son oreille. On peut en parler. Mais on peut au moins attendre d'être à Ivory ?

— Tu es vraiment parano, grogna Irene.

— Je ne suis…

— Masika ! Attends ! lança une voix enjouée dans leur dos, et les deux se figèrent.

Masika jeta un coup d'œil derrière elle et aperçut deux grands yeux marron-vert encadrés par des lunettes noires.

Liza Mendez. Plus jeune que la moyenne des élèves de Blackwood ; elle avait seize ans quand elle était arrivée. La plupart de ceux qui atterrissaient ici avaient dix-sept ou dix-huit ans. C'était l'âge idéal, apparemment, pour s'acclimater au mieux à Blackwood. Les âmes des adultes ne possédaient pas les caractéristiques nécessaires pour traverser l'Éther. Les âmes adolescentes, en revanche, contenaient un mélange parfait de mort et d'obstination, qui leur permettait de rester accrochées à leur humanité.

— Salut, Liza.

Irene pinça le bras de Masika. Celle-ci connaissait le signal.

Sors-moi de là, lui disait son amie.

— Tu aurais une seconde pour discuter ? demanda Liza sans s'arrêter sur Irene – Liza et Irene ne s'entendaient pas. Tu es peut-être au courant, mais nous, les filles de Holsterd, on aimerait vraiment que tu rejoignes notre club de Défenses stratégiques. On cherche un nouveau membre et… (Sa voix se perdit.) Enfin, voilà.

Oui, elle était au courant. Tout le monde était au courant.

Quinn Woodrow avait disparu le mois dernier. Enfin, « disparu » n'était peut-être pas le bon terme. Elle avait laissé un mot scotché au miroir de sa coiffeuse. Une explication. Des élucubrations sur le fait de vouloir plus – de vouloir autre chose. Tout le monde avait compris.

L'Ordre des Desmions.

Que les départs de Blackwood soient en effet historiquement bas, comme l'affirmait le proviseur Silas, ne signifiait pas que personne ne succombait aux promesses empoisonnées de l'Ordre.

Quinn, par exemple.

— C'est très gentil, répondit Masika en souriant, sentant le regard assassin d'Irene. Mais je ne pense pas que j'aurai le temps. Je suis très prise.

— Vraiment très prise, renchérit Irene.

— D'accord. Quand bien même, on serait ravies que tu viennes nous voir, continua Liza en remontant ses lunettes sur son nez. Sauf si l'une de nous est sélectionnée ! Vous imaginez ? Pouvoir vivre dans la résidence des Valeureux ? (Elle poussa un soupir songeur.) Il paraît que l'endroit est enchanté et bien plus grand qu'il n'y paraît. Qu'il y a des centaines d'étages.

— Ça m'étonnerait que tu saches un jour la vérité, grommela Irene en ricanant.

Masika lui donna un coup de coude.

— Ce qu'Irene voulait dire, c'est que j'espère bien qu'une de nous sera en effet choisie.

Liza sourit. Mais Masika détecta de la peine dans son regard.

— J'espère aussi.

Masika voulait rester cordiale avec Liza. Avoir des amis dans les autres résidences présentait des avantages. Ils pouvaient se révéler utiles.

À Pettyworth vivaient certains des élèves les plus reclus et les plus doués sur le plan scolaire. Litterman, connu pour ses fauteurs de troubles et ses fêtards (à l'exception d'Emilio), hébergeait des élèves avec un don pour la magie d'illusion. Un sous-sol reliait Chambers à Fiddle, et dans les deux bâtiments vivaient ceux et celles qui avaient des affinités avec la magie élémentaire – et un penchant pour la fabrication de liqueurs et d'élixirs enchantés. Les élèves d'Ivory, la résidence d'Irene et de Masika, pratiquaient à haute dose la magie corporelle et étaient censés être impitoyables. Ils aimaient aussi la décoration intérieure. Et enfin Holsterd, la résidence à laquelle appartenait Liza, accueillait les élèves avec la meilleure magie défensive de toute l'école.

Masika se souvenait de son placement dans la résidence Ivory. C'était son premier soir à Blackwood et on l'avait envoyée chez le proviseur Silas pour son rituel d'initiation. Elle redoutait cet examen – dans son esprit, elle imaginait des pratiques occultes et des sacrifices terrifiants. Mais quand elle était arrivée dans le bureau, on lui avait donné une bougie et on lui avait dit : « Tiens la bougie dans ta main et souffle sur la mèche. » Quand elle avait pris la bougie et soufflé doucement dessus, une flamme violette avait brusquement surgi, manquant de lui griller les sourcils.

Et c'était tout.

Elle allait vivre dans la résidence Ivory.

— Oh, Nick m'appelle, expliqua Liza, tirant Masika de ses pensées. Je les aide, lui et les autres membres du comité du bal de la Décade. (Elle poussa alors un cri de joie.) Vous y allez avec qui ?

Masika aperçut Nick Aronson non loin de la bibliothèque. Ses cheveux blond cendré s'agitaient dans le vent. Il portait ses éternels chemise blanche et jean sombre, et la bandoulière de sa besace lui barrait le torse. Il leva la main et les salua poliment.

— Euh, je ne sais pas, répondit Masika, gênée. Et je ne suis pas sûre d'y aller.

— Ah si, on y va, décréta Irene en passant le bras autour des épaules de son amie. J'ai l'intention de boire du vin jusqu'à perdre connaissance et d'aller ensuite me baigner nue dans la fontaine de la place principale.

Liza eut un mouvement de recul mais se reprit rapidement.

— Ah… OK, sourit-elle nerveusement. On se verra à la cérémonie d'ouverture ! (Elle les contourna.) Et bonne chance pour l'examen de Calligan tout à l'heure.

Masika regarda Liza se frayer un chemin parmi les élèves. Sa queue-de-cheval auburn se balançait dans son dos. À l'instant où elle fut avalée par la foule, Irene gronda longuement.

— Dieu merci. J'ai croisé des navets plus intéressants qu'elle.

— Laisse-lui une chance. Avoir Liza comme amie n'est pas une mauvaise chose.

— Qui a besoin d'amie ? répliqua Irene en haussant les épaules.

Débattre était inutile. Irene était une forteresse impénétrable de solitude et d'isolement. Son cercle d'intimes était très restreint. Voire inexistant. D'ailleurs, Masika était sans doute sa seule amie. Et encore. Si Masika savait qu'Irene n'était pas totalement dépourvue d'émotions, c'était parce que, derrière son masque de fer, elle avait aperçu ses fêlures. De petites étincelles d'humanité, qui luisaient sous la surface.

Des instants de doute. De peur. Comme cette fois où Irene était entrée en trébuchant dans la chambre de Masika au milieu de la nuit, en nage, terrorisée à l'idée que sa mère vienne la chercher. Masika avait passé des heures à la calmer, repoussant les mèches humides de sueur de ses joues, jusqu'à ce qu'Irene se rendorme. Sans doute était-ce du somnambulisme, mais, même dans son état de délire, Irene avait su à quelle porte frapper.

Elle avait su où trouver son amie.

Alors qu'elles approchaient des larges marches en pierre de la résidence Ivory, Masika remarqua une silhouette qui se détachait des autres. Maître Violet, les lèvres pincées, les observait depuis le porche. Ses mains gantées agrippaient la balustrade en fer.

— Les nouvelles vont vite, commenta Irene en baissant les yeux.

— Tu crois qu'elle est au courant ?

— Regarde-la. Si ça, ce n'est pas un regard qui tue, je ne sais pas ce que c'est. On dirait qu'elle a croqué dans un citron.

Masika grimaça. Les yeux de Violet ressemblaient à deux lames prêtes à se planter dans sa gorge. Oui, elle était au courant. En montant les marches, Masika retint son souffle et se prépara mentalement à entendre sa punition.

— Bonjour, les salua Violet en hochant discrètement la tête. Vous devriez sans doute monter vous rafraîchir avant le début des cours.

— Nous rafraîchir ? répéta Irene, surprise. C'est tout ? Vous n'avez rien d'autre à nous dire ?

— Je ne vois pas à quoi vous faites référence, répondit Violet en ôtant de son visage une mèche de cheveux noirs et en serrant davantage son manteau. Quoi qu'il en soit, je m'en vais. Essayez de ne pas trop vous attirer d'ennuis aujourd'hui, les filles.

Elle leur adressa un demi-sourire et partit en direction du square principal.

— C'était quoi, ça ? renâcla Irene. Même pas une petite tape sur la main.

— Je ne sais pas, admit Masika.

C'était un peu bizarre. Maître Violet, qui était la responsable des élèves d'Ivory et enseignait la magie spatiale, avait la réputation d'être stricte. Son absence de réaction à propos des infractions qu'elles avaient commises était étrange.

— Elle sait sans doute qu'on a déjà parlé à Silas.

— Super. Je ne serais pas étonnée que toute l'école soit au courant d'ici à la fin de la journée.

Des tissus en velours chatoyant ornaient les murs et les meubles de l'entrée d'Ivory House. Un lustre scintillant pendait du plafond noir et éclairait le couloir orné de bougies sombres desquelles émanait une flamme violette, dont les ombres s'étiraient sur les tapis. Ici comme ailleurs à Blackwood, la végétation avait envahi les parois et le plancher. Au fond, une immense fenêtre offrait une vue sur la cour principale – la plus grande place de Blackwood, agrémentée de statues en pierre impressionnantes et de chênes séculaires.

Masika avait passé d'innombrables heures à regarder par cette fenêtre.

À attendre.

— Ça va ? lui demanda Irene en agitant la main.

— Oui, ça va.

Les mots étaient sortis facilement. Masika maîtrisait l'art de feindre d'aller bien. Ça ne datait pas de Blackwood.

Dans son ancienne vie, les mots aussi lui venaient facilement – comme pour combler toutes les failles sombres en elle.

Je vais bien. Je suis simplement fatiguée. Tout va bien.

— D'accord, eh bien, dans ce cas… je vais monter chercher mes affaires, annonça Irene en se dirigeant vers l'escalier. On se retrouve ici ?

Masika hocha la tête, mais son esprit était ailleurs et elle avançait déjà en direction de la fenêtre. Ça lui arrivait de temps en temps. Comme si un épais brouillard envahissait tout à coup son cerveau. Parfois, elle accusait son père, dont les gènes défaillants s'exprimaient enfin en elle. Parfois, elle se disait que c'était autre chose, qui dépassait largement les problématiques liées à son ascendance, ou même à Catherine.

Elle posa la main sur la vitre froide.

Dehors, un couple était assis sous un chêne, sur une couverture écossaise, des papiers tout autour. Ils tranchaient avec cette monotonie – un écho de vie parmi les morts.

Il y avait eu un temps où Masika pensait avoir trouvé l'étincelle. Cet élément qui la motiverait à s'accrocher à son humanité. Mais elle avait été tellement aveuglée par son amour qu'elle n'avait pas remarqué la funeste graine qui germait dans le cœur de Catherine.

La noirceur.

Si Masika avait espéré pouvoir repousser cette obscurité, apaiser l'appétit dévorant de Catherine, elle avait toujours su, au plus profond d'elle-même, que rien ne suffirait.

Son destin était de l'aimer et de la perdre.

7

WREN

La lettre sous sa porte glissa sans un bruit. Wren avait passé les premières heures de la matinée à se fustiger en silence d'avoir écouté August et à faire les cent pas tout en tripotant le bout de sa tresse. Toute à ses admonestations, elle n'avait remarqué la missive qu'au moment où elle s'était apprêtée à sortir de sa chambre.

Elle était cachetée, d'un sceau en cire rouge représentant l'emblème de Blackwood Academy – la souche d'un chêne entourée de fragments d'os.

Elle la ramassa et l'ouvrit. La lettre était courte, concise, rédigée à l'encre rouge.

Miss Loughty,

Votre présence dans mon bureau est requise. J'ai déjà prévenu Maître Birdie, ne vous inquiétez pas si vous arrivez en retard au premier cours de la journée.

Salutations distinguées,
Proviseur Silas

Elle lut et relut le message, comme s'il en contenait un autre, caché, qui lui sauterait tout à coup aux yeux, et traça chaque lettre du bout du doigt. Cela n'avait aucun sens. Elle venait tout juste de parler à Silas.

Un tsunami de questions la submergea.

Pourquoi avait-il de nouveau besoin de lui parler ?

Les autres avaient-ils reçu la même missive ?

Avait-il changé d'avis et décidé de les punir ?

Le cœur tambourinant d'angoisse, elle rangea la lettre dans le tiroir de son bureau.

Elle ne savait pas comment gérer ces émotions. Contrairement à certains, elle avait bonne réputation. Elle avait d'excellentes notes, bien entendu, mais ça ne tenait pas qu'à ça. Wren avait été claire : elle ne se contenterait pas d'être là, elle avait pleinement accepté son rôle d'élève et l'avait intégré dans son âme.

Elle ne récupérerait jamais son ancienne vie, cependant elle comptait faire de son mieux pour réussir dans celle-ci.

C'était pour cette raison qu'elle se noyait dans le travail et les livres. Qu'elle s'épuisait à étudier pour les examens. Ça, au moins, elle pouvait le contrôler. C'était la seule chose que la mort ne lui avait pas prise.

En revanche, une seule erreur, une mauvaise décision, et tous ses efforts auraient été vains.

Elle enfila son trench-coat et se précipita vers la porte. Mais, en ouvrant, elle rencontra un sérieux obstacle. Un grand et pénible obstacle aux yeux gris et à l'air bien trop satisfait de lui-même.

— Bouge de là.

August appuya ses mains sur le chambranle.

— Ce n'est pas du tout l'accueil auquel je m'attendais.

— Je n'ai absolument pas le temps.

Wren se faufila sous son bras et s'élança dans le couloir. Elle entendit le pas familier d'August résonner derrière elle. Super. Comme si elle avait besoin de ça aujourd'hui.

— Tu es bien pressée. Tu vas où ? demanda August. Ton cours de défense ne commence pas avant vingt minutes.

— Waouh, ricana Wren en secouant la tête. Tu es vraiment obsédé à ce point par moi ?

— Ne te jette pas de fleurs, chérie, répondit August en la rattrapant et lui adressant un sourire présomptueux. Je suis simplement très observateur.

— Je te conseille alors de bien te regarder dans le miroir.

Il s'arrêta et plaqua ses mains contre le mur du couloir, la piégeant de nouveau.

— Allez. Dis-moi, reprit-il en la dévisageant avec avidité. Où vas-tu ?

— Qu'est-ce que ça peut te faire ?

— Je ne sais pas. Si ça se trouve, tu as raison. Peut-être que tu m'obsèdes.

— Bravo. Accepter, c'est la première étape.

— Tu es très mignonne quand tu es contrariée, poursuivit August. Il y a une ride qui se forme entre tes sourcils. Juste là.

Il posa l'index sur son front.

— Oui, eh bien, c'est facile d'être contrariée, en ta présence, répondit Wren tout en essayant d'ignorer les palpitations sous sa peau à l'endroit où il l'avait touchée. M'énerver, c'est ton sport favori.

— Tu me flattes, dit-il avec un sourire en coin.

— Bon, ça suffit. On m'attend quelque…

Wren tenta de la contourner, mais August ne céda pas et se décala pour être une fois encore face à elle. Au même moment, l'étincelle de malice qui brillait dans ses yeux se transforma en quelque chose de glacial, de dangereux.

Il reprit, d'un ton lent, calme :

— Dis-moi où tu vas.

— C'est un ordre ? s'indigna-t-elle.

August haussa les épaules.

— Peut-être.

Le silence se fit. Wren planta son regard dans le sien, bien décidée à ne pas cligner des yeux ou à se détourner. Elle n'avait pas peur de lui. Elle n'avait jamais eu peur de lui. Mais être aussi près d'August était déstabilisant. Presque malsain. Parce que, et elle devait le reconnaître, son cerveau ne lui disait ni de s'enfuir ni de se cacher. Au contraire, il la poussait à se rapprocher.

Ce qui la terrifiait plus que tout.

— August, articula-t-elle posément, cette petite démonstration de force de mauvais garçon, ça ne marche pas avec moi. (Elle tendit la main et retira d'un geste moqueur une poussière invisible de son col.) Donc, est-ce que tu peux partir et trouver quelqu'un d'autre à embêter ?

Pendant un instant, il ne dit rien. À chaque seconde, ses yeux s'assombrissaient davantage. Heureusement, alors que Wren se disait que la tension dans l'air allait la faire exploser, l'attitude d'August changea, et il retrouva son éternel air condescendant.

— Tu m'as vraiment traité de mauvais garçon ?

— Oh, bon sang. Laisse tomber. Tu es irrécupérable.

Elle profita de cette pause momentanée pour lui échapper et s'éloigner. Hélas, il ne comprit pas le message et la suivit. Elle ouvrit les portes de Pettyworth et sortit.

Le ciel couleur améthyste de Blackwood s'étirait au-dessus d'elle. Elle emprunta le sentier de gravier qui serpentait autour de la petite place et menait à la cour principale. Il faisait frais et elle frissonna.

À son grand désarroi, August la rattrapa.

— Écoute, je voulais juste m'assurer qu'on était sur la même longueur d'onde, reprit-il en enfonçant les mains dans ses poches. Surtout après notre petite conversation avec Silas.

— À propos de quoi devrait-on être sur la même longueur d'onde ?

— Oh, ne fais pas l'idiote, Loughty, rétorqua-t-il d'une voix sombre. Ils ne nous disent pas tout. Je sais que tu le sais. Il y a un truc qui cloche.

Évidemment, qu'elle le savait. Toute cette histoire la mettait très mal à l'aise. Que la nouvelle élève ait invoqué de la magie d'ombres était déjà assez terrifiant sans qu'on y ajoute les Desmions qui cherchaient à kidnapper des élèves. Et ils devaient garder tout ça secret ? C'était déroutant. D'autant plus que la réponse des Maîtres lui avait paru… calculée. Comme s'ils avaient tout anticipé et leur avaient sorti une explication toute faite. Mais qu'était-elle censée faire ? Remettre en question les règles de Blackwood relevait du blasphème. La dernière chose que Wren voulait, c'était donner à Silas une bonne raison de ne pas la choisir lors de la Décade.

— Tu as peut-être raison, répondit-elle en s'arrêtant. Ils nous cachent sans doute quelque chose. Malheureusement, on n'y peut rien. On n'avait pas à être sur ce toit. À présent, il nous reste à espérer que Silas et le Conseil savent ce qu'ils font. Si Louise est une menace, ils se chargeront du problème.

— Bien sûr, souffla August en secouant la tête. Et rappelle-moi : qui siège à ce mystérieux Conseil en qui tu as toute confiance ?

Wren ouvrit puis referma la bouche.

— Je… bredouilla-t-elle. Je ne sais pas.

À dire vrai, elle n'y avait jamais beaucoup réfléchi. Le Conseil était constitué d'un groupe de Valeureux et de Maîtres, sélectionnés dans un seul but : protéger Blackwood Academy. Ils s'occupaient de sécuriser l'enceinte, mettaient en place des stratégies contre l'Ordre des Desmions et étaient anonymes. C'était une sorte de société secrète au sein de l'élite académique. Et Wren ne pouvait qu'espérer en faire partie un jour.

August s'approcha d'elle. Il était trop près. Son odeur familière assaillit ses narines – un parfum boisé et autre chose. Qui lui fit penser à un orage d'été.

— Tu comptes vraiment faire confiance à des personnes qui refusent de se montrer à visage découvert ?

— Je ne sais pas, répondit Wren en s'écartant. Mais je sais que je ne compte pas te faire confiance à toi.

August tressaillit. Ce n'était pas un effet d'optique ni une hallucination. Il semblait… blessé. Cependant, à peine la douleur avait-elle traversé son regard qu'elle disparut, remplacée par le masque de froideur apathique qu'il portait si souvent.

— Très bien, conclut-il.

Et un mur s'érigea de nouveau entre eux.

— Comme tu voudras.

Sur ce, il s'éloigna, s'enfonça davantage dans la végétation, jusqu'à n'être plus qu'une poussière dans le lointain.

— Miss Loughty, dit Silas en regardant par-dessus ses lunettes. Entrez, s'il vous plaît.

Une lueur orangée teintée de beige enveloppait le bureau du proviseur, mais les coins étaient plongés dans la pénombre. Six tableaux ornaient le mur près de l'entrée, des portraits des Maîtres – Birdie, Russo, Wesley, Violet, Marigold et Calligan. Tous étaient auréolés du pouvoir scintillant de la magie ancienne et dégageaient une impression de sagesse. Les élèves ignoraient comment étaient sélectionnés les Maîtres et comment Silas était devenu le directeur. Wren pensait qu'ils étaient là depuis l'aube des temps. Lorsqu'elle était arrivée à Blackwood, elle avait envisagé de demander à Marigold, mais August l'en avait très vite dissuadée.

« On n'interroge pas les pouvoirs qui gouvernent Blackwood, lui avait-il dit. Et, crois-moi, parfois, mieux vaut ne pas savoir. »

Wren s'approcha du grand bureau en acajou au centre de la pièce. Silas retira ses lunettes et les posa devant lui.

— C'est comique, non ?

Wren s'assit et glissa ses mains tremblantes sous ses cuisses.

— Quoi donc ?

Il désigna les lunettes avec un petit sourire complice.

— Avoir besoin de lunettes dans l'au-delà. Cela pourrait paraître… inutile.

— Le paradoxe de nos existences, déclara Wren avec un éclat de rire.

Silas hocha la tête puis poussa un long soupir.

— Notre existence même est pleine de paradoxes. Je m'efforce d'en résoudre le plus possible pour mes élèves mais, malheureusement, il y a des choses qui dépassent mon entendement, constata-t-il.

Puis il approcha une tasse de thé fumante de ses lèvres.

Wren se tortilla sur sa chaise.

— Proviseur, je dois avouer que je suis étonnée de vous revoir si tôt.

Il émit un petit rire et prit une gorgée.

— Ah, oui. J'aurais aimé que notre premier rendez-vous se fasse sous de meilleurs auspices. Je ne vous pensais pas du genre à enfreindre les règles.

Et pour cause. C'était August, le dissident notoire, qui se vantait de faire exactement le contraire de ce qu'on lui disait de faire. Wren, elle, était la voix de la raison.

— Je sais, répondit-elle en toussotant. C'était une erreur. Une très grosse erreur, et je ne compte pas recommencer. (Elle tripota l'ourlet de sa jupe.) Je n'ai aucune excuse. Personne ne m'a obligée à aller à Bonestrod. Simplement… j'espère que vous savez que je prends mon rôle ici très au sérieux.

— Oui, acquiesça Silas. Je le sens en vous. Ce désir de bien faire. C'est pour cela que je vous ai demandé de venir me voir en privé. Loin des regards des Maîtres. (Il reposa sa tasse et sourit.) Ils se mêlent parfois de ce qui ne les regarde pas.

Wren se redressa.

— Vous voyez, miss Loughty, continua-t-il, bien que j'admire vos compétences académiques et magiques, ce qui fait de vous une rareté parmi les pensionnaires, c'est une autre qualité.

— Laquelle ?

Silas se pencha en avant.

— La gentillesse.

Wren cligna des yeux, surprise.

— Oh. Je… Merci.

— Une valeur sous-estimée, selon moi. Mais très utile en certaines occasions.

— Je suis désolée, proviseur, je ne comprends pas.

Pendant un instant, Silas ne dit rien. Il se leva, enroula sa main autour de sa canne et se dirigea vers la fenêtre cintrée donnant sur la cour principale. Il poussa le rideau émeraude et observa les élèves en dessous.

— Je m'inquiète pour notre nouvelle venue, Louise Nordain, poursuivit-il tout en marquant une pause après son nom. Son arrivée à Blackwood a été ternie par l'Ordre des Desmions. J'ai besoin de quelqu'un pour la surveiller. Pour s'assurer qu'elle s'acclimate bien et que personne d'autre n'essaye de la kidnapper.

Wren mit quelques secondes à comprendre.

— Vous voulez que ce soit moi qui la surveille ?

— « Surveiller » n'est peut-être pas le bon mot, rétorqua Silas en relâchant le rideau. Je me disais que vous pourriez être… son amie.

Wren ne sut quoi dire. Dans d'autres circonstances, elle n'aurait pas hésité. Elle aurait tout fait pour être dans les petits papiers de Silas, et se lier d'amitié avec une autre élève était un prix modique à payer. Mais l'idée de se rapprocher d'une élève ciblée par l'Ordre ne la réjouissait guère.

Face à son silence, Silas s'avança vers elle.

— Si j'ai bien compris, vous espérez être nommée à la Décade.

— Oui, dit-elle en levant la tête. Rien ne me ferait plus plaisir que de servir Blackwood en tant que Valeureuse.

— Et je suis sûr que vous seriez parfaite, opina Silas. C'est pour cela que j'espère que vous allez accepter. Nul doute que vos chances d'être appelée s'amélioreraient considérablement.

Wren crut que sa mâchoire allait se décrocher. Elle était certaine d'avoir bien entendu. Et d'avoir bien compris ce que Silas insinuait.

Ses chances d'être sélectionnée reposaient sur sa collaboration.

Mais quelque chose dans le ton de Silas et ses méthodes clandestines la laissa penser qu'il ne lui disait pas tout. Il y avait une clause cachée.

— Il faudra que je garde le secret, n'est-ce pas ? Que les autres ne soient pas au courant ?

Silas hocha la tête avec solennité.

— Je ne veux inquiéter personne. Nous contrôlons la situation. Cependant, moins il y a de gens qui savent qu'on surveille Louise, mieux c'est.

Wren ne pouvait le nier, la première pensée qui lui traversa l'esprit fut pour August. Elle ne pourrait rien lui confier. Dans sa tête, une autre couche de ciment venait s'ajouter au mur grandissant entre eux. Mais aussitôt après, elle eut honte de sa réaction. Qu'est-ce que cela pouvait lui faire de mentir à August ? Si leurs années d'inimitié lui avaient appris quelque chose, c'était qu'Augustin Hughes ne se préoccupait que de lui-même. Et même s'il voulait lui faire croire qu'il se souciait du bien commun, c'était sans doute parce que, quelque part, ça l'arrangeait.

— Oui, bredouilla Wren. Bien entendu. Je ferai de mon mieux pour être son amie.

— Merveilleux, déclara Silas en la raccompagnant vers la porte. Je suis ravi d'avoir une élève comme vous à Blackwood. Vous êtes vraiment l'une des meilleurs que j'ai rencontrés.

— Merci, proviseur, répondit Wren en rougissant.

Il ouvrit la porte et l'invita à sortir.

— Bonne chance, la salua-t-il en inclinant la tête.

Alors que le battant se refermait derrière elle, Wren éprouva un sentiment de légèreté. Une joie sans entraves qui lui déclencha un fou rire.

Elle n'avait plus besoin de chance.

Sa nomination était dans la poche.

8

OLIVIER

Il était en retard.

Maître Calligan avait déjà commencé à distribuer les tasses à thé dorées qui contenaient un épais liquide noir. Quelques élèves levèrent la tête quand Olivier se glissa derrière sa table et lui adressèrent des coups d'œil désapprobateurs. Il n'y prêta aucune attention. En revanche, il repéra Irene et Masika assises de l'autre côté de la pièce.

Il hocha la tête dans leur direction, et elles détournèrent le regard.

D'accord...

Il ne le prit pas personnellement. Elles étaient aussi amicales qu'un couple de chats sauvages.

— Ravi que vous ayez pu nous rejoindre, déclara Calligan en lui donnant une tasse. Je vous recommande cependant d'arriver cinq minutes en avance la prochaine fois, et non pas cinq minutes en retard.

— Veuillez m'excuser, répondit Olivier. J'étais...

Mais Calligan, peu intéressé par ses explications, était déjà passé à l'élève suivant. Olivier inspecta le contenu de la tasse en fronçant les sourcils. Le breuvage sentait le sucre brûlé, avec des notes de moisi qui lui évoquaient un fruit pourri. Ce n'était pas ça qu'il aurait eu envie d'avaler au réveil, mais bon, il n'avait pas vraiment le choix.

— Stressé ? lui demanda quelqu'un à côté de lui.

Olivier se tourna vers sa droite et tomba sur Tristan Abbot, qui le regardait de ses yeux vert olive pétillants de malice. Des rayons de lumière lilas traversaient la fenêtre et donnaient à sa peau sombre un halo scintillant. Il habitait à Chambers et avait la réputation d'être un bourreau des cœurs, même si son cœur n'était plus à prendre depuis deux ans déjà, à la grande déception de tous ses admirateurs (Olivier inclus).

— Ce n'est pas ma première fois, répondit Olivier en secouant la tête.

— Ah oui, répliqua Tristan en souriant. J'aurais dû le savoir. Tu vis à Litterman, non ?

— Je plaide coupable, plaisanta Olivier.

— Je suis jaloux. Pas que je souhaite changer de résidence. Si je n'avais pas été placé à Chambers, je n'aurais jamais rencontré Josie, fit-il remarquer, son visage s'éclairant quand il évoqua sa petite amie. Tu as un petit ami, toi aussi, non ? Il s'appelle comment, déjà ? Emilio ?

— Hein ? s'étonna Olivier en manquant de lâcher sa tasse. Je n'ai pas… Non. Emilio et moi, nous sommes simplement amis.

— Pardon, bafouilla Tristan en baissant les yeux. J'ai eu l'impression. Enfin, laisse tomber.

— Un peu de calme, exigea Calligan de sa voix tonitruante. L'examen va commencer. Je vous ai distribué à chacun une tasse contenant un élixir puissant. Après avoir bu l'intégralité de la tasse, vous aurez exactement une heure pour démanteler l'illusion générée, même si vous aurez le sentiment que le temps passe nettement plus vite.

Calligan parcourut la pièce du regard tout en faisant craquer les jointures de ses doigts.

— Je n'ai pas besoin de vous rappeler les dangers de la magie d'illusion. Cependant, il est important d'en comprendre les risques. (Ses yeux se posèrent sur Tristan.) Monsieur Abbot, merci de nous rappeler ce qu'est l'affection chimérique.

Tristan se redressa sur sa chaise.

— Bien sûr. L'affection chimérique est la conséquence d'un démantèlement raté. Si un élève ne parvient pas à briser correctement une illusion, ou pas assez rapidement, l'illusion peut se graver dans sa conscience.

— Très bien, reprit Calligan en hochant la tête. L'affection chimérique pendant un examen n'est pas trop problématique parce que nous avons à l'infirmerie des Valeureux qui peuvent en inverser les symptômes. En revanche, si cela vous arrive dans l'Éther… (il laissa les mots planer un instant) … eh bien, disons que soigner l'affection serait beaucoup plus difficile.

Calligan se dirigea vers son bureau et s'assit sur le bord.

— Maintenant que vous connaissez les risques, dites-moi comment on peut identifier la magie d'illusion et s'en servir à son avantage.

La main d'Irene fusa à la vitesse de l'éclair.

Calligan se tourna vers elle.

— Allez-y, miss Bamford.

— La magie d'illusion se reconnaît à ses runes violettes et à son odeur douceâtre. Bien qu'il existe des illusions de surface inoffensives, comme certains des décors qu'on trouve dans les résidences, d'autres sont nettement plus complexes et prévalent surtout dans l'Éther. Ce sont les illusions immersives. Il est de notre ressort de les identifier et de les démanteler correctement.

— Vous nous énumérez les autres types de magie ? continua Calligan d'un ton satisfait.

— Absolument, enchaîna Irene en souriant. La magie spatiale nous sert surtout à nous orienter dans l'Éther grâce à notre carte d'orientation interne et nous permet de nous délocaliser sur le campus, mais les sorts qui y sont attachés ne fonctionnent pas dans l'Éther. De plus, la magie spatiale est limitée. Nous avons une réserve qui peut se vider si on se délocalise trop souvent sans faire de pause. (Irene s'interrompit et chassa de son épaule une mèche de ses cheveux noirs.) La magie élémentaire sert à repousser ou à contrebalancer tout obstacle rencontré dans l'Éther. Obtenir un tuyau d'arrosage pour éteindre des flammes, par exemple. Contrôler l'air autour de vous dans une tempête. Si vous…

— Je crois qu'on a compris, maugréa Olivier.

Irene pivota vers lui et lui adressa un regard de défi.

— Bref. La magie psychique est plus compliquée. Elle permet à celui ou à celle qui est à l'origine du sort d'influencer les pensées d'une ou de plusieurs personnes. L'utilisation de la magie psychique peut avoir des effets secondaires, souvent le nez qui saigne ou la vision qui se brouille. Nous, élèves de Blackwood, n'avons pas accès à cette forme de magie, mais on peut lancer des sorts de manipulation mentale. (Elle agita les sourcils.) Pour convaincre une âme perdue obstinée qui refuse de se faire aider.

— Excellent, reprit Calligan en se penchant en arrière. Et les deux dernières ?

— Défensive et corporelle, répondit Irene sans hésiter. Les deux bords opposés du spectre. La magie défensive utilise des fils dorés qu'on peut assembler pour ériger des barrières protectrices ou d'énergie. L'Éther construit souvent ses propres barrières qu'il faut franchir, et on doit savoir comment faire.

Elle marqua une pause et observa les autres élèves un par un. Un sourire mauvais se dessina sur ses lèvres.

— Et enfin, la magie corporelle. Représentée par des aiguilles argentées. Et, à mon humble avis, la magie la plus importante. La magie corporelle nous permet de modifier les atomes dans l'atmosphère. Sorts de transmutation. Sorts de combat. Tout ce dont on peut se servir pour attaquer ou détruire. Si besoin.

Calligan hocha la tête.

— Quelqu'un peut-il me dire à quoi cela sert de développer toutes vos capacités magiques ? Surtout dans l'Éther ?

Olivier leva la main en même temps qu'Irene. Elle le fusilla du regard.

Il résista à l'envie de lui tirer la langue.

— C'est assez simple, se lança-t-il. Notre magie est rattachée à notre âme. C'est ce qui nous aide à trouver les âmes perdues et à franchir les bons portails. Plus on développe notre magie, plus le lien est fort. Si le lien n'est pas assez fort, on risque de se tromper de portail, ce qui retarderait tout le processus. Sans parler du risque de se retrouver dans les Terres d'ombres…

Calligan l'interrompit d'un petit geste.

— Les portails d'accès aux Terres d'ombres sont protégés par des sorts installés par le proviseur Silas lui-même. Vous ne pouvez pas les franchir accidentellement.

Olivier rougit et baissa la tête.

— Oui, bien sûr.

Une fille assise à quelques tables de lui leva la main. Keira Holland. Parmi les dernières admises à Blackwood. Voir une élève récemment arrivée dans un cours avancé n'était pas inhabituel. Elle avait sans doute d'assez bonnes notes pour mériter sa place parmi eux. Mais son manque d'expérience était criant. On aurait dit un petit poisson essayant désespérément de survivre dans un lagon rempli de requins.

— Oui ? soupira Calligan.

Le visage couvert de taches de rousseur de Keira s'adoucit.

— Je me demandais… Pourquoi l'Éther nous résiste-t-il ? Pourquoi ne veut-il pas qu'on aide les âmes perdues ?

Un silence emplit la salle. On n'était pas censé poser ce genre de questions. Keira, qui l'ignorait, regarda les autres élèves avec une inquiétude grandissante.

— Miss Holland, je ne peux pas vous répondre, déclara Calligan en inclinant la tête sur le côté.

Parce qu'il ne savait pas. Personne ne savait pourquoi l'Éther leur sapait le travail, les empêchait d'atteindre les âmes perdues. Cela avait toujours été ainsi – une de ces lois de l'univers qu'on ne remettait pas en cause.

Keira se ratatina sur son siège, puis adressa un sourire timide à Calligan.

— Oui. Bien sûr. Excusez-moi.

— D'autres questions ? demanda Calligan en observant la salle.

Personne ne se manifesta, et il croisa les mains.

— Parfait. Alors commençons.

Olivier n'hésita pas. Il avala le liquide d'un trait et s'essuya la bouche du revers de la main. C'était immonde. Encore plus mauvais au goût qu'à l'odeur. Il fut pris d'une sensation de vertige. Ensuite, une onde de chaleur se forma sous ses pieds et remonta le long de ses jambes. Il eut l'impression que des milliers de fourmis grouillaient sur sa peau. Sa vision se brouilla, se remplit de points noirs.

Il cligna lentement des yeux. Il n'était plus dans la salle de classe.

Le monde autour de lui était vert, sombre, humide. Une sorte de marécage. Le sol était un tapis de plantes mortes formant de petits amas uniformes. Il y avait de la mousse partout. L'odeur douceâtre de la magie d'illusion, omniprésente, lui picotait le nez.

Calligan ne s'était pas moqué d'eux. Tout paraissait réel – l'eau imbibant le bas de son pantalon, la texture de la végétation sous ses doigts. Mais ce n'était pas vrai.

C'était une illusion.

Et il devait la démanteler.

Calligan avait pour habitude de fabriquer des illusions très théâtrales pour les examens, dignes des tragédies antiques. Il ne fut donc pas surpris de voir un sablier dessiné à l'encre noire sur son avant-bras. Il fonctionnait, les grains de sable glissaient du haut vers le bas, signalant que le compte à rebours avait commencé.

Bien décidé à finir le premier, Olivier fit apparaître des runes et se mit au travail. Elles planaient dans l'air, émettant des étincelles violettes qui crépitaient. Il fallait qu'il forme différentes combinaisons, qu'il modifiait en les déplaçant. S'il décalait une rune dans la bonne direction, une fissure se dessinerait peut-être dans l'illusion, qui lui signalerait un défaut dans l'ensemble. S'il les poussait dans la mauvaise direction, les fissures se répareraient, et l'illusion se renforcerait.

Sa mission : trouver la configuration qui détruirait l'illusion.

Tandis qu'il manipulait les runes pour fabriquer des formes géométriques différentes, il se demanda ce que lui dirait Emilio s'il était là.

Il se plaindrait certainement de l'odeur. Olivier sourit en imaginant Emilio pestant à côté de lui dans son gros pull en laine, avec ses cheveux en bataille, comme d'habitude. Cependant, la seconde d'après, il se demanda pourquoi il pensait à Emilio, surtout en cet instant, et il le chassa de son esprit.

Il remonta sa manche et observa le sablier. Il fut étonné de voir qu'il lui restait plus de la moitié du temps. Il aurait peut-être dû s'inquiéter, mais il n'était pas loin d'avoir terminé.

Lorsqu'il fit glisser la dernière rune, qui résista légèrement, vers la gauche, les autres se mirent à scintiller. Des flocons violets se matérialisèrent dans l'air, semblables à des braises agitées par le vent. Ensuite, une faille déchira l'illusion, et une deuxième, et une troisième, et le marécage se fendilla de part en part avant de se réduire en morceaux qu'Olivier aurait pu balayer du bout des doigts.

Il poussa un hoquet de surprise au moment où il reprit connaissance. Il était dans la classe. Calligan était assis à son bureau et écrivait dans un cahier. Une cuillère enchantée lui remuait son thé. Irene et Masika n'étaient plus là. Elles avaient certainement terminé l'examen avant lui.

Merde.

Une puissante nausée le saisit. Il se leva lentement. Il ne savait pas quelle quantité de magie il avait utilisée pendant cet examen, mais il en sentait les effets dans son corps. L'épuisement caractéristique. Le prix à payer.

Il se tourna vers Keira, qui était toujours allongée sur sa table, inconsciente. Ses yeux roulaient derrière ses paupières fermées. Sa peau prenait une teinte jaunâtre inquiétante. De grosses veines saillaient çà et là.

— L'illusion l'affecte, murmura Olivier.

Il n'aimait pas voir ça. C'était éprouvant à observer, même si ce n'était pas rare. Les élèves étaient souvent atteints d'affection chimérique et passaient ensuite des semaines à l'infirmerie pour récupérer.

Calligan ne leva pas les yeux.

— Oui, je le crains.

— Vous ne pouvez pas la réveiller ?

Calligan secoua la tête puis regarda Olivier.

— Il faut que ça aille jusqu'au bout.

— Elle… balbutia Olivier en cherchant ses mots. Elle va rater la Décade. La cérémonie d'ouverture. Ça peut prendre des semaines.

— Oui, mais elle ira bien, monsieur Dupont, soupira Calligan. Nous avons les moyens de la soigner. Cela prendra du temps. Cependant, c'est comme ça qu'on apprend. La magie n'est pas sans conséquence.

Olivier frémit. Il en savait quelque chose. Ces conséquences, il les ressentait dans chacune de ses respirations, du réveil au coucher. Calligan avait raison. Keira irait bien. Elle venait d'arriver. Elle avait encore des centaines d'années devant elle, un tas d'autres occasions de réussir. Olivier, lui…

— Monsieur Dupont, reprit Calligan, vous vous êtes bien débrouillé. Les autres ont peut-être démantelé l'illusion plus vite, mais votre travail était infiniment plus précis. Vous pouvez vous rendre à la cérémonie d'ouverture de ce soir avec confiance.

Un sentiment de fierté traversa Olivier.
— Merci.
— Allez-y, conclut Calligan en agitant la main. Je ne vous ferai pas de mot de retard.
Olivier ravala un sourire. Peut-être y avait-il une raison d'espérer. En quittant la salle de classe, rasséréné, il ne put s'empêcher d'éprouver une sensation qu'il n'avait pas éprouvée depuis des mois.
Qu'il savait, cela dit, dangereuse.
De l'espoir.

9

IRENE

Irene fit craquer les jointures de ses mains, baissa les épaules et se balança d'un pied sur l'autre. Par la fenêtre à l'est, une lumière irisée pénétrait dans la salle de classe. Les voix autour d'elle s'estompèrent. Comme un seul homme, les élèves se penchèrent en avant, se préparant à assister à un combat qu'ils savaient sans merci. Et ils avaient raison : Irene ne retenait pas ses coups.

La subtilité, ce n'était pas son genre.

— Vous êtes prêts ? demanda Maître Russo.

Elle se tenait entre Irene et son adversaire, un garçon élancé avec des cheveux châtains ondulés. Une vraie tête à claques, d'après Irene. À l'instant où Russo avait prononcé leurs noms et les avait désignés comme rivaux, un air d'indifférence avait gagné ses petits yeux serpentins – à croire qu'il valait bien mieux que ça. Encore maintenant, alors qu'ils s'apprêtaient à s'affronter, il prit le temps d'agiter les sourcils de façon moqueuse en direction de ses amis, signifiant son mépris pour toutes ces formalités.

— Je suis prête, répondit Irene, souriante.

Le garçon ricana puis murmura quelque chose qu'Irene imagina être à ses dépens.

Russo soupira, exaspérée.

— Hexley. Vous connaissez les règles. J'ai besoin d'une confirmation verbale de la part des deux participants.

Le garçon – Hexley, donc – leva les yeux au ciel.

— Oui. D'accord. Je suis prêt.

Le cours de magie corporelle était son préféré. Sous couvert d'apprendre, Irene pouvait infliger tous les dégâts qu'elle avait envie d'infliger. Les épreuves de duel occupaient une place de choix dans son cœur, car elles lui permettaient de canaliser sa colère et de la diriger vers une cible unique. De transformer toute sa frustration et toute sa haine en rage pure.

Que son adversaire soit un garçon qui avait besoin d'une bonne leçon était un bonus appréciable.

Russo hocha la tête et recula jusqu'à être hors de la zone de combat.

Elle leva les mains et l'air grésilla.

— Allez-y !

Hexley dégaina le premier. Irene bondit sur la gauche et évita les aiguilles de magie argentées qui vinrent s'écraser sur le mur derrière elle. Les élèves hoquetèrent de surprise lorsqu'une bibliothèque s'écroula. Avant qu'Irene n'ait le temps de riposter, Hexley avait enchaîné avec trois attaques corporelles basiques. Elle les esquiva sans le moindre effort.

Bordel, est-ce qu'au moins il sait viser ?

Irene activa la magie dans ses veines et savoura le souffle glacial qui envahit ses poumons. Elle ne s'inquiétait pas de la fatigue qu'elle ressentirait certainement à la fin – elle s'en fichait, ce déferlement de puissance en elle, c'était trop bon. Des perles de lumière argentées se formèrent sur ses paumes, tels des éclairs miniatures. Elle attendit le moment propice, fit un pas vers la droite. Elle avait remarqué à la façon dont se tenait Hexley que c'était son côté faible.

Parfait.

Elle lança le sort, et il atterrit pile sur son épaule.

Hexley bascula en arrière. Une grosse entaille apparut sur son épaule, remontant vers sa clavicule. Il baissa les yeux, avisa sa blessure et prit un air totalement ahuri. Puis il releva la tête et la fusilla du regard.

— *Salope.*

Irene ne put s'empêcher d'éclater de rire.

— Qu'est-ce qu'il y a de drôle ?

— Vous, les garçons, vous êtes tous pareils. Tellement prévisibles, ricana Irene en étendant le bras vers la droite. (Le bout de ses doigts vibrait.) Aucune stratégie. Aucune patience. Vous n'êtes que force brute et désespoir.

— C'est quoi, ça ? demanda Hexley en faisant apparaître une boule de magie dans sa main. Un sermon ?

— Non.

Irene crispa ses phalanges et la fenêtre à sa gauche vola en éclats. Mais les bris de verre ne tombèrent pas. Ils se mirent à flotter, en attente d'un ordre d'Irene.

— Une distraction.

Hexley avait à peine ouvert la bouche que les tessons fusèrent dans sa direction et lui percèrent le corps comme des petites billes de plomb. Il partit à la renverse et atterrit par terre avec un bruit sourd. Une mare de sang se répandit rapidement sous son torse, tachant le plancher de rouge. La classe tout entière poussa un cri de stupeur et se précipita pour estimer les dégâts.

Russo se pencha au-dessus du corps immobile de Hexley, agita la main devant son visage. Comme il ne réagissait pas, elle soupira et se tourna vers Irene.

— Excellente manœuvre, mais la prochaine fois, si vous pouviez éviter une telle surenchère, je vous en serais reconnaissante. Vu son état, Hexley ne va pas se réveiller avant un bon mois.

Irene salua.

— De rien.

Elle connaissait la suite. Un groupe de Valeureux viendrait chercher Hexley pour l'emmener à l'infirmerie. Les autres élèves n'en finiraient pas de s'étonner à voix basse de sa cruauté, considérant qu'elle aurait dû se montrer moins violente envers lui. Elle les ignorerait. Irene ne se souciait plus des propos des autres depuis bien longtemps.

Assister à cette scène ne l'intéressait pas. Irene ouvrit la porte de la salle d'un mouvement du poignet et sortit.

Alors qu'elle s'engageait dans le couloir, un garçon qui arrivait en courant de la direction opposée lui rentra dedans.

— Putain, marmonna-t-elle. Regarde où tu vas !

Il l'observa. Il avait les cheveux blond foncé, un visage anguleux, avec un nez proéminent et des pommettes saillantes. Ses yeux, une mer bleu de cobalt et bleu ciel, croisèrent les siens avec une pointe d'amusement.

— Je pourrais te dire la même chose, riposta-t-il.

Il avait de gros cernes et le front en sueur. *Épuisement magique*, nota Irene.

— Tu reviens de l'Éther ? demanda-t-elle, incapable de cacher sa curiosité.

— Quoi ? fit l'autre, confus. Non. Pourquoi cette question ?

Intéressant. Rien d'autre ne pouvait plonger un élève dans un tel état de fatigue. Ce qui signifiait que ce garçon lui mentait ou qu'il s'était retrouvé dans une situation problématique.

Irene espérait que c'était la deuxième hypothèse.

Sentant qu'il avait commis une erreur, le garçon se racla la gorge et reprit :

— Je veux dire… Je ne reviens pas tout juste de l'Éther. J'y étais il y a quelques heures.

— Menteur, répondit Irene sans ambages. Tu mijotes quelque chose.

Le garçon l'étudia pendant un long moment. Elle aurait pensé que ses accusations l'auraient troublé, mais non, il la fixait avec ce même air amusé.

— Et si c'était le cas ? lâcha-t-il en ravalant un sourire. Qu'est-ce que tu compterais y faire ?

Irene haussa les épaules puis lui adressa un sourire hostile.

— Je ne sais pas. Je n'ai pas encore décidé.

— Je parie que ça marche avec la plupart des gens, déclara-t-il en s'approchant d'elle et sans détourner les yeux. Cette manœuvre d'intimidation. Le regard de défi. Cette tactique de fille méchante que tu sembles maîtriser.

Il était à quelques centimètres d'elle, si près qu'Irene voyait la lueur des bougies se refléter dans ses pupilles.

— Mais heureusement pour toi, je ne suis pas comme tout le monde.

Irene leva les yeux au ciel. Cependant, elle ne put s'empêcher de frémir, écrasée par ce regard.

— On pense tous ça, répondit-elle en avançant le menton. Désolée d'être l'oiseau de mauvais augure, mais tu n'as rien de spécial.

Le garçon éclata de rire.

— Je ne pense pas que tu sois réellement désolée.

— Exact, répondit Irene avec un sourire.

Quelques secondes de silence s'ensuivirent, au cours desquelles, malgré la tension grandissante, ils ne bougèrent pas. Puis le garçon fit un pas sur le côté et fourra les mains dans ses poches.

— À mon grand regret, je suis attendu quelque part.

— Oh, non, comment je vais faire pour survivre ? rétorqua Irene d'un ton moqueur.

Il ricana puis s'éloigna en sautillant dans le couloir. Avant de disparaître à l'angle, il se retourna et esquissa un rictus retors.

— Je suis certain qu'on va se recroiser, *Irene*.

Elle se figea, accrocha son regard. Elle ne le reconnaissait pas, mais cela n'avait rien de surprenant. Cette école était grande. Il y avait des centaines d'élèves. Elle ne pouvait pas savoir qui allait et venait. Pour autant, elle s'étonnait de ne pas avoir remarqué quelqu'un comme lui déambulant dans les couloirs de Blackwood. Surtout que lui semblait l'avoir déjà vue.

Elle n'eut pas le temps de lui demander comment il connaissait son nom. En deux secondes, il se volatilisa, laissant Irene avec le sentiment que, bien ce que fût la première fois qu'elle le voyait, ça ne serait pas la dernière.

10

WREN

La fin d'après-midi répandait sur Blackwood des ombres indigo et violettes, prémices de l'épais brouillard qui ne tarderait pas à tout recouvrir. Wren avait terminé ses cours pour la journée et réussi l'examen de Calligan haut la main. Elle avait trouvé l'épreuve facile, une simple illusion conçue pour lui donner l'impression d'être dans un marécage. Il ne lui avait fallu que cinq minutes pour en venir à bout.

Un jeu d'enfant.

Elle avançait lentement sur le chemin qui reliait les bâtiments de Blackwood. La cérémonie d'ouverture de la Décade approchait, et son sentiment d'appréhension grandissait. Elle aperçut une silhouette familière au loin. August était assis devant une des statues ornant la cour principale. Il avait étiré ses jambes et lisait un livre de manière nonchalante.

Il dut sentir son regard sur lui parce qu'il redressa la tête.

Leurs yeux se croisèrent.

Wren ouvrit la bouche pour l'interpeller mais il reporta rapidement son attention sur son livre, comme s'il ne l'avait pas vue.

Très bien. Si c'était à ça qu'il voulait jouer, Wren était partante. Elle ne comptait pas mendier quelques miettes de son attention. Si ses paroles l'avaient blessé, il aurait dû le lui dire, et non pas feindre l'indifférence. Cela dit, c'était prévisible. August n'était pas du genre à partager ses émotions.

S'il en éprouvait. Et rien n'était moins sûr.

Wren voulait le détester. Il était irrespectueux, impulsif, brutal. Le souci, c'était que son mépris pour August la maintenait en vie. Leurs disputes incessantes lui donnaient un but. Une raison de se lever le matin et d'affronter une énième morne journée.

Si tordu cela fût-il, cette comédie l'avait sauvée.

Wren chassa ses vieux souvenirs et poursuivit sa route. Elle passait devant la bibliothèque quand elle aperçut une fille assise toute seule sous un chêne, qui écrivait quelque chose dans un carnet. Ses cheveux blond clair lui voilaient le visage. Elle portait une robe en dentelle blanche et des mocassins noirs avec des chaussettes froncées.

Louise.

Wren en était certaine, c'était elle. Elle le ressentait dans sa poitrine – une pression soudaine, vive. Plus elle s'approchait, plus sa certitude augmentait. Elle percevait même son odeur de nouvelle élève. Presque sirupeuse.

Pourtant, elle hésita. Si elle lui parlait, si elle ouvrait cette porte, elle ne pourrait pas la refermer. Louise pouvait être une menace – le catalyseur susceptible de détruire tout ce qu'elle avait construit.

Dans sa tête, elle pouvait encore voir les ombres magiques l'envelopper. Elles lui avaient paru vivantes, comme une extension de son âme. Mais cette fille discrète, assise devant elle, semblait différente.

Normale.

— Louise ?

Celle-ci leva les yeux, des yeux de biche, d'un gris-bleu intense, qui évoquait à Wren la mer pendant une tempête.

Louise referma son carnet.

— Salut.

— Pardon de te déranger. Je m'appelle Wren. Je voulais simplement savoir comment tu allais. Si tu trouvais tes marques.

Louise mâchonna le bout de son stylo. Puis elle sourit et fronça le nez.

— Tu es la première personne à être gentille avec moi depuis mon arrivée. Tu fais partie du comité d'accueil ?

— Non, répondit Wren en riant.

Elle s'assit sur l'herbe à côté de Louise.

— Simplement, je me souviens de mes premiers jours et je sais que ce n'est pas facile. Moi, j'ai passé ma première semaine enfermée dans ma chambre.

Louise inclina la tête sur le côté. Une ride lui barra le front.

— Tu dis ça uniquement pour me remonter le moral ? dit-elle, méfiante.

— Non, pas du tout, je te jure. J'avais pratiquement fusionné avec la tapisserie. Personne ne m'a vue pendant des jours.

Un rire cristallin retentit au loin. Louise tourna la tête, observa quelque chose derrière Wren. Sur son visage, un air de tristesse s'afficha. Un regard lointain, que Wren ne connaissait que trop bien.

— Tu te feras bientôt des amis, lui assura-t-elle. C'est plus facile qu'on ne l'imagine, je te jure.

— Tu l'as déjà dit deux fois, ricana Louise. *Je te jure.* Mais je ne te connais pas. Pourquoi devrais-je te croire ?

Wren resta songeuse un instant.

— Tu as raison. Tu ne devrais pas.

— Bonne réponse, rétorqua Louise en ramenant ses jambes vers sa poitrine. D'accord, Wren. J'ai une question pour toi.

— Je t'écoute.

— Comment ça marche, tout ça ?

— Je ne suis pas sûre de comprendre, répondit Wren en clignant des yeux.

— Ça, continua Louise en désignant l'espace autour d'elle. C'est-à-dire… On est morts, n'est-ce pas ? Pourquoi cet endroit existe-t-il ? Pourquoi y a-t-il de l'herbe ? Comment peut-on respirer ? Pourquoi ne pouvons-nous pas ressentir de douleur ? Pourquoi avons-nous été choisis ? Pourquoi…

— Oh ! la la, on se calme, plaisanta Wren en levant les mains. Procédons par étapes.

Louise rougit et se passa la main sur le visage.

— Pardon. Je me sens vraiment perdue.

Wren ne put s'empêcher de sourire.

— Je ne crois pas qu'on soit censés pouvoir tout expliquer.

Louise plissa le front, manifestement frustrée.

— Comme c'est pratique.

— Écoute, soupira Wren. Blackwood Academy fait partie du purgatoire, qui est un espace de transition entre le monde des vivants et l'au-delà. C'est ce qui permet la vie après la mort. Ça existe depuis toujours. Nous, on va vivre à Blackwood jusqu'à la fin de nos jours, mais pour les âmes perdues, ce n'est qu'un détour. Nous sommes les seuls à pouvoir les aider à aller de l'Éther à l'au-delà.

— OK. Et l'Éther, à quoi ça sert ?

— C'est comme un couloir. Un entre-deux. Quand une personne meurt, son âme atterrit dans l'Éther. Si elle n'a pas trop de bagages, au sens figuré, elle passe sans problème dans l'au-delà. Mais s'il y a des choses qui la retiennent, en suspens…

— … nous devons l'aider, murmura Louise. OK, ça, je pige. C'est comme ces histoires de fantômes qui ne peuvent pas quitter leur monde à cause d'un truc dans leur passé.

— Exactement.

— Et pour les méchants ? osa Louise. Je ne veux pas les aider à passer de l'Autre Côté.

— Ce n'est pas le cas, expliqua Wren. C'est ce qu'on appelle les âmes corrompues. Des gens qui ont fait du mal, dont les intentions sont mauvaises. Qui sont cruels jusqu'à l'âme.

— Et eux, que leur arrive-t-il ?

Wren hésita. Devait-elle en parler à Louise ? Ne finirait-elle pas par découvrir la vérité toute seule ? Cependant, quelque chose dans la façon dont Louise la regardait, avec confiance, donna à Wren l'envie de poursuivre.

— Ils sont détruits.

Louise ouvrit la bouche, stupéfaite.

— On les détruit ?

— Non ! répondit Wren en riant. Pas du tout. C'est l'Éther qui s'en charge.

— Waouh, souffla Louise en s'adossant au tronc de l'arbre. C'est chaud.

Wren haussa les épaules.

— Tout est une question d'équilibre. Même la vie après la mort.

Songeuse, Louise s'accorda un temps de réflexion.

— Et nous ? Pourquoi avons-nous été choisis ? demanda-t-elle finalement.

Wren soupira. C'était un sujet qu'elle préférait éviter. Le grand *Pourquoi*. Cette question l'avait obsédée à son arrivée.

— C'est un peu compliqué, déclara-t-elle – elle espérait que cette réponse suffirait à apaiser Louise, mais cette dernière se pencha en avant, tout ouïe. D'accord. Eh bien, ce qu'on nous dit, c'est que nos âmes étaient prédestinées. Que notre naissance et notre mort étaient écrites dans les étoiles. Mais… nous avons tous quelque chose en commun. Qui nous relie les uns aux autres.

— Quoi donc ?

Wren baissa la voix.

— Est-ce que tu as eu un accident quand tu étais petite ? Où tu as failli perdre la vie ?

Louise frissonna, surprise. Wren vit le moment où les éléments du puzzle se mettaient en place dans sa tête. Son regard s'estompa, comme si elle s'était perdue dans les toiles d'araignée d'un vieux souvenir.

— Je… Je suis tombée dans un lac quand j'avais cinq ans, expliqua Louise dans un murmure. Je suis morte pendant trois minutes. On m'a ramenée à la vie. On m'a sauvée.

— Six minutes.

— Quoi ?

— Pour moi, c'était six minutes.

— Si je comprends bien, on a tous vécu une expérience de mort imminente quand on était enfant ?

— C'est ce qui nous relie, confirma Wren. On est passés de l'Autre Côté, mais on en est revenus.

Un silence se fit. Louise tripotait son stylo en se mordillant l'intérieur de la joue. Wren se demanda si elle était allée trop loin. Si elle en avait trop dit.

Tout à coup, Louise releva la tête et sourit.

— Merci, dit-elle. D'être venue me parler.

— De rien, répondit Wren en souriant à son tour.

Alors qu'elle se mettait debout, une pensée lui traversa l'esprit.

— Ah, et, Louise, je suis là si tu as d'autres questions. Des interrogations, des doutes. Viens me trouver. J'aimerais être ton amie. Si ça te va.

Les yeux de Louise se mirent à briller.

— Oui, je crois que ça me va, déclara-t-elle en glissant son stylo derrière son oreille. Et tu peux m'appeler Lou.

11

EMILIO

— Ça alors.

Emilio se figea devant l'entrée de la salle des banquets, bouche bée. Il s'était familiarisé avec la magie depuis qu'il était à Blackwood, mais il ne put s'empêcher d'être émerveillé par ce qu'il voyait.

La salle des banquets, où se tenait la cérémonie d'ouverture de la Décade, avait été transformée.

De grandes bannières s'étiraient sur le plafond, aux couleurs de chaque résidence – rouge cramoisi pour Pettyworth, améthyste pour Ivory, terre de Sienne pour Litterman, indigo pour Chambers, vert forêt pour Fiddle et doré pour Holsterd. Des paillettes enchantées flottaient dans l'air, semblables à de minuscules feux d'artifice. Au fond de la pièce, il y avait une estrade avec six chaises, une pour chaque Maître, et un podium en bois sombre, placé à l'avant de la scène. Des runes dorées empreintes de magie ancienne en ornaient les côtés. Derrière le podium se dressait un immense trône en acajou sur lequel était gravé l'emblème de Blackwood. Dans les chandeliers, des bougies scintillaient, et de la dentelle noire décorait chacune des tables – on aurait dit des toiles d'araignée translucides. Un piano et un violon jouaient un air classique un peu lugubre sans le moindre musicien. Les touches s'abaissaient d'elles-mêmes et le violon était suspendu dans les airs.

Comme si ça ne suffisait pas, les chérubins en pierre d'ordinaire nichés dans les coins de la salle avaient pris vie et accompagnaient les élèves à leur place.

Face à Emilio, le chérubin en pierre fronça les sourcils.

— Est-ce que ça va ?

— Je... Vous... bredouilla Emilio.

Derrière lui, Olivier posa la main sur son épaule. Emilio perçut son sourire dans sa voix.

— Quand on est poli, on parle à la statue animée, Emilio. Allez, tu peux y arriver.

Emilio ravala la boule dans sa gorge. Le chérubin le regardait avec attention.

— Bonjour, parvint-il à articuler.

— Bonjour, répondit le chérubin, satisfait. Emilio Córdova et Olivier Dupont. Résidence Litterman. Suivez-moi jusqu'à votre table. Si vous me perdez dans la foule, repérez-vous à la bannière terre de Sienne.

Le chérubin pivota sur lui-même et survola l'assemblée en direction du fond de la salle.

Heureusement, Emilio réussit à surmonter sa paralysie et emboîta le pas au petit ange. Olivier le suivit. Ils se frayèrent un chemin parmi les autres élèves.

— Ce n'est pas naturel, murmura Emilio à Olivier, priant pour que le chérubin ne l'entende pas.

Olivier éclata de rire.

— Alors que fréquenter une école de l'au-delà, si ?

— C'est une statue, poursuivit Emilio. Elle ne devrait pas être en vie.

— Techniquement, intervint l'angelot en se retournant (et Emilio poussa un petit cri de stupeur), je ne suis pas en vie. J'ai été enchanté et doté d'une conscience relative et temporaire. À la fin de la célébration, je redeviendrai de la pierre.

Emilio cligna des yeux frénétiquement.

— OK, bafouilla-t-il en toussotant. Bien sûr. Pardon.

— Pas de souci, répondit le chérubin. Quoi qu'il en soit, nous voilà à votre table. Installez-vous et attendez le début de la cérémonie.

Emilio s'assit sur le long banc, le visage cramoisi – quelle interaction ridicule. À côté de lui, Olivier gloussait sans s'en cacher.

— Oh ! la la ! c'était énorme. Tu aurais dû voir ta tête.

— Arrête, l'implora Emilio, le front plissé.

La plupart des élèves étaient déjà installés à leur place et discutaient. Emilio observa la salle avec attention. Ses yeux se posèrent sur une table à l'écart des autres.

Les Valeureux.

Ils étaient une cinquantaine et portaient tous au doigt le fameux anneau qui faisait d'eux l'élite académique. Leurs yeux irisés brillaient comme un chapelet d'étoiles, ils étaient tous orientés les uns vers les autres et se parlaient à voix basse.

Un frisson parcourut l'échine d'Emilio, et il détourna le regard.

Il avisa Irene et Masika. Elles étaient assises côte à côte et affichaient un air d'indifférence totale. August était adossé au mur du fond et faisait tourner un gobelet de vin dans sa main, aussi sombre et décontracté que d'habitude. Wren était avec les autres résidents de Pettyworth et tirait nerveusement sur sa tresse tout en se mordillant l'intérieur de la joue. Elle semblait désespérée, agitée. À croire qu'elle allait se précipiter sur l'estrade d'un instant à l'autre.

Emilio se penchait vers Olivier pour partager ses impressions quand la porte au fond de la salle s'ouvrit. Un silence tendu remplit la pièce.

Olivier recula sur sa chaise.

— Que le spectacle commence, déclara-t-il en tapotant sur ses cuisses du bout des doigts.

Le proviseur Silas entra, et le bruit sec de sa canne heurtant le sol se répercuta sur les murs. Quelque chose chez le proviseur rendait Emilio terriblement nerveux – peut-être l'autorité naturelle qu'il dégageait. Les élèves autour de lui se redressèrent, aux aguets, le regard braqué vers l'estrade, le visage plein d'excitation et d'appréhension.

— Je suis ravi de vous voir tous ici aujourd'hui, commença Silas d'une voix tonitruante, que la magie amplifiait. Vous êtes la colonne vertébrale de cette institution. La raison d'être de Blackwood Academy, sa force et sa résilience. (Il fit une pause et se pencha sur sa canne.) Vous êtes les récolteurs d'âmes. La lumière qui les guide vers leur repos éternel. Sans vous, l'au-delà sombrerait dans le néant. Ainsi, je vous remercie, chacun d'entre vous, pour vos efforts incessants.

Une salve d'applaudissements accueillit ses paroles.

— Comme vous le savez, la Décade permet à des élèves de s'affranchir de leur devoir éternel et de faire un choix. Soit de devenir un Valeureux, et d'affirmer sa position au sein de l'académie. C'est un titre noble et sacré qui exempte du travail de récolte des âmes et offre un accès plus large à la magie. Soit de faire le grand saut et passer, de façon permanente, de l'Autre Côté.

Il laissa sa phrase résonner dans l'air et passa derrière le pupitre. Il s'arrêta pour contempler l'assistance.

— Comme le veut la tradition, un élève doit être désigné ce soir, pendant cette cérémonie. Et, après avoir réussi les quatre épreuves, cette personne aura la possibilité de choisir.

Voilà, on y était. Le moment tant attendu.

Silas allait annoncer le nommé.

Emilio retint son souffle et observa les autres élèves, guettant leurs réactions. Wren s'était avancée sur sa chaise, comme si elle s'attendait à se lever. Comme si elle s'attendait à être appelée. Comme si elle était au courant de ce qui…

— Cependant, reprit Silas, pour cette Décade, nous allons procéder différemment.

Un chœur de murmures frénétiques traversa la salle. Wren s'était figée. Son visage avait pâli.

Emilio se tourna vers Olivier.

— Qu'est-ce qu'il se passe ?

— Je… commença Olivier en secouant la tête, l'air vraiment perplexe. Je ne sais pas.

Silas leva la main et le silence se fit.

— Parfois, le changement peut être bénéfique. Cela permet à de nouvelles traditions de naître. En amont de cette Décade, nous nous sommes rendu compte que le niveau de compétences magiques de nombreux élèves était sans précédent.

Ses lèvres esquissèrent un sourire. Il agrippa fermement les bords du pupitre.

— Des compétences sans précédent exigent une réponse sans précédent.

Le temps parut s'arrêter. C'était la dernière bourrasque, qui allait remettre toutes les pièces du puzzle dans le bon ordre. Et Emilio sut. C'était un sentiment profond, une certitude presque inconsciente : cet instant allait tout changer, de manière irrévocable.

— Cette Décade ne servira pas à célébrer un seul ou une seule élève. Ce n'est plus l'occasion pour l'un ou l'une d'entre vous de nous montrer ses talents particuliers lors de diverses épreuves.

Les paroles de Silas emplirent l'immense salle.

— Cette année, ce sera une compétition.

PARTIE III

SANS PRÉCÉDENT

12

OLIVIER

Il avait besoin d'un verre. Ou d'une lobotomie. L'un ou l'autre lui irait.

S'il avait pu perdre connaissance et rester allongé là, étalé comme un insecte écrasé, il l'aurait accepté avec joie. Il en était certain. Mais même s'il descendait toute la bouteille de whisky ensorcelé qu'il cachait sous son plancher, bien décidé à se détruire le foie, il en émergerait le lendemain les idées claires, le regard lucide – il avait malheureusement le don de se soigner, qu'il le veuille ou non.

La suite de la cérémonie s'était déroulée comme dans un brouillard. Après avoir annoncé que la Décade allait être une compétition, le proviseur Silas en avait expliqué les modalités, et cela avait davantage plongé les élèves dans la perplexité.

— Cette année, la Décade va consister en quatre épreuves, qui auront lieu au cours des prochaines semaines. Il ne s'agira pas simplement de bien utiliser votre magie, mais de prouver que vous êtes meilleur que les autres. À la fin de chaque épreuve, les moins bons seront éliminés. Il y aura deux concurrents par résidence. Si vous êtes sélectionné, vous le saurez par courrier demain matin. Ce n'est pas parce qu'il y a plusieurs candidats qu'il y aura plusieurs gagnants. Une seule personne aura la possibilité de choisir son destin. Ça, ça ne change pas.

La salle avait basculé dans le chaos à l'instant où la cérémonie avait pris fin. Olivier avait aperçu Wren, visiblement au bord de la crise de nerfs. Elle avait même essayé de s'approcher de l'estrade pour parler à Silas, jouant des coudes parmi la foule, mais Olivier l'avait ensuite perdue de vue.

Il était retourné dans sa chambre avec Emilio peu après. Il avait besoin de donner un sens à tout ça.

— Qu'est-ce que tu feras si tu es choisi ? lui demanda ce dernier.

Il était assis par terre, adossé à la table de nuit d'Olivier, et tripotait nerveusement un fil sur son pull.

— Je ne sais pas, répondit Olivier en haussant les épaules.

Il frappa du poing sur une latte du plancher.

— Je n'y ai pas pensé.

Ce n'était pas vrai, bien entendu. Il y avait pensé. Mais que pouvait-il dire à son ami ? Qu'il s'accrochait à la minuscule lueur d'espoir qui restait en lui ? Qu'il avait peut-être une chance d'empêcher l'Oubli avant de sombrer dans les ténèbres ? Il ne voulait pas inquiéter Emilio pour rien. De plus, quelque chose d'autre l'angoissait davantage : qu'Emilio gagne et commette l'irréparable, à savoir prenne la décision de passer de l'Autre Côté.

— Eh bien, ça change tout. On a plus de chances de gagner, maintenant !

Olivier ignora la vague de panique qui envahit son corps et déboucha la bouteille. Il prit une grande gorgée puis s'essuya la bouche du revers de la main.

— Peut-être. Ou pas. Il y a beaucoup d'élèves qui peuvent se qualifier.

Emilio lui adressa un regard noir.

— Il y a six résidences. Deux candidats par résidence, ce qui fait douze. Tu diras ce que tu voudras, mais la probabilité s'est nettement améliorée.

Tout à coup, on frappa à la porte. Malgré eux, ils sursautèrent.

— Tu attends quelqu'un ? demanda Emilio.

— Non.

On frappa de nouveau. Plus fort. Quelqu'un s'impatientait.

— Oui, c'est bon ! lança Olivier.

Il agita le poignet, et la porte s'ouvrit. Il fut surpris de voir Wren de l'autre côté.

— Que diable viens-tu…

— Non, mais vous y croyez ?! s'exclama la jeune fille en fermant la porte et en entrant en trombe dans la pièce.

Elle était dans un sale état, avait les cheveux décoiffés, le visage plein de plaques rouges.

— Une compétition. Qui a bien pu penser que c'était une bonne idée ? Il faut être complètement fou pour modifier les traditions ! Pour récrire les lois qui gouvernent l'au-delà !

— Euh… marmonna Olivier en agitant sa bouteille de whisky. Tu en veux ?

Elle l'attrapa, la porta aussitôt à ses lèvres et prit une grande gorgée – Olivier fut impressionné. Quand elle eut terminé, elle lui rendit la bouteille et s'écroula par terre.

— C'est ridicule, continua-t-elle, essoufflée. Des talents sans précédent. Quelles conneries. Comment ont-ils pu nous faire ça ? Sans prévenir ?

— OK, mais dis-nous ce que tu ressens vraiment, plaisanta Olivier en buvant.

Elle le fusilla du regard.

— Ça n'a aucun sens. Et tu le sais.

Il le savait. Tout ce processus lui paraissait très étrange. Mais, avant qu'il ne puisse s'exprimer, un nuage de fumée rouge sang s'infiltra dans la chambre et les enveloppa comme un brouillard. En un clin d'œil, Irene et Masika se matérialisèrent devant eux.

— Salut, lança Irene d'un ton détendu, comme si débarquer dans une chambre à l'improviste était parfaitement normal. Je vois qu'on a organisé une petite fête de la Décade sans nous.

— C'est du whisky ? s'émerveilla Masika.

Elle se précipita vers Olivier et s'assit à côté de lui.

— Vous ne pouvez pas apparaître comme ça, se fâcha Olivier. Il y a une porte. Les gens civilisés frappent.

— C'est très facile d'entrer sans être invitée quand il n'y a pas de barrière de protection, expliqua Irene en s'allongeant sur le lit d'Olivier et en se hissant sur un coude. Tu devrais peut-être faire quelque chose, ajouta-t-elle en lui adressant un clin d'œil.

— C'était son idée, murmura Masika, l'air désolée.

— D'accord, souffla Olivier. Prends-la.

Il lui tendit la bouteille et elle couina de joie.

Irene déporta son regard vers Wren.

— Pourquoi as-tu l'air encore plus hystérique que d'habitude ?

— Sérieux ? répondit Wren en fronçant les sourcils. Je suis la seule que la tournure des événements inquiète ? Vous ne trouvez pas bizarre qu'ils aient changé les règles de la Décade le lendemain du soir où une nouvelle élève porteuse de magie d'ombres est entrée dans Blackwood ? Et pas au bon moment, en plus ? Tout ça me paraît un peu trop… commode.

Olivier sentit ses muscles se contracter. Il n'avait pas envisagé les choses sous cet angle.

— C'est vrai que c'est bizarre, admit-il. Mais Silas nous a expliqué que les ombres provenaient de l'Ordre des Desmions. Pas de Louise.

— Oui, enchaîna Masika. Il a dit que quelqu'un lui avait jeté un sort.

Wren agita la main en l'air.

— Peu importe. Là n'est pas la question. Nous avons été témoins d'un événement que nous n'aurions pas dû voir. Qui ne devrait même pas exister. Et comme par hasard, ils choisissent tout à coup de bouleverser les traditions ?

Irene soupira.

— Je n'arrive pas à croire que je vais dire ça – et si vous m'entendez le répéter dans d'autres circonstances, vous pouvez me faire hospitaliser –, mais elle a raison. C'est un étrange concours de circonstances. Tout semble lié.

— Lié comment ? demanda doucement Emilio.

Irene haussa les épaules.

— Je ne sais pas.

Un silence emplit la pièce, uniquement rythmé par le tic-tac d'un réveil.

Wren poussa un grognement de mécontentement et tendit la main vers la bouteille.

— J'en veux encore.

Masika prit une gorgée puis lui passa le whisky. Olivier regarda, fasciné, Wren en avaler d'un trait plus que de raison.

— Qui aurait pu deviner que l'irréprochable Wren Loughty buvait comme un trou ? plaisanta Olivier.

Wren leva les yeux au ciel. Mais elle avait déjà la bouche pâteuse.

— Il y a beaucoup de choses que tu ignores sur moi, Olivier Dupont.

— Ah oui ?

— Allez, intervint Irene en lissant les plis de sa robe. Arrêtez de flirter. Comme nous l'avons établi, il se passe des choses étranges. Qui nous concernent. Compte tenu de ce qu'on a vécu ensemble, je pense qu'il serait bon d'échanger sur tout ce qui nous paraîtrait… déplacé.

— Ce qu'on a vécu ensemble ? répéta Emilio. Tu veux dire qu'on est tous… amis ?

Lcs autres se turent soudainement. En attendant que quelqu'un intervienne, Olivier repensa à sa conversation avec Silas dans le Mémorium, et un sourire se dessina sur ses lèvres.

— Je préfère le terme de relations de circonstance.

Ils se tournèrent tous les uns vers les autres. Leurs regards se croisèrent. Et, à la grande surprise d'Olivier, ils sourirent.

— Relations de circonstance, répéta Emilio. Ça me plaît.

— À moi aussi, acquiesça Masika en lui donnant un petit coup de coude.

Wren gloussa et lança la bouteille à Irene sans prévenir.

— Et toi, Irene ? Tu peux supporter l'idée qu'on soit des relations ?

Irene leva les yeux au ciel. Olivier aurait pu jurer qu'elle se retenait de sourire.

— J'ai entendu pire, princesse.

Olivier se rendit compte alors qu'ils n'étaient que cinq dans sa chambre. Il y avait un absent notable. Cependant, il n'eut même pas le temps d'en faire la remarque que la porte s'ouvrit. À croire qu'il avait invoqué Augustin Hughes uniquement par la pensée.

— C'est quoi, ce bordel, marmonna celui-ci dans l'encadrement de la porte, perplexe.

Il croisa ensuite les bras.

— Alors quoi ? On est tous amis, maintenant, c'est ça ?

— Des relations de circonstance, répondirent-ils à l'unisson, sans hésiter une seconde.

August cligna des yeux, surpris.

— Ça, c'est pas banal.

— Et toi, c'est quoi, ton excuse ? Qu'est-ce que tu fais là ? lui demanda Olivier en riant.

August brandit un carnet.

— Tu as laissé ça dans le cours de Marigold aujourd'hui. Je me suis dit que j'allais te le rendre.

Irene ricana.

— N'importe quoi.

— Pardon ?

— Ne mens pas, August, tu vaux mieux que ça, reprit Irene en lui adressant un rictus diabolique. De toute évidence, tu suivais Wren. Tu la suis toujours.

— Et c'est reparti, soupira Masika en appuyant sa tête contre le mur derrière elle.

— Je ne la suivais pas, rétorqua August.

— Tu la suivais, se moqua Irene.

— Non, intervint Wren.

Elle voulut se lever et vacilla maladroitement d'un pied sur l'autre.

— Il m'ignore depuis ce matin. Je crois que je l'ai blessé. N'est-ce pas, August ?

Le visage de ce dernier prit un air étrange. Était-il inquiet ?

— Elle a trop bu ? s'étonna-t-il en interrogeant les autres du regard.

— Elle va très bien, merci, dit Wren, moqueuse.

— Ben voyons.

August traversa la pièce et attrapa Wren par le coude avant qu'elle ne tombe.

— Parler de soi à la troisième personne, c'est un signe évident de sobriété. Allez, viens. Je te ramène dans ta chambre.

— Je vais bien, gémit Wren.

Malheureusement, sa cheville gauche la lâcha au même moment.

Elle n'avait d'habitude aucun mal à sautiller dans les couloirs sur ses bottes à talons mais, en cet instant, elle ressemblait plutôt à un faon tout juste sorti du ventre de sa mère.

À dire vrai, le whisky ensorcelé avait aussi agi sur l'organisme d'Olivier. Une chaleur bienvenue enveloppait à présent ses jambes et son torse. La pièce semblait baignée d'une lueur étrange, comme s'il y avait un feu dans une cheminée. Il avait très envie de chanter. Ou de retirer ses vêtements.

Voire les deux, si l'occasion se présentait.

— August a raison, soupira-t-il. On devrait aller dormir. Plus tôt on se couchera, plus vite on saura qui a été sélectionné.

— *Bye bye !* tonitrua Irene en lançant un dernier coup d'œil à August avant de claquer dans ses doigts et de disparaître dans un halo de fumée.

Masika éclata de rire.

— Elle ne vit que pour se mettre en scène, reconnut-elle avant de disparaître à son tour de la même manière.

August aida Wren à sortir dans le couloir et lui murmura quelque chose à l'oreille qu'Olivier n'entendit pas. Emilio traînait devant la porte. Depuis combien de temps ? Olivier n'aurait su le dire.

— Je devrais y aller, moi aussi.

Olivier hocha la tête. Il avait l'impression qu'une colonie d'abeilles avait élu domicile dans son crâne.

— Je crois que ça vaut mieux. Ce whisky est plus fort que je ne le pensais.

— On se voit demain ?

— Oui, répondit Olivier en s'allongeant dans son lit et en fermant les yeux. Demain est un grand jour.

— Tu es sûr que ça va ? (La voix d'Emilio lui parut distante, étouffée.) Tu veux un verre d'eau ?

— Je me sens merveilleusement bien.

Une brume avait envahi son cerveau, le poussant au bord de l'endormissement. S'il n'avait pas été aussi soûl, il aurait sans doute remarqué l'expression sur le visage d'Emilio. La tristesse dans ses yeux.

Mais non.

Le whisky enchanté le transporta ailleurs. Il rêva de rues pavées ensoleillées, de ciels bleus s'étirant à l'infini et d'un chevalier portant un épais pull en laine et ayant le plus doux des regards.

13

AUGUST

Wren n'était pas ivre. Elle était complètement rétamée. Alors qu'ils sortaient de la chambre d'Olivier, August eut du mal à la tenir. En dépit de ses protestations inaudibles, il passa le bras autour de ses épaules.

Wren grogna.

— Je n'ai pas besoin d'aide. Je vais bien.

— Sans aucun doute, lui murmura-t-il à l'oreille.

Il ne fallait que dix minutes pour effectuer le trajet entre Litterman et Pettyworth, mais August comprit vite que, vu l'état de Wren, ils allaient mettre plus de temps. Ils risquaient par ailleurs d'être surpris dehors après le couvre-feu. De nouveau.

Il la maintint droite, lui agrippa les épaules.

— Je vais nous délocaliser dans ta chambre.

— Non, non, non, protesta Wren. Je peux marcher. Je n'ai pas besoin…

— Loughty, regarde-moi. (Il lui attrapa le menton et l'orienta vers lui.) Je ne te laisse pas marcher toute seule comme ça. Et si je t'accompagne, autant qu'on se délocalise ensemble.

Elle hoqueta, cligna lentement des yeux.

— Depuis quand tu te soucies de moi, hein ? Je croyais au contraire que tu chercherais par tous les moyens à te débarrasser de tes adversaires.

August se raidit. Wren commença à glisser le long de son flanc.

— Tu as une si piètre estime de moi ?

— Quelle importance ? continua-t-elle, le regard flou. Tu te fiches de ce que je pense.

— Loughty. (Il prit une grande inspiration et essaya de desserrer l'étau autour de ses poumons.) Je ne vais pas te laisser là seule et sans défense, en dépit de ce que tu penses de moi. Ne t'inquiète pas. Demain matin, tu pourras de nouveau me détester et me maudire.

À sa grande surprise, Wren le frappa violemment à la poitrine.

— T'es vraiment un imbécile, siffla-t-elle.

— Quoi ? lâcha-t-il, stupéfait.

— Tu es tellement… (elle trébucha et agita les mains dans tous les sens) … *toi*.

— Merci pour cette avalanche de compliments, soupira-t-il. Maintenant, si tu en as terminé…

— Non. Tu sais quoi ? On n'en a pas terminé.

Wren appuya la main sur le mur du couloir afin de se stabiliser.

— Ce que tu peux être énervant ! Tu crois que je te déteste ? Tu crois que c'est aussi simple que ça ?

August secoua la tête.

— Ça ne l'est pas ? cracha-t-il, et, s'il regretta aussitôt l'amertume de son ton, il n'avait pas pu se retenir.

— Oh ! la la ! si seulement, souffla-t-elle en se frottant le visage. J'aimerais… J'aimerais te détester. Tout serait tellement plus facile.

— Loughty, reprit-il, bien décidé à ignorer les battements frénétiques de son cœur.

— Mais au-delà de toute raison, et malgré toutes ces choses chez toi qui me rendent folle, je n'arrive absolument pas à te détester.

August aurait donné cher pour ne pas entendre la souffrance dans sa voix, la détresse. Il allait en devenir fou.

— Je ne peux même pas. Je ne peux même pas me convaincre de rester loin de toi.

Subitement, August vacilla, pris de vertige. Il lui fallut tous les efforts du monde pour se ressaisir.

— Tu ne sais pas ce que tu dis, murmura-t-il. Tu as trop bu.

Les yeux grands ouverts et suppliants, Wren l'observa pendant un long moment. Puis elle s'affaissa légèrement.

— D'accord. Je te déteste. Je te *hais*. Je maudis le jour de ta naissance. Tu es content ?

August se retint de rire.

— Euphorique.

— Parfait, soupira-t-elle. Ramène-moi dans ma chambre.

Il tendit la main sans dire un mot. Elle plaça la sienne délicatement par-dessus, et ses doigts effleurèrent sa paume. August ferma les paupières et récita le sort de délocalisation. Une onde de chaleur lui parcourut le corps.

Quand il ouvrit les paupières, ils étaient dans la chambre de Wren. La pièce était plongée dans la pénombre, seul un rayon argenté filtrait par la fenêtre entrouverte – un ersatz de clair de lune. Les rideaux transparents virevoltaient dans la brise, faisant danser les ombres sur le mur. Il avait déjà été dans la chambre de Wren des dizaines de fois – surtout au milieu de la nuit, pour l'embêter – mais là, c'était différent.

Wren le regardait d'un air étrange. August remarqua que le mépris qu'il lisait d'ordinaire dans ses yeux avait disparu, remplacé par quelque chose de plus doux. De tendre. Peut-être était-ce simplement l'effet du whisky qui se répandait dans son organisme.

Elle esquissa un sourire.

— Tu vas me border ?

— Aucune chance.

— Tant mieux.

Wren tituba jusqu'à son lit, retira ses chaussures et se glissa sous la couette.

Tout à coup, August fut saisi d'un besoin pressant de la toucher. Un besoin si puissant, si surprenant qu'il se dépêcha de faire un pas en arrière, de peur de céder à son désir. Qu'est-ce qui n'allait pas, chez lui ? Voilà qu'il s'imaginait frôlant la joue de Wren Loughty. Passant les doigts dans ses cheveux.

Il était en train de perdre la tête.

— Je… reprit-il. On se voit demain.

Alors qu'il s'avançait vers la porte, elle lui dit :

— Tu penses qu'on va être choisis ?

August se figea, la main sur la poignée.

— Je ne sais pas.

Elle hésita avant de poser la question suivante.

— Mais si tu l'es… et que tu gagnes, tu décideras de rester ?

August ne répondit pas. Il ne pouvait pas. Parce que, quoi qu'il arrive au cours des prochaines semaines, il ne changerait jamais d'avis.

Il fallait qu'il parte.

Et il n'avait pas la moindre intention de revenir.

14

WREN

Dans ses rêves défilèrent des fruits rouges pourris et des corps en décomposition. Des peaux bleuies tendues sur des muscles rigides, accompagnées d'une forte odeur ferreuse de sang. Quand les cauchemars prenaient ainsi le dessus, elle ne pouvait pas lutter. Elle ne pouvait que les laisser se dérouler dans les confins de son cerveau.

Ouvre les yeux, Wren.

Les phares éclairèrent le bitume froid. Du sang remplit ses poumons. Sa bouche.

Reviens.

Une main immobile à ses côtés. Du vernis à ongles violet. C'était son préféré.

S'il te plaît, ne m'abandonne pas.

Soudain, quelque chose la tira de son cauchemar. Elle reprit possession de son corps et se réveilla dans son lit. Deux visages la surplombaient. Elle avait du mal à les identifier, mais elle savait qu'ils ne faisaient pas partie de son rêve.

Eux, ils étaient bien réels.

Elle ouvrit la bouche, prête à crier, mais une des deux personnes plaqua la main sur ses lèvres et étouffa tout bruit. Une sorte de décharge électrique lui parcourut le corps et elle perdit connaissance. Un instant, elle était dans sa chambre et se débattait pour se libérer de cette emprise et, l'instant d'après, on la transportait dans le couloir. Elle distinguait la lumière des bougies sous ses paupières.

— Tu as récupéré les deux de Holsterd ?

— En principe, c'est Marigold qui s'en charge.

— On devrait quand même s'assurer que… (La voix s'interrompit.) Merde, je crois qu'elle est réveillée.

De nouveau, elle s'évanouit.

Wren revint à elle. Sa joue était posée contre quelque chose de mou et d'humide. Une forte odeur de terre lui envahit les narines. Un grincement angoissant résonnait dans la brise, semblable à une vieille cabane secouée par une tempête.

Elle ouvrit les yeux. S'éveilla à elle-même, lentement. Elle s'assit et se rendit compte qu'elle était à même la terre. Ses genoux étaient recouverts de boue.

Autour d'elle, une immense haie. Le sol était jonché de feuilles mortes et de vigne vierge. Elle se redressa. Il lui sembla que la haie s'étendait à l'infini et formait des angles d'où partaient des sentiers plongés dans l'obscurité.

Elle frissonna, glacée jusqu'aux os. Ce n'était pas une simple haie.

C'était un labyrinthe.

— Hé ho ?

Même s'il y avait quelqu'un d'autre dans les parages, elle avait peu de chances d'être entendue. Et bien qu'elle se sentît terriblement seule, comme si elle était à des milliers de kilomètres de Blackwood, elle eut aussi l'impression qu'on la surveillait. Elle sentait une présence cachée parmi les ombres.

Le labyrinthe semblait évoluer, grossir, se rapprocher, prêt à attaquer. Elle fit apparaître une sphère lumineuse dans sa main et éclaira le chemin sous ses pieds.

Devant elle, un carrefour, avec deux voies distinctes.

Droite ou gauche.

Elle n'avait pas la moindre idée de ce qu'il fallait choisir. En revanche, elle savait qu'elle ne pouvait pas rester là. Elle prit une grande respiration et avança vers l'embranchement. Les feuilles crissaient sous ses pieds nus. La sphère rebondissait dans sa paume.

Il fallait qu'elle se décide.

Allons-y pour la gauche.

Le sentier était étroit, sombre. Des branches pointues dépassaient de la haie. Toutes les trois secondes, elle était certaine d'entendre quelque chose bruire derrière elle, ou peut-être devant, mais chaque fois qu'elle braquait sa lampe vers le bruit, il n'y avait rien.

Elle tourna de nouveau à gauche. Tout à coup, quelque chose lui fonça dessus.

De l'agitation. Des mouvements désordonnés. Une inhalation de surprise.

Wren trébucha en arrière, percutée de plein fouet. Dans la panique, elle perdit un instant ses moyens mais se ressaisit et tendit les mains devant elle pour attraper cette chose qui lui était rentrée dedans. Et c'est là qu'elle tomba sur un visage familier.

— Masika ?

Avant qu'elle ne puisse ajouter quoi que ce soit, Masika se jeta sur elle, posa la main sur sa bouche et la plaqua au sol. Wren poussa un cri étouffé et se tortilla dans tous les sens dans l'espoir de se libérer.

— Chut, insista Masika. S'il te plaît. Pas de bruit.

Le désespoir dans sa voix troubla Wren, qui se tut. Ensuite, un sifflement étrange surgit au loin. Seconde après seconde, il gagna en intensité, jusqu'à être si puissant qu'il faisait trembler les feuilles sur les branches.

Wren sentit les poils de sa nuque se hérisser.

Des doigts osseux, translucides, longs et crochus, émergèrent les uns après les autres d'un endroit de la haie. La main était d'un blanc maladif, et on voyait des veines bleu clair sous la peau fine et couverte de plaies. Un œil apparut. Puis un autre. Et encore un autre. Enfin, un visage plein d'yeux rouges et grotesques se matérialisa, et pivota vers elles.

La créature était très grande, plus grande que la haie, avait de longs membres élancés avec des griffes acérées. Wren compta huit yeux au total – huit yeux écarlates qui regardaient chacun dans une direction différente.

C'était sûr, la chose les avait vues. Comment aurait-il pu en être autrement, elles étaient si près ? Cependant, Masika avait brandi les mains en avant, et une sphère dorée les entourait à présent.

Un bouclier d'invisibilité.

Elles étaient indétectables.

Wren retint son souffle. La créature avança de quelques pas. Ses membres craquaient, chaque geste semblait maladroit. Bien qu'elle ne puisse pas les voir, la chose s'arrêta à quelques mètres de l'endroit où elles étaient cachées et huma l'air.

Elles attendirent, n'osant ni respirer ni parler. Enfin, la créature poursuivit son chemin, emprunta un sentier perpendiculaire et disparut dans l'obscurité.

— Qu'est-ce que c'était que ça ? bégaya Wren.

— Aucune idée, répondit Masika en se frottant les mains sur sa chemise de nuit – elle aussi avait été sortie de son lit de force. C'est quoi, la dernière chose dont tu te souviennes ?

— Je me souviens d'être retournée dans ma chambre après avoir été dans celle d'Olivier.

Wren fouilla sa mémoire, ignora le souvenir douloureux de sa conversation avec August.

— Je me suis endormie. Et ensuite il y avait deux personnes au-dessus de moi dans mon lit. Je crois qu'on m'a anesthésiée.

Masika croisa les bras.

— Allez, Wren. Réfléchis.

Wren sentit les battements de son cœur accélérer à mesure que la terrible vérité s'imposait.

— Non, ce n'est pas possible. Silas a dit qu'on recevrait une lettre. Il a dit que…

— Il a menti, l'interrompit Masika. On y est, dans la Décade. C'est la première épreuve.

Elles restèrent un instant immobiles, les yeux dans les yeux.

Puis Wren posa la question que, selon elle, elles se posaient toutes les deux.

— OK. Et maintenant, on fait quoi ?

Masika lança le bras en direction des ténèbres qui s'étiraient sans fin devant elles.

— Maintenant. On bouge.

Wren perdait patience. Elle avait le sentiment qu'elles marchaient depuis des heures. Chaque virage leur faisait emprunter un autre sentier étroit, à la végétation toujours aussi dense et épineuse.

— Je ne dis pas qu'il ne fallait pas qu'on avance, grommela Wren en croisant les bras sur sa poitrine. Mais peut-être devons-nous à présent envisager autre chose ?

Masika leva les yeux au ciel et repoussa une liane qui commençait à s'enrouler autour de son épaule.

— Eh bien, vas-y. Je suis tout ouïe.

— Et si on se délocalisait ?

— J'ai déjà essayé, répondit Masika. Il y a une barrière magique autour du labyrinthe.

— Merde.

— Si on avait une arme, on pourrait tenter de se frayer un chemin au beau milieu, mais... (Elle désigna sa chemise de nuit.) Impossible de cacher un poignard là-dessous.

Wren se maudit. Évidemment. La seule nuit où elle décidait de ne pas garder son couteau à portée de main, c'était celle où elle en avait désespérément besoin.

— On devrait peut-être se reposer, suggéra-t-elle. Et élaborer un plan d'action qui tienne la route.

Sa proposition déplut au plus haut point à Masika. *Pourquoi ?* se demanda Wren.

— Non, trancha Masika.

Et son regard s'assombrit.

— On ne peut pas s'arrêter. Qui sait ce qui se cache par ici !

Wren perçut la note de terreur dans sa voix.

— Tu as vu autre chose ? osa-t-elle demander.

Masika braqua son regard sur elle. Elle ouvrit la bouche, la referma, comme si elle était en proie à un conflit intérieur, partagée entre le désir de se confier à Wren et son penchant naturel pour le secret.

— Je… commença-t-elle tout en se triturant le pouce. J'ai cru voir Irene tout à l'heure, mais ce n'était pas elle. Pas vraiment.

— Comment ça ? fit Wren en s'approchant.

— Le labyrinthe, poursuivit Masika en regardant tout autour d'elle. Il te piège. Te fait voir des choses.

— Des choses ? Quelles choses ?

Masika ouvrit et referma de nouveau la bouche.

— Rien. Ce n'est pas important.

Wren posa une main hésitante sur l'épaule de Masika. À son grand soulagement, elle ne se dégagea pas.

— Tu peux me dire, lui assura-t-elle.

Masika semblait sur le point de répondre lorsqu'elles prirent un virage et heurtèrent une fille de plein fouet. Une série de cris fendit la nuit, puis les trois filles s'écartèrent les unes des autres, les poings en avant, prêtes au combat.

Ce fut au moment où Masika prononça son prénom que Wren se rendit compte qu'elle connaissait la nouvelle venue.

— Liza ! s'étonna Masika, la paume sur la poitrine. Tu nous as fait peur. Je croyais que tu étais…

Elle s'interrompit.

— Qu'est-ce qu'il y a, Liza ? Ça ne va pas ?

De fait, celle-ci n'avait pas l'air d'aller bien du tout. Ses lunettes, dont un verre était fendu, tenaient à peine sur son nez. Elle avait les cheveux trempés de sueur, sa frange collée à son front. Surtout, elle paraissait exténuée. Sa peau était pâle. Ses lèvres presque violettes.

— Ne vous approchez pas ! lança Liza en reculant. Est-ce que c'est bien vous ?

Wren fronça les sourcils.

— Évidemment que c'est bien nous.

Masika s'approcha d'elle avec précaution.

— Liza, calme-toi. Je te promets que tu es en sécurité. Dis-nous ce qu'il t'est arrivé.

Malgré ses tremblements, Liza parvint à ralentir sa respiration. Bien qu'elle fût toujours sur le qui-vive, la terreur dans ses yeux se dissipa.

— J'ai vu des choses, murmura-t-elle d'une voix vacillante. Des choses qui ne devraient pas exister. J'ai vu… une autre moi. Mais ce n'était pas moi. Elle avait les dents noires. Et ses yeux…

Un gémissement s'échappa de sa bouche et elle plaqua sa main dessus.

— Hé, tout va bien, enchaîna Masika.

Elle essaya d'attraper Liza par l'épaule, mais la jeune fille se déroba.

— Ça fait simplement partie de la Décade. Tout ce que tu vois, ce n'est qu'un test. Ce n'est pas réel.

— Elle savait des trucs sur moi, poursuivit Liza.

Manifestement, elle n'entendait pas ce que Masika lui disait, piégée dans le labyrinthe de ses propres pensées.

— Des trucs que personne ne sait. Que je suis la seule à savoir.

Avec le plus de discrétion possible, Wren attrapa Masika par le coude. Elle voulait lui faire comprendre en silence qu'elles devaient poursuivre leur chemin.

Masika l'ignora.

— Je sais que tu as peur, mais je te jure que tu seras en sécurité si tu viens avec nous, persista Masika. On peut s'entraider et terminer l'épreuve.

Liza grimaça de peur et trébucha en arrière.

— Non. Je ne veux pas. Je refuse d'y retourner. Elle va me retrouver, marmonna-t-elle.

Et sa voix se brisa dans un sanglot.

— Elle savait des choses sur mon ancienne vie… des choses que j'ai faites. Des choses…

Wren se pencha pour murmurer à l'oreille de Masika :

— Je crois qu'elle a perdu la raison.

— Donne-lui un instant.

Or, tout à coup, Masika se raidit. Quelque chose derrière Liza, dissimulé dans la pénombre, accrocha son regard. Wren scruta le sentier, leva les yeux, encore plus haut, jusqu'à tomber sur ce que Masika observait.

Non.

C'était la même créature que tout à l'heure. Des gouttes de sang dégoulinaient de ses mains et de sa bouche.

— Liza, dit Masika sur un ton qui se voulait rassurant – mais Wren perçut sa peur. J'ai besoin que tu m'écoutes attentivement, d'accord ? J'ai besoin que tu ne me lâches pas des yeux. Et que tu coures le plus vite possible.

Liza cligna des paupières. L'espace d'un instant, ses traits se lissèrent, comme si elle avait été frappée par un éclair de lucidité.

Wren comprit ce qu'elle allait faire.

— Non, intervint-elle en s'approchant.

C'était trop tard. Liza jeta un coup d'œil par-dessus son épaule et aperçut la créature, qui se tenait quelques mètres derrière elles. Une seconde infinie s'écoula.

Puis le hurlement de Liza déchira la nuit.

Wren n'eut pas le temps de penser. Pas le temps de réagir intelligemment. La créature bondit et se précipita sur elles à une vitesse impressionnante. Ses longs membres tordus bougeaient comme ceux d'une araignée, ses articulations craquaient bruyamment, mais cela ne l'empêcha pas de leur sauter dessus.

Wren agrippa le poignet de Masika et détala à toutes jambes. Elle eut beau espérer que l'autre fille les suivrait, Liza, demeurée immobile, disparut rapidement dans l'obscurité.

Elles parvinrent à une fourche sur le chemin.

Masika croisa le regard de Wren.

— À gauche !

Wren hocha la tête, déterminée.

Cependant, au moment où elle virait à gauche à la suite de Masika, elle sentit quelque chose glisser le long de son corps et s'enrouler autour de sa poitrine. Elle baissa les yeux, paniquée. De la vigne vierge lui enserrait la taille.

Avant qu'elle ne puisse crier, la haie l'avala d'un coup.

15

IRENE

Irene ne croyait pas aux contes de fées. Elle avait dix-huit ans, pas douze. La dernière fois qu'elle avait eu la naïveté de faire un vœu ou d'attendre qu'un prince charmant escalade le mur de sa maison pour lui jurer son amour, elle n'était qu'une gamine que ses propres rêveries ne cessaient de tromper.

À dire vrai, qu'elle ait cru au bonheur éternel était plus que honteux.

En toute logique, donc, le monstre devant elle ne pouvait pas être réel.

Des aiguilles de magie argentées crépitaient dans sa paume tandis qu'elle tentait de comprendre. Ça ressemblait à un truc tout droit sorti d'un conte merveilleux – un visage en os, des membres recouverts d'écailles, des yeux jaunes de serpent. De plus, la créature mesurait au moins deux mètres cinquante, avait une grosse bosse dans le dos et de méchantes griffes au bout des doigts.

Quelle que soit cette chose, elle ne pouvait pas la voir. Irene s'était calée contre la haie et enveloppée d'un bouclier d'invisibilité. Mais l'heure tournait. Si elle comptait sortir de ce labyrinthe, il fallait qu'elle s'active. Et donc qu'elle trouve comment éviter la créature sans être repérée.

Un mouvement attira son attention. Quelque chose derrière elle, à la périphérie. Elle plissa les yeux et se retourna, prenant soin de ne pas dépasser les limites de son rempart. Un instant plus tard, sa vision s'ajusta, et elle avisa deux silhouettes jaillissant de la pénombre.

Deux visages.

Familiers.

Emilio et Olivier étaient accroupis quelques mètres derrière elle et semblaient ne pas avoir remarqué sa présence. Ils discutaient de la marche à suivre. Aucun des deux n'était suffisamment doué pour lancer un sort d'invisibilité.

De parfaits idiots.

Elle étira sa capsule d'invisibilité et les fit passer de son côté du voile.

— Salut, les garçons.

— Merde, jura Emilio en manquant de tomber sur Olivier. Depuis combien de temps tu es là ?

— Un petit moment. J'imagine que vous ne savez pas ce qu'est cette chose, si ?

— Aucune idée, avoua Olivier en soupirant.

Ses cheveux blonds d'habitude si ordonnés se dressaient sur sa tête. Il avait de la terre sur le nez.

— Je suis d'avis qu'on coure le plus vite possible, poursuivit-il. On peut garder le sort d'invisibilité. Elle ne nous verra pas.

— Le chemin est trop étroit, nota Irene. On va forcément la toucher.

— Qu'est-ce que tu proposes ?

Elle avait bien une idée, mais ça n'allait pas leur plaire, vu que son plan était de les pousser hors de la barrière protectrice du sort et de se servir d'eux comme appât.

— Je propose qu'on travaille ensemble, déclara Emilio, ce qui surprit Irene. Si on l'attaque en même temps, on peut prendre le dessus.

— Tu veux affronter cette chose ? lui demanda Irene.

— Euh, pas particulièrement. Mais je crois que c'est notre meilleure chance.

Trois contre un.

Irene devait l'admettre, elle avait envie de se battre, envie de se salir les mains. Simplement, que ce soit Emilio qui ait eu l'idée l'étonna. Mais maintenant que la chose avait été formulée, elle comptait y donner suite et satisfaire sa tendance naturelle pour l'action.

— D'accord, souffla-t-elle. Elle ne peut pas nous attaquer tous les trois en même temps et va donc devoir choisir une cible. On sait tous que je suis meilleure que vous en magie corporelle, alors je m'occupe de la détruire. (Elle se tourna vers Olivier.) Tu vis à Litterman, non ? Tu dois être bon en illusion.

— Je suis exceptionnel, répondit-il.

Elle leva les yeux au ciel.

— Tu crois que tu peux créer une illusion de moi ?

Olivier resta songeur un instant.

— Oui, je pourrais. Mais les illusions censées imiter les gens sont capricieuses. (Ses yeux se posèrent sur le monstre.) Cela dit, je crois que je me fais du souci pour rien. Ce troll au visage d'os doit avoir à peine deux neurones qui se battent en duel.

— Ça me va.

Irene pouvait voir le plan se former dans sa tête. Elle se tourna vers Emilio, qui l'observait avec intensité et avidité.

— En magie élémentaire, tu te débrouilles comment ?

— Ça va, admit-il. Ça passe.

— OK, on fera avec. Quand je te donne le signal, je veux que tu crées un cercle de feu tout autour de la créature, d'accord ?

— D'accord.

— Bon, enchaîna Irene en les regardant tous les deux. Prêts ?

Ils hochèrent la tête.

— Prêts.

À l'instant où Irene supprima son sort d'invisibilité, la créature se concentra sur eux et se mit à claquer des dents. Sous les os d'albâtre qui constituaient son visage, deux yeux jaunes se plissèrent pour se focaliser uniquement sur Irene – qui se tenait un peu à l'avant du groupe.

Très bien.

Elle s'accroupit par terre. Son sang battait dans ses veines. Avant que la créature ne puisse agir, elle manipula l'air autour d'elle afin de se propulser en avant et glisser entre ses jambes. De son côté, Olivier se dépêcha de bâtir son illusion à l'aide des runes violettes qu'il avait matérialisées devant lui. Il travaillait vite, avec dextérité, et une copie conforme d'Irene apparut bientôt. Puis une autre. Et encore une autre. Et une autre encore. Jusqu'à ce qu'il y ait une dizaine d'Irene entourant la créature, toutes dans la même position.

La chose inclina la tête sur le côté et examina les différentes apparitions.

Dans un grognement de colère, elle se jeta sur une des illusions, la déchirant d'un coup de griffe. L'image se désintégra, comme un voile de fumée. Le monstre hurla puis redressa la tête, prêt à frapper de nouveau.

— Distrayez-la ! cria Irene au milieu du chaos.

Olivier opina et marmonna quelque chose dans sa barbe. Alors que les mots quittaient ses lèvres, les illusions se tournèrent d'un bloc vers le milieu du chemin, toutes contrôlées par Olivier. Le regard fou, la créature fondit sur elles et agita les bras dans tous les sens dans l'espoir de causer quelques dégâts.

— Maintenant ! signala Irene en direction d'Emilio.

Sans hésiter, il fit apparaître des étincelles au bout de ses doigts, puis une sphère de feu dans sa paume, qu'il lança vers la créature. Irene retint sa respiration. Le feu s'écrasa à ses pieds et, en quelques secondes, la bête fut avalée par les flammes.

À mon tour, pensa-t-elle en rassemblant des aiguilles argentées dans ses veines. Elle les sentit s'accumuler au bout de ses doigts et en savoura la sensation. Tout ce qu'elle devait faire, c'était les projeter en avant et couper la créature en deux. Il lui fallait simplement un tout petit peu plus de temps. Juste quelques…

Une force invisible la projeta par terre ; elle en eut le souffle coupé. Elle fut momentanément aveuglée mais recouvra vite la vue et ses esprits. Ce qui l'avait percutée, c'était la créature elle-même. Elle l'agrippait désormais fermement par les épaules et la maintenait au sol. Une odeur âcre de chair brûlée lui piqua le nez.

Irene fut choquée par l'immensité de sa détresse.

La créature avait traversé les flammes et s'était jetée sur elle.

Alors qu'il accourait vers elle, Olivier fut saisi par des lianes qui le hissèrent en l'air. Elles s'enroulèrent autour de son corps, formant comme un cocon de branches et de feuilles.

La créature perçut le désespoir d'Irene. Elle poussa un grognement de triomphe et planta une de ses griffes dans son abdomen.

Et ce fut à ce moment-là qu'Irene la sentit.

Rien à voir avec la pression engourdie à laquelle elle s'était habituée. Non, là, c'était tout autre chose. C'était de la douleur. Une vraie douleur, atroce, insupportable, qui ravagea son ventre et remonta le long de son système nerveux.

Comment était-ce possible ?

La créature rugit et enfonça davantage sa griffe. Irene recevait son souffle chaud sur son visage.

Réagis, lui dit la voix de sa mère. *Si tu ne réagis pas, tu ne survivras pas.*

La colère prit le pas sur la peur. *Sors de ma tête !* avait-elle envie de hurler. *Tu n'as plus le droit de me dire ce que je dois faire !* Mais la torture se prolongeait et la créature ne cédait pas. Irene ne parvenait pas à bouger. Elle ne parvenait pas à puiser en elle les ressources nécessaires pour faire appel à sa magie et se sortir de cette impasse.

Voilà. C'était fini.

Elle ne terminerait même pas la première épreuve. Elle était aussi décevante que le pensait sa mère.

Irene ferma les yeux.

Tout à coup, un cri de rage fendit l'air.

Elle ouvrit les yeux. Et eut du mal à croire à la scène qui se découlait devant elle.

Une épée à la main, Emilio courait en direction du monstre. Puis, sans hésiter, il lui planta sa lame dans le cou et le décapita d'un seul geste précis.

La bête relâcha aussitôt Irene et vint s'écraser sur le sol à ses côtés. La tête roula jusqu'aux pieds d'Emilio. Il se tenait là, son épée ballottant dans ses mains, bouche bée.

Irene appuya sur sa blessure. Du sang chaud coula entre ses doigts et sur sa chemise de nuit.

Il y avait quelque chose qui n'allait pas.

— Ça va ? lui demanda Emilio d'une voix tremblante.

— Oui. Ça va. Merci.

— T'inquiète.

La voix d'Olivier résonna dans le silence.

— Euh… Bien que je sois ravi que vous alliez bien, j'aimerais vraiment beaucoup que l'un de vous deux me libère de cette chose.

Irene leva une main tremblante et se servit de sa magie pour trancher dans le cœur de la vigne vierge.

Olivier tomba par terre et se releva précipitamment.

— Eh bien voilà qui était très excitant.

Irene ricana afin de masquer la douleur qui submergeait son corps. *Dis-leur*, lui enjoignit une petite voix. *Dis-leur ce que tu as ressenti.* Mais les mots restaient coincés dans sa gorge. Une résistance. Un besoin désespéré de cacher ses faiblesses.

Olivier se tourna vers Emilio.

— Où as-tu donc déniché cette épée ?

— Je l'ai trouvée là, expliqua son ami en désignant la haie. Je crois que le labyrinthe me l'a donnée.

— Excellent timing.

— Je n'arrêtais pas de me dire que ce serait vraiment utile que j'aie une arme, marmonna Emilio, le regard vague. À croire qu'il a lu dans mes pensées.

— Peut-être bien, déclara Irene en scrutant la haie.

Le labyrinthe avait peut-être aidé Emilio, mais elle ne lui faisait pas confiance. Elle savait que tout a un prix, et elle n'avait pas l'intention d'attendre de voir ce que le labyrinthe allait exiger en retour.

— On devrait y aller, déclara-t-elle.

— Je propose qu'on parte à gauche, enchaîna Olivier en attrapant Emilio par le bras.

— Moi, je vais à droite, poursuivit-elle.

Emilio leva la tête.

— Tu ne viens pas avec nous ?

Il semblait sincèrement blessé. Et pendant un court et terrifiant instant, Irene ressentit un pincement de regret.

— Non, persista-t-elle en secouant la tête. Je préfère être seule.

— Sérieux, pesta Olivier. Une plante a cherché à m'étrangler, toi tu as failli être mangée par un troll, et tu veux t'aventurer sur le chemin toute seule ?

— Ce n'est pas un sport d'équipe.

— Enfin, Irene, continua-t-il, le visage empreint de déception. Ça ne va pas te tuer de faire confiance aux autres.

— Tu te trompes, marmonna-t-elle.

— Irene…

— J'aimerais te croire.

Les mots se déversaient alors même qu'elle reculait et mettait de la distance entre elle et eux. Elle ne pouvait pas être trop près. Elle refusait de voir la sincérité dans leur regard, d'entendre l'inquiétude dans leur voix.

— J'aimerais croire que je peux faire confiance aux autres. Mais non. La confiance, ça finit toujours par se retourner contre soi.

Emilio fit un pas en avant, comme s'il voulait parler. Cependant, un brouhaha un peu plus loin sur le chemin l'en empêcha. Ils se retournèrent en même temps et virent deux silhouettes courir à toute vitesse dans leur direction.

Georgia Lynn et Carter Rowland. Les candidats de la résidence Fiddle. Au début, Irene ne vit que les cheveux bleu électrique de Georgia, qu'elle avait attachés en queue-de-cheval. Des gouttes de sueur ruisselaient sur sa peau pâle. À côté d'elle se trouvait Carter. Même de loin, on le reconnaissait sans peine à ses tatouages. Il en avait partout sur le corps. Parce qu'ils avaient pour réputation d'être des rebelles notoires, tout le monde à Blackwood savait qui ils étaient. Pour autant, qu'ils aient été nommés n'était pas surprenant. En dépit de leur penchant pour la transgression, Georgia et Carter figuraient parmi les meilleurs récolteurs d'âmes.

Ils étaient même légendaires.

Irene les observa un instant puis comprit qu'ils leur criaient quelque chose. Qu'elle n'entendait pas, le vent étouffant leur voix. Ce fut uniquement lorsqu'elle aperçut la colonne de fumée noire derrière eux que leurs paroles prirent tout leur sens.

— Fuyez !

Le mot résonna en Irene, et son corps entier réagit. Elle partit en courant dans la direction opposée, la paume plaquée sur sa plaie. Derrière elle, le monde bascula dans l'anarchie. Georgia hurla et Irene en eut la chair de poule.

Incapable de résister, elle regarda en arrière.

Emilio et Olivier étaient sur ses talons et se tenaient par la main. Carter avait trébuché sur une racine et s'efforçait de se remettre debout. Alors que Georgia lui tendait la main pour l'aider à se relever, la fumée sembla bondir en avant, se déplaçant à la vitesse de l'éclair. Bientôt, elle les rattraperait.

Aide-les, murmura une terrible voix sous son crâne.

Elle ne pouvait pas. Elle n'avait pas le temps de se soucier d'eux. Pas le temps de rebrousser chemin. Il fallait simplement qu'elle continue de courir. Elle atteignit un croisement dans le labyrinthe et tourna à gauche, le regard fixé droit devant elle. Olivier et Emilio l'avaient dépassée lorsqu'elle s'était retournée – elle ne savait pas dans quelle direction ils étaient partis, mais ça n'avait aucune importance.

Il fallait qu'elle avance.

Afin de se sauver.

Afin de…

Irene trébucha, décolla du sol et vint s'écraser contre quelque chose de dur et tranchant.

Avant de perdre connaissance, elle entendit quelqu'un hurler.

16

WREN

La haie recracha Wren sans prévenir. Elle atterrit paumes en avant sur le sol. Derrière elle, les lianes se mêlèrent au feuillage en ondoyant. Elle se releva et tenta de comprendre où elle était.

C'était le même labyrinthe, mais Masika et Liza n'étaient plus là. Elle ne les entendait même pas. Un silence angoissant imprégnait l'air, à peine troublé par le frémissement des feuilles.

Un instant, Wren eut le sentiment d'être enracinée dans la terre. Elle ne savait pas quoi faire.

Ensuite, les paroles de Masika résonnèrent dans sa tête : *Maintenant, on bouge.*

Wren marcha droit devant elle. Plus elle progressait dans le labyrinthe, plus l'obscurité grandissait. Les branches s'épaississaient au-dessus d'elle, jusqu'à former un plafond de ronces et de rameaux décomposés, qui empêchait la lueur argentée émise par Blackwood de passer.

Avec pour seule compagnie le silence anxiogène de la haie, Wren prit la mesure de la situation.

C'est la Décade.

Malgré la colère qu'elle ressentait envers lui parce qu'il lui avait caché la vérité, Silas n'avait pas totalement menti : elle était bien candidate. Le souci, c'était qu'elle n'était pas la seule.

La chronologie des événements lui parut être plus qu'une coïncidence, et elle ne pouvait se débarrasser du sentiment que cette Décade nouvelle version était due à l'arrivée étrange de Louise. Cependant, elle ne pouvait pas s'attarder là-dessus maintenant. Elle avait plus important à faire.

Il fallait qu'elle gagne.

Elle tourna à droite. Soudain, devant elle, une ombre se déplaça. Vite, elle fabriqua une sphère de lumière et éclaira la silhouette qui se tenait à quelques mètres.

C'était August.

Mais… quelque chose n'allait pas. Il la fixait, le regard vide, comme s'il ne la voyait pas. Ses mains semblaient figées.

— August ? lança Wren d'une voix tremblante.

Il cligna des paupières. Ses yeux passèrent de leur gris habituel à un rouge sang terrifiant.

Wren cria d'effroi, trébucha en arrière. C'était une illusion, une sorte de piège…

August pencha la tête. Son mouvement était trop brusque, presque mécanique, et n'avait rien de naturel. Ensuite ses lèvres dessinèrent un sourire monstrueux, révélant des dents noires et pourries.

Non.

Cette chose, cette réplique, ce n'était pas August.

Du sang violet sombre dégoulinait de sa bouche et se répandait sur son menton. Le faux August fit un pas en avant, puis un autre, sans se départir de son épouvantable sourire.

La haie à côté d'elle frémit, et un poignard en jaillit. Surprise, Wren observa l'objet sur le sol. Des motifs en volutes avaient été gravés sur le manche en émeraude. La lame était très pointue. Elle se dépêcha de le ramasser et l'agita en direction de la créature. Elle avait les mains moites.

— N'approche pas, ordonna-t-elle.

Elle fit apparaître des flammes, qu'elle guida jusqu'à la pointe du couteau.

— Ce n'est pas la peine, ronronna la réplique en avançant. Je veux simplement te parler.

Wren brandit le poignard, et les flammes atteignirent le clone au niveau de l'épaule. Sa peau grésilla, fondit et révéla des ligaments et des os. Mais la créature réagit à peine. Elle se contenta d'observer sa blessure avec un sourire malicieux.

— Dis donc, souffla-t-elle. Ce n'est pas très gentil, ça.

— Qui a dit qu'il fallait être fair-play ? répondit Wren en écartant une mèche de son visage.

Elle passa à l'assaut et essaya de planter sa lame dans le torse de la chose, mais cette dernière esquiva au dernier moment. Elle se déplaçait si vite que Wren s'en aperçut à peine. Pour autant, elle ravala sa terreur et se remit en position d'attaque.

— Bon, assez traîné, s'écria-t-elle tout en faisant tournoyer le poignard dans sa main. À présent, on s'affronte.

La réplique éclata de rire.

— Si tentant que ça puisse paraître, je ne peux pas.

— Pourquoi ?

— Parce que moi non plus, je ne joue pas franc-jeu.

La réplique claqua des doigts. Tout à coup, Wren eut l'impression qu'on aspirait tout l'oxygène de ses poumons.

Elle ne pouvait plus respirer.

Elle plaqua les mains sur sa gorge. Elle avait besoin d'air, avait besoin de n'importe quoi. Elle tomba à genoux. Sa respiration devint sifflante. Ses veines commencèrent à bleuir. Et, tout en la suffoquant, la chose continuait de lui sourire.

— Wren Loughty.

Sa voix se transforma, abandonnant ce ton rauque qu'elle connaissait si bien. Elle ignorait à qui appartenait cette voix, mais ce n'était plus celle d'August.

— Tu es différente de ce à quoi je m'attendais.

De quoi parlait cette créature ? pensa Wren, qui étouffait toujours. Des larmes envahissaient ses paupières.

Le sourire de la réplique s'élargit.

— Oh, non, voyons, sèche tes larmes. Tu ne t'en rends peut-être pas compte, mais je suis là pour te libérer. Pour te sauver. (La chose s'approcha d'elle, braqua ses yeux rouges sur son visage.) Ne veux-tu pas être délestée de ta culpabilité ? L'accident te hante. Il pollue tes rêves. Je peux t'aider à t'en débarrasser.

Sous l'effet de la panique, son sang ne fit qu'un tour.

L'accident.

Comment ? voulut demander Wren, mais elle ne pouvait pas parler. Sa vision se brouillait, elle n'y voyait plus grand-chose.

La réplique rit de nouveau, comme si elle l'avait entendue.

Alors que Wren était sur le point de s'évanouir, la créature poussa un cri de surprise. Elle écarquilla les yeux, ouvrit la bouche. Wren leva la tête. Une lame argentée avait traversé la poitrine de la chose, d'où sourdait du sang violet foncé.

En un éclair, la réplique disparut, comme si elle n'avait été que cendres et fumée.

La force invisible qui étranglait Wren faiblit aussitôt, et la jeune fille essaya de reprendre son souffle. Peu à peu, elle retrouva une respiration normale. Le silence alentour lui parut pesant.

Un bruit. Une brindille qui craque. Elle se redressa.

Là où quelques secondes plus tôt se trouvait la copie d'August se tenait… August.

Des traces de sang violet maculaient sa chemise blanche. Il en avait même sur les joues. Dans son regard luisait un éclat dangereux, venimeux, et Wren sentit de nouveau sa gorge se serrer. Sa poitrine se soulevait par saccades. Il agrippait si fort son poignard que les jointures de ses mains étaient blanches.

— Loughty ? bredouilla-t-il, sa voix se brisant.

Il fit un pas en avant, tendit la main. Mais elle recula.

Il afficha un air perplexe.

— C'est moi.

— Je ne…

Wren secoua la tête. Elle avait l'impression de devenir folle, de perdre la raison.

— Comment en être sûre ? Comment je peux savoir que c'est bien toi ?

August parut réfléchir pendant quelques secondes, puis il haussa les épaules.

— Eh bien… tu vas devoir me faire confiance. Même si ça n'a jamais été ton fort.

Un immense soulagement s'empara d'elle. *Évidemment, que c'est lui.* Quelque part, elle savait qu'elle reconnaîtrait toujours August. Peu importaient le lieu, le temps écoulé. Dans cette vie comme dans d'autres.

Wren se racla la gorge.

— Tu es arrivé juste à temps.

Les traits d'August s'adoucirent un instant, et son inquiétude s'estompa.

— J'ai pris un virage et j'ai vu cette *chose*, cracha-t-il tout en se passant la main sur le visage. Je me suis dit que tu avais peut-être besoin d'aide.

Wren observa le poignard qu'il tenait.

— Le labyrinthe me l'a donné... Je ne comprends pas. Un instant, il m'aide, et l'instant d'après, il fait tout pour que je sois éliminée. (Elle renâcla et l'observa.) Un peu comme toi.

Il leva les yeux au ciel.

— Je crois que le mot que tu cherches, c'est *merci*.

— Oui, enchaîna-t-elle en ignorant le rouge qui lui montait aux joues. Merci.

Elle voulait lui demander s'il avait entendu sa conversation avec la réplique, mais elle n'osa pas. Soudain, la haie près d'eux se mit à bouger dans tous les sens avant de se scinder en deux et de révéler un passage. De l'autre côté serpentait un chemin. Contrairement aux sentiers du labyrinthe, celui-ci était bordé de petites lampes en bronze. De l'herbe bien verte recouvrait le sol, et quelques tulipes poussaient çà et là.

— Eh bien, ça, c'est nouveau, remarqua Wren en glissant la tête dans le passage.

August soupira.

— On continue ?

Wren hésita une seconde puis lui prit le poignard des mains.

— On n'a pas le choix.

17

MASIKA

Elle était perdue. Les minutes se transformèrent en heures, et Masika se repassait en boucle dans sa tête l'instant où Wren avait disparu, son corps avalé par la végétation avide. Masika aurait dû faire quelque chose. Voler à son secours.

Elle n'avait pu que rester plantée là.

Elle s'efforçait de ne pas trop y penser. Wren était intelligente, agile, s'il y avait quelqu'un qui pouvait se sortir de ce genre de situation, c'était elle. Non ? Masika se disait-elle cela uniquement pour se convaincre que Wren allait bien ?

Ça n'avait pas d'importance.

Elle ne pouvait pas remonter le temps.

Si elle paniquait, si elle laissait l'angoisse l'envahir, qui sait ce qu'il risquait d'arriver. Elle devait rester concentrée. Pour rentrer à Blackwood, il fallait qu'elle ait les idées claires.

Elle savait quelles sortes de créatures hantaient cet endroit.

Quelques minutes après s'être réveillée dans le labyrinthe, Masika avait cru entendre Irene l'appeler. Elle avait suivi le son, puis s'était figée sur place.

Irene était devant elle.

Sauf que ce n'était pas Irene – pas vraiment. Cette version d'Irene avait les dents noires et les yeux si rouges qu'ils semblaient luire dans la nuit. Sa peau était d'un blanc maladif. De grosses veines bleutées enflaient dans son cou.

Elle avait traité Masika de tous les noms. Lui avait dit des choses similaires à ce que Masika craignait qu'un jour Irene ne lui dise. Qu'elle était inutile. Abîmée. Pathétique. Et bien que soupçonnant qu'on lui tendait un piège, Masika avait envisagé de rester, avait tenté de s'approcher. De peur de changer d'avis, elle était partie en courant aussi vite que possible, sans un dernier regard pour la terrifiante réplique d'Irene.

Qui, fort heureusement, ne l'avait pas suivie.

Masika ne comptait pas la croiser de nouveau.

Elle accéléra le pas, poussa un soupir de détermination et chassa l'inquiétude qui persistait. Mais plus elle marchait, plus son esprit dérivait. Des bribes de souvenirs s'immisçaient dans son cerveau, dont un en particulier.

— Tu lis toujours comme ça, ma petite colombe ? lui demanda Catherine avec un sourire gentiment moqueur.

Masika ne s'était pas rendu compte de sa position étrange. Elle était adossée à une chaise, les jambes calées sur le dossier, la tête en arrière dans le vide, un exemplaire de Sorts élémentaires de transmutation *dans les mains.*

— Ça m'aide à me concentrer, répondit-elle avec malice.

Catherine s'assit par terre à côté d'elle.

— Masika Sallow. Est-ce que je t'ai dit que je te trouve fascinante ?

Masika ferma le livre et pivota afin de lui faire face.

— Catherine Clarke. Est-ce que je t'ai dit que j'avais envie de t'embrasser ?

Ç'avait été leur premier baiser. Masika s'en souvenait avec précision. Chaque détail. Chaque instant parfait. Malheureusement, elle se souvenait aussi de tout ce qui avait suivi. De la faille grandissante qui les avait éloignées l'une de l'autre. De la lente bascule vers la folie.

De la dernière fois qu'elle avait vu Catherine.

La fenêtre était ouverte. Ce fut la première chose que Masika remarqua en entrant dans la pièce. Une bougie allumée sur la table de nuit, la flamme ambrée qui dansait dans la brise.

— Catherine ?

Une sensation de malaise s'installa dans son cœur. Quelque chose n'allait pas.

La porte du placard de Catherine était entrebâillée. La main tremblante, Masika la poussa. Quand elle vit ce qu'il y avait à l'intérieur, elle fit quelques pas en arrière. Des dizaines de feuilles avaient été accrochées au mur. Des pages de journal intime écrites avec du sang. Rien n'avait de sens. Des élucubrations du début à la fin.

À l'exception d'une phrase, répétée inlassablement, qui sortait du lot.

Celui-Sans-Âme te libérera.

Un bruit au loin tira Masika de ses pensées. Au début, elle pensa qu'il s'agissait du vent. Que le labyrinthe lui jouait des tours.

Mais ce n'était pas un simple bruit. C'était une voix.

Il s'agissait sans doute d'un autre candidat, qui se trouvait dans les parages. Cependant, la voix lui paraissait étrange, comme si elle s'était démultipliée et résonnait tout autour d'elle.

Soudain, elle s'immobilisa. Elle connaissait cette voix.

— Masika...

C'était impossible. La pire des mauvaises blagues. Une illusion sadique créée pour lui faire perdre la tête. Pourtant, elle tendit l'oreille, aux aguets.

La voix lui parvint de nouveau.

— Masika…

C'était vraiment sa voix.

— Viens me retrouver, ma petite colombe.

Quelque chose ondula dans les ombres devant elle. Masika plissa les yeux, afin de mieux voir, et ce fut alors qu'elle l'aperçut. Des cheveux blond foncé qui lui tombaient sur les épaules. Un visage en forme de cœur. Des cuisses tout en rondeur. Un sourire pareil à un soleil.

— Catherine.

Masika se mit à courir, manqua de tomber dans son effort de ne pas perdre de vue l'illusion de Catherine. Parce que c'était bien une illusion, non ? Ça ne pouvait pas être elle. Quoi qu'il en soit, il fallait qu'elle vérifie. Si elle pouvait la voir, ne serait-ce qu'une petite seconde, elle allait saisir sa chance.

Mais quand elle tourna à l'angle, elle s'arrêta net.

Ce qu'elle vit au bout du chemin la ramena vite à l'instant présent.

Penchée au-dessus d'un corps. La même créature que tout à l'heure. Blanche, la peau tannée, les membres tordus. Du sang gouttait de sa bouche. De ses griffes elle déchiquetait des lambeaux de peau. Masika entendit des bruits de ligaments qui se déchiraient. D'os qui craquaient.

Et distingua un visage familier désormais trop pâle.

La première fois que Masika avait croisé Nick Aronson, c'était entre deux cours. Il s'agissait d'un garçon discret, aux grands yeux topaze sans cesse en mouvement, et aux joues roses.

La dernière fois qu'elle l'avait vu, c'était le matin même, quand il discutait avec Liza.

Il lui avait fait un grand signe de la main, tout sourire.

Masika cligna des yeux, et l'image de Nick s'évapora comme la rosée du matin, pour être aussitôt remplacée par la scène qui se déroulait devant elle.

La créature avait plongé ses griffes acérées dans le torse de Nick et creusé un grand trou. Tandis qu'elle le réduisait en pièces, Nick hurlait. Ce n'était pas un cri de terreur ou de détresse.

C'était un cri à glacer le sang.

Tout à coup, Nick croisa son regard.

Masika fit un pas en avant, se mit en position d'attaque. Elle leva la main, appela sa magie, mais quelque chose dans l'expression de Nick l'arrêta. Il ne lui demandait pas de l'aider. Il n'était pas silencieusement en train de la supplier d'intervenir, de le sauver.

Non, par son regard, il lui enjoignait de s'enfuir. De l'abandonner.

— S'il te plaît, murmura-t-il.

Avant que Masika ne comprenne vraiment le message que lui adressait Nick, le corps de ce dernier commença à se morceler en miettes minuscules. Son visage se décomposa comme de la cire chaude. En peu de temps, les particules qui avaient jadis constitué Nick s'élevèrent dans l'air, formèrent une sorte de bulle, puis s'évanouirent complètement.

Il était parti.

Masika plaqua les mains sur sa bouche pour étouffer le cri d'horreur qui menaçait de s'échapper.

Trop tard.

Elle avait attiré l'attention de la créature. Celle-ci braqua ses yeux rougis vers elle.

Cependant, cette fois, Masika était prête à se battre.

Elle poussa un cri, avança la main en direction de la créature et libéra une vague de pression supersonique qui fit décoller et s'emplafonner celle-ci dans la haie. Pendant que la créature tentait de se redresser, Masika rassembla une grande quantité de magie corporelle dans ses veines. Des aiguilles argentées jaillirent de ses doigts.

Mue par une rage sans précédent, elle tendit les mains en avant et trancha la créature en deux.

Le contrecoup fut immédiat – un épuisement brutal, qui la mit à genoux. Quand elle leva la tête, elle vit que la bête avait été découpée au niveau du torse. Ses yeux n'étaient plus que des billes blanches immobiles.

Mais l'heure n'était pas à la victoire.

Au même instant, la haie à côté d'elle s'ébroua et forma une ouverture, révélant un nouveau chemin – pavé de briques rouges et où voletaient des papillons translucides. Bien que ne sachant pas où cette voie menait, Masika se leva et s'y engouffra. Il ne lui restait qu'à espérer que ce qui l'attendait au bout soit mieux que ce qu'elle venait de quitter.

18

EMILIO

Emilio n'avait pas l'étoffe d'un héros. Il n'aimait pas les grandes aventures ni les sauvetages de dernière minute. Il appréciait les choses simples – une tasse de café le matin, une promenade l'après-midi. Il aimait la routine. La banalité d'une vie facile.

La seule fois où il s'était autorisé à changer ses habitudes, il avait fini mort. À présent, non seulement Emilio détestait le danger, mais il le redoutait. Il aurait fait n'importe quoi pour demeurer bien en sécurité dans sa petite bulle, avec ses vieux livres et ses bougies parfumées, à passer ses soirées dans les confins sombres mais rassurants de la bibliothèque.

Alors, comment diable avait-il atterri dans un labyrinthe plein de monstres ?

— Il faut qu'on avance, déclara Olivier avec détermination.

Tout était calme dans cette zone du labyrinthe. Ils étaient entourés de ces mêmes grandes haies, et Emilio ne savait pas où ils étaient. Ni où ils devaient aller.

— Je pense qu'on a perdu la fumée, pourtant elle n'est peut-être pas loin, continua Olivier. Si on marche, on peut maintenir notre distance.

Emilio planta ses pieds fermement dans le sol.

— Non. Je ne veux… *Attends.*

Olivier s'arrêta.

— Quoi ?

— J'ai besoin… (Emilio secoua la tête, chercha à respirer normalement.) J'ai besoin de quelques secondes.

La fumée avait surgi de nulle part, et c'était une force destructrice. Il avait pu le constater pendant sa course effrénée, malgré sa panique. Elle dévorait tout sur son passage, brûlait le sol jusqu'à ne laisser que des cendres. Ils avaient dépassé Irene, la perdant de vue juste après, et comme ils ne l'avaient toujours pas recroisée, Emilio en avait conclu qu'elle était allée à gauche. Georgia et Carter non plus n'étaient pas réapparus. Emilio espérait qu'ils avaient réussi à se sortir de là sans trop de dégâts. À mesure qu'ils s'étaient éloignés de la fumée, elle s'était dissipée pour n'être plus qu'un petit nuage qui s'était dispersé dans le labyrinthe.

Emilio enroula les bras autour de son torse. Ses dents claquaient. Il voulait que son corps coopère. *Super.* Maintenant, Olivier allait voir à quel point il était faible et pathétique. Parfaitement inutile.

— Emilio, reprit Olivier en s'approchant, est-ce que ça va ?

— Ça… va.

Le son de sa voix le fit grimacer. Ça n'allait pas du tout.

— Il ne va rien t'arriver, d'accord ? Je vais m'en assurer. Tu le sais, n'est-ce pas ?

— C'est facile à dire, répondit Emilio en se grattant la nuque.

Olivier le regarda avec intensité. Un silence tendu les enveloppa. Avant même qu'Emilio ne puisse se ressaisir, Olivier posa les deux mains sur ses joues.

— Emilio Córdova, dit-il lentement, je te promets solennellement que je ne laisserai personne ne serait-ce que toucher à un seul des cheveux de cette belle tête qui est la tienne. Compris ?

Emilio sentit le sol se dérober sous ses pieds, mais il parvint à rester digne.

— Compris.

Olivier hocha le menton, satisfait, et ramena les bras le long de son corps.

— C'est une simple épreuve. Ce qui signifie qu'il y a une solution. Une issue qu'on ne voit pas.

— Je ne suis pas sûr que ce soit aussi évident, objecta Emilio en passant la main dans ses cheveux. Quelque chose me dit que la sortie n'a rien à voir avec la direction dans laquelle on marche.

— Comment ça ?

— Je ne sais pas, dit Emilio en frissonnant – un courant d'air froid lui donna la chair de poule. J'ai l'impression qu'on rate un truc. Qu'on ne trouvera pas la solution simplement en déambulant.

Un brouhaha soudain attira leur attention – un cri suivi de battements sourds, comme des coups. Emilio tourna la tête pour tenter de localiser la source du bruit. Son regard se planta ensuite dans celui d'Olivier. Ils partagèrent un bref instant d'hésitation, puis s'élancèrent.

Plus ils couraient, plus le bruit s'intensifiait. Cela semblait provenir de quelque part sur leur gauche, peut-être de l'autre côté de la haie. Après un virage, la voix devint limpide.

— Recule, grogna-t-elle. Recule, saloperie de merde.

Emilio reconnut la voix.

— Josie, murmura-t-il.

— Tu la connais ? lui demanda Olivier, incrédule.

— Jocelyn Foster, expliqua Emilio. On a quelques cours ensemble.

Une deuxième voix résonna dans le chaos.

— Ne la provoque pas, Josie !

Olivier se raidit.

— Ça, c'est Tristan.

— On doit les aider.

— Oui, on devrait, acquiesça Olivier. Ou bien, on peut partir dans l'autre sens.

— Sérieux ? lança Emilio, le visage pâle.

— C'est une compétition, Emilio. Des gens vont se faire éliminer.

Olivier avait raison. S'il voulait avoir une chance de passer de l'Autre Côté, il fallait qu'il gagne. Et s'il voulait terminer dans les premiers, il fallait qu'il mette son empathie de côté, même si c'était très difficile.

Sur ce, Josie poussa un cri. Un cri terrifiant. Lui et elle n'étaient pas proches, mais Josie avait toujours été cordiale. Quand Emilio était arrivé à Blackwood, elle avait fait l'effort de l'aider à s'acclimater, lui proposant de recopier ses notes. C'était un petit geste d'amitié, certes, mais dans l'au-delà, ils étaient rares.

— Olivier, dit-il en secouant la tête. Je ne peux pas. Je ne peux pas les laisser.

— Bordel, marmonna Olivier.

Puis il esquissa un sourire.

— Tu es trop bon pour ce monde. Tu le sais, ça ?

— Ça se discute.

— Bon, eh bien, OK, soupira Olivier en avançant de quelques pas. Allons faire un truc débile.

Ils tournèrent deux fois à gauche, attentifs aux bruits, et remontèrent enfin jusqu'à la source.

— Qu'est-ce que c'est que…

Un son étrange lui échappa, comme si on lui avait aspiré les mots directement dans la gorge.

Voulant s'arrêter, Emilio trébucha. Olivier tendit la main pour lui attraper le poignet et le stabiliser. Il leur fallut ensuite quelques secondes pour comprendre la situation.

Josie et Tristan se tenaient dos à dos, et chacun faisait face à sa réplique.

C'était tellement bizarre. Les répliques étaient presque identiques à l'original, sauf qu'il leur manquait toute trace d'humanité. Elles paraissaient même venir d'un autre monde, ce qui fit frissonner Emilio.

Cependant, c'était autre chose qui l'inquiétait.

Elles avaient chacune une épée dans la main.

À l'instant où ils débarquèrent, Tristan – le vrai Tristan – tourna la tête et croisa le regard d'Emilio. Il était en nage, couvert de terre et de saleté.

— Olivier.

Malgré la situation, Tristan leur adressa le sourire le plus lumineux qu'il ait jamais vu. Pas étonnant que la moitié du corps étudiant ait envie soit d'être lui, soit d'être avec lui.

Olivier laissa échapper un petit rire nerveux.

— Tristan, mon cher. Te voilà dans de beaux draps.

À côté de lui, Josie tentait de frapper sa réplique du bout de ses marie-jeanne. La créature esquiva avant même qu'elle ne la touche, comme si elle avait lu dans ses pensées et anticipé la manœuvre. Ses cheveux blonds étaient maculés de sang. Elle avait remonté les manches de son sweat-shirt bleu marine, dévoilant une boussole tatouée sur son poignet.

— Ces bâtards nous encerclent depuis une bonne heure, rugit Josie.

Bien qu'elle fût plus petite que les garçons, Emilio savait que la seule parmi eux à être capable d'infliger de sacrés dégâts à mains nues, c'était elle.

— La magie ne marche pas sur eux, expliqua Tristan en serrant les dents. Ne vous fatiguez pas. J'ai déjà essayé de les faire exploser en mille morceaux.

— Et vous avez tenté de leur parler ? suggéra Olivier.

Josie ricana.

— Libre à toi, mais ça ne sert à rien. Ils sont bêtes à manger du foin.

— Euh, excusez-moi, se lança Olivier avec un sourire crispé. Est-ce qu'il y aurait moyen, par hasard, de discuter de tout ça ? D'avoir une conversation entre gens civilisés ?

Aucune réaction. Les répliques gardèrent les yeux rivés sur Josie et Tristan.

— Je te l'avais dit, lâcha Josie.

Emilio observa les épées dans les mains des répliques. Il ravala sa salive puis sortit sa propre épée, qu'il gardait cachée dans son dos.

— Vous avez peut-être besoin de ça pour les battre ?

À l'instant où il prononça ces paroles, les deux copies se tournèrent vers lui, dans un même mouvement très bizarre. À croire qu'elles avaient tout à coup oublié Josie et Tristan et pris Emilio pour cible. D'un pas lourd mais rapide, elles se dirigèrent vers lui. Dix mètres. Cinq mètres. Encore et encore, toujours plus près d'Emilio, et sans la moindre intention de s'arrêter. Elles affichaient un sourire terrifiant.

Olivier jura et recula.

— Je crois que la réponse est oui.

— Quoi ? bredouilla Emilio en brandissant son épée. Je suis censé me battre ?

Cependant, quelque chose d'étrange se déroula ensuite. Les répliques se rapprochèrent l'une de l'autre et leurs membres fusionnèrent, pour ne former plus qu'une créature.

Puis les traits de celle-ci se modifièrent.

Des yeux verts. Des cheveux blonds. Un sourire tordu.

Non.

— Bonjour, mon amour.

La créature avait pris les traits d'Olivier. Un visage aussi beau qu'agaçant. Emilio agrippa son épée, s'efforçant de ne pas la lâcher et rassembla tout son courage. Il refusait de détourner le regard.

— Ah, mais c'est vraiment horrible, constata le vrai Olivier. Et très injuste. Ce n'est pas du tout comme ça que je suis coiffé.

La réplique fit traîner son épée sur le sol.

— Mon pauvre petit Emilio. Toujours aussi terrorisé.

À dire vrai, Emilio avait envie de pleurer. Il voulait se recroqueviller sur lui-même par terre et fermer les yeux jusqu'à la fin de ce cauchemar. Mais il ne pouvait pas. Alors il se ressaisit, brandit son épée.

La réplique frappa en premier.

Emilio para le coup. Le choc fit vibrer tout son bras, tout son corps. La copie était plus forte et faisait la taille d'Olivier, mais Emilio avait une arme secrète.

Son désespoir.

Il esquiva une série d'attaques, baissant la tête quand la lame trancha l'air au-dessus de lui. La réplique d'Olivier semblait s'amuser et souriait de toutes ses dents pourries.

— Tu crois que tu peux me vaincre, ronronnait-elle en faisant tournoyer sa lame. Tu es faible. Tu ne sers à rien. Et il le sait, lui. (Il désigna le véritable Olivier, qui tressaillit.)

Il voit en toi. Tu penses que l'attention qu'il te donne est sincère ? Que ce n'est pas que de la pitié ?

— Emilio, intervint Olivier derrière lui. Ne l'écoute pas.

— Il se fiche de toi, poursuivit la chose en pointant le bout de son arme vers Emilio. Tu n'es qu'un passe-temps. Un moyen de tuer l'ennui. Tu sais, au fond de toi, qu'il ne t'aurait même pas calculé, dans la vraie vie.

Une vague de honte submergea Emilio qui s'efforça de rester concentré.

— Tu veux savoir un truc ? répondit-il en agitant son épée.

Ils échangèrent des coups, le métal scintillait dans la pénombre.

— En dépit de ce que tu crois, tu ne peux pas me faire de mal. Tes paroles sont vides de sens. Elles ne m'atteignent pas.

Il était essoufflé, chaque mot semblait étouffer sous le poids de sa fatigue.

— Tu ne pourras jamais me faire de mal parce que rien de ce que tu diras ne sera pire que ce que je pense déjà.

La réplique grogna.

— Tu es *pathétique*.

Emilio leva son épée au moment où la copie baissait la sienne. Les deux lames s'entrechoquèrent.

— Et toi, tu-n'es-pas-réel, insista Emilio.

Sur le dernier mot, il poussa son adversaire de toutes ses forces. La créature bascula en arrière et, surprise, faillit lâcher son arme.

Sautant sur l'occasion, Emilio s'élança en avant et plongea sa lame dans le ventre de la créature. Un gargouillis de stupeur s'échappa de ses lèvres.

Emilio la regarda droit dans les yeux. Dans ses yeux qui étaient ceux d'Olivier.

Soudain, la réplique disparut.

Emilio resta planté là, le souffle court. Il avait vaguement conscience des autres autour de lui mais ne se sentait pas capable de bouger.

— Emilio…

La voix d'Olivier était à peine un murmure. Il posa la main sur son épaule. Emilio aurait voulu se coller à lui. Lui tomber dans les bras, afin qu'il le serre contre son cœur.

Mais c'était impossible.

Pas maintenant. Pas après ça.

Il ravala la boule qui lui obstruait la gorge et pivota vers Olivier.

— On devrait y aller, souffla-t-il en s'évertuant à garder un ton calme.

Puis il observa Tristan et Josie.

— Si ça vous va, je pense qu'il est préférable qu'on reste ensemble.

Josie hocha frénétiquement la tête.

— Bien sûr, que ça nous va. Pas question que j'affronte le reste de ce labyrinthe toute seule.

Au même moment, la haie devant eux se scinda en deux, s'ouvrant sur un chemin bordé de roses dorées. Ce côté-là du labyrinthe n'avait rien à voir avec celui où ils se tenaient. Une sorte de voile irisé scintillait dans l'air.

— Ça doit être la sortie, murmura Tristan.

Ils échangèrent un regard plein d'espoir. Emilio et Olivier s'approchèrent du passage et passèrent la tête dans l'ouverture. Cela leur parut sans danger – aucune illusion, aucun monstre terrifiant ne les attendait de l'autre côté.

— On y est arrivés. On y est vraiment arrivés ! s'écria Josie, soulagée. Sincèrement, je commençais à croire qu'on n'allait jamais pouvoir sortir de ce fichu…

Sa voix s'éteignit d'un coup, coupée net. Un instant, Josie était là, près d'eux, et l'instant d'après, elle fut projetée au sol et violemment agrippée par une liane qui s'était enroulée autour de sa poitrine. Son cri glaçant résonna dans la nuit.

Sans la moindre hésitation, Tristan se jeta sur elle et lui attrapa le poignet.

— Josie !

Emilio s'approcha, prêt à les aider, mais une bourrasque soudaine les projeta en arrière, Olivier et lui, et les envoya de l'autre côté de la haie. Avec fracas, ils atterrirent sur le nouveau chemin.

La vision d'Emilio s'ajusta. Il voyait Josie et Tristan toujours en face. Mais avant qu'il ne puisse se porter à leur secours, la vigne vierge lui barra le passage.

Et puis… plus rien. Il ne pouvait pas les entendre. Ne pouvait pas les voir.

— Il faut qu'on y retourne ! s'écria Emilio en jurant alors qu'il tirait sur les lianes et les branches dans l'espoir de se frayer un chemin.

La voix d'Olivier retentit derrière lui.

— Emilio…

— Je sais ce que tu vas dire, mais ça m'est égal. On doit les aider. On doit…

— *Emilio.*

— Quoi ?

Il se retourna puis tressaillit quand il vit ce que regardait Olivier.

Une arche faite de pierres et de lianes et comportant une double porte en bois était apparue devant eux. Sur la pierre était gravé « Blackwood Academy », accompagné de l'emblème de l'école, en feuilles d'or.

Ils avaient réussi.

19

IRENE

Irene connaissait la souffrance. Elle l'avait accompagnée pendant toute sa vie, se répandait dans ses veines de manière continue et obstinée. En grandissant, elle avait éprouvé beaucoup de douleur émotionnelle. Au cours de ses dix-huit années d'existence, sa mère lui avait brisé le cœur tellement de fois qu'elle avait cessé de compter. À la douleur émotionnelle était venue s'ajouter la douleur physique. Pas directement de la part de sa mère, mais plutôt sous forme de dommages collatéraux de la vie offerte à sa fille. Cinq os brisés. Des yeux au beurre noir. Beaucoup trop de cicatrices.

Quand Irene était arrivée à Blackwood, elle avait adoré cette vie sans douleur. Elle s'en était repue. Plus de brûlures. Plus de palpitations. Elle était désormais libre de vivre sa vie enfin débarrassée de la menace permanente de la souffrance.

Ainsi, lorsqu'elle rouvrit les paupières et reprit connaissance dans le labyrinthe, la première émotion qu'elle ressentit fut la peur. Pas parce qu'elle s'était évanouie ou était perdue. Pas même à cause de la créature terrifiante qui l'avait attaquée ni de la fumée noire agressive à laquelle elle avait échappé.

Non, c'était la douleur. Elle la sentait partout. Elle avait mal à la tête, aux yeux, au crâne. Ce trou dans son abdomen lui faisait très mal.

Quelque chose en elle avait changé.

Comme si quelqu'un avait appuyé sur un interrupteur.

Pressant la plaie sur son torse, Irene se leva et prit une grande inspiration. Ensuite, et malgré la terreur qu'elle ressentait, elle fit une chose qui lui paraissait pourtant impossible.

Elle se mit à marcher.

Pendant de longues minutes, son monde se résuma au chuintement de sa respiration et au bruissement du vent. À plusieurs reprises, elle pensa entendre des voix familières dans la brise, mais elles disparurent aussi vite qu'elles étaient apparues et s'estompèrent dans la nuit.

Elle envisageait de se reposer un instant quand elle ressentit une vive douleur au bras. Elle baissa les yeux. Elle avait une coupure au coude.

Elle fit un pas en avant.

Schlack.

Une autre coupure. Irene bondit, pivota vers la gauche, et vit une ronce se rétracter dans la haie.

— Alors comme ça, tu veux jouer ? déclara Irene, se sentant un peu bête de parler à une plante. Parfait. J'adore les jeux.

Elle produisit une boule de feu et la lança aussitôt dans la haie. Les feuilles brunirent et se racornirent jusqu'à n'être plus que cendres. Elle sourit, satisfaite.

Cependant, tout à coup, dix branches épineuses poussèrent de la haie et se dirigèrent vers elle.

Elle se figea, passa en revue ses options. La voix de sa mère résonna dans sa tête. Pareille à une sirène, elle lui criait qu'elle n'avait qu'une seule solution.

Fuis.

Et c'est ce qu'elle fit.

Irene courut, évitant le lierre spinescent et les ronces acérées qui tentaient de lui agripper les bras. Elle trancha parmi les branches qui lui bloquaient le passage avec des lames de lumière argentée.

Mais le labyrinthe avait soif de vengeance et ne comptait pas abandonner si facilement.

Au moment où son corps semblait sur le point de lâcher et qu'elle envisageait de baisser les bras, elle vit quelque chose scintiller à l'horizon.

Au bout du chemin, nichée dans la pénombre, se trouvait une arche.

Galvanisée, elle accéléra. Le labyrinthe dut percevoir son regain d'espoir parce qu'il redoubla d'efforts et lança vers elle des lianes pointues comme des lances à toute allure. Irene y voyait à peine au milieu de toute cette végétation hostile, ses gestes étaient frénétiques, mais elle s'en fichait. Elle y était presque. Quelques mètres à peine.

Elle savait qu'elle avait gagné.

Elle sauta par-dessus une plante qui s'enroulait autour de sa cheville, se projeta en avant et roula jusqu'à l'arche. Elle atterrit à quatre pattes. Derrière elle, l'arche se referma dans un bruit sourd et inquiétant.

Tout était immobile.

Partout, le silence. Plus de haie. Plus de terre. L'espace autour d'elle était à peine éclairé mais les lueurs des bougies formant des ombres sur le mur étaient chaleureuses.

Il lui fallut quelques secondes pour comprendre où elle était – c'était différent de d'habitude.

Elle était à Bonestrod, mais le hall principal avait été transformé. Le parquet avait été remplacé par du marbre blanc, et un grand tapis émeraude en recouvrait la majeure partie. L'escalier en colimaçon avait été remplacé par un imposant escalier droit avec une rampe en bois sombre. Un lustre en os et en cristal pendait au-dessus de sa tête.

Mais surtout, ce qui la frappa, ce fut l'odeur. Douceâtre. Presque écœurante. Comme si des morceaux de sucre flottaient dans l'air.

— Miss Bamford, tonna la voix du proviseur Silas. Quelle entrée théâtrale ! Mais je ne devrais pas être surpris. Vous avez toujours eu un penchant pour le mélodrame.

Irene leva les yeux. Silas se tenait sur le palier. Ses mains gantées agrippaient la rambarde.

— C'est un peu gonflé, de la part d'un homme qui a décidé que ce serait une bonne idée de kidnapper des élèves et de les enfermer dans un labyrinthe infesté de monstres.

— Touché, gloussa-t-il en lui faisant signe d'avancer. Montez. Les autres vous attendent.

Irene se redressa. Une douleur vive lui parcourut le corps et elle serra les dents. Lentement, elle gravit les marches en marbre, le bruit de ses pas résonnant dans le vaste hall. Elle gardait la main plaquée sur la plaie à son abdomen – sa chemise de nuit était imprégnée de sang. Lorsqu'elle parvint en haut de l'escalier, elle se repéra aux murmures étouffés et au crépitement du feu.

À sa droite, dans un bureau mal éclairé, elle reconnut des visages familiers.

Wren et August, côte à côte, affichaient le même air soucieux. Emilio et Olivier étaient assis dans un fauteuil bordeaux, Masika était debout derrière eux, les bras croisés et la bouche pincée. D'autres étaient dispersés dans la pièce. Jocelyn Foster. Tristan Abbot. Georgia Lynn. Carter Rowland.

Dix au total.

Il manquait donc deux candidats.

— Merci de vous joindre à nous, miss Bamford, reprit Silas en s'adossant à la cheminée, les mains jointes sur le panneau de sa canne. Vos camarades commençaient à s'impatienter.

Masika dévisagea Irene puis passa son corps en revue. Quand elle aperçut sa plaie, elle poussa un hoquet de surprise.

— Irene, tu es blessée !

— Une petite entaille, grimaça celle-ci en s'approchant.

Elle se tourna ensuite vers Silas.

— Je crois que vous nous devez des explications.

— Je comprends que vous ayez besoin d'un temps d'adaptation à la douleur. Mais je vous assure, cela fait partie de la tradition de la Décade.

— Je crois que la tradition est passée par la fenêtre à l'instant où vous avez imaginé cette foutue compétition, rugit Josie.

Silas soupira et se massa les tempes.

— Oui. Vous avez raison. Cette Décade est... loin d'être idéale. Mais tout ce que nous faisons, tout ce que nous avons fait jusque-là, c'est pour le bien de tous. Pour maintenir l'équilibre de l'au-delà.

— Venez-en au fait, grommela Carter.

— Comme certains d'entre vous le savent, reprit Silas, contrit, les tactiques de recrutement de l'Ordre des Desmions sont devenues plus agressives. Nous avons eu beaucoup d'alertes, ces derniers mois, plus que ces dernières décennies. C'est depuis que nous avons remarqué une perturbation dans l'Éther. Une modification de l'équilibre, si je puis dire.

— Qu'est-ce que ça a à voir avec nous ? demanda Olivier, exaspéré.

— Après de nombreuses discussions, le Conseil a décidé que nous devions créer une unité d'élite. Une ligne de défense supplémentaire face à nos ennemis afin d'assurer la sécurité de Blackwood et de ses élèves. Et, bien que notre groupe actuel de Valeureux comprenne certains des élèves les plus forts et les plus brillants, il nous manquait quelque chose. Un chef. Quelqu'un qui pourrait guider les Valeureux et en faire le meilleur des remparts contre l'Ordre.

Silas désigna le groupe d'un geste de la main.

— Et c'est là que vous intervenez.

— Nous ? s'étonna Emilio – le pauvre semblait sur le point de tourner de l'œil.

— Eh bien, poursuivit Silas avec un sourire en coin, l'un ou l'une d'entre vous du moins. Nous voulions nous assurer que la personne choisie serait réellement la meilleure parmi les meilleures. On ne peut pas se permettre de se tromper. Afin d'être sûr que ce chef remplirait vraiment tous les critères, le Conseil a choisi de faire de la Décade une compétition entre les douze meilleurs élèves de Blackwood.

— Mais… et si le gagnant n'a pas envie de rejoindre les Valeureux ? objecta Emilio.

Irene ne rata pas la réaction d'Olivier, qui se crispa et planta les ongles dans sa jambe.

— On est censés avoir le choix.

— Bien entendu, répondit Silas. Et ce choix vous sera offert. Si le gagnant souhaite passer de l'Autre Côté, l'honneur de devenir le chef des Valeureux échoira au deuxième.

— Cela n'explique pas ça, enchaîna Irene en montrant sa blessure. Pourquoi est-ce qu'on ne guérit plus ?

Silas observa chacun des élèves avec beaucoup d'attention.

— La douleur a toujours fait partie des épreuves de la Décade. Même quand il n'y avait qu'un candidat. C'était un moyen de nous assurer qu'il restait compétent même sous la pression. À présent, dans ce tournoi, la douleur va servir à faire le tri. Comme vous avez dû le remarquer, en effet vos blessures ne guérissent plus par magie. Cela signifie que, si vous êtes blessés mortellement, vous serez éliminés et votre corps sera transporté à l'infirmerie, où des Valeureux se chargeront de vous soigner.

— C'est là que sont Nick et Liza ? demanda Masika. J'ai… J'ai vu le corps de Nick se désintégrer.

Sa voix se brisa, comme si elle réprimait un sanglot. Elle se ressaisit rapidement.

Silas hocha la tête avec solennité.

— Nick Aronson et Liza Mendez ont malheureusement été éliminés. Nous avons transféré leurs corps à l'infirmerie, où ils resteront pendant toute la durée de la compétition. Je crains qu'ils n'y restent longtemps, compte tenu de l'étendue de leurs blessures.

— C'est sadique, marmonna Wren.

Silas soupira. Pendant un instant, il parut sincèrement désolé.

— C'est *nécessaire*. L'équilibre et la sécurité de l'au-delà sont d'une importance capitale. Et n'est-ce pas ce que vous désiriez tous ? L'occasion de faire partie de quelque chose de plus grand ? De casser la monotonie de votre routine ? D'échapper aux conséquences inévitables associées à votre mission de récolteurs d'âmes perdues ? Je vous offre la *liberté*. Le pouvoir.

Il avait raison. Et alors qu'Irene observait ses camarades, elle comprit qu'ils pensaient tous la même chose.

La douleur ne changeait rien.

Ils voulaient tous gagner.

— Maintenant, reprit Silas en frappant dans ses mains, il va vous falloir garder ces informations pour vous.

Il claqua des doigts, et un morceau de parchemin apparut. Une sphère de lumière dorée émanait de son centre.

— Un serment solennel, murmura Emilio, bouche bée. J'ai lu des trucs là-dessus. C'est un contrat. Si tu l'enfreins, ton âme se détache de Blackwood. Tu ne peux plus vivre sur le campus. Tu es obligé d'errer à la frontière du purgatoire pour le restant de tes jours.

— C'est pour la sécurité de tout le monde, expliqua Silas.

Il lâcha le papier, qui lévita devant lui. Il agita ensuite le poignet, et un stylo plume se matérialisa à côté du parchemin.

— Je dois m'assurer que cette information restera entre nous au cours des prochaines semaines. Je ne veux pas que les autres élèves apprennent que l'Ordre des Desmions constitue une menace sérieuse. Cela ne ferait que provoquer la panique. Perturber l'équilibre déjà précaire. J'ai besoin d'ordre et de discipline.

— Qu'est-ce qu'on signe, exactement ? demanda Tristan en agrippant Josie dans un geste protecteur.

— Ce serment solennel vous lie à la Décade, continua Silas. Si vous signez, vous acceptez de ne pas partager les informations obtenues pendant la compétition et de coopérer lors des futures épreuves et festivités.

Irene poussa un soupir agacé.

— C'est bon, qu'on en finisse.

Elle s'avança vers le parchemin et attrapa le stylo. Ses bras et sa poitrine s'emplirent de magie, et une lueur dorée parcourut son corps. Elle signa. Les lettres brillaient comme des pépites d'or. Lorsqu'elle eut terminé, le halo disparut, tout comme son nom.

Elle lança le stylo à Wren.

— Allez. Fais pas comme si tu hésitais.

Wren échangea un regard indécis avec les autres puis se dirigea vers le parchemin.

Elle signa.

Et ainsi de suite, pendant quelques minutes. Un moment d'hésitation. Un autre nom sur le registre.

Emilio fut le dernier à signer. Aussitôt, le document se replia sur lui-même et se volatilisa.

— Je sais qu'il va vous falloir une période d'ajustement, reprit Silas en traversant la pièce. Mais vous devriez être très fiers de vous. Vous avez été choisis pour une bonne raison. Vous possédez tous une qualité unique, quelque chose qui vous met au-dessus du lot. Et à présent, vous avez l'occasion de devenir un vrai leader. Et d'éviter à Blackwood la ruine.

Le silence s'abattit le groupe. Silas s'arrêta devant la porte, se tourna vers eux. L'éclat des flammes de la cheminée dansait sur ses traits anguleux.

Il sourit. Un sourire étincelant et cruel.

— Bienvenue à la Décade.

PARTIE IV

DANS L'ÉTHER

20

MASIKA

Les murmures les suivaient partout. Dans tous les coins et recoins. Dans tous les couloirs et salles de classe. Échapper à la célébrité désormais associée aux douze concurrents de la Décade n'était pas possible. C'était comme un virus se propageant à l'ensemble du corps étudiant.

Cela débuta dès la fin de la première épreuve. Les candidats encore en lice avaient repris leur routine quotidienne sous les assauts permanents des regards curieux et des questions intrusives. Masika pensa que cela cesserait au bout de quelques jours, que les élèves se lasseraient, mais leur curiosité semblait au contraire croître d'heure en heure. Elle ne pouvait même pas s'asseoir en classe sans éprouver la sensation d'avoir une dizaine de paires d'yeux rivés sur son dos.

C'était le cas en ce moment précis, alors qu'elle essayait d'écouter ce que disait le Maître de leur cours de Techniques magiques élémentaires avancées. Cette impression étrange qu'on la surveillait, que chaque geste, chaque expression était analysé par ses camarades.

À côté d'elle étaient assis Georgia et Carter. Auparavant, elle les fréquentait peu, mais les récents événements avaient poussé les candidats restants à s'unir, bouleversant les habitudes de Blackwood.

Maître Marigold avait demandé à la classe de lire un passage de *La Manipulation avancée du feu*. Cependant, Masika n'arrivait pas à se concentrer sur autre chose que les messes basses incessantes résonnant autour d'elle. Les voix rebondissaient dans son crâne, créant comme un étau entre ses tempes.

Quand il devint évident que le nuage de rumeurs n'allait pas se dissiper, elle poussa un grognement agacé et ferma son livre.

— J'abandonne. J'ai lu la même phrase une bonne trentaine de fois.

Georgia gribouillait dans la marge de son exemplaire.

— Hurler dans ma tête m'aide à ne pas les entendre.

— C'est très sain.

— Moi, ça ne me dérange pas, déclara Carter en allongeant les jambes sur son bureau. Je trouve toute cette attention très revigorante.

— Ce qui est très sain aussi, plaisanta Georgia.

Il haussa les épaules.

— Chacun ses petits plaisirs.

— Aujourd'hui, j'ai signé des autographes, annonça Georgia en grimaçant. Des *autographes*.

— Tu plaisantes ! souffla Masika.

— Ce n'est pas si terrible, intervint Carter.

Il étendit les bras et adressa un clin d'œil à un groupe de filles à quelques rangées de lui. Elles gloussèrent, la main plaquée sur la bouche, et reprirent leur lecture.

Masika leva les yeux au ciel.

— C'est absurde. On n'est pas des célébrités.

— Pourtant, on dirait bien, rétorqua Carter.

— Ignore-le, conseilla Georgia. Il ne peut pas s'en empêcher. Dès qu'une jolie fille le regarde, il perd tous ses neurones.

En réponse, Carter envoya un baiser à une très jolie blonde qui le fixait intensément. Elle rougit, cacha son sourire derrière son manuel, puis se tourna vers ses amies, et toutes eclatèrent de rire.

— Est-ce ma faute si elles m'aiment ?

— Tu es insupportable, grommela Georgia.

Il passa le bras sur son épaule et battit des cils dans sa direction.

— Et tu m'adores.

Masika n'arrivait pas à comprendre leur relation. Elle semblait platonique mais allait largement au-delà de la simple amitié. Puis elle remarqua quelque chose. Malgré leurs caractéristiques physiques différentes, ils avaient le même sourire. La même fossette sur la joue gauche. La même marque de naissance sur la nuque. La même…

— Un instant, lança-t-elle en se penchant vers eux. Vous êtes de la même famille ?

Ils se figèrent. Le crayon de Georgia tomba sur la table. Ensuite, ils échangèrent un regard, et Masika comprit qu'ils communiquaient entre eux. Georgia se tourna vers Masika et dit à voix basse :

— Jumeaux, admit-elle. Faux, évidemment.

Masika prit un air choqué.

— Mais ton nom de famille, c'est Lynn ?

— C'est mon deuxième prénom.

— Pourquoi je ne le savais pas ? poursuivit Masika, stupéfaite.

— On préfère rester discrets, expliqua Carter sur le ton de la confidence. Quand on est arrivés, ç'a été toute une histoire. Que des jumeaux traversent en même temps s'est déjà produit. Mais c'est rare.

— Ce n'est pas non plus un secret, ajouta Georgia. Nos amis proches sont au courant.

— Et moi, fit remarquer Masika.

— Oui, concéda Georgia en souriant. Et toi.

Connaître un secret que, dans d'autres circonstances, elle n'aurait jamais connu était étrange. À croire que la Décade avait modifié autre chose que leur perception de la douleur : toute la dynamique relationnelle entre les candidats avait changé. Ils étaient liés. Par quelque chose qui les dépassait.

— Des idées sur ce que sera la deuxième épreuve ? demanda Carter en posant les coudes sur sa table.

— Non, répondit Masika en secouant la tête. Et vous ?

— J'ai entendu une rumeur, avoua Georgia avec un sourire timide.

Carter lui donna une tape sur le haut du bras.

— Je croyais qu'on ne devait rien dire à personne.

— On peut lui faire confiance, rétorqua Georgia en le tapant à son tour. Et puis elle connaît déjà notre plus grand secret. Un de plus, quelle importance ?

Masika les observa.

— Qu'avez-vous entendu ?

— Eh bien, reprit Georgia en chuchotant, c'est Kashvi Bal qui me l'a dit, et lui le tient de Theodore Harding, qui le sait grâce à Gigi Castello, qui a…

Carter se racla la gorge.

— Georgia, grogna-t-il.

— Oui, désolée, se reprit-elle en adressant un sourire contrit à son frère. Kashvi m'a dit qu'ils avaient réorganisé le planning des récoltes d'âmes. Des élèves censés pénétrer dans l'Éther ce soir ont été reprogrammés à demain.

— Quel rapport avec nous ? l'interrogea Masika.

— Réfléchis. Ils ne modifient pas les emplois du temps sans raison. À mon avis, c'est nous qu'ils vont envoyer dans l'Éther pour la deuxième épreuve. Ce soir.

Masika resta songeuse un instant. Ça se tenait. Il n'y avait pas d'autre motifs de modifier le planning des récoltes d'âmes. D'ailleurs, ça ne s'était jamais fait.

À la fin du cours, Masika quitta Georgia et Carter et se dirigea vers la résidence Ivory. Si la rumeur disait vrai, elle n'avait que quelques heures pour se préparer à la deuxième épreuve. Et en dépit du besoin obstiné d'Irene de s'isoler, Masika ne comptait pas la laisser dans l'ignorance.

Elle traversa le campus la tête baissée et les yeux rivés au sol. Elle avait utilisé toute sa magie spatiale plus tôt dans la journée en voulant éviter un groupe d'élèves qui la harcelaient de questions, et était obligée à présent de se mêler à la foule de la fin d'après-midi. Des myriades d'élèves épuisés sortaient de cours, collés les uns aux autres. La plupart la regardaient avec curiosité. De nouveau, autour d'elle, on murmurait.

Elle accéléra l'allure et enroula les bras autour de son corps afin de se protéger.

Elle ne devait pas accorder d'importance à ces spéculations, à ces bruits de couloir. Il fallait qu'elle trouve Irene et qu'elle se prépare pour la prochaine épreuve, quelle qu'elle soit. Cependant, à quelques mètres d'Ivory, elle aperçut quelqu'un au loin.

La nouvelle, Louise, était assise sous le saule. Les feuilles ondulaient dans la brise et effleuraient le haut de sa tête. Elle parlait toute seule, des murmures à peine audibles par-dessus le vent. Masika se rapprocha, prenant soin de garder une attitude décontractée. Lorsqu'elle fut suffisamment près, elle remarqua que le visage de Louise était étrangement neutre. Son regard, vide. Ses traits, relâchés. La seule chose qui bougeait, c'étaient ses lèvres.

Un frisson lui hérissa les poils de la nuque. Elle s'arrêta brusquement. Pourtant, malgré les sonnettes d'alarme qui retentissaient dans son cerveau, elle dit :

— Louise ?

La nouvelle sursauta, pivota vers Masika et posa la main sur sa poitrine.

— Oh ! la la ! Tu m'as fait peur.

— Pardon. Tu parlais, expliqua Masika en l'observant avec attention.

Son visage avait repris des couleurs. Elle semblait aller bien.

— Ah oui, *ça*. Je révisais pour mon examen de magie défensive de demain. Réciter mes leçons à voix haute m'aide à les retenir. (Elle sourit, gênée, et rougit.) Désolée. Je devais avoir l'air très bizarre.

— Euh, oui. Un peu.

Louise la regarda pendant un long moment.

— Tu es Masika, c'est ça ?

Celle-ci hésita avant de hocher la tête.

— Oui.

— Wren m'a parlé de toi, poursuivit Louise. Elle m'aide à m'intégrer. Elle me donne des cours de rattrapage.

— Vraiment ? demanda Masika, surprise.

— Oui. D'ailleurs, j'ai rendez-vous avec elle, continua Louise en se levant. Je dois me dépêcher. Je ne veux pas la faire attendre.

— Oui, concéda Masika en lui adressant un sourire cordial. Bien entendu.

Louise hocha la tête et contourna Masika. Ses cheveux blond très clair se balançaient dans le vent.

— À plus !

Sans bien savoir pourquoi, alors qu'elle suivait des yeux Louise qui disparaissait au milieu des élèves rassemblés dans la cour, Masika sentit comme une appréhension se faufiler dans ses veines. Une sensation horrible l'étreignit : quelque chose de terrible, d'irréparable, semblait flotter à l'horizon, un danger impossible à déceler.

À moins que ça ne soit son imagination.

Peut-être.

21

OLIVIER

— Tu rêvasses ?

August posa avec fracas ses livres sur la table et s'assit en face d'Olivier. Un silence sacré enveloppait la bibliothèque, et l'arrivée en fanfare d'August provoqua un net agacement chez les autres élèves, qui levèrent la tête, fâchés.

Du moins jusqu'à ce qu'ils voient qui était arrivé. Ils se contentèrent alors de reprendre leur lecture.

— Oh, je considérais ma simple et pourtant interminable existence.

Olivier étira les lèvres pour lui adresser un sourire, mais le résultat avait tout d'une grimace.

— Ah, soupira August en tapotant sur la table avec son stylo plume. La routine, déjà ?

Olivier acquiesça et reporta son attention sur son livre. Il avait passé la dernière demi-heure à tenter de museler ses pensées dans l'espoir de profiter d'un semblant de tranquillité. Mais il se posait trop de questions sur la Décade et les épreuves à venir. August, toujours aussi perspicace, avait remarqué sa frustration.

— Tu as du mal à te concentrer ? lui demanda-t-il en se penchant vers lui.

Olivier serra la mâchoire et tourna la tête de gauche à droite. La dernière chose qu'il voulait, c'était d'avoir à supporter la présence étouffante d'August. Il endurait depuis plusieurs jours déjà les regards appuyés des autres élèves, leurs interrogations incessantes et pesantes. C'était étrange parce que, d'ordinaire, toute cette attention ne l'aurait pas dérangé. Au contraire.

Cependant, les circonstances avaient changé.

— Pourquoi tu dis ça ?

— Tes pupilles sont dilatées, nota August.

Il avança son stylo vers le visage d'Olivier et s'arrêta à quelques centimètres de ses yeux.

— C'est un signe évident de stress.

— J'ignorais que tu étais diplômé en médecine, rétorqua Olivier en se retenant de reculer, car August n'aimait rien tant que susciter la terreur chez les autres. Dois-je t'appeler Dr Hughes, désormais ?

— Et tu es bien plus râleur que d'habitude, continua August. Moins… conciliant. Quelque chose te trouble ?

Olivier ricana.

— Tu as combien de temps devant toi ?

Quelques élèves assis à côté d'eux partirent s'installer un peu plus loin tout en grommelant dans leur barbe. Entre ces quatre vénérables murs, parler était formellement interdit. August, cependant, avait pour habitude d'agir comme il l'entendait, quitte à aggraver sa réputation de sale type, et Olivier n'avait pas l'intention de lui en faire la remarque – il ne voulait pas finir avec un stylo plume planté dans la cornée.

August retira son anneau en argent et le fit tourner sur la table.

— J'ai une proposition, déclara-t-il. Quelque chose qui pourrait calmer tes angoisses liées à la Décade.

— Est-ce qu'il y aura beaucoup d'alcool et de drogues hallucinogènes ?

— Non, ricana August. Mais plus tard, pourquoi pas.

Olivier ferma son livre et soupira.

— Quoi, alors ?

— Il est évident que certains candidats vont graviter les uns vers les autres. Vont s'associer dans l'espoir de réussir les prochaines épreuves. Moi, j'ai du mal à savoir si je peux faire confiance aux autres. (August sourit mais Olivier décela dans son regard gris une lueur de regret.) Toi, en revanche, je sais que tu es fiable.

Olivier perçut comme le début d'une ouverture. Un but aux élucubrations d'August.

— Tu veux qu'on forme une alliance ? demanda-t-il d'un ton hésitant. Toi et moi ?

— N'aie pas l'air aussi surpris. On sait tous les deux que tu es intelligent. Bien plus que tu ne le laisses paraître. Et tu es là depuis plus longtemps que la plupart des autres élèves. (August fit rouler son anneau dans sa paume.) Peut-être même trop longtemps.

Olivier se raidit.

— Qu'est-ce que tu insinues ?

August le fixa à travers ses longs cils.

— Ça a commencé il y a quelques mois, non ?

— Je ne vois pas de quoi tu parles, répliqua Olivier, mal à l'aise.

— Tu n'es pas obligé de l'admettre, poursuivit August à voix basse. Mais toi et moi, nous savons que tu risques très gros. Tu as quelque chose à perdre. Oui, les autres candidats rêvent de pouvoir et de liberté, mais toi, tu te bats pour autre chose. Tes souvenirs. Ta position ici, à Blackwood. Sans parler d'Emilio.

— Ne le mêle pas à ça, cracha Olivier.

Et ses joues s'enflammèrent d'indignation.

— D'accord, concéda August en haussant les épaules. J'ai quand même raison. Tu n'as pas seulement quelque chose à perdre, tu as tout à perdre. Ce qui te donne un avantage. Tu n'es pas là uniquement par désir de grandeur.

Olivier lutta contre la panique qui menaçait de le prendre à la gorge. August avait raison, et Olivier le détestait pour cela. Depuis qu'il avait compris qu'il avait une réelle chance d'être Valorisé, il avait été envahi par un sentiment terrifiant de désespoir. Il était prêt à tout, à faire n'importe quoi, pour ne pas errer dans l'Éther à jamais. Pour ne pas être arraché à ces couloirs familiers. À la vie qu'il s'était façonnée.

Aux gens qu'il avait rencontrés.

— Tu ne crains pas que les autres aient des soupçons ? demanda-t-il. Que nous soyons tout à coup tous les deux amis va susciter beaucoup d'interrogations.

— Je me fiche bien de ce que pensent les autres.

— Oui, je connais tes tendances anarchistes.

— On a peut-être tous accepté l'idée qu'on ait, en effet, des relations de circonstance, mais cela ne veut pas dire qu'il n'y aura pas de partenariat. Les autres le font, pourquoi pas nous ?

— Et que se passera-t-il quand les autres seront éliminés ? Que deviendra notre alliance ?

— Ensuite, c'est chacun pour soi, répondit August d'un ton sinistre.

Au moins, il était honnête. Olivier savait qu'à l'instant où leur association cesserait de lui convenir August n'hésiterait pas à se débarrasser de lui. Cependant, une question le taraudait.

— Mais pourquoi moi ?

August soupira et enfonça la pointe de son stylo dans le plateau de la table, gravant un élégant A dans le bois.

— Je ne sais pas. Tu es intelligent. Talentueux. Rusé.

— *Beau, séduisant, élégant.*

— Modeste, ajouta August avec un rictus.

Olivier gloussa.

— D'accord. Oui, je comprends. Je suis merveilleux et tu serais bête de ne pas m'avoir dans ton équipe. Mais je n'ai pas l'intention d'abandonner Emilio. Il va où je vais. C'est comme ça. Ce sera toujours comme ça.

August hocha la tête.

— Jamais je ne penserai à vous séparer, conclut-il en ramassant ses manuels. Tu devrais le lui dire, d'ailleurs. Il mérite de le savoir.

— Lui dire ? demanda Olivier, avant de comprendre. Ah…

— Tu le regretteras sinon.

— Je ne veux pas l'inquiéter.

Du moins, c'était ce qu'Olivier se disait. À quoi bon révéler à Emilio que ses souvenirs avaient commencé à s'estomper ? Il n'avait que deux options : empêcher l'Oubli en remportant la Décade ou y succomber.

Et tant que la première option était encore possible, Olivier entendait protéger Emilio.

August hocha de nouveau la tête, l'air sombre.

— Comme tu voudras.

Il se leva pour partir, mais Olivier avait encore une question qu'il ne put s'empêcher de poser.

— Pourquoi tu ne t'es pas adressé à elle ?

August blêmit avant d'agripper le bureau des deux mains et de fusiller Olivier du regard.

— Pardon ?

— Enfin, August ! On sait tous les deux à qui je fais référence. Ta petite rousse un peu casse-pieds.

Le visage d'August se fit étrangement neutre, même si sa lèvre supérieure trembla un bref instant. Quand il parla, ce fut d'une voix éraillée, traînante, hostile.

— Écoute-moi bien, Olivier. Malgré notre alliance, il y a des limites à ne pas franchir. À ne pas tester. (Il se pencha davantage, ses yeux gris prirent la couleur de l'orage.) Appelle-la encore une fois « ma petite rousse », et je te coupe la langue pour te la fourrer dans la gorge. Compris ?

Olivier tressaillit, incapable de masquer sa stupeur. Il hocha frénétiquement la tête et s'obligea à se taire.

August sourit. Un sourire aussi beau que terrifiant.

— Parfait. À plus tard… coéquipier.

Il s'éloigna, traversant la bibliothèque comme une ombre. Les autres élèves le suivirent nerveusement des yeux en se cachant derrière leur livre et leur lampe.

En dépit des menaces d'August, une pensée s'immisça dans le cerveau d'Olivier, une prise de conscience qui le remua au tréfonds de son être. Si August cherchait de l'aide, c'était qu'il doutait de sa capacité à remporter la Décade tout seul. Il s'inquiétait au point de vouloir se trouver des alliés.

Par une sorte de miracle, le tristement célèbre Augustin Hughes avait peur.

22

IRENE

Irene avait terminé ses cours pour la journée lorsque la douleur se fit plus intense. Elle parcourut tout son corps, rapide comme l'éclair, déchirant ses muscles et enflammant ses nerfs. Fâchée, indignée, la jeune fille se fraya un chemin parmi les élèves dans la cage d'escalier et ignora leurs murmures et regards indiscrets.

Elle poussa la porte à double battant qui menait aux toilettes de l'étage et parvint jusqu'au lavabo. Elle agrippa les bords en porcelaine si fort que ses jointures blanchirent. Jetant un œil à son apparence dans le miroir, elle grogna. Comment avait-elle pu laisser une telle chose se produire ? Aucun des autres candidats n'était à ce point blessé.

À présent, elle avait un handicap. Une faiblesse.

Elle leva un pan de sa robe et inspecta son pansement.

Récupérer du matériel médical avait été facile – trop facile, même. La plupart des nouveaux ignoraient les signes avant-coureurs de la magie psychique, cette sensation de picotement à la base de la nuque qui descendait ensuite le long de la colonne vertébrale. Quand Irene avait coincé un des nouveaux élèves et lui avait jeté un sort de manipulation mentale, il n'avait même pas eu le temps de comprendre ce qu'il lui arrivait. De toute manière, il n'y avait là rien de dramatique. Une simple altération de son inconscient. Elle l'avait convaincu de pénétrer dans le bureau de Maître Violet et de voler du désinfectant et un kit de suture dont elle s'était servie pour recoudre sa plaie. Elle ne comptait pas se vider lentement de son sang et être éliminée de la Décade à cause d'une malheureuse infection.

Si Irene devait être éliminée, ce serait pour une meilleure raison.

Elle rabattit sa robe en soupirant, passa la main sur les plis et ramena quelques mèches de cheveux derrière son oreille. Puis elle modela ses lèvres afin de former un sourire rigide, élément essentiel du masque de fer qu'elle portait si bien, et s'efforça de ne pas s'apitoyer sur son sort.

Tu vaux mieux que ça, se rappela-t-elle avant de pivoter vers la porte et de quitter les toilettes.

Quand elle sortit dans le couloir, elle surprit un mouvement du coin de l'œil. C'était une ombre – à peine discernable. Elle vit la porte du placard de maintenance se fermer, perçut un bruit de pas résonnant dans le couloir désormais vide.

Irene n'aurait su dire ce qui la poussa à enquêter. Une intuition – comme un fil invisible qui la tirait malgré elle.

Elle s'approcha de la porte, l'ouvrit doucement. À l'intérieur, rien, hormis du matériel de ménage recouvert de poussière.

Elle entra, tourna la tête à droite, puis à gauche, et laissa la porte se refermer derrière elle. L'espace était plongé dans le silence. C'était presque angoissant. Elle patienta, attendit la confirmation qu'elle n'avait pas tout imaginé, retint sa respiration.

— Tu me suis ?

Irene masqua sa surprise sous un sourire factice, pivota lentement sur ses talons et se retrouva face à un garçon.

Le même garçon que l'autre jour, celui qu'elle avait percuté après son duel.

Ses yeux s'adaptèrent à la pénombre et elle vit qu'il était adossé à la porte du placard, les bras croisés et l'air amusé. Il avait soigné son apparence depuis la dernière fois. Ses cheveux blond foncé étaient coiffés vers l'arrière, ses pommettes étaient rosées. Il était vêtu d'une chemise noire, d'un jean sombre et d'un long manteau qui mettait en valeur ses larges épaules.

Cependant, Irene n'arrivait pas à comprendre comment il était apparu là. Il semblait sorti de nulle part sans crier gare.

— Je pourrais te poser la même question, répondit-elle. J'ai l'impression que c'est toi qui me suis.

Il éclata de rire, un rire qui déconcerta Irene. Ce n'était pas un ricanement sardonique. C'était un rire chaleureux, amical, presque contagieux.

— N'exagérons rien, répondit-il tout en examinant le visage d'Irene. Je préfère le terme : admirer.

— Tu m'admires ? bredouilla-t-elle.

— Irene Manette Bamford, dit-il, prononçant son nom comme s'il le goûtait. Comment ne pas admirer quelqu'un qui s'appelle comme ça ? C'est un nom qui interpelle. Qui appelle le respect.

— OK, soupira Irene. Arrête tes foutaises. Qu'est-ce que tu veux ?

Son regard accrocha le sien avec une intensité implacable. Pendant un instant, la lueur de malice qui s'y trouvait fut remplacée par quelque chose de plus ténébreux.

— Et si je te disais que tout le monde ne peut pas me voir ?

Il fit un pas en avant. Irene eut l'impression que l'obscurité se décalait sur le côté pour le laisser passer.

— Seulement un petit nombre, reprit-il. Un petit nombre, bien particulier, de ceux et de celles qui ont des ambitions. Qui attendent quelque chose de plus… significatif.

— Je te dirais que tu as perdu la raison.

Il sourit. Quand il reprit la parole, ce fut sur un ton plus tranchant.

— Tu es à l'étroit, ici. Limitée. Moi, je peux te montrer comment accéder à toute la magie qui est en toi – à cette magie qui trépigne pour qu'on la libère. Pour qu'on s'en serve.

Irene recula, stupéfaite.

— Tu es un Desmion.

Il inclina la tête. Quand il la releva, le blanc de ses yeux était devenu noir – deux flaques sombres et vibrantes qui la fixaient.

— À ton service.

— Comment… balbutia-t-elle.

Sa voix tremblait, elle ne trouvait pas les mots, mais elle parvint à se ressaisir.

— Comment est-ce possible ? Il y a des barrières de protection tout autour de l'école. Tu ne devrais pas pouvoir…

— … aller et venir à ma guise ? enchaîna-t-il.

Il cligna des yeux, et ils reprirent une apparence normale.

— Malheureusement, Blackwood n'est plus ce qu'il était. On est plus puissants. Et vos défenses s'affaiblissent. Les gens sont devenus paresseux.

Le garçon avait franchi l'espace entre eux sans qu'elle s'en aperçoive. Il évoluait comme une ombre, apparaissant et disparaissant de manière fluide, imperceptible.

— D'accord, dit-elle en se raclant la gorge. Admettons que je te croie. Qu'est-ce que tu me veux ?

— Ce n'est pas évident ?

Elle secoua la tête.

— Je veux que tu nous rejoignes.

Irene sentit ses mains s'engourdir. Elle n'était pas certaine d'avoir bien compris. Une invitation à rejoindre l'Ordre des Desmions ? Oui, elle en avait rêvé. L'avait souhaité en secret.

— Prouve-le-moi, déclara-t-elle avant de pouvoir se retenir. Si tu appartiens à l'Ordre des Desmions, prouve-le-moi.

Si sa méfiance l'offensa, il n'en montra rien. Il lui adressa un sourire amical, fit un pas en avant et remonta sa manche.

Stupéfaite, Irene ne put s'empêcher de pousser un cri.

Des ombres.

Elles coulaient dans ses veines comme de l'encre, dessinant le long de son bras des motifs fascinants. Les ombres n'étaient pas tatouées sur sa peau, elles étaient vivantes. Elles bougeaient, respiraient sous la surface.

Irene tendit l'index, en toucha une. Ça pulsait.

— Qu'est-ce que ça fait ?

Il soupesa sa réponse, sans pour autant la quitter des yeux.

— C'est un pouvoir.

Irene ramena la main derrière son dos.

— Si tu m'en avais parlé il y a quelques semaines, reprit-elle, j'y aurais réfléchi, mais je n'ai plus besoin de l'Ordre. Si je gagne la Décade, je deviendrai une Valeureuse. Plus de mission dans l'Éther. Un accès illimité à ma magie. (Elle dissimula sa convoitise en haussant les épaules.) Ça me paraît honnête.

— Et ensuite ? demanda-t-il. Tu penses vraiment qu'ils vont te laisser puiser dans tout ton potentiel ? Qu'ils vont t'offrir un vrai pouvoir, sans filtre ?

— C'est ce qu'on nous a dit, rétorqua-t-elle.

Il étudia chacun de ses traits, chaque aspérité, chaque creux.

— Irene, voyons ! Je te croyais intelligente. Tu sais aussi bien que moi que Silas vous cache des choses. D'ailleurs, n'as-tu pas promis récemment de garder un de ses secrets ? À propos d'une nouvelle…

Elle écarquilla les yeux.

— Qu'est-ce que tu sais sur Louise ? Fait-elle partie de l'Ordre ?

Un instant à peine, il sembla déstabilisé. Mais il se reprit.

— Non.

Irene lut entre les lignes. Ce n'était pas un mensonge. Et ce n'était pas non plus la vérité.

— Alors comment a-t-elle pu faire apparaître de la magie d'ombres ?

Il soupira, glissa les mains dans son dos et fit un pas en arrière.

— Je ne peux pas répondre à ces questions tant que tu ne nous as pas juré fidélité. Je ne vais pas exposer les secrets de l'Ordre à une personne susceptible de nous trahir par la suite.

— Je ne vous trahirai pas.

— Alors c'est oui ?

— C'est… peut-être.

Sa réponse lui plut. Il fronça le nez et sourit.

— Tu ne seras jamais satisfaite ici, Irene. Tu le sais. Chaque nuit, tu rêveras à toutes les opportunités auxquelles tu as renoncé en me disant non. (Il fourra la main dans sa poche et en sortit un médaillon en argent.) Tiens, prends ça.

Elle l'examina, méfiante.

— Que veux-tu en retour ?

— Rien. Garde-le. Pour moi. J'y tiens beaucoup.

Il déposa le médaillon et la chaîne dans sa paume. À leur contact, cela lui fit comme une décharge électrique.

— Ne t'inquiète pas, personne d'autre ne peut voir ce bijou. Il est pour toi. Un sort d'invisibilité y est attaché. Il te suffit d'ouvrir le médaillon et de prononcer mon nom. Un mot, et je serai là.

Irene referma les doigts sur le pendentif.

— Ton nom ?

— Mateo.

Son nom se grava dans le cerveau d'Irene comme une marque au fer rouge. Elle avait envie d'en savoir plus. Comment était-il entré dans Blackwood sans être repéré ? Comment était-il au courant, pour la réunion avec Silas ? Que savait-il sur Louise ? Par-dessus tout, elle voulait découvrir pourquoi il l'avait choisie, elle, parmi tous les élèves de Blackwood.

Mais quand elle leva les yeux, il avait disparu. Pour preuve de son existence, il ne lui restait que le médaillon en argent.

23

AUGUST

Six. Voilà le nombre de jours qui s'étaient écoulés depuis qu'August avait parlé à Wren pour la dernière fois, lors de la première épreuve. Il n'avait pas eu l'intention de les compter, mais comment ne pas avoir conscience de son absence ? Elle creusait un immense trou dans sa poitrine.

Et c'était entièrement sa faute.

Il ne l'ignorait pas par facilité ou par paresse. Il prenait ses distances parce que c'était la meilleure chose à faire. La Décade s'était révélée bien plus compliquée qu'ils ne l'avaient anticipé, et la dernière chose qu'il voulait, c'était qu'elle perde ses moyens à cause de leur rivalité débile.

S'il s'attardait un peu trop longtemps sur ce qu'il s'était passé dans le labyrinthe, une rage puissante enflammait son cœur et lui embrouillait le cerveau. Il n'avait pas entendu tout ce que sa réplique avait dit à Wren, mais il en avait entendu assez. Quand il l'avait transpercée, il avait espéré qu'elle riposte. Il avait eu envie d'enrouler ses mains autour de sa gorge et de la faire souffrir. Peu importait qu'elle ait eu le même visage que lui.

Il aurait volontiers regardé la lumière s'éteindre dans ses propres yeux.

D'ailleurs, Wren n'était peut-être pas la seule qui risquait de perdre ses moyens.

Qu'il soit prêt à l'admettre ou pas, August était toujours averti de sa présence. C'était terrible. Ce besoin d'être près d'elle. D'attirer son attention. Où qu'il soit, quoi qu'il fasse, si Wren Loughty était dans les parages, il le savait.

Ainsi, bien qu'il soit en train de regarder fixement la fenêtre à côté de lui, August sut exactement le moment où elle entra dans leur cours de Manipulation mentale. Ce ne fut pas seulement son parfum entêtant, qui envahit la pièce. Ou le rythme fluide de sa voix qui emplit ses oreilles lorsqu'elle salua poliment Maître Wesley. C'était autre chose. D'intangible.

Rien à faire, il la sentait.

Le bruit familier des pas de Wren crût, et la chaise à côté de lui racla le sol alors qu'elle s'y installait. La chaleur émanant de son corps provoqua comme un court-circuit dans son système nerveux. Pendant un instant, ils restèrent silencieux.

Son genou rebondissait sous sa table. Il tripota son anneau, nerveux.

Dis quelque chose, imbécile.

Dans sa tête, les mots tournoyaient dans tous les sens. Inutiles. Lui parler ne devrait pas être aussi difficile, pas après tout ce temps. Il se sentit… nul. Il aurait aimé disparaître. Il voulait…

— Où étais-tu ?

August se figea, agrippa son anneau. Il ouvrit la bouche, la referma. *Parle, Augustin. Avec des mots.* Il ravala sa salive et sortit les mains de sous sa table.

— Par-ci, par-là.

Elle ricana, recula sur sa chaise.

— Super.

August s'autorisa un bref regard dans sa direction. Elle était… eh bien, elle était radieuse. Parfaite et immaculée, elle semblait briller. C'était insupportable. Sa tresse tombait élégamment sur son épaule, il n'y avait pas un cheveu qui dépassait. Ses joues étaient roses, comme si elles avaient été embrassées par le soleil.

— Pourquoi ? demanda-t-il.

Et il se pencha vers elle, incapable de se retenir.

— Ne me dis pas que je t'ai manqué.

Elle rougit. Cela lui procura un immense plaisir – et autre chose, qu'il ne comptait pas mentionner.

— Ça va peut-être te surprendre, August, mais je connais d'autres personnes. Contrairement à toi, j'ai des amis.

August tressaillit. Il ne prit même pas la peine de cacher sa contrariété.

— Tu parles de la nouvelle ? Louise ? Je vous ai vues ensemble.

— Tu es jaloux ?

— Non, pas particulièrement, déclara-t-il.

Abasourdi, il parvint quand même à esquisser un sourire.

— Depuis quand êtes-vous proches ?

— Je ne vois pas en quoi ça te regarde.

Il haussa les épaules et croisa les mains derrière sa tête, feignant l'indifférence.

— Vous êtes inséparables.

— Tu m'observes ?

Les muscles dans son cou se contractèrent malgré lui. Il espéra qu'elle n'avait rien vu.

— Simple remarque.

— J'ai le droit d'avoir des amis, August. Et puis pardon, mais c'est toi qui as disparu de la circulation ces derniers jours.

— Je n'ai pas disparu, répondit-il, troublé. Tu n'as pas bien regardé.

— Je…

Elle s'interrompit. August savait ce qu'il voulait l'entendre dire – ces mots dont il rêvait : *Évidemment, que je t'ai cherché*. Mais elle soupira et répondit :

— Je trouve le timing un peu étrange. Tu passais ton temps à m'énerver, jour et nuit, et maintenant, plus rien. Que dois-je en déduire ?

— Pardon, enchaîna-t-il en ravalant sa déception. Je ne savais pas que tu avais à ce point besoin de mon attention.

Wren secoua la tête.

— Tu sais quoi ? Laisse tomber. J'aurais dû m'y attendre.

Quelque chose dans sa voix surprit August. Une pointe d'exaspération. La façon définitive dont elle se détourna de lui. Il se torturait les méninges à la recherche d'un truc à dire, n'importe quoi pour briser le silence qu'il avait provoqué, quand Maître Wesley se racla la gorge et s'adressa à la salle.

— Allez, tout le monde, on se calme. (Il nettoya ses lunettes avec un pan de sa chemise et manqua de les faire tomber.) On va débuter le cours d'aujourd'hui avec de la bonne vieille manipulation mentale en guise d'échauffement. (Il balaya la pièce du regard et s'arrêta sur August.) Monsieur Hughes. Vous commencez ?

August pesta en lui-même et se leva. Il sentait le regard des autres élèves peser sur lui. Leur appréhension formait comme une corde autour de son cou. Jadis, autant d'antipathie l'aurait blessé.

Maintenant, il en était reconnaissant.

Il prit place à côté de Wesley et glissa les mains dans ses poches.

— Splendide, dit le Maître en émettant un rire nerveux. Et maintenant, si on pouvait avoir un volontaire pour défier M. Hughes.

— Moi, je veux bien, déclara Wren, une lueur dans le regard.

August tourna le visage vers le plafond et serra la mâchoire.

Évidemment.

— Quelle surprise, marmonna Wesley. Très bien. Venez devant, s'il vous plaît.

Wren se fraya un passage entre les tables sans quitter August des yeux.

— L'exercice est simple, expliqua Wesley. Vous vous tenez tous deux sur une des lignes dessinées sur le sol et essayez de prendre le contrôle des pensées de l'autre. Il faut commencer par s'accrocher aux émotions qui sont à la surface – le premier niveau de la conscience. Quand c'est fait, vous pouvez tenter d'entrer plus profondément dans l'inconscient de l'autre. Le but est de le convaincre de quitter sa ligne. Le premier qui bouge a perdu.

— Ça me paraît facile, commenta Wren en sautillant jusqu'à une des lignes blanches par terre.

August serra et desserra les doigts et s'installa sur l'autre ligne, à quelques mètres de Wren. Il planta ses semelles fermement dans le sol puis se redressa.

— Surtout, ne me ménage pas, *darling*.

— Jamais, déclara-t-elle, confiante.

— Je compte sur toi, répliqua-t-il en riant.

— D'accord, intervint Wesley. Si vous êtes prêts tous les deux…

August ferma les paupières.

— … allez-y.

La première chose qu'il vit, ce fut du rouge. Une mer infinie de cramoisi et d'écarlate – des vagues vermillon s'écrasant sur des rochers. Il avait déjà pénétré dans l'esprit de Wren lors d'exercices similaires à celui-ci, mais ne s'était toujours pas habitué au chaos qu'il pressentait au-delà. Il y avait trop d'émotions à trier, et Wren avait installé un système de protection mentale assez élaboré qui empêchait August d'accéder à des données trop sensibles.

Toutefois, en dépit de ses barrières défensives, il perçut une immense peine. Une tristesse palpable. Il y avait quelque chose de caché là-derrière, au plus profond d'elle, quelque chose qu'elle n'autoriserait jamais personne à voir. Et jamais August n'enfreindrait cette limite. Il n'y songerait même pas.

Pourtant, il avait envie de savoir. Ne serait-ce que pour réparer ce qui s'était brisé en elle.

Il poussa au-delà de la première couche d'émotions. Il sentit Wren lui résister tel le ressac l'entraînant dans l'autre sens. *Elle est là*. Il persista, se servit de sa force mentale pour déjouer ses mesures de protection. C'était leur éternel jeu du chat et de la souris, il connaissait ce va-et-vient. Cependant, tout à coup, quelque chose vacilla. Sa résistance faiblit. Wren, de son côté, s'adapta, se ressaisit, mais ensuite toutes ses défenses sautèrent, et August bascula au cœur de son esprit.

Il l'enveloppa de sa magie psychique. Ainsi enchaînée, elle était à sa merci.

Avance, lui murmura-t-il.

Elle eut une réaction de surprise.

Soudain, il fut violemment éjecté de ses pensées, et il ouvrit les yeux. Il ne remarqua même pas les autres autour de lui – ces regards avides qui les observaient, intrigués. Toute son attention se portait sur Wren. Elle avait bougé de la ligne. Ses jambes tremblaient, comme si elle était sous le choc.

— Très bien, monsieur Hughes.

Wesley applaudit, et la classe l'imita. Le bruit résonna dans les oreilles d'August.

— Une très belle démonstration de vos excellentes capacités psychiques. À présent, est-ce que d'autres veulent…

August n'entendit pas la suite parce que Wren le contourna et partit en courant. Ni une ni deux, ses jambes prirent le contrôle, et il s'élança à sa poursuite. Ils sortirent de la classe, malgré les protestations du Maître.

Quand la porte claqua derrière eux, August tendit la main et attrapa Wren par le poignet. Elle s'arrêta net, pivota brusquement vers lui. Elle était très en colère. Elle avait les joues écarlates, les yeux voilés. August ne savait pas si elle allait éclater en sanglots ou le gifler. Plutôt la deuxième option, la connaissant.

— Lâche-moi, exigea-t-elle, les dents serrées, le menton haut.

— Qu'est-ce qui t'arrive ? demanda August, stupéfait.

Wren retira son poignet.

— Rien.

— Ce n'est pas rien, siffla-t-il. Tu n'es pas du genre à baisser les bras. À t'enfuir quand la situation n'est pas en ta faveur. Et qu'est-ce qu'il vient de se passer ? Tu me résistais à peine ! Ce n'est pas toi.

— Tu ne me connais peut-être pas aussi bien que tu ne le crois, répliqua-t-elle.

— Foutaises, ricana-t-il en s'avançant davantage. Tu es… Tu es affreusement talentueuse. Ça me rend fou. (Il se frotta le visage, exaspéré, et un petit rire lui échappa.) Toi, tu me rends fou.

Wren secoua la tête.

— Ne fais pas ça.

— Quoi ?

— Ne prétends pas qu'on est amis. On ne s'aime pas, August, insista-t-elle en faisant faire des allers-retours à son index entre elle et lui. C'est comme ça que ça marche. Enfin, on s'amuse littéralement à se poignarder l'un l'autre.

— Exactement, murmura August. On s'amuse. Ne me dis pas que ça ne te plaît pas.

— Je ne… protesta-t-elle.

— D'ailleurs, je pense que tu adores, continua-t-il en réduisant à quelques centimètres l'espace entre eux. Te disputer avec moi. Nos chamailleries incessantes. Ce besoin désespéré qu'on a tous les deux de se sentir vivants. Avoue-le.

— Non, répondit Wren. Je… Je te déteste.

— Tu veux savoir ce que je pense ? persista-t-il.

Il était désormais si proche d'elle qu'il pouvait imaginer ses lèvres contre les siennes, ses mains sur ses hanches.

— Je crois que, ce que tu détestes, c'est à quel point tu ne me détestes pas. Tu ne supportes pas de passer autant de temps avec moi. D'aimer être à côté de moi. Tu détestes que notre relation compliquée soit aussi… stimulante.

Wren ne répondit pas. Ses yeux étaient plongés dans les siens et brillaient de défi. Il retint sa respiration, attendit qu'elle réagisse, qu'elle rompe l'enchantement. Il savait qu'il avait franchi une limite mais, bon sang, il n'avait pas pu s'en empêcher. Pour une fois, il avait voulu être égoïste. Cependant, en l'absence de réaction, toute la témérité qu'il avait pu ressentir s'évanouit, remplacée par un profond sentiment de honte.

August jura intérieurement.

— Loughty. Je n'aurais pas dû...

— Il faut que j'y aille, bredouilla-t-elle.

Et leur lien se rompit aussitôt.

August s'adossa à la porte de la salle, surpris de constater que ses mains tremblaient.

— Bien sûr, lâcha-t-il.

Mais autre chose troublait August, le tourmentait. Alors que Wren se dirigeait vers le couloir, il reprit :

— Loughty, fais attention, avec la nouvelle. Elle ne m'inspire pas confiance.

Wren soupira et le regarda par-dessus son épaule.

— Personne ne t'inspire confiance.

— S'il te plaît...

August secoua la tête, comme pour remettre ses mots dans le bon ordre. Les commissures de ses lèvres s'étirèrent, formant un sourire triste, presque douloureux.

— Fais attention, répéta-t-il.

— Ce n'est pas à moi de dire ça, en principe ?

Wren s'éloigna. August la regarda d'un air sérieux, ce qui sembla lui apporter une réelle satisfaction.

— Ne t'inquiète pas pour moi, August. Je suis une grande fille. Je peux me débrouiller.

Il soupira, baissa les yeux.
— Derniers mots tristement célèbres.
— Passe une bonne soirée ! lança-t-elle en agitant la main.
— Sans toi ? répondit le jeune homme. J'en doute.

24

WREN

Plusieurs heures après son cours de Manipulation mentale, Wren était encore dans tous ses états. Les paroles d'August tournaient en boucle dans sa tête.

« Tu détestes que notre relation compliquée soit aussi… stimulante. »

Elle aurait voulu nier. Elle aurait voulu échapper à son emprise et lui dire qu'il avait tort. Elle n'avait pas pu. Au plus profond d'elle-même, elle savait qu'il avait raison. Elle ne s'était jamais sentie aussi vivante qu'avec lui.

Mais August ne se livrerait jamais – il cachait trop de choses, son cœur était une forteresse.

Elle ne pouvait qu'être déçue.

Malgré tout, sa présence persistante, si agaçante qu'elle fût, la rassurait. August était fidèlement pénible – une constante fiable dans ce monde étrange où elle avait atterri. Et peut-être, *peut-être*, appréciait-elle cet étrange équilibre plus qu'elle n'aurait osé l'admettre.

Heureusement, elle avait de quoi se distraire. Elle s'était fait une nouvelle amie.

— Ça ne va pas marcher, râla Louise. J'ai lancé le sort des dizaines de fois. Je suis désespérante.

— Concentre-toi. Libère ton esprit. Tu peux y arriver.

— J'ai déjà essayé.

— Eh bien, réessaye. Il faut s'entraîner. S'accrocher.

Louise ferma les yeux, prit un air concentré. Wren tentait depuis une semaine de lui apprendre un sort de délocalisation. La magie spatiale était une des plus complexes enseignées à Blackwood, qu'elle n'y soit pas encore arrivée n'avait rien de surprenant. Pourtant, elle y était presque. Wren le sentait dans l'air – ce courant tangible d'énergie qui irradiait de la peau de Louise.

Celle-ci clignota puis disparut. Un instant seulement. Celui d'après, elle était là, en chair et en os, mais s'était déplacée de quelques pas sur la gauche. Elle ouvrit les yeux, poussa un cri de joie et frappa dans ses mains.

— J'y suis arrivée !

— C'est un bon début ! s'exclama Wren. Mais tu n'as parcouru que quelques mètres.

— C'est déjà pas si mal, contra Louise, le regard fier. C'était génial. Je me suis sentie transportée. C'était comme si je flottais.

— Et bientôt, tu pourras faire ça sur de grandes distances. Dans l'idéal, dans quelques semaines, tu pourras te délocaliser n'importe où sur le campus.

Louise hocha la tête avec ferveur et remonta les manches de sa robe.

— On recommence.

— Il ne faut pas épuiser tes réserves, lui rappela Wren. Tu n'as qu'une quantité limitée de magie spatiale. Si tu utilises tout, il te faudra plusieurs jours pour la récupérer.

— Oh, allez ! la supplia Louise. Une dernière fois !

Cependant, à l'instant où ces mots franchirent ses lèvres, un filet de sang goutta de son nez jusque sur ses lèvres.

Wren écarquilla les yeux et se précipita vers elle.

— Lou, tu saignes.

Louise s'essuya le nez, examina le sang et émit un petit rire.

— De toute évidence, tu as raison. Je m'acharne.

— Ça ne devrait pas se produire, murmura Wren en observant Louise avec attention. Tu es sûre que ça va ?

— Oui, *maman*, ça va, plaisanta Louise en lui donnant un léger coup de coude. D'ailleurs, c'est à moi de te demander comment ça va.

— Pourquoi ?

— Ça ne doit pas être facile, de participer à la Décade et de réussir à suivre en cours, fit remarquer Louise.

Puis elle poussa un long soupir.

— Je n'ose même pas imaginer tout le stress que tu dois ressentir.

Wren cligna des yeux, touchée par la sincérité dans la voix de Louise.

— Non, ça va.

Son amie s'approcha d'elle.

— Tu es sûre ?

Wren ouvrit la bouche. Puis la referma. Étonnamment, elle ne savait pas quoi répondre.

— C'est difficile à expliquer, confia-t-elle en levant les yeux au plafond. Le fait que la Décade soit une compétition a tout changé. On a tous envie de gagner. Et on a tous une bonne raison. Je me mets à la place de ceux qui sont éliminés, et c'est dur. En plus, si ça se trouve, c'est moi la prochaine. Et Nick et Liza… (Elle secoua la tête.) Au fond, je sais qu'ils le méritaient autant que moi.

Louise fronça les sourcils, perplexe.

— Nick et Liza ?

— De Holsterd.

— Je n'ai jamais entendu parler d'eux.

— Vraiment ? Je pensais que tout le monde connaissait l'identité des participants.

Wren eut envie de l'interroger davantage mais eut un éclair de lucidité et éclata de rire.

— Ah oui ! J'oublie tout le temps que tu es nouvelle.

Louise rougit.

— Eh oui, la petite dernière.

Ce fut en cet instant, alors qu'elles se tenaient au milieu des chênes et que la brise rabattait des mèches de cheveux blonds sur les joues de Louise, que les similitudes lui apparurent. Ce fut si soudain, si bouleversant que Wren frémit, incapable de se retenir.

— Qu'est-ce qu'il y a ? lui demanda Louise, inquiète.

— Non, rien, bredouilla Wren, la bouche sèche. Tu... Tu me rappelles quelqu'un.

— Qui ?

Wren ne pouvait pas. Prononcer son nom. Elle ne l'avait pas fait en dix-huit ans. Ne se l'était pas autorisé. Parce que prononcer son nom impliquait de revivre ce qu'elle essayait désespérément d'oublier. Si elle prononçait son nom, alors c'était réel. Ce qui lui était arrivé était réel.

Wren secoua la tête et se ressaisit.

— Quelqu'un que je connaissais. Dans ma vie d'avant.

Louise acquiesça, pressentant qu'il ne fallait pas insister. Elle lui sourit avec tendresse.

— Tu sais, reprit-elle en regardant le ciel, en dépit de tout ce qui s'est passé, en dépit de tout ça (elle désigna Blackwood), je suis contente de t'avoir rencontrée.

Un sentiment de joie parcourut Wren, un élan d'amitié profond qui fit aussitôt fondre toutes les réserves qu'elle aurait pu avoir. August avait raison – elle avait encore des moments de doute. Des moments où elle pensait que tout lui échappait, qu'il y avait trop de questions sans réponses. Mais, en observant Louise, elle sut. Ce lien entre elles n'avait rien d'artificiel.

C'était bien réel.

— Moi aussi, Lou, dit Wren avec un sourire. Moi aussi.

25

EMILIO

— Ça va être génial, s'écria Josie en agitant les pieds.

Elle était allongée, la tête sur les genoux de Tristan et les jambes ramenées vers elle.

— Tu imagines ? De superbes décorations, des robes magnifiques. Un bal !

Emilio frissonna. C'était son pire cauchemar.

Après son dernier cours de la journée, il avait suivi Tristan et Josie jusqu'à la cour principale, où ils avaient retrouvé Georgia et Carter. Ils avaient passé la dernière heure à faire leurs devoirs et à lire à la clarté déclinante du soir, allongés sur une couverture en laine désormais jonchée de livres et de feuilles mortes. Josie s'enthousiasmait pour le bal de la Décade – elle répétait en boucle que ça allait être absolument merveilleux.

— Je dois reconnaître que je suis un excellent danseur, plaisanta Tristan en enroulant une mèche des cheveux de Josie autour de son index. J'avais mon petit succès, aux soirées du lycée.

— Tu as intérêt à me montrer ça lors du bal, gloussa Josie.

— Pardon, mais je risque de te faire de l'ombre, surenchérit Carter.

Il passa la main sur l'herbe, et une très belle tulipe fleurit entre ses doigts. Ses pétales scintillaient de magie.

— Même toi, Abbot, tu ne pourras pas résister à mon talent.

Tristan leva les yeux au ciel.

— J'attends de voir ça.

Georgia ricana.

— Ton talent ? Quel talent ?

Carter sourit et déposa la tulipe derrière l'oreille de Georgia.

— Tu verras bien.

— Perso, je redoute cette soirée, soupira Georgia en se jetant en arrière d'un air théâtral.

— C'est parce que tu n'as pas de cavalier, signala Carter.

— J'ai eu des propositions ! protesta Georgia en croisant les bras. Mais aucun des prétendants ne me convenait. Et, qui sait ? On sera peut-être éliminés lors de la prochaine épreuve et coincés à l'infirmerie pendant des semaines – voire des mois. Je ne vois pas l'intérêt de me réjouir pour un bal auquel je ne pourrai peut-être pas me rendre.

Emilio comprenait. Il pensait la même chose. La deuxième épreuve était imminente, il y aurait d'autres éliminations avant le bal.

Ce n'était qu'une question de temps.

— De toute manière… qui je pourrais inviter, maintenant ? grommela Georgia. Tout le monde s'est déjà trouvé un partenaire.

— On peut y aller ensemble, proposa Emilio en haussant les épaules.

Georgia cligna des paupières, surprise.

— Tu n'y vas pas avec Olivier ?

Josie et Tristan échangèrent un regard entendu et se retinrent de rire. Carter, lui, ne se donna pas cette peine.

— Quoi ? paniqua Emilio en regardant ses camarades, le visage cramoisi. Pourquoi est-ce que vous riez ?

— Tu plaisantes, non ? lui demanda Georgia.

— Pas du tout !

— Euh... eh bien, parce que vous êtes de toute évidence totalement amoureux l'un de l'autre ?

Le garçon, les joues en feu, crut exploser de honte.

— On n'est pas... Ce n'est... D'où vous tenez ça ?

— Oh, Emilio, soupira Tristan en posant la main sur sa jambe. Nier ne servirait à rien.

Emilio enfouit son visage dans ses mains.

— Suis-je à ce point transparent ?

— Vous l'êtes tous les deux, le rassura Josie en lui ébouriffant les cheveux. Franchement, ça fait de la peine à voir. J'ai envie de vous attraper par la nuque et...

Elle plaqua ses paumes l'une contre l'autre et ourla ses lèvres bruyamment – Emilio comprit que c'était lui et Olivier qui s'embrassaient.

Tristan secoua la tête, hilare.

— Ce que ma chère Josie essaye de dire, c'est que vous avez besoin d'un peu d'encouragement. Quelque chose qui vous fera franchir le pas.

— Comme quoi ? demanda Emilio en le regardant entre ses doigts.

— Je ne sais pas, mais un bal, c'est le lieu idéal pour s'autoriser à être romantique.

Il avait raison. S'il y avait un bon moment pour qu'Emilio fasse part à Olivier de ses sentiments forts et compliqués, c'était sans doute lors d'un bal. Mais qu'allait-il lui dire ? Qu'il pensait à lui à chaque seconde de chaque instant ? Que l'immense vide qu'il ressentait depuis son arrivée à Blackwood, cette tristesse permanente, ne se dissipait que lorsqu'il était avec lui ? Que le regarder était douloureux ? Que cela lui faisait mal, physiquement – comme si on le privait d'oxygène ?

Qu'il était complètement, follement, désespérément amoureux de lui ?

Un sursaut de panique lui étreignit le cœur.

— Je crois que je vais y aller, déclara-t-il en se levant et en passant sa besace par-dessus sa tête.

— Emilio, l'implora Josie. Ne pars pas, s'il te plaît. On ne voulait pas te vexer.

— Je ne suis pas vexé, marmonna-t-il en se forçant à sourire. Je vais bien. J'ai simplement plein de trucs en tête.

Cependant, alors qu'il s'apprêtait à partir dans la direction opposée, une colonne de fumée noire se matérialisa devant eux, et Maître Calligan apparut.

— Pardon de vous interrompre, dit-il en glissant les mains dans les poches de son pantalon écossais. Mais j'ai besoin que vous veniez avec moi.

Emilio eut à peine le temps d'analyser ses paroles qu'un nuage épais les enveloppa tous les cinq.

En un clin d'œil, ils furent transportés dans un grand hall richement décoré. Il fallut à Emilio une seconde pour recouvrer tous ses sens, mais il comprit vite où ils étaient.

Le Bureau Opale.

Des rayons de lumière irisée passaient à travers les vitraux – des motifs tourbillonnants aux couleurs ambrées, rose pâle et lilas, qui se répandaient sur les bancs au centre de la pièce. Il contempla les immenses murs de pierre, examina les gargouilles gothiques et autres grotesques délicats aux yeux de cristal nichés dans les coins. Ils étaient impressionnants. Certains élèves affirmaient avoir déjà vu leurs yeux bouger – soi-disant, elles suivaient chaque mouvement et vous surveillaient de loin.

Troublé par cette pensée désagréable, Emilio mit du temps à se rendre compte qu'ils n'étaient pas seuls.

Devant les fameuses portes en bois cintrées qui menaient à l'Éther se tenaient les autres candidats. August et Wren, côte à côte, arboraient tous deux un air contrarié. À quelques mètres sur leur droite, Irene et Masika vibraient toutes deux d'impatience. Olivier tapait en continu sur la porte du bout du pied. Cependant, son regard s'illumina à l'instant où il vit Emilio. Le proviseur Silas se trouvait près d'eux. Il portait une large cape vert émeraude sur les épaules. Il les observait avec attention, les mains comme toujours jointes sur sa canne.

— Pardon pour cet appel brutal, lança-t-il de sa voix sonore. Mais le temps presse.

— Puis-je faire quelque chose pour vous aider ? demanda Calligan derrière eux.

— Non, merci, Calligan. Je n'ai plus besoin de vos services.

Le Maître inclina la tête et sortit du hall. Le bruit de ses pas s'estompa jusqu'à disparaître.

Quand ils furent seuls, Silas se tourna vers les élèves. Ses yeux luisaient de ferveur.

— Comme vous l'avez sans doute deviné, vous êtes ici dans le Bureau Opale pour la deuxième épreuve, commença-t-il en désignant la porte dorée. Vous allez entrer dans l'Éther pour récupérer des âmes perdues. Cela peut vous paraître facile, routinier, mais vous allez découvrir que l'Éther sera un peu plus… contrariant que d'habitude.

— On a le droit de travailler en équipe ? demanda Georgia en lançant un regard à Carter.

— Vous faites comme vous voulez, répondit Silas. Bien que ce soit une compétition, vous pouvez tout à fait aider vos camarades, si vous le souhaitez.

Irene et Masika s'adressèrent un clin d'œil et s'unirent en silence. Tristan et Josie firent un pas l'un vers l'autre, comme s'ils étaient reliés par un fil. Wren étant Wren, elle garda le regard fixe – elle n'avait que faire des alliances. Puis Emilio remarqua qu'August avait rapidement hoché la tête en direction d'Olivier.

Bizarre.

— Comment se déroulent les éliminations dans cette épreuve ? demanda Josie. La dernière personne qui a trouvé une âme a perdu ?

— Oui, acquiesça Silas. C'est une façon d'être éliminé.

— Il y en a d'autres ? s'enquit Wren.

— Ici non plus, vos blessures ne vont pas se soigner toutes seules, leur rappela Silas, son regard s'assombrissant. Si vous êtes blessés mortellement, vous rejoindrez Nick et Liza à l'infirmerie et vous ne ferez plus partie de la compétition.

Un silence tendu parcourut le groupe, qui prenait la mesure de ces paroles.

— Lorsque vous aurez terminé l'épreuve, vous serez transportés à un endroit aléatoire du campus. Vous devrez ensuite revenir ici avec les autres candidats. (Il sortit sa montre de gousset et l'ouvrit.) Comme je l'ai dit, nous avons un planning à respecter. Vous devez avoir terminé cette épreuve avant que les missions ordinaires de récolte des âmes ne reprennent, donc… (Silas s'écarta vivement de la porte.) Qui veut commencer ?

Irene n'hésita pas.

— Moi.

Silas hocha la tête.

— Très bien. Allez-y, miss Bamford.

Le visage déterminé, Irene s'avança et plaça sa main sur la porte.

L'air s'anima. Un vrombissement discret secoua les murs, et le sol sous leurs pieds vibra. Une sphère dorée apparut sur la poitrine d'Irene. Elle se déplaça le long de ses bras et de ses mains pour ensuite fusionner avec les runes gravées sur la porte. Ses cheveux se dressèrent sur sa tête, comme si la gravité avait cessé de faire effet. Ses yeux se mirent à briller, désormais injectés de magie.

Emilio cligna des paupières. À peine une fraction de seconde, mais cela suffit pour qu'Irene disparaisse, avalée par l'Éther.

La deuxième épreuve avait officiellement débuté.

26

IRENE

C'était comme tomber du ciel. Comme si le tissu de l'univers s'était replié sur lui-même et l'avait ensuite recrachée. Elle était à la fois nulle part et partout. Les atomes de son être se séparaient et s'aggloméraient en même temps.

Une lumière aveuglante envahit son champ de vision. Un éclat infini, et elle eut l'impression de fixer le noyau du soleil. Puis cette lumière s'estompa, remplacée par un brouillard ouaté. Un voile duveteux se répandit sur le paysage.

Irene cilla.

Et voilà, l'Éther.

C'était un environnement en évolution permanente. À chaque portail franchi, la scène se modifiait, s'ouvrant sur un univers différent.

Cette fois-ci, l'Éther avait envoyé Irene dans une vallée déserte. Des nuages effilochés parsemaient un ciel opaque et sombre. C'était un monde plongé dans l'obscurité, une palette de marrons et de verts qui donnaient ensuite sur une étendue d'herbe.

Irene inspira. Quand elle bougeait, sa main traînait, comme si elle nageait dans une eau profonde et luttait contre le courant. Pour elle, être dans l'Éther s'apparentait à boire un peu trop de martini.

Les fous rires en moins.

Elle ferma les yeux, invoqua la magie en elle. Aussitôt, elle se sentit poussée vers l'avant. Elle avait son âme perdue en ligne de mire. Cependant, elle ressentit aussi autre chose – un réseau constitué d'autres âmes, vers lequel elle tendait. Ce n'était pas l'appel familier d'une âme perdue. C'étaient les autres candidats, un peu partout dans l'Éther. Leur présence produisait une petite lueur clignotante sur sa carte d'orientation interne. Elle les passa en revue et s'arrêta sur celle qu'elle cherchait.

Te voilà.

Irene ouvrit les yeux et avisa le chemin qui venait d'apparaître. Des étincelles dorées, un peu comme des lucioles, la guidaient.

Elle ne perdit pas de temps.

Elle suivit le sentier tout en regardant droit devant elle. Elle ignorait ce que l'Éther allait lui concocter pour la distraire de sa mission, mais elle s'en fichait – elle avait du pain sur la planche. Pour autant, en dépit de sa concentration, elle sentait des perturbations à l'horizon – un rappel glaçant de ce qui attendait ceux qui ne seraient jamais Valorisés.

Les élèves oubliés.

Ils étaient des dizaines. Des élèves comme elle, qui avaient arpenté les couloirs de Blackwood. À présent, ils erraient aux frontières de l'Éther, le visage étrangement neutre, et traçaient leur propre voie.

Ils n'étaient pas complètement dépourvus d'humanité. D'ailleurs, les plus récents, apparemment normaux, semblaient s'ennuyer à mourir. Mais ceux qui étaient là depuis des centaines, voire des milliers d'années n'étaient plus que des carcasses vides, un écho de la personne qu'ils avaient été. À peine conscients.

Irene refusait de devenir comme eux. Cette nomination, c'était sa dernière chance – la dernière danse, en quelque sorte. Si elle ne gagnait pas, si elle n'intégrait pas les Valeureux, elle envisagerait la deuxième option.

Même si cela impliquait de quitter Blackwood et sa meilleure amie.

L'Ordre des Desmions lui offrait une porte de sortie. L'occasion de dépasser l'existence qu'elle avait dû accepter. Dans son ancienne vie, Irene s'était souvent sentie impuissante. Une simple passagère, obligée de subir les conséquences des erreurs de sa mère, soumise à un destin auquel elle ne pouvait échapper.

Mais plus maintenant. Quand Irene était morte, elle s'était libérée de ces contraintes. Elle n'était plus impuissante, au contraire. Elle avait abandonné la fille qu'elle était, l'avait laissée pourrir dans un endroit où personne ne la trouverait.

Si Blackwood ne pouvait pas lui offrir ce qu'elle voulait, Irene irait voir ailleurs.

Elle ne comptait pas attendre.

Elle voulait le pouvoir, et elle se servirait.

Irene chassa ces pensées et reporta son attention sur le chemin scintillant.

Rapidement, un portail apparut. C'était une porte blanche, d'aspect ordinaire, avec une poignée argentée, posée au milieu des hautes herbes. Toutefois, elle n'avait rien de normal. Alors qu'Irene s'en approchait, une boule dorée se forma dans sa poitrine, lui signalant qu'elle avait atteint la bonne destination.

Irene poussa la porte et franchit le seuil.

L'instant d'après, ses bottes s'enfoncèrent dans du sable mouillé. Une brume grise épaisse lui bloquait la vue. Le rugissement de l'océan envahit l'espace et ricocha tout autour d'elle.

Elle inspira l'odeur iodée. Des embruns l'éclaboussèrent. À sa gauche s'étendait l'océan, à l'infini. Des vagues s'écrasaient sur les rochers noirs qui parsemaient le rivage. À sa droite, il n'y avait rien. Des ténèbres inquiétantes qui la coupaient du reste du monde.

Et à quelques mètres devant elle : Masika.

— Un petit bain de mer ?

Masika croisa les bras et soupira.

— Il t'en a fallu, du temps.

— Si tu m'avais attendue avant de franchir le premier portail comme je te l'avais demandé, je t'aurais rejointe plus vite.

Masika esquissa un rictus de satisfaction.

— Alors, où est ton âme ?

— À environ trois portails d'ici, estima Irene. Et la tienne ?

— Deux, je crois.

Irene hocha la tête. Elle s'accroupit, émietta le sable entre ses doigts. Cela lui paraissait tellement vraisemblable. Les grains qui râpaient contre sa peau. Les particules de bruine dans l'air. L'humidité de l'océan.

— Je propose qu'on s'occupe de la tienne en premier et qu'on passe ensuite à la mienne.

Masika écarquilla les yeux.

— Tu es d'accord pour que je passe avant ?
— Pourquoi pas ?
— C'est risqué, non ? Le temps qu'on localise ton âme, il sera peut-être trop tard.
— Pffff, répondit Irene d'un geste de la main. On sait toutes les deux qu'on est bien plus rapides que les autres. À mon avis, ils n'ont même pas encore franchi leur première porte.
Masika ne put s'empêcher de rire.
— Tu recommences…
— Quoi ?
— Tu sous-estimes les autres.
— Je ne les sous-estime pas. Je connais ma valeur.
— Je ne dis pas que tes compétences ne sont pas impressionnantes, reprit Masika en passant le bras autour des épaules de son amie. Mais les autres candidats aussi sont doués. Ils sont forts. Intelligents. Ils ont été choisis pour une bonne raison. Et, sincèrement, ils méritent de gagner. On le mérite tous.
— Tu passes trop de temps avec eux, marmonna Irene, fâchée. Ils te lavent le cerveau.
— Irene…
— C'est vrai. Tous ces moments passés ensemble, entre relations de circonstance… Encore un câlin collectif, et tu perdras totalement de vue ton objectif.
— Un câlin collectif ? s'étonna Masika.
— Ne te moque pas de moi.
— Je ne me moque pas.
Elle s'arrêta de marcher, se tourna vers Irene et plaça les mains sur ses épaules.
— Je comprends. L'Oubli te terrifie. Ça nous terrifie tous.

— Ce n'est pas…

— Mais un de ces jours, tu vas devoir l'accepter. Si on n'est pas Valorisées, eh bien, au bout d'un certain temps, ça nous arrivera. C'est une étape naturelle et inéluctable dans notre évolution. À laquelle on ne peut pas se dérober.

Irene s'écarta de Masika.

— Je peux m'y dérober. Et je le ferai.

Masika sursauta. Son sourire disparut.

— Comment ça ?

Avant qu'Irene ne puisse répondre, quelque chose dans l'océan se modifia. Au début, le changement fut minime, à peine perceptible : les vagues grossirent un peu, les embruns se durcirent. Puis, tout à coup, le rugissement de la houle se fit assourdissant et l'écume leur fouetta le visage comme des morceaux de verre.

— Masika, lui dit Irene en lui attrapant le poignet. Cours.

À l'instant où elles s'élancèrent, l'océan prit vie. Une immense tour d'eau se forma et grandit comme un gratte-ciel. Cependant, au moment où l'énorme bloc d'eau pivota vers elles, Irene s'immobilisa. Ses mains s'engourdirent, ses pieds s'enfoncèrent dans le sol.

Mais Masika réagit vite.

Elle avança les paumes, figea la vague alors qu'elle leur retombait dessus puis altéra sa trajectoire. L'eau s'étira au-dessus d'elles comme une arche et alla s'écraser à quelques mètres sur leur droite.

— Allez, viens !

Quelque chose de difficile à identifier imprégnait la voix de Masika. De la perplexité ? Du désespoir ? Irene n'aurait su dire, mais cela la fit sortir de sa stupeur et elle se ressaisit. Elle partit en courant, aussi rapidement que possible.

Soudain, une ombre se matérialisa devant elles – une porte en bois avec des fioritures en fer forgé.

— Là ! s'écria Masika.

Elle se précipita vers le portail tout en érigeant une barrière protectrice autour d'elles.

L'océan grondait avec la fureur d'un animal sauvage. Une autre vague, monstrueuse, se creusa à la surface. Irene eut l'impression qu'elle était en vie et les poursuivait. Était-ce son imagination, ou avait-elle vu un visage dans l'onde ? Un visage familier, lui rappelant le sien.

La terreur qui s'empara d'elle lui parut abyssale.

— Maman ?

Masika la regarda, les sourcils froncés.

— Qu'est-ce que tu as dit ?

Irene ne répondit pas. Toutes deux se jetèrent dans l'ouverture et passèrent à toute vitesse dans un autre monde. Leurs mains atterrirent sur du bitume. Derrière elles, la porte se referma sur une énorme vague.

La violence du choc les secoua.

Puis, le silence.

27

MASIKA

Masika ne savait que dire. Elle ne pouvait pas prétendre ne pas avoir entendu Irene appeler sa mère. Mais elle savait aussi que le mentionner ne servirait à rien. Irene se braquerait. Elle se replierait derrière sa muraille et fermerait tous les accès. Masika n'aurait plus aucun moyen d'entrer.

— Ça va ? lui demanda-t-elle en se mettant debout.

Elles avaient atterri sur une route, longue et déserte. De chaque côté, évoquant une tapisserie, il y avait des nuages sombres et des étoiles. Au-dessus d'elles, un unique lampadaire diffusant une lumière rouge clignotait sur le bitume.

— Ça va, répondit Irene en s'époussetant. On devrait avancer.

— Tu veux… commença Masika. Tu veux en parler ?

Irene se mit en marche et ignora la question.

— Il faut qu'on trouve le prochain portail.

— Écoute, déclara Masika en lui emboîtant le pas. Tu n'es pas obligée de faire semblant que tout va bien. Si tu as besoin de parler de ta mère…

— *Stop*, l'interrompit Irene avec colère. Je suis sérieuse, Masi. Ce sujet est hors limites, et tu le sais.

— Ton passé ne va pas disparaître simplement parce que tu l'ignores, insista Masika.

Elle savait que c'était vain, mais elle doutait d'avoir l'occasion d'aborder le sujet prochainement.

— Au contraire ! Plus tu prétends qu'il n'a pas existé, plus il te ronge de l'intérieur.

— Ha ! et c'est toi qui dis ça ? cracha Irene. Toi qui te rends presque toutes les nuits au Mémorium. Qui t'endors en pleurant. (Masika tressaillit, ce qui incita Irene à poursuivre.) Quoi ? Tu croyais que je ne le savais pas ? Que je n'avais pas remarqué ces lettres pathétiques que tu écris et laisses au Mémorium ?

Masika serra les poings.

— Tu ne sais pas de quoi tu parles.

Irene aboya de rire.

— Sérieux ? Tu ne peux pas me faire la leçon sur mon passé alors que, toi, tu es coincée dans le tien.

— C'est différent.

— Ah bon ? Depuis que je suis arrivée ici, tu ne m'as toujours pas dit qui l'Ordre des Desmions t'avait pris. Comment veux-tu que je te parle de mon ancienne vie alors que tu ne partages rien ? On est censées être amies, mais j'ai l'impression qu'il y a un fossé entre nous. Un gouffre immense. Et jamais tu ne te confieras à moi, jamais tu ne me raconteras…

— Elle s'appelait Catherine.

Un silence suivit cette révélation. Masika n'avait pas eu l'intention de prononcer son nom à voix haute, mais ç'avait été plus fort qu'elle.

Irene cligna des yeux, stupéfaite. Si Masika avait du mal à deviner ses pensées, elle sentit sa perplexité.

— Catherine, répéta Irene. Et elle était ton…

Elle s'interrompit, ne sachant quel mot employer.

Masika soupira.

— Mon amie, d'abord. Et par la suite, ma petite amie, oui, j'imagine. J'ai du mal à savoir ce qui était vrai et ce qui ne l'était pas.

Elle attendit qu'Irene réagisse. Le lampadaire oscillait et grinçait, et le bruit se mêlait au mugissement du vent.

Quand Irene s'exprima enfin, sa voix était plus douce, désormais dépourvue de toute animosité.

— Est-ce qu'elle t'a dit pourquoi elle était partie ?

— Vaguement, répondit Masika malgré le nœud qui entravait sa gorge. Disons qu'elle a déposé un mot à peine lisible sur ma table de nuit.

Elle aurait préféré que Catherine ne laisse rien. Son message n'avait fait qu'empirer les choses. Ce que Masika n'arrivait pas à comprendre, et pourtant elle avait essayé, c'était la vitesse à laquelle tout s'était déroulé.

Masika n'aurait-elle pas dû remarquer quelque chose ? Un changement dans son comportement ? Dans le ton de sa voix ? Or tout se passait bien, jusqu'au jour où son existence avait entièrement basculé. Et le temps que Masika prenne la mesure de la situation, c'était trop tard.

Elle l'avait perdue.

C'était là son point faible. Elle pouvait s'illusionner sur tout, se convaincre que tout allait bien alors même que le monde s'écroulait autour d'elle.

Alors qu'elle-même s'écroulait.

— Elle n'aurait pas dû partir sans te dire au revoir.

Les paroles d'Irene la prirent au dépourvu.

— Quoi ?

— Catherine. Elle n'aurait pas dû partir sans te dire au revoir. Un vrai au revoir. Elle aurait dû avoir au moins la décence de te l'annoncer de vive voix.

Elles se regardèrent un instant. Irene ouvrit la bouche, sembla sur le point d'ajouter quelque chose, puis se ravisa.

— On devrait avancer, répéta-t-elle en secouant la tête. On a déjà perdu assez de temps.

Masika n'insista pas. Irene n'avait aucune intention de poursuivre cette conversation, et elle devait l'accepter.

Elles progressèrent sur la route en silence. Le temps s'écoulait différemment, dans l'Éther, il était impossible de savoir s'il s'était passé cinq minutes ou cinq heures. Tout se mélangeait, comme quand on se réveille après un rêve. Au bout d'un moment, elles franchirent un autre portail, qui les conduisit dans un autre décor – une forêt de séquoias au sol saupoudré de neige. Le ciel au-dessus d'elles était lilas pâle, deux croissants de lune éclairaient la forêt et enveloppaient le paysage d'une lueur éthérée.

Masika frémit et croisa les bras.

— On y est presque. Je le sens.

C'est alors qu'elle aperçut le cottage jaune entre les arbres.

Des branches épaisses et épineuses s'agrippaient à la maisonnette, comme des serres. Des nuages d'orage s'amoncelaient au-dessus du toit. Un éclair fendit le ciel.

— Super, marmonna Irene en claquant des dents. Il y a au moins deux barrières de protection sur la maison.

Elle avait raison. Des sceaux de protection, tous plus complexes les uns que les autres, leur barraient l'entrée. Que les âmes perdues fabriquent leur propre barrière de protection était courant. Cela leur permettait de repousser leur départ. Mais ces entraves-là étaient subtiles, très élaborées.

— Elles n'ont pas été créées naturellement, remarqua Masika tandis qu'elles approchaient du cottage. Je pense qu'elles ont été placées là dans le cadre de l'épreuve.

— Heureusement que tu es là, commenta Irene en la poussant en avant. La magie défensive, c'est ta spécialité.

Masika sourit. *Ben voyons.* Qu'elle ait pu démanteler la barrière de protection autour du bureau de Calligan la perturbait toujours.

Masika s'avança et regarda par la fenêtre. À travers la vitre sale, elle aperçut sa cible, debout devant un lit. Une enfant. Une fillette de huit ou neuf ans. Elle avait les cheveux blond foncé, une frange qui lui tombait sur les yeux, des joues roses baignées de larmes.

Surtout, elle observait son corps mourant.

Personne ne savait vraiment pourquoi certaines âmes ne parvenaient pas de l'Autre Côté et se retrouvaient coincées ici. À son arrivée à Blackwood, Masika avait eu une vague explication. Les âmes perdues avaient toutes plus ou moins le même profil : une mort violente, des traumatismes en pagaille, et un besoin désespéré de s'accrocher, à n'importe quel prix.

La plupart des gens qui mouraient passaient sans problème. Mais il y en avait toujours quelques-uns, bornés, qui avaient besoin d'aide.

Elle tendit la main, examina les épines sur les branches. De la poudre dorée jaillit de ses doigts, et elle en parsema les ronces.

Masika regarda derrière elle.

— Tu veux m'aider et faire l'autre côté ?

— Je m'y attelle.

Elles travaillèrent en silence. C'était un processus fastidieux, ardu, qui nécessitait d'être parfaitement concentrée. Masika sentait son énergie s'amoindrir et la fatigue s'emparer d'elle peu à peu.

Elle épuisait sa magie.

Pour chaque centimètre de barrière qu'elle démontait, la pression dans son crâne s'accentuait et l'inondait de fatigue. Lorsqu'elle eut fini de briser le sceau de protection de son côté, elle pouvait à peine garder les yeux ouverts.

Irene se traîna jusqu'à elle. La neige crissait sous ses bottes. Elle avait de gros cernes, les joues couperosées par l'effort. Masika se doutait bien qu'elle devait avoir l'air aussi exténuée.

— Terminé.

Masika hocha la tête et régla encore quelques détails.

— J'ai presque fini.

— Ils se sont vraiment surpassés, cette fois, grommela Irene, le regard noir. Imagine si on ne s'était pas associées. Ça t'aurait pris des heures.

Masika acquiesça mollement. Elle était trop épuisée pour formuler une réponse cohérente.

— Allez, qu'on s'en débarrasse.

Irene fit un pas en avant et passa à travers le mur comme s'il n'existait pas. Masika la suivit. Le papier peint de l'autre côté était vieux, abîmé. Le plancher était moisi. En général, le taux de décrépitude était proportionnel à la souffrance de l'âme.

Masika eut une bouffée de tristesse.

Ce n'est qu'une enfant.

Au début, la petite fille, trop accaparée par son corps mourant, ne parut pas les remarquer. Mais Irene toussota, et la fillette releva la tête. Leurs regards se croisèrent.

— Bonjour, lui dit Irene. Comment t'appelles-tu ?

La fillette la fixa, bouche et yeux grands ouverts. Mal à l'aise face au silence de la petite, Irene bascula d'un pied sur l'autre, puis elle se pencha en avant et claqua des doigts.

— Coucou-ou-ouu ? Tu m'entends ?

— Ne lui parle pas sur ce ton, se hérissa Masika. Ce n'est pas un chien.

— OK, mais c'est quoi, son problème ? Elle est catatonique.

— Donne-lui une seconde, la supplia Masika.

Irene ricana.

— Je n'ai pas une seconde. Il faut qu'on aille chercher mon âme ensuite, tu te souviens ?

— Je croyais que tu n'avais pas peur d'être en retard.

— C'est vrai !

Soudain, un bruit résonna dans la pièce. Un mugissement saccadé, perçant, qui leur coupa la parole.

La fillette sanglotait, la tête penchée en arrière. De grosses larmes roulaient sur ses joues.

— Ah, non, souffla Irene en reculant, l'air horrifiée. Non. Jamais de la vie. À toi de gérer.

Masika grimaça et s'approcha de la petite fille. Ses pleurs leur cassaient les oreilles, pire que des ongles qui grincent sur un tableau. Masika s'agenouilla devant elle, et les pleurs se transformèrent en reniflements étouffés.

— Hé, murmura Masika en écrasant une larme sur le visage de l'enfant. Ça va ?

La fillette se frotta les yeux.

— Est-ce que je suis… je suis vraiment…

— Bordel, marmonna Irene en se pinçant l'arête du nez.

Masika la fusilla du regard. Irene leva les yeux au ciel et fit comme si elle se verrouillait les lèvres.

— Ne t'inquiète pas, reprit Masika. On est là pour t'aider. Il faut que tu poursuives ton voyage.

— Mon voyage ?

— Oui, tu vas passer de l'Autre Côté. Et seules les meilleures âmes passent de l'Autre Côté.

La petite fille voulut observer de nouveau son corps mais Masika s'intercala, posa délicatement son doigt sur son menton et ramena son visage vers elle.

— Mieux vaut oublier ça et te préparer à la suite de ton périple. Ça te paraît être une bonne idée ?

L'enfant hocha la tête, s'essuya les joues.

— Mais... est-ce que je verrai les membres de ma famille ?

— Oui, mentit Masika. Eux aussi passeront de l'Autre Côté et te retrouveront.

Ce n'était pas garanti. Masika ne pouvait pas savoir si les parents de la fillette parviendraient de l'Autre Côté ou si leur âme serait corrompue. Cependant, transmettre cette information à l'enfant n'avait aucun intérêt, surtout si elle voulait que celle-ci s'en aille.

— J'ai peur, gémit la petite. Ça va faire mal ?

— Non, la rassura Masika en posant une main sur sa joue. Je vais m'en assurer.

Soudain, une lueur familière émana du corps de l'enfant. C'était le signe que son âme était prête à franchir le pas.

En écho, la magie de Masika répondit – une vibration dans ses membres, une onde de chaleur dans sa poitrine. La sphère de lumière dorée voyagea le long de son corps et de ses bras pour s'insinuer ensuite dans chacun de ses doigts. Et avant que la fillette ne puisse changer d'avis, Masika prit son élan et enfonça son poing bien profond dans son torse, jusqu'à atteindre son âme.

Pendant un instant, Masika put tout voir. Tout sentir. La vie entière de l'enfant se déroula dans sa tête, pareille à une bobine de film. Chaque douloureux souvenir. Chaque déception. Toutes ces larmes qui avaient coulé au cœur de la nuit. Les espoirs brisés avant de se réaliser. Mais des étincelles pleines de gaieté flottaient dans l'obscurité. Des moments de bonheur, de joie pure. Son premier jour d'école. Un voyage en voiture avec ses parents, et l'air chaud du dehors pénétrant dans l'habitacle, ainsi qu'une odeur de jasmin. Des bisous avant de dormir, des histoires magiques échangées entre deux éclats de rire. *Beaucoup de rires.* Cela rebondissait dans sa tête, résonnait pour toute l'éternité, consumait chaque centimètre carré de l'esprit de Masika.

Puis tout s'arrêta.

La silhouette de la fillette s'estompa. Ses membres devinrent transparents. Rapidement, il n'y eut plus qu'un halo argenté flottant dans l'air.

Qui disparut.

L'instant d'après, Masika s'écroula. Elle avait le cerveau en compote et des crampes à l'estomac.

Irene s'accroupit à ses côtés. Elle lui adressa un sourire en coin.

— Prête pour la suivante ?

28

EMILIO

Emilio avait la nette impression d'avoir raté quelque chose. À un moment donné, le puzzle avait changé sans qu'il le sache, et il se retrouvait désormais avec les mauvaises pièces, qu'il persistait à vouloir agencer. Sinon, comment expliquer qu'Augustin Hughes ait décidé de se joindre à eux dans l'Éther ?

Emilio n'avait pas été surpris de voir Olivier apparaître derrière lui quelques instants après avoir franchi le seuil. Il s'était attendu à ce qu'ils collaborent, et d'autant plus qu'Olivier savait qu'Emilio avait du mal à récolter les âmes. En revanche, il ne s'était pas du tout attendu à voir August à côté d'Olivier. Non seulement c'était plus que bizarre, mais c'était aussi incompréhensible. Encore plus étrange, Olivier se comportait comme si collaborer avec August était parfaitement normal et que cette alliance supposée ne méritait aucune explication.

Ils avaient passé la première heure à traverser des portes et à parcourir les différents paysages de l'Éther. August et Olivier ne cessaient de se murmurer des choses. Emilio n'avait pas envie de l'admettre, mais il se sentait rejeté.

Ils l'avaient exclu et Emilio avait l'impression que sa présence n'était qu'une formalité.

Qu'ils l'avaient accueilli par pitié.

Après avoir quitté un désert aux arbres noueux et aux montagnes acérées, ils arrivèrent devant une porte tordue recouverte de formes géométriques.

August plaça sa main dessus.

— C'est la bonne. C'est juste derrière.

Il avait, bien entendu, exigé qu'ils trouvent son âme cible en premier. Olivier avait paru content de suivre ses ordres, ce qui avait fait enrager Emilio au plus haut point. En général, Olivier ne ratait jamais une occasion de se moquer d'August. Mais là, rien.

Ils atterrirent dans un autre décor encore. Une forêt dense et luxuriante de grands séquoias. Une odeur d'eucalyptus et de pin assaillit les narines d'Emilio. Des lucioles voletaient autour d'eux, et diffusaient une petite lueur d'un jaune tendre.

— Par ici, déclara August.

Il partit en avant et éloigna une luciole d'un grand geste presque comique.

Emilio tenta d'attirer l'attention d'Olivier. Il voulait lui demander des explications mais Olivier avait apparemment la tête ailleurs. Même lorsqu'ils atteignirent l'âme perdue d'August, un homme âgé piégé derrière une barrière de protection faite de ronces et de lianes, Olivier ne lâcha pas August des yeux.

Bien qu'ils aient fait tout ce chemin ensemble, August insista pour démanteler le sort tout seul. Sa technique à lui exigeait un isolement total. Au vif soulagement d'Emilio, Olivier et lui purent enfin avoir un moment à eux. Ils se retirèrent à l'écart dans la forêt, offrant à August l'espace dont il avait besoin.

Olivier s'adossa à un tronc. Néanmoins, il avait toujours le regard rivé sur August. Bon Dieu, avait-il toujours été à ce point fasciné par lui ?

Après quelques minutes d'un silence douloureux, Emilio craqua. C'était plus fort que lui.

— Tu aimes ce que tu vois ? marmonna-t-il en tirant sur les manches de son pull.

Olivier leva la tête, perplexe.

— Pardon ?

— Tu ne l'as pas quitté des yeux.

— De quoi tu parles ?

Emilio soupira. Et merde, autant poser la question et être fixé.

— Il se passe quelque chose entre vous ?

— Il se passe… Hein ? s'écria Olivier en titubant. Emilio, mon amour, tu as perdu la tête ? Tu as de la fièvre ?

— Tu n'arrêtes pas de le regarder, bafouilla Emilio, en dépit du ridicule qui s'emparait de lui. Enfin, tu… tu avais presque la bave aux lèvres.

Il osa alors observer Olivier et fut surpris par l'expression étrange qu'il lut sur son visage. Ses yeux brillaient. Il souriait.

— Quoi ? demanda Emilio. Pourquoi tu fais cette tête ?

Le sourire d'Olivier s'étira davantage.

— Tu es jaloux.

— Non, se défendit Emilio.

— Si.

— Je ne suis pas jaloux.

— Tu es la définition même de jaloux.

— Et toi, tu es bête, lança Emilio avant de se retourner et de lever la tête vers la canopée. Simplement, je… je m'inquiète pour toi. Je sais, August est séduisant, et c'est facile de tomber dans ce piège.

— Tu trouves August séduisant ?

Emilio regarda par-dessus son épaule. Olivier ne souriait plus.

— C'est évident, non ? répondit Emilio en désignant vaguement August.

Ce dernier s'attelait toujours aux barrières de protection. Ses sourcils noirs étaient froncés et ses lèvres pincées.

Le même pli apparut sur le front d'Olivier.

Emilio soupira.

— Qu'est-ce qu'il y a ?

— Eh bien, répondit Olivier en secouant la tête, je ne savais pas qu'il était ton genre.

Emilio l'examina longuement. *Un instant.* Regard sombrc. Minc boudeuse. Doigts qui se tordent nerveusement.

— Oh, mon Dieu, murmura Emilio.

Et ce fut à son tour de sourire.

— Quoi ?

— C'est toi qui es jaloux.

— Ne sois pas ridicule, se moqua Olivier.

— Mais si ! Regarde-toi ! Tu es tout rouge et mal à l'aise.

C'était vrai. Olivier avait les joues écarlates et tirait sur le col de son polo.

— Tu es jaloux. Ça te tue que je le trouve séduisant.

— Que tu le trouves séduisant ne me pose aucun problème. Nous sommes tous les deux d'accord, Augustin

Hughes est beau à se damner. Il faudrait être aveugle pour ne pas le voir, et on ne l'est pas.

— Je n'ai pas dit qu'il était beau à se damner.

— Quoi qu'il en soit, il n'y a rien entre nous. On a simplement pensé que travailler ensemble serait bénéfique.

La merveilleuse sensation dans le ventre d'Emilio s'évanouit, remplacée par une terrible appréhension.

— Tu t'es allié à August ? Pourquoi ?

— Parce que…

Olivier haussa les épaules et donna un coup de pied dans un caillou.

— Waouh, ricana Emilio. Merci pour cette explication très détaillée.

— Je sais ce que je fais.

— J'en doute.

Olivier se détacha de l'arbre et franchit l'espace entre eux en deux enjambées rapides. Il surplombait Emilio, qui se sentit très petit. D'habitude, ce sentiment lui plaisait. C'était réconfortant. Mais là, Olivier avait l'air à la fois fâché et grave, et ça n'allait pas du tout.

— Si tu as quelque chose à dire, dis-le, déclara Olivier.

Il étudia ensuite le visage d'Emilio avec attention – c'était troublant.

— Pour quelles raisons ne voudrais-tu pas que je m'associe à August ?

Emilio ravala sa salive.

— Aucune.

— Tu es sûr ?

— Je… (Emilio eut soudain un coup de chaud.) Je ne sais pas.

— Emilio…

Les traits d'Olivier s'adoucirent. L'agacement dans ses yeux laissa place à autre chose. Il fallut une seconde à Emilio pour le reconnaître. Il le ressentait aussi. Chaque fois qu'il regardait Olivier, il était assailli par ce même sentiment écrasant.

Le désir.

Emilio eut envie de tendre les bras, d'attraper Olivier par les épaules et de poser sa bouche sur la sienne. Il pouvait le faire. Il en était conscient. Mais il avait aussi peur. Il avait peur d'être rejeté. De gâcher leur relation si précieuse. De découvrir que ce qu'il éprouvait pour Olivier n'était pas réciproque.

Par-dessus tout, il avait peur de le perdre.

— J'ai terminé, déclara August en se frottant les mains.

Olivier soupira et se détourna d'Emilio.

— Déjà ? demanda-t-il d'un ton légèrement irrité.

— Ne prends pas cet air surpris.

August les observa tous les deux et sembla comprendre qu'il les avait interrompus.

— On devrait passer à l'âme suivante. Olivier, j'imagine que tu veux être le prochain ?

Emilio ne put s'empêcher de poser la question :

— Tu ne t'en vas pas ?

August leva les sourcils, amusé.

— Pourquoi je ferais ça ?

— Tu n'as plus besoin de nous, marmonna Emilio. Tu as rempli ta mission. Qu'est-ce qui te retient de rentrer à Blackwood ?

August pivota vers Olivier. Il avait tout à coup l'air très fatigué.

— Tu t'en occupes ?

Un accès de colère peu familier s'empara d'Emilio, une accumulation de frustration qui le poussa à réagir.

— Je ne suis pas son chien.

August cligna des yeux, surpris. Emilio tressaillit, craignant le retour de bâton, mais rien ne vint. August hocha la tête et dit :

— Non, tu as raison. Je te demande pardon. (Il fit un pas en avant.) Écoute, Emilio, je n'ai pas d'intentions cachées. Je pense sincèrement qu'une alliance entre nous… entre nous trois… serait bénéfique. Donc, non. Je ne vais pas partir. J'ai dit que je vous aiderais, et je vais vous aider.

Emilio l'observa, sidéré. Il ne s'était pas du tout attendu à ça.

— Oh.

— Très bien, dit August en souriant. Si on en a terminé avec l'interrogatoire, je propose qu'on s'occupe de l'âme suivante. Je ne sais pas pour vous, mais je suis prêt à…

Soudain, le sol se mit à trembler. Les feuilles des arbres frémirent. Puis un bruit de craquement retentit – semblable à un violent coup de fouet. Effrayé, Emilio regarda Olivier.

— Vous avez senti ?

— Il faut qu'on trouve le prochain portail, intervint August. Et vite.

À l'instant où les mots quittèrent ses lèvres, la terre se fissura et s'ouvrit en deux, isolant August d'un côté et Emilio et Olivier de l'autre. À toute vitesse, la faille s'agrandit, des blocs de terre s'écroulèrent et disparurent dans l'abîme. Ce fut rapidement un gouffre béant, et Emilio eut peur de tomber dans le vide.

Des bras lui enlacèrent la taille et le tirèrent en arrière au moment où le sol se déroba sous ses pieds.

Les lèvres d'Olivier lui effleurèrent l'oreille.

— Est-ce que ça va ? haleta-t-il.

Emilio secoua la tête. *Non, ça ne va pas.* Cependant, les mots restèrent coincés. Son cerveau s'était éteint, il était en pilotage automatique. À travers le chaos, il aperçut August de l'autre côté du canyon, qui se redressait. Il semblait aller bien mais Emilio remarqua des traces de sang sur sa chemise blanche.

— Allez-y ! leur cria-t-il, la voix étouffée par le tremblement de terre. Trouvez votre portail ! Je vous rejoindrai !

Olivier attrapa le poignet d'Emilio et partit en courant. Un sentier lumineux les guida à travers la forêt dévastée. Emilio ne savait pas où ils allaient. Il s'en fichait. Tout ce qui importait, c'était Olivier, à côté de lui.

Il ne comptait pas le lâcher.

Il ne pouvait pas le perdre.

Cette pensée le poussa en avant et il s'y accrocha avec détermination. Même lorsqu'ils eurent localisé leur portail et atterrirent dans un autre paysage, à l'abri de la forêt ruinée, il s'entêta.

Il ne pouvait pas le perdre. Il ne pouvait pas le perdre. Il ne pouvait pas…

— Emilio, l'interpella Olivier, le regard inquiet. Respire. Tout va bien. Tu es en sécurité.

C'était impossible. Il n'y parvenait pas. Il ne pouvait repousser la panique qui le prenait à la gorge.

— Tu es en sécurité, répéta Olivier.

Sa voix calme l'ancra dans la réalité. Olivier posa ensuite doucement son front sur celui d'Emilio, et tout s'apaisa. La cadence de sa respiration. Le bourdonnement frénétique dans ses oreilles.

Emilio ouvrit les yeux. Olivier le regardait.

— Ça va mieux ?

— Oui, parvint-il à dire.

Olivier hésita, son front toujours pressé contre celui d'Emilio. Enfin, il ramena sa tête en arrière et aida Emilio à se lever. La tension engendrée par les événements pesait dans l'air, les contraignant au silence.

Olivier se racla la gorge.

— On ferait bien d'y aller.

Il observa un moment Emilio, puis pivota sur ses talons et s'éloigna.

Marchant derrière Olivier, Emilio sentit la peur desserrer son étreinte. Mais en dépit du calme qui l'envahissait, une seule pensée continuait de tourner en boucle dans sa tête, à la limite de l'obsession. Une pensée qui, il en était sûr, ne disparaîtrait jamais.

Il ne pouvait pas le perdre.

29

AUGUST

S*tupide, stupide, stupide.* August pestait en silence tout en franchissant une autre porte afin de s'éloigner de la forêt. Il arriva dans un autre environnement : une simple route bitumée traversant l'obscurité constellée, qui s'étirait à l'infini des deux côtés. On aurait cru que la route flottait parmi les étoiles, était suspendue dans l'univers.

Son premier réflexe fut de s'enfuir. De rentrer à Blackwood, d'abandonner Emilio et Olivier. Mais il avait promis. Et bien que ses promesses ne valent en général pas grand-chose, il ne voulait pas rompre celle-ci.

August se concentra et examina sa carte d'orientation interne. Il devinait vaguement leurs coordonnées, mais tout était flou. Comme si quelque chose, ou plutôt quelqu'un, perturbait volontairement leur magie. Sans doute encore une farce de Silas – un autre obstacle visant à les déstabiliser.

Aucune importance. Il les trouverait. Il fallait simplement qu'il se focalise sur son but.

Sa détermination le poussa en avant. De temps en temps, il vérifiait s'il pouvait sentir la position d'Olivier et d'Emilio, mais cette brume insupportable masquait toujours leur emplacement. Il était très difficile de savoir où ils étaient dans l'Éther. Il envisageait de les abandonner quand il aperçut quelqu'un au loin. Une silhouette esseulée au milieu de la route.

C'était une fille. Une des élèves qui avaient succombé à l'Oubli. Elle avait la peau pâle, translucide, presque floue sur les bords. August avançait droit sur elle mais elle ne semblait pas le voir. Son visage était inexpressif, dépourvu d'émotions, son regard vide.

Il s'approcha lentement.

— Hé, dit-il en agitant la main.

La fille cligna des yeux, et ses pupilles s'étrécirent.

— Est-ce que tu as vu deux personnes passer par ici récemment ? Un grand jeune homme avec des cheveux blonds et un autre, plus petit, avec un pull moche et un air anxieux ?

Elle ne réagit pas. Ses yeux étaient voilés. Quand elle parla enfin, ce fut d'une voix étrangement monocorde.

— L'Éther juge ceux qui n'ont pas vaincu. Il demande à être nourri. Il exige des sacrifices pour que l'équilibre soit restauré.

— OK, bredouilla August. Alors, c'est non ?

Une deuxième voix retentit derrière lui.

— N'insiste pas. C'est une des zombies. Une cause perdue.

August se retourna et fit face à un garçon. Des cheveux noirs qui lui tombaient sur les épaules, des yeux fatigués derrière une paire de lunettes rondes. Comme les autres élèves ayant passé le cap, il palpitait, et sa peau était diaphane. Mais, contrairement à la fille, il paraissait normal.

— De quoi elle parle ?

— Je ne sais pas, répondit le garçon en haussant les épaules.

Il s'approcha. Quand il bougea, sa silhouette disparut puis réapparut, comme si le signal était perturbé.

— Bon nombre de ceux qui errent dans l'Éther depuis très longtemps se mettent à raconter n'importe quoi. « L'Éther juge ceux qui n'ont pas vaincu. Il demande à être nourri. » Et bla bla bla. C'est très agaçant.

August observa le garçon avec scepticisme.

— Tu es là depuis longtemps ?

— J'ai arrêté de compter après la centième année…

August eut un geste de surprise.

— Mais tu as l'air…

— Normal ? Pas fou à lier ? gloussa le garçon. La plupart ne le sont pas. Mais à la longue, ça commence à changer.

Cette pensée fit frissonner August. Quelle expérience terrifiante – savoir que, à un moment donné, sans avertissement, on se perd dans l'Éther. L'esprit se fissure. La personnalité s'estompe. Jusqu'à n'être rien d'autre qu'un vaisseau errant pour Blackwood, qui récolte des âmes pour toute l'éternité.

— Je suis à la recherche de…

— J'ai entendu, l'interrompit le garçon. Je ne les ai pas vus. Ça fait un bail que je n'ai croisé personne.

La tristesse manifeste dans sa voix donna à August envie de courir dans la direction opposée.

— Il faut que j'y aille, déclara-t-il en se retournant.

— Tu pourrais… reprit le garçon, au bord du désespoir. Tu pourrais rester un peu ? Pour me parler. S'il te plaît.

August s'arrêta. Un souvenir désagréable remonta à la surface.

Sa mère, allongée sur son lit, pâle et sans vie. August, agenouillé à ses côtés, la suppliant de revenir, de ne pas le laisser comme ça. Mais sa mère n'était plus. Il le comprit en agrippant sa main glaciale. Il le comprit alors que sa sœur criait derrière lui, lui prenait les épaules, le tirait vers elle.

— S'il te plaît, Augustin, pleurait-elle. Parle-moi. S'il te plaît.

August s'arracha à son souvenir, tremblant de tous ses membres. Il regarda par-dessus son épaule, vit le garçon, qui l'observait. À cette distance, il était complètement transparent. Ses traits étaient à peine visibles dans la brume.

— Je ne peux pas, murmura August en se détournant.

Il ignora la douleur qui lui martelait la poitrine, la noirceur suppliant d'être libérée. Il avait envie de rester, d'offrir à ce garçon un semblant de paix, mais il ne pouvait pas. Alors il marcha droit devant lui, en silence, sur la route. Et bien qu'il ne se retournât pas, il sentit la présence du garçon s'estomper, se dissoudre dans la brise, comme s'il n'était qu'un halo de fumée.

30

WREN

Le portail de Blackwood avait transporté Wren dans un paysage montagneux aux falaises abruptes et au ciel rempli d'étoiles. Des dizaines de constellations flottaient au-dessus d'elle et diffusaient une lueur jaune comme si elles étaient imbibées de miel. Une forêt dense se dressait de chaque côté du chemin, un enchevêtrement de branches tordues et d'ombres dansantes.

Wren dut l'admettre : c'était très beau. Cependant, elle savait aussi que la beauté de l'Éther n'était rien comparée aux ténèbres qui l'habitaient.

Les élèves Oubliés traînaient à la périphérie, erraient à l'horizon. Une terrible appréhension la saisit à l'idée de devoir les rejoindre un jour. Elle ne pouvait pas. Pas après tous les efforts qu'elle avait fournis. Tous les sacrifices qu'elle avait faits.

Ce n'était pas envisageable.

Wren aurait pu se servir de sa magie spatiale pour localiser les autres élèves, mais elle n'avait pas envie de s'associer avec quelqu'un. Elle avait toujours récolté les âmes seule et elle ne souhaitait pas changer ses habitudes uniquement parce que c'était la Décade. De toute manière, sa magie spatiale était perturbée, une brume impénétrable recouvrait sa carte d'orientation interne.

Elle avait remarqué quelque chose, quand même, avant l'apparition de la brume. August était à proximité d'Olivier et d'Emilio. D'ailleurs, il lui semblait qu'ils étaient ensemble. Ce qui signifiait qu'ils avaient conclu une alliance.

Une sensation inconnue enfla dans sa poitrine. Quelque chose d'amer et horrible.

Wren chassa vite ces émotions indésirables. Quelle idiote ! De quoi était-elle jalouse ? Si August voulait collaborer avec d'autres, libre à lui. Elle ne comptait pas l'en empêcher. Wren, elle, aimait travailler seule. Elle l'avait même dit à Louise plus tôt dans la semaine, alors qu'elle lui expliquait le fonctionnement de l'Éther.

Elles étaient assises près de la cheminée à Pettyworth et profitaient de la chaleur après une longue journée de cours.

— Alors, si je comprends bien, avait dit Louise, chaque portail te conduit à un paysage différent.

— Oui. Et il y a un nombre infini de portails.

Louise, stupéfaite, avait écarquillé les yeux.

— Alors comment sais-tu où tu vas ?

— C'est difficile à expliquer. Notre magie agit un peu comme une boussole. Elle me guide dans l'Éther. Je peux sentir l'appel des âmes perdues. C'est comme une pression à l'intérieur.

— Et tu fais ça seule ?

— Pas forcément, avait poursuivi Wren. Parfois, on te donne un partenaire. Moi, je préfère être seule.

— Qui sait, s'était enthousiasmée Louise, quand j'aurai une bonne maîtrise de ma magie et que je serai opérationnelle, on pourra peut-être collaborer. (Elle avait tripoté les volants de ses chaussettes puis regardé Wren d'un air timide.) Je sais que tu préfères être autonome, mais ce serait sympa.

L'idée de pénétrer dans l'Éther avec une autre personne avait rendu Wren mal à l'aise. Cependant, Louise lui avait paru tellement touchante, en cet instant. Les yeux brillants. Le visage rayonnant d'espoir.

— Je ne sais pas. Je… (Elle avait cherché ses mots.) Je ne me fais pas assez confiance pour travailler en binôme.

— Comment ça ? avait rétorqué Louise, déçue.

— C'est difficile à expliquer.

— Essaye.

Les mots s'accumulaient sur ses lèvres, pressés de s'échapper, mais elle avait plutôt choisi d'ignorer la requête de Louise et lui avait souhaité bonne nuit. Pourtant, ce n'était pas qu'elle n'avait pas envie de le lui dire.

Au contraire.

Elle avait désespérément envie d'avouer la vérité à quelqu'un : que travailler avec d'autres personnes la terrorisait parce qu'elle craignait de leur faire du tort. De les décevoir. Et malgré tout ce qu'elle avait appris à Blackwood, elle avait peur d'être encore la même fille que dans sa vie passée. La fille dont le comportement dangereux mettait autrui en danger. La fille qui ne réfléchissait pas avant d'agir. Qui ignorait ceux et celles qui se souciaient d'elle afin de s'affranchir de leurs attentes.

La fille qui avait provoqué un accident.

Wren repoussa ses souvenirs douloureux et s'arrêta brusquement de marcher. Essoufflée, elle posa les mains sur ses genoux. *Stop*. Il fallait qu'elle reste concentrée. Puisqu'elle ne voulait pas s'associer à qui que ce soit, elle devait aller deux fois plus vite.

Elle voyagea dans l'Éther, franchit portail après portail, galvanisée par sa détermination. Quand elle repéra sa cible – un homme recroquevillé derrière une barrière de protection aux allures de buissons épineux –, elle ne perdit pas une seconde. Même quand l'homme la supplia d'attendre, expliquant avec force détails qu'il n'était pas prêt à poursuivre sa route, Wren mit de côté son empathie et l'ignora. *Là où il va, ce sera mieux*, se dit-elle alors qu'elle s'introduisait dans le noyau de son âme et le poussait de l'Autre Côté. Il disparut dans un halo de lumière scintillante.

Aussitôt, elle fut assommée par la fatigue, mais elle ne pouvait pas se permettre de se reposer. Il fallait qu'elle rebrousse chemin et revienne au point de départ avant les autres. Elle ne pouvait pas être la dernière, être éliminée. Jamais elle ne se le pardonnerait.

Mais avant qu'elle puisse cerner sa cible, quelque chose dans la composition de l'air se modifia. On aurait dit que les molécules autour d'elle s'étaient tout à coup densifiées. Ça lui collait à la peau. Une sensation de picotement fit se hérisser les poils sur sa nuque.

On l'observait.

L'intensité de ce regard pénétra dans sa chair comme des griffes pointues. Elle se retourna, examina son environnement, mais il n'y avait que l'infinie forêt autour d'elle. Un feuillage dense. Des branches tordues.

Elle s'apprêtait à déguerpir quand une immense entité noire fondit sur elle, la percuta et l'envoya dans les airs. Elle partit en arrière, s'écrasa par terre. La violence du choc brouilla ses pensées.

C'était une sorte d'ombre. Un amas obscur. Mais vivant. Wren l'entendait respirer. Réfléchir. Soudain, l'ombre géante forma un tourbillon au-dessus de sa tête et bondit de nouveau sur elle.

Wren se jeta sur le côté, évitant la chose obscure de justesse.

Quand elle leva les yeux, l'Éther tout entier parut basculer.

La panique l'envahit. Elle se mit debout, chercha à déterminer où était le nord et où était le sud. Mais la perturbation dans l'atmosphère bloquait ses cinq sens – qu'est-ce que cette chose faisait à l'Éther ? Son esprit s'éparpilla dans toutes les directions, sa raison cessa de fonctionner. Elle ne reconnaissait plus rien. Les couleurs se fondirent et disparurent. Les formes s'agrégèrent en une masse incohérente.

Perdait-elle la tête ?

Rien n'avait de sens. Sa conscience vacillait. Des points noirs maculèrent sa vision.

Elle devait se hâter. Une voix dans son cerveau lui hurlait de s'enfuir, de filer aussi vite que possible. Et bien qu'elle ne vît plus l'ombre qui l'avait attaquée, elle la sentait encore. Tapie dans les angles morts, présente mais inaccessible.

Elle se mit à courir.

Blackwood n'était pas très loin. Elle n'avait franchi qu'une seule porte.

Une pression familière naquit dans sa poitrine. Elle zigzagua entre les arbres, laissa les branches lui griffer la peau. Chaque éraflure déclenchait une décharge de douleur, mais elle s'en moquait.

Il fallait simplement qu'elle rentre à Blackwood. Il fallait que…

Soudain, le sol céda sous ses pieds. Le monde autour d'elle s'évanouit.

Et elle tombait.

Tombait.

Encore et toujours, plongée dans les ténèbres, avalée par un vaste néant.

Alors qu'elle se résignait à passer le reste de sa vie dans cet état suspendu, tout se figea.

Avait-elle accidentellement franchi un autre portail ?

Elle fit un effort pour adapter sa vision, voulant à tout prix comprendre où elle était, mais tout n'était que chaos et entropie. L'odeur de fumée et de cendre était omniprésente. L'obscurité était si épaisse qu'elle n'y voyait absolument rien.

En revanche, Wren la sentait. Partout. Une odeur de pourriture, de décomposition, qui se répandait sur chaque centimètre carré de l'espace.

Ensuite, une terrible pensée lui traversa l'esprit.

L'ombre.

Elle était peut-être à proximité. À l'affût.

Wren voulut appeler à l'aide, mais sa voix ne lui appartenait plus et semblait flotter quelque part au-dessus d'elle. À croire que toutes les particules de son être lui avaient été arrachées.

La nature même de son organisme s'altéra. Ses atomes éclatèrent. Son corps se tordit.

Elle la sentait.

Partout. En même temps. Qui dévorait chaque cellule de son corps, sans le moindre remords.

La douleur.

31

AUGUST

Il la perçut d'emblée. Ce fut comme une rupture interne. Un changement cataclysmique.

August renia toutes ses promesses. Sa parole ne valait plus rien. Une seule chose comptait, par-dessus tout.

Elle seule comptait, plus que tout le reste, à jamais et pour toujours.

Il fit appel à sa magie spatiale, puisa dans toute son énergie afin de surmonter le blocage installé par Silas. La pression dans sa tête était telle qu'il faillit perdre connaissance. Il allait succomber d'épuisement. *Attends-moi*, supplia-t-il tout en déblayant la brume recouvrant sa carte d'orientation interne afin de la localiser. Ensuite, il parcourut l'Éther à une vitesse prodigieuse, franchissant chaque portail avec une détermination farouche. Un seul nom était gravé dans son cœur. Tatoué dans son âme.

Wren. Wren. Wren.

32

WREN

Il n'y avait pas de retour possible. Aucun moyen de réparer ce qui s'était brisé.

Quelque chose était en train de la tuer.

Elle ne voyait plus rien. Ne pouvait pas penser. La douleur, infinie, sans filtre, avait pris le dessus. Elle avait envie de vomir. De pleurer. De hurler. Mais elle ne pouvait rien faire d'autre que rester allongée là. Son corps était secoué de spasmes violents et soumis à une implacable torture.

Cela dura longtemps. Puis, tout à coup, elle se sentit légère. Elle flottait à travers le temps et l'espace, dans l'obscurité.

Quelqu'un lui parlait. Une voix. Une présence. L'environnement autour d'elle se morcela et elle se retrouva dans la forêt, que le halo de l'Éther éclairait.

— Loughty.

Cette voix.

Cette voix rocailleuse, familière. Elle connaissait cette voix. Elle connaissait cette voix depuis toujours.

— August.

Il courait. Il la tenait fermement dans ses bras, son corps calé contre son torse. Wren ignorait où il allait, à quelle distance ils étaient de Blackwood. Elle savait seulement que son âme, lentement mais sûrement, se désintégrait.

— Parle-moi.

Sa voix était limpide. Proche.

— Qu'est-ce qu'il s'est passé ?

Wren frissonna.

— J'avais besoin de toi.

Il rit. Non ? Elle l'avait peut-être imaginé.

— Je veux que tu me l'écrives noir sur blanc.

— J'ai très froid.

— Je sais, *darling*. Continue de parler.

Mais Wren ne se souvenait pas de ce qu'elle était en train de dire. Ni pourquoi elle le disait. Et où était-elle ? Elle ne pouvait se concentrer que sur sa langue, qui lui semblait tapissée de cendres. Un sang glacial ruisselait dans ses veines, dont le doux murmure la berçait. Puis une pensée merveilleuse lui vint à l'esprit.

— August, je crois que je meurs.

— Tu es déjà morte, répondit-il.

Sa voix lui parut alors lointaine, abîmée, brisée.

— Tu ne peux pas mourir une seconde fois.

— Peut-être que si, poursuivit Wren. Peut-être que j'ai enfin trouvé la clé.

— Tu ne sais pas de quoi tu parles. Tu vas t'en sortir.

August semblait à bout de souffle. Sa poitrine se soulevait et se vidait par à-coups. Un instant, elle appuya son oreille contre son torse, cherchant des battements de cœur, et se rappela ensuite que ni lui ni elle n'avaient de pouls. Comme c'était ridicule, pensa-t-elle.

— Qu'est-ce qui est ridicule ? demanda August.

Cependant, Wren ne l'entendait plus. Plus vraiment. Elle avait conscience du son de sa voix, dont les vibrations caressaient sa peau comme un filet d'eau, mais elle n'était plus capable d'associer ses mots, de leur donner un sens.

— Laisse-moi partir, murmura-t-elle.

— Jamais.

— Je suis désolée.

— Tu n'as aucune raison d'être désolée, déclara-t-il, troublé. *Aucune.*

Elle rassembla le peu de force qu'il lui restait pour ouvrir les yeux et le contempler. Il avait cette petite cicatrice sous l'œil, une autre sur sa pommette droite. Elle leva une main tremblante afin de passer son doigt dessus, de la sentir sous sa peau, mais August s'estompait, toujours un peu plus hors d'atteinte.

— Regarde-moi, exigea-t-il d'une voix enrouée, désespérée. *Wren*, s'il te plaît. Ouvre les yeux et regarde-moi.

Elle sourit.

— Bien entendu, tu attends que je meure pour m'appeler par mon prénom.

— Tu n'es pas en train de…

La suite resta coincée dans sa gorge. Le silence résonna dans l'espace entre eux.

— C'est ma faute, reprit-elle.

Et ses paupières se refermèrent.

— Je n'aurais pas dû la laisser conduire. Je n'aurais pas dû… la mettre en danger.

— Tu me raconteras tout ça quand on sera rentrés à Blackwood.

— Je ne peux pas.

— Putain de merde.

Il utilisait sa magie. Elle le sentait dans l'air.

— *Darling*, regarde-moi. Ouvre les yeux. Je t'en prie.

— Mes mains sont couvertes de sang.

— Il n'y a pas de sang. Tu ne saignes pas.

Wren aurait voulu lui expliquer que ce n'était pas son sang à elle, que c'était un autre sang, qui coulait si profondément en elle que, certaines nuits, elle ne se supportait plus. Certaines nuits, quand rien ne pouvait l'apaiser, elle priait quand même Dieu, en qui elle ne croyait pas, pour qu'il la terrasse et mette fin à ses souffrances.

La dernière chose qu'elle entendit, ce fut la voix d'August, comme un phare dans la nuit.

S'il te plaît. Ne me laisse pas.

33

OLIVIER

À bout de souffle, Emilio tomba à genoux dès qu'il eut fini de récolter son âme perdue. Olivier le regarda avec bienveillance. Lui-même ressentait le même épuisement dans tout son corps – comme si ses muscles avaient été recouverts de béton, que sa tête était entourée de chaînes.

— Ça va ? lui demanda-t-il en posant la main sur son épaule.

Emilio tressaillit.

— Ça va.

Olivier savait qu'il mentait, qu'il dissimulait ses véritables émotions pour l'épargner. Il le savait depuis le tremblement de terre. Emilio était mort de peur. Et face à sa détresse, Olivier se sentait totalement démuni. Il devait pourtant bien y avoir quelque chose qu'il pouvait faire pour aider Emilio. Des mots qu'il pouvait débiter en bloc pour combler le trou béant en lui.

Alors qu'il s'apprêtait à raconter une très mauvaise blague dans l'espoir de faire rire Emilio, une porte voûtée se matérialisa devant eux. Une porte en briques rouges, recouverte de lierre, à travers laquelle se faufilait une lumière dorée.

— Eh bien, dit-il en aidant son ami à se lever, je crois qu'on a terminé.

Emilio hésita. Il observait la porte avec méfiance.

— August n'est pas revenu.

— Je suis sûr qu'il a essayé.

— Ça m'étonnerait.

— Pour être honnête, je n'arrive pas à le localiser moi non plus, fit remarquer Olivier.

Il avait tenté à plusieurs reprises de le trouver depuis qu'ils avaient été séparés, sans succès. Comme si quelqu'un avait brouillé sa carte d'orientation interne.

— Tout est flou. C'est sans doute une idée de Silas.

Emilio soupira.

— Peut-être.

Mon Dieu – il avait l'air au bout de sa vie. Olivier éprouva le désir irrépressible de le prendre dans ses bras, de le serrer contre lui. Mais quelque chose dans le regard absent d'Emilio lui indiqua qu'il avait au contraire besoin d'espace. Et bien que ce fût douloureux pour lui de s'éloigner, il aurait fait n'importe quoi pour qu'Emilio aille mieux.

— Moi, je suis plus que prêt à partir d'ici, reprit-il en désignant la porte avec un sourire crispé. Pas toi ?

Emilio hocha faiblement la tête, fit un pas en avant. Adressant un dernier regard à Olivier, il ouvrit la porte et en franchit le seuil. À peine quelques secondes plus tard, Olivier le suivit.

Il atterrit à Blackwood. Il lui fallut un moment pour s'orienter, la traversée lui avait donné le tournis. Il regarda autour de lui et comprit qu'il était à quelques mètres du portail principal.

En revanche, nulle trace d'Emilio.

Une peur panique le saisit aussitôt.

Calme-toi, Olivier. Il n'y avait aucune raison de s'inquiéter. Le portail transportait sans doute chaque élève à un endroit différent de Blackwood, et Emilio était très certainement ailleurs sur le campus.

À moins que ça ne soit une autre mauvaise surprise.

Non. Ils avaient réussi l'épreuve. Ils avaient tout bien fait comme il fallait.

À présent, il lui restait à se rendre au Bureau Opale et à attendre les autres candidats. Emilio y serait aussi. Il était évident qu'il...

Une détonation soudaine, fracassante, interrompit le fil de ses pensées.

À sa droite, il perçut comme un mouvement à travers la brume, les vagues contours de quelque chose, ou plutôt de quelqu'un, qui passait le grand portail et avançait vers les bâtiments principaux. La partie rationnelle de son cerveau lui conseilla d'ignorer cette agitation, de poursuivre son chemin jusqu'au Bureau Opale.

Mais Olivier Dupont n'avait jamais été rationnel.

Il s'élança en direction du bruit. Au début, il ne vit rien qui sortît de l'ordinaire. La nuit était calme. Les dortoirs étaient visibles à l'horizon, plongés dans l'obscurité. Peut-être avait-il tout imaginé ?

Cependant, juste après, de nouveau quelque chose remua dans l'ombre. Une silhouette.

Qui se dirigeait vers Bonestrod. Olivier lui emboîta le pas, jurant sous cape tout en essayant de maintenir son allure. Il courut, prit garde de ne pas trébucher sur les racines qui affleuraient à ras du sol. Ils arrivèrent en bas des marches de Bonestrod.

Puis la silhouette s'arrêta.

Et se tourna vers lui.

Olivier fabriqua un orbe de lumière dans sa main et éclaira le chemin devant lui. Pendant quelques secondes, il eut du mal à comprendre ce qu'il voyait. Puis la scène se précisa.

August serrait contre lui le corps inanimé de Wren, dont la tête se balançait d'un côté à l'autre comme celle d'une poupée de chiffon. Elle avait la peau pâle. Par réflexe, il faillit en conclure qu'elle était... morte.

— Aide-moi, l'implora August, d'une voix si désespérée et rauque qu'il en frissonna. Il faut que je la pose. S'il te plaît.

Olivier hocha la tête. Ravalant sa panique, il aida August à porter Wren dans Bonestrod. Alors qu'ils la déposaient doucement par terre, Olivier remarqua qu'August tremblait. Il avait les yeux injectés de sang. Olivier ignorait ce qu'il avait enduré, mais cela l'avait secoué.

Il tendit la main pour écarter une mèche qui tombait sur la joue de Wren. Dès que ses doigts frôlèrent sa peau, il eut un mouvement de recul.

— Elle est gelée, murmura-t-il, terrifié. Comme si elle avait été plongée dans un bain de glace.

— Je sais. (August essuya les gouttes de sueur sur son front et repoussa ses cheveux en arrière.) J'ai besoin que tu la maintiennes pendant que je tente de la ramener.

— Que tu tentes de quoi ? s'écria Olivier, stupéfait. Comment ça, la ramener. D'où ?

— Tu ne comprends pas.

— Alors explique, répondit Olivier en lui agrippant le col et en le tirant vers lui. Tu dois me dire ce qu'il s'est passé là-bas. Je veux t'aider. Mais ce que tu me racontes, ce que tu insinues… c'est impossible.

August ferma les yeux.

— Elle meurt, souffla-t-il.

Olivier blêmit.

— Elle est déjà…

— Je sais, l'interrompit August, la mâchoire serrée. Je suis au courant. Mais toutes les morts ne se valent pas. On a subi notre mort corporelle. Ça, c'est différent. Son âme se désagrège. C'est… Je ne sais pas trop comment l'expliquer, d'accord ?

— Comment c'est arrivé ?

— Je l'ai trouvée comme ça dans l'Éther. Je crois que *quelque chose* la vidait de son âme.

Une puissante nausée s'empara d'Olivier.

— La chose a disparu quand j'ai débarqué.

Ils perdaient un temps précieux. Olivier le sentait. L'odeur de mort imprégnait l'air. Il reporta à plus tard la myriade de questions qu'il avait et fit ce qu'on lui demandait. Il fit doucement glisser la tête de Wren sur ses cuisses puis retira son manteau et l'en recouvrit dans une vaine tentative de la réchauffer.

— Et maintenant ? demanda-t-il, incapable de masquer sa panique. Je fais quoi ?

— Maintiens-la droite, répondit August en remontant ses manches. Son corps va sans doute rejeter l'opération. J'ai besoin que tu t'assures qu'elle ne se fasse pas mal.

— Rejeter quoi ?

— Je vais lui donner un morceau de mon âme.

Olivier releva brusquement la tête.

— Pardon ? J'ai halluciné, ou bien tu as dit que tu allais lui donner un morceau de ton âme ?

— C'est une simple extraction.

— Une simple… *non*, s'insurgea-t-il en secouant la tête. De quoi diable parles-tu ? Ce n'est pas possible. Et même si c'était le cas, ça pourrait te détruire, August.

— Heureusement que je n'ai pas besoin de ta permission.

Olivier le fixa, sidéré. Il n'arrivait pas à y croire. L'idée était folle. C'était un recours pervers et abominable de la magie, qui lorgnait dangereusement du côté de la magie d'ombres. Les élèves de Blackwood savaient extraire les âmes de ceux et de celles qui étaient perdus dans l'Éther, mais Olivier n'avait jamais entendu parler de quelqu'un ayant extrait un morceau de sa propre âme. D'un autre côté, personne n'avait sans doute jamais essayé un truc aussi risqué.

Personne, jusqu'à August.

— OK, soupira-t-il en fermant les yeux. Admettons que tu le fasses. Que se passe-t-il si on retire toute ton âme ? Et pas seulement un fragment pour Wren ? Est-ce que tu… cesseras d'exister ?

August y songea un instant, la respiration haletante. Puis il haussa simplement les épaules, comme si Olivier lui avait demandé ce qu'il comptait manger au petit déjeuner.

— Eh bien, je vais faire en sorte de ne pas en arriver là.

Olivier avait envie de lui faire ravaler sa prétention.

— Tu es fou, marmonna-t-il. Tu le sais, hein ?

— On me l'a déjà dit.

Olivier se mordit l'intérieur de la joue. Il n'avait aucune chance de faire changer August d'avis. Il allait procéder avec ou sans son aide. August avait beau être un immense connard, Olivier n'allait pas rester là à ne rien faire pendant qu'il tronçonnait son âme.

— Bon, dit-il en appuyant fermement sur les épaules de Wren. Je la tiens.

August soupira de soulagement et posa la main sur le bras d'Olivier.

— Merci.

— Ne me remercie pas encore, râla-t-il.

August se rapprocha de Wren et plaça délicatement sa paume sur le haut de sa tête. Il avait l'air brisé – le regard suppliant, épuisé. Cependant, avant qu'Olivier ne puisse prononcer un mot, un air de détermination se dessina sur son visage.

— Quoi qu'il arrive, murmura-t-il, ne la lâche pas.

Sur ce, il plongea la main dans sa poitrine et dans son âme.

34

AUGUST

August, je crois que je meurs.

Il aurait fait n'importe quoi pour empêcher ça. Pour la sauver. Et un morceau de son âme, c'était une modique somme à payer, au final. Il lui devait bien ça.

Alors que le monde autour de lui se fondait en un tourbillon étourdissant de couleurs et de formes, August jura entendre la voix de Wren résonner quelque part dans le chaos, l'appelant comme le chant d'une sirène. Ses doigts s'enfoncèrent dans son âme et quelques bribes et filaments s'éparpillèrent. Il avait déjà senti les contours d'une âme auparavant, quand il en envoyait de l'Autre Côté, mais là, c'était différent. C'était sa propre essence. Tout son être, dans la paume de sa main.

August.

Un mauvais geste, une petite erreur d'inattention, et il risquait de s'autodétruire. August lutta contre la pression qui augmentait dans sa poitrine, l'obscurité qui envahissait ses pensées. Un vide flottait à l'horizon, un vide accueillant qui l'appelait. Le néant. La réponse à sa souffrance.

August.

Il pouvait lâcher prise. C'était tentant, cette idée de se libérer enfin des tourments de son passé. Pour autant, August savait que cela ne réparerait en rien les dégâts déjà commis. Au contraire, il fallait qu'il reste pour recoller les morceaux. Pour être à ses côtés.

— August !

La voix d'Olivier le sortit de ses pensées. Les éléments de la pièce autour de lui se dessinèrent, précis comme jamais. Avant qu'il ne puisse de nouveau se perdre dans l'abîme, il extirpa la main de son torse. Dans sa paume, une sphère argentée.

Son âme.

Ou du moins, un fragment.

Il ne perdit pas de temps et le transféra aussitôt dans la poitrine de Wren.

La réaction fut instantanée.

Le haut de son corps se cambra, et Olivier lui agrippa les épaules et la ramena en arrière. Elle se mit à convulser, tout entière parcourue de spasmes violents. Sa tête vint frapper le plancher en bois à plusieurs reprises.

August glissa les mains sous sa nuque, la tira vers lui et la prit dans ses bras.

— Allez, marmonna-t-il, hargneux. Bordel, Loughty. Réveille-toi !

Olivier l'observait, horrifié.

— Ça a marché ?

August serra les dents. Des gouttes de sueur perlaient sur son front. Il sentait les soubresauts de son corps s'espacer, à mesure qu'elle absorbait le choc.

— Je crois.

Lorsqu'elle cessa enfin de trembler, August la reposa doucement et écarta une mèche de ses cheveux auburn de son visage.

— Et maintenant, on fait quoi ? demanda Olivier d'un ton frénétique.

— Toi, rien. Il vaut mieux que tu ne sois pas impliqué.

— Et toi, si ?

August tressaillit. Cependant, il fixa Olivier, sûr de lui.

— Non. Mais je n'ai pas le choix.

Soudain, sans prévenir, Wren ouvrit les yeux et prit une grande inspiration. Elle porta la main à sa gorge.

— Merde ! pesta Olivier en reculant. Elle est réveillée.

— Loughty, lui dit August en lui attrapant le poignet. Tout va bien. Tu vas bien.

Wren hoqueta et tourna la tête dans tous les sens, l'air perdue.

— Qu'est-ce qui se passe ? Je suis où ?

— Tu te souviens de ce qui s'est passé dans l'Éther ? lui demanda August.

Il espérait que oui. Du moins, en grande partie. Lui-même avait besoin de connaître les détails. De savoir qui lui avait fait ça, pour ensuite le démembrer lentement. Il n'y aurait pas de son plus doux à ses oreilles que son râle d'agonie. Pas de plus grand plaisir que de le voir souffrir.

Wren était encore pâle, mais un peu de couleur ravivait désormais ses joues, comme si le souffle de la vie y était revenu.

— Je marchais dans l'Éther, expliqua-t-elle d'une voix chevrotante. Et quelque chose m'a attaquée. C'était comme une ombre, mais vivante.

August ravala la bile qui remontait dans sa gorge.

— Tu as vu quelqu'un ?

— Non. (Elle secoua la tête.) Peut-être. Je ne crois pas. Tout est allé très vite. (Elle grimaça et se hissa sur ses coudes.) Je suis tombée. J'avais terriblement mal partout. Après, je ne sais pas. C'est flou.

— Je crois savoir ce qui s'est passé, osa August. Mais tu dois me promettre de ne pas paniquer.

Ses traits se durcirent.

— August, dis-moi.

Il hésita, soupira.

— Tu as basculé dans les Terres d'ombres.

Olivier écarquilla les yeux.

— *Quoi ?* Les portails menant aux Terres d'ombres sont fermés. Ce n'est pas…

— Je sais ce que j'ai vu, l'interrompit-il.

Wren posa la main sur sa poitrine.

— Je suis inconsciente depuis combien de temps ?

— Pas longtemps.

Olivier fixa intensément August et lui communiqua un message en silence.

« Dis-lui. Dis-lui ce que tu as fait. »

Il ne pouvait pas. S'il avouait la vérité à Wren, à savoir qu'il avait transféré un morceau de son âme dans la sienne, elle ne s'en remettrait pas. Or, il avait besoin qu'elle reste concentrée et opérationnelle pendant toute la durée de la Décade.

Il avait besoin de la protéger.

— On devrait en parler au proviseur Silas, bafouilla Wren en essayant de se redresser. Il saura quoi faire.

August secoua la tête.

— Je ne pense pas que ce soit…

Un bruit retentit, lui coupant la parole. Des voix, étouffées, qui se rapprochaient. Puis la porte de Bonestrod s'ouvrit, et trois visages familiers apparurent.

— Qu'est-ce que vous foutez là ? s'agaça August.

Irene, Masika et Emilio se tenaient devant eux. Ils avaient tous trois le souffle court. Irene fut la première à briser le silence. Elle fit un pas en avant et poussa un soupir exaspéré.

— On le suivait, lui, expliqua-t-elle en désignant Emilio, qui tressauta au son de sa voix. On l'a trouvé quelques minutes après être revenues à Blackwood. Il courait comme un dératé.

— J'ai vu Olivier courir au loin, expliqua-t-il en se grattant le bras. Il semblait effrayé. J'ai eu peur qu'il ne soit arrivé quelque chose.

— Et tu as décidé de me suivre ? s'étonna Olivier.

— Oui, admit Emilio en rougissant. Bien entendu.

Olivier crut se liquéfier sur place.

— Mon petit chevalier servant.

Masika aperçut alors Wren.

— On dirait que tu as été percutée par un train.

— Merci, répondit l'intéressée. C'est aussi l'impression que j'ai.

— C'est vrai, tu es dans un sale état, renchérit Emilio. Qu'est-ce qu'il s'est passé ?

— Quelque chose l'a attaquée, révéla August. Elle était dans l'Éther et une noirceur l'a entraînée dans les Terres d'ombres.

Irene pâlit mais, aussitôt après, une lueur d'envie étincela dans son regard.

— Tu es allée dans les Terres d'ombres ?

— Apparemment. Je ne me souviens pas de grand-chose. C'est très vague.

— Comment c'est possible ? insista Emilio, inquiet. Je pensais que les élèves ne pouvaient pas trouver les Terres d'ombres, que c'était protégé. On ne devrait pas pouvoir les localiser, encore moins tomber dedans.

August secoua la tête.

— Si les portails des Terres d'ombres ne sont pas sécurisés, ce n'est pas pour qu'on ne puisse pas les trouver. C'est pour que ce qui se tapit de l'Autre Côté ne puisse pas nous trouver, nous.

— Et on est sûrs que cette chose qui a attaqué Wren ne l'a pas suivie jusqu'à Blackwood ? demanda Masika.

August redressa brusquement la tête.

— Qu'est-ce que tu as dit ?

Masika leva les yeux au ciel.

Un rugissement tonitruant l'empêcha de continuer. Tous les six se figèrent en même temps, les yeux écarquillés. Quelque chose leur tournait autour, se rapprochait. Ils perçurent le crépitement familier de la magie d'ombres dans l'air. Ensuite, une autre vocifération, plus proche, tourbillonnant autour d'eux, à la limite du vertige.

August croisa le regard de Wren.

Puis les ténèbres les engloutirent tout entiers.

35

EMILIO

Au moment de sa mort, Emilio avait senti l'univers autour de lui s'évanouir. C'était un sentiment étrange – savoir que tout disparaissait peu à peu, remplacé par une pression douce et chaude qui se répandait dans chaque centimètre carré de son corps. Ensuite, avant qu'il ne puisse comprendre ce qu'il lui arrivait, l'obscurité l'avait enveloppé. Il se souvenait de la noirceur absolue de la mort. L'isolant du reste du monde, de tout ce qu'il avait connu.

Il avait pensé ne jamais renouveler cette expérience.

Il s'était trompé.

La créature de l'ombre aspira toutes les particules de lumière de Bonestrod, comme si quelqu'un avait brusquement coupé le courant dans toute la galaxie. Emilio recula, la respiration haletante. Puis une main se saisit de lui.

Il se débattit, terrifié par ce qui se tapissait dans l'obscurité.

— Hé, lui murmura une voix pleine de tendresse. C'est moi.

Olivier.

Il le sentait, à présent. Ses mains familières. Le son de sa voix. En dépit des ténèbres, de son angoisse, Emilio se détendit.

— Olivier, bredouilla-t-il. Qu'est-ce qui nous arrive ?

— Je ne sais pas.

— Bordel de Dieu, résonna la voix d'Irene. Pourquoi est-ce que, chaque fois que je suis avec vous, il se passe un truc terrible ?

— Calme-toi, lui répondit la voix d'August, aussi immatérielle que les autres. Ne parle pas.

— C'est la créature d'ombres, murmura Wren. Je la sens.

— Foutaises, marmonna Masika.

Une boule de lumière apparut au centre de la pièce, flottant au-dessus de sa paume.

— Je ne vais pas rester assise là dans le noir à attendre que cette chose nous saute dessus.

August se dirigea vers elle.

— Éteins ça. Tout de suite.

— Pourquoi ?

Un bruit retentit au loin – comme un battement d'ailes.

— Fais-le, insista August.

Masika tressaillit. Son regard s'assombrit. Elle referma sa paume, et la flamme disparut.

— Content ?

— Oui.

L'obscurité les engloutit de nouveau. Emilio était tellement tendu qu'il avait du mal à respirer. Olivier, toujours à côté de lui, se rapprocha et posa fermement la main sur son avant-bras. Il n'avait pas besoin de mots. Ils se comprenaient.

Tout va bien. Je suis là.

Masika poussa un soupir de frustration.

— Quelqu'un sait à quoi on a vraiment affaire ?

— Wren, peut-être, railla Irene. Vu que c'est à cause d'elle que la chose est là.

Celle-ci grogna. Elle semblait faire un effort pour se lever.

— Je ne sais pas. Je ne l'ai pas bien vue. Mais c'est effectivement une forme de magie d'ombres.

Un hurlement déchira la nuit.

— *Ça*, ce n'est pas de la magie d'ombres, commenta Olivier en frissonnant. Ça, c'est très vivant.

— Quoi qu'il en soit, il faut qu'on trouve le moyen de s'en débarrasser, rétorqua Irene. Rester planqués ici ne sert à rien. Moi, je dis on sort et on l'affronte. Je suis certaine que quelqu'un d'autre a dû l'entendre. Il y a probablement des Maîtres et des Valeureux en chemin.

— Les dortoirs sont loin, fit remarquer Emilio d'une voix hésitante. Et on a passé le couvre-feu. La plupart des gens dorment. À moins que quelqu'un ne se soit miraculeusement réveillé et ne l'ait entendu…

Il laissa sa phrase inachevée, mais la situation était claire.

Ils étaient livrés à eux-mêmes.

— Ça n'a aucune importance, reprit Wren. Moins il y a de gens impliqués, mieux c'est. Cette chose est dangereuse. Elle a failli me tuer.

— Conneries, grommela Masika, peu convaincue. C'est impossible.

— Écoutez, on n'a pas le temps de se disputer, trancha August. Peu importe ce que vous croyez. Mais Wren a raison. Cette chose est dangereuse. Laissons les autres élèves en dehors de ça. On s'en occupe nous-mêmes.

— OK, soupira Irene. Et qu'est-ce que tu suggères ?

La stratégie était simple. Ils avaient l'avantage du nombre, le plus logique était de former des binômes et d'attaquer la créature sur tous les flancs. Elle ne pourrait pas les repousser tous en même temps. Ils essayeraient de prendre le dessus et de la détruire. Si c'était possible, ce que personne n'était en mesure d'affirmer. Cependant, ils partaient du principe que oui.

— Masika et moi partons à l'ouest, décréta Irene en faisant apparaître un tesson de lumière argentée au bout de ses doigts. On peut se réfugier dans la vieille grange si besoin.

— Je reste avec Loughty, affirma August.

Et personne n'envisagea de le contredire.

— Elle est encore trop faible pour se débrouiller seule. On va se diriger vers le nord, vers la cour principale. Comme ça, pendant que j'affronte la bête, je peux aussi la ramener dans sa chambre.

— August, soupira Wren en grimaçant. Ça va. Inutile de me materner.

Il secoua la tête.

— Ce n'est pas négociable.

— Enfin…

— Oh, écoute-le, pour une fois, s'énerva Irene. Ça suffit, vos chamailleries de vieux couple.

— D'accord, concéda Wren, sans pour autant quitter August des yeux. Mais laisse-moi quand même me battre.

August, qui parut soudain complètement perdu dans les méandres de son cerveau, acquiesça.

Emilio soupira et regarda Olivier. Le reflet de la magie d'Irene auréolait son visage, en arrondissait les angles.

— Ce qui veut dire que tu es coincé avec moi.

Olivier le regarda à son tour et esquissa un sourire.

— On dirait.

— Super, railla Irene. Maintenant, sortons d'ici avant que je ne devienne folle.

— Après vous, Votre Altesse, se moqua Olivier en s'inclinant.

Irene agita la main, agacée, et ouvrit la porte. Masika la suivit dehors. Des étincelles pulsaient sur sa peau. Emilio les regarda disparaître dans la nuit noire.

August fit un pas en avant.

— Allez, Loughty, tu traînes.

Wren le fusilla du regard, prête à riposter, mais August avait déjà franchi le seuil de la porte. Olivier emboîta le pas à Wren, se déplaçant avec assurance dans l'obscurité, et Emilio, bien entendu, ne put rien faire d'autre que suivre.

L'air frais lui offrit un peu de répit. Au loin, une lueur argentée émanant de Blackwood brisa enfin la noirceur de Bonestrod. Cependant, Emilio sentit l'ombre à l'instant où il mit un pied dehors – elle semblait les observer, tapie dans les angles morts, fendant l'air de temps en temps au-dessus de leur tête comme un requin traquant sa proie.

Irene et Masika s'éloignaient du côté ouest du portail, en direction de la vieille grange.

— Restez baissés, leur recommanda August en posant la main entre les omoplates de Wren.

Ils avaient à peine parcouru quelques mètres que Wren s'arrêta brusquement et tomba sur les genoux.

August s'accroupit à ses côtés et lui agrippa les épaules.

— Je te l'avais dit, soupira-t-il. Tu es trop faible, Loughty. Il faut que tu rentres te reposer.

— Ça va, fit-elle en toussant, la respiration sifflante. Donne-moi quelques secondes pour…

— On n'a pas quelques secondes.

Avant qu'elle ne puisse protester, August souleva Wren dans ses bras d'un seul et même geste. Elle tenta de lui échapper, agita les jambes autant qu'elle put, sans le moindre succès. August parut à peine remarquer son manège.

— Je la ramène à Pettyworth, annonça-t-il à Emilio et à Olivier. Restez côté est du portail et soyez vigilants. Je reviens très vite.

Et il disparut dans un nuage de fumée.

Olivier cligna des yeux.

— J'en conclus que c'est à nous.

Emilio suivit Olivier le long du côté est du portail. Un instant, il laissa son regard dériver vers le ciel, très conscient de l'obscurité autour de lui. La moindre ondulation lui provoquait des crampes à l'estomac.

— Tu es toujours là ? lui demanda Olivier à voix basse.

— Oui. Je réfléchissais.

— À quoi ?

— À la souffrance éternelle.

Olivier émit un petit rire et se retourna.

— Comment ça ? L'aventure et les poussées d'adrénaline, ce n'est pas ton truc ?

— Je préfère la sécurité de la bibliothèque, marmonna Emilio.

— C'est pour ça que je t'y trouve toujours ?

— J'aime bien être entouré de tous ces livres. C'est rassurant.

— Je vois, conclut Olivier. Tu es encore accroché à tes souvenirs d'avant.

— Pas toi ?

— Je n'aime pas trop me souvenir. Je n'y trouve aucun intérêt concret. C'est une perte de temps.

— Je crois que c'est important de se rappeler d'où l'on vient, répondit Emilio. De se raccrocher à son humanité.

Olivier s'immobilisa.

— Ah, c'est donc ça.

— Quoi ?

— Ton humanité, reprit Olivier. Tu as peur de la perdre ?

— Ce n'est pas le cas de tout le monde ? rétorqua Emilio en haussant les épaules.

— Non, pouffa Olivier. Pas du tout. Tu penses vraiment qu'Irene se soucie de son humanité ?

— Non. J'imagine que non.

— Tu vois ? fit Olivier avec un sourire. Je t'avais dit que j'avais raison.

— À propos de quoi ?

— De toi.

— Je ne sais pas de quoi tu…

— Tu es une bonne personne, l'interrompit Olivier en faisant un pas en avant. Et sans doute la seule chose que j'aime dans cet endroit.

À cet instant, un éclair de magie crépita au loin et détourna leur attention. Une lumière forte, intense – une colonne ambrée qui partit du sol et remonta jusqu'au ciel.

Emilio et Olivier ne perdirent pas de temps à hésiter ou à se poser des questions. Ils s'élancèrent parmi les hautes herbes en direction de la zone de danger, et la brise leur fouetta les cheveux. Emilio étouffa la vague familière de panique qui menaçait de le submerger, cette voix dans son crâne qui le suppliait de partir dans l'autre direction, d'abandonner le navire et tout le monde. Non, il refusait de laisser sa lâcheté le guider.

Plus important, il refusait de laisser Olivier seul.

Ils se rapprochèrent du chaos et observèrent le ciel.

— Là, souffla Emilio. Je la vois.

La créature semblait constituée de molécules d'ombres vivantes, qui ondulaient, palpitaient, respiraient. Elle n'avait aucun trait marquant – pas de visage, pas d'yeux, pas de bouche. Mais elle avait de longues griffes acérées et des ailes pareilles à celles des dragons qui s'étiraient presque à l'infini, se mêlant au ciel comme le roulis des vagues.

Irene et Masika l'avaient blessée, mais pas assez gravement pour la neutraliser complètement. D'ailleurs, la créature fondit tout à coup vers la grange où Irene et Masika avaient trouvé refuge – à croire qu'elle avait entendu les pensées d'Emilio.

Avant qu'elle ne les atteigne, un flash de lumière jaillit du sol. La bête poussa un cri perçant avant de remonter vers le ciel.

— Couvre-moi, demanda Olivier en s'accroupissant.

Il pressa ses paumes l'une contre l'autre et ferma les yeux. Une ride se creusa sur son front. Il écarta ensuite les mains, révélant des aiguilles argentées de magie qui vibraient et gagnaient en intensité.

Il mit dans le mille. Le sort transperça la créature de part en part.

Elle hurla de nouveau puis se précipita vers eux.

Emilio frémit.

— Et maintenant ?

— Maintenant, répondit Olivier avec un petit rire nerveux, on court.

Ils partirent vers la gauche dans l'espoir que la créature les suive, ce qui donnerait à Irene et à Masika le temps de préparer une autre attaque. Emilio jeta un coup d'œil derrière lui et aperçut la bête d'ombres, qui bascula la tête en arrière et hurla de rage. Il se prépara, laissa l'essence familière de la magie couler dans ses veines jusqu'au bout de ses doigts.

Mais la créature était trop rapide.

— Emilio ! Derrière toi !

Une douleur vive lui cisailla les tempes. Dans sa tête, tout devint noir. Emilio trébucha, tomba sur le sol.

Olivier cria – son nom, peut-être ? Emilio l'entendit à peine tant ses oreilles vrombissaient. Il plissa les yeux afin d'essayer de lire sur les lèvres d'Olivier, mais sa vue se brouilla et le monde commença à s'estomper.

Il entendit une voix l'interpeller mais ce n'était pas celle d'Olivier. C'était sa mère. Le murmure tendre de ses mots l'enveloppa comme la plus douce des couvertures, l'entraînant, l'attirant. Seulement, ça ne pouvait pas vraiment être elle, si ? Emilio essaya de résister, de se protéger, mais la voix se fit plus forte, plus incitatrice.

Emilio, rentre à la maison.

Ses paumes heurtèrent le sol. Ses doigts s'enfoncèrent dans la terre.

Devant lui, Olivier tendait les mains, la mâchoire serrée. La terre trembla. Des étincelles de lumière verte parcoururent ses veines et jaillirent de ses doigts. Ensuite, d'un seul coup, le terrain sous Emilio bascula et il fut projeté en avant, sur Olivier. En un instant, la pression étouffante dans son crâne disparut. La voix de sa mère aussi.

Olivier agrippa Emilio par la taille et le tira vers lui.

— Est-ce que ça va ? demanda-t-il, la voix chevrotante.

Olivier était en nage. Il était épuisé d'avoir utilisé trop de magie.

Emilio se redressa.

— Oui, ça va.

La créature se posa devant eux, émit un cri strident puis entreprit de leur tourner autour. Horrifiés, ils virent alors une chose très étrange se produire : la bête se divisa et se multiplia. D'une seule ombre, elles passèrent à douze.

Et ils étaient encerclés.

Olivier s'appuya contre Emilio. Une lueur argentée auréolait ses doigts. Emilio créa une petite tornade entre ses mains. Dos à dos, ils tournèrent sur eux-mêmes, attendant le bon moment pour frapper.

— Mon amour, ça sent le roussi, murmura Olivier. Cela dit, on a vu pire. Au moins, cette fois, on est ensemble.

Il posa la main sur l'avant-bras d'Emilio et serra. Quelque chose remua dans le cœur d'Emilio et il avança la main dans un accès de courage. La paume d'Olivier se plaqua contre la sienne et ils entremêlèrent leurs doigts. Une boule de chaleur germa dans le ventre d'Emilio puis lui remonta dans la gorge.

Olivier avait raison.

Comme façon de mourir, il y avait pire.

Emilio ferma les yeux, prêt à accueillir l'inévitable assaut de douleur… mais rien ne vint.

Quand il rouvrit les yeux, il comprit pourquoi.

Masika et Irene avaient quitté la grange et s'étaient jetées dans la mêlée. Elles formaient à présent un duo féroce, rapide, agile. Masika tendit la main et balança une forte bourrasque qui fit décoller un groupe de créatures. À côté d'elle, Irene fit apparaître un fouet enflammé avec lequel elle frappa la bête la plus proche d'elle. Moins d'une seconde après, elle pivota sur elle-même et ouvrit une autre bête en deux d'un simple geste du poignet.

— Vous êtes revenues, haleta Emilio, surpris de se découvrir encore vivant.

Masika le regarda et lui adressa un clin d'œil.

— Il fallait bien que quelqu'un vous sorte de ce pétrin.

Olivier soupira.

— J'ai envie de t'embrasser, là.

— Hé ! s'écria Irene en agitant la main vers Olivier et Emilio. Si vous voulez vraiment nous remercier, rendez-vous utiles !

— Oui.

Olivier prit fermement appui sur ses pieds et se concentra sur la créature en face de lui. Ignorant sa fatigue, il posa la main par terre et s'accrocha par la pensée à une des racines d'un arbre voisin, qu'il souleva aussitôt. La racine vacilla, mais Olivier garda le contrôle et l'envoya sur la créature afin de lui enserrer la taille.

La bête esquiva au dernier instant.

— La vache, pesta-t-il. Ces saloperies sont plus rapides qu'elles n'en ont l'air.

— Merde, où est August ? cria Masika tout en dressant une barrière de protection autour d'eux.

— Il s'est peut-être fait prendre, osa Emilio. Il a dit qu'il ramenait Wren à Pettyworth.

— Il a peut-être épuisé toute sa réserve de magie spatiale, ajouta Olivier, qui essayait toujours d'attraper la créature. S'il a dû marcher jusqu'à Pettyworth, il en a pour un moment.

— Ou bien, il nous a abandonnés, répliqua Irene. Ce qui était prévisible.

— Il ne ferait pas ça, riposta Olivier.

Comme personne ne le soutenait, il regarda les autres d'un air éploré.

— Pas vrai ?

Ils restèrent un instant silencieux.

— J'ai une théorie qui peut nous aider, reprit ensuite Emilio. Ou pas.

— Vu la horde de créatures maléfiques qui nous encerclent là maintenant, moi, je suis preneuse, lui répondit Masika.

— La première créature était bien plus grosse, n'est-ce pas ? Et un peu différente. Elle semblait plus vivante. Et si ces versions-là n'étaient en fait pas réelles ? Simplement une illusion créée par la vraie créature pour nous occuper pendant qu'elle part à la recherche d'August et de Wren. (Devant leur air perplexe, il soupira.) Réfléchissez. On est en sous-nombre et, pourtant, elles ne nous attaquent pas. Elles ne font que nous tourner autour. Regardez.

Il avait raison. Les créatures se déplaçaient, mais sans se rapprocher.

— Si ce ne sont que des illusions, elles ne peuvent pas nous faire de mal, murmura Olivier en reposant sa racine. C'est comme ça qu'on a vaincu la créature dans le labyrinthe. En répliquant Irene.

— Exactement, acquiesça Emilio.

— Et comment veux-tu qu'on teste cette théorie ? demanda Masika.

— Eh bien… hésita Emilio en se grattant la nuque. On part en courant ? Si on les traverse, c'est que j'ai raison. Ce sont des illusions. De la poudre aux yeux.

— Et si ce n'est pas le cas ? enchaîna Irene.

— On verra le moment venu ? répondit-il en grimaçant.

Ce n'était pas une bonne idée. Ce n'était même pas une idée. Mais ils n'avaient rien de mieux.

Masika poussa un long soupir.

— Moi, je dis, on y va.

Ils échangèrent un regard. Un moment de doute.

Puis ils s'élancèrent.

Emilio retint sa respiration en s'approchant de la première créature d'ombres.

À son grand soulagement, il passa au travers, vit sa silhouette se désintégrer sous ses yeux. Il était de l'Autre Côté, à présent, et il transperça une autre ombre, et encore une autre – ce n'était que de la vapeur et des effets de couleur.

Il avait eu raison.

Emilio vit les visages de ses camarades se métamorphoser.

— Tu es un imbécile génial ! s'exclama Irene, radieuse.

Olivier gloussa de bonheur et glissa son bras sur l'épaule d'Emilio, manquant de le faire tomber. Masika semblait soulagée. Elle esquissa un sourire. Ils étaient près de la cour principale au pied des résidences quand quelque chose hurla au-dessus de leurs têtes.

La créature d'ombres.

La vraie.

— Oh ! oh, marmonna Irene en rallumant sa magie. Elle nous a retrouvés !

Olivier leva les yeux. Son sourire disparut. Tous les quatre s'arrêtèrent brusquement et la bête fondit sur eux. Ses ailes étaient si larges qu'elles pouvaient les envelopper complètement.

— Baissez-vous ! cria Masika.

Ils se jetèrent par terre. Emilio plaqua les mains sur sa nuque, enfonça la joue dans l'herbe et ferma les yeux.

Encore une fois, il attendit. Attendit l'obscurité oppressante, la pression écrasante. Encore une fois, rien ne vint.

Lorsqu'il rouvrit les yeux, il vit une lumière blanche aveuglante se diriger vers la créature pour les protéger de ses griffes pointues. Stupéfait, il se redressa sur ses coudes. August se tenait à quelques mètres de là, les mains tendues. Des particules de magie émanaient de tout son corps.

August poussa un cri de rage et élargit le faisceau de lumière. La créature hurla, tenta de forcer la barrière de protection. Une décharge de terreur traversa Emilio. *Ça ne va pas tenir.* August était exténué. Son séjour dans l'Éther l'avait vidé. Il n'était pas en mesure de neutraliser tout seul cette créature.

Soudain, une deuxième vague de magie surgit derrière August – un déferlement ondulant d'ombres, cette fois puissant et compact, qui percuta la créature. Aussitôt, cette dernière explosa, réduite en cendres.

Les poussières leur retombèrent dessus, maculant de suie la peau d'Emilio. Les autres levèrent la tête, perplexes. August semblait tout aussi surpris. Il tendit la main, récolta quelques flocons noirs.

Emilio s'apprêtait à parler quand quelque chose derrière August attira son attention.

Non, pas quelque chose. Quelqu'un.

Une vague de surprise parcourut le groupe quand ils comprirent. Derrière August, entourée d'un nuage de magie d'ombres résiduelle, se trouvait Louise. Qui tremblait, le visage livide.

Elle baissa la tête, observa ses mains, comprit ce qu'elle avait fait.

Ses lèvres se mirent à trembler. Ses yeux roulèrent dans leurs orbites. Elle vacilla.

August la rattrapa avant qu'elle ne tombe, et elle s'écroula mollement dans ses bras.

Au même instant, une colonne de fumée naquit, semblant chargée de puissance. Le proviseur Silas. Il observa les élèves, le visage inexpressif.

— Eh bien, soupira-t-il. Je crois qu'il vaut mieux que vous me suiviez.

36

AUGUST

Il avait besoin de s'asseoir.

August s'agrippa à l'un des bancs et s'efforça de calmer sa respiration : inspirer pendant quatre temps, expirer pendant quatre temps. La dernière chose qu'il voulait, c'était s'effondrer devant les autres. Ils ne le lui feraient jamais oublier.

Après son apparition sur le champ de bataille, le proviseur Silas les avait transportés dans le Bureau Opale pour discuter des événements. Il avait même envoyé un Maître chercher Wren à Pettyworth afin de connaître toute l'histoire. Ils étaient à présent éparpillés dans la pièce. Masika et Irene étaient avachies sur un des sièges à l'avant, Olivier et Emilio quelques rangs derrière. Wren était assise à côté de Louise et avait gentiment posé le bras autour de ses épaules. Préférant garder ses distances, August avait choisi de s'installer à l'opposé.

Au début, personne ne parla. Un silence glaçant enveloppait la salle, à peine brisé par le gémissement du vent dehors. Silas, qui se tenait devant la porte dorée cintrée menant à l'Éther, les fixait avec attention, immobile, attendant visiblement que quelqu'un craque.

Sans surprise, ce fut Irene.

— On va rester là toute la nuit à se regarder dans le blanc des yeux ?

Silas soupira.

— Ça ne tient qu'à vous.

— On vous l'a dit. On ne sait pas ce qui est arrivé, répliqua Masika. La créature d'ombres est sortie de nulle part.

— Je sais d'où est venue la créature, l'interrompit Silas.

Les élèves tressaillirent, regardèrent autour d'eux. Même August ne put cacher sa stupeur.

— Elle a suivi miss Loughty depuis les Terres d'ombres.

— Mais comment Wren a-t-elle pu y atterrir ? demanda Olivier. N'y a-t-il pas des mesures pour empêcher cela ?

Silas hocha la tête. Une ombre traversa son regard.

— Si. Ou, plutôt, il y en avait. (Il soupira de nouveau, se frotta le visage, exaspéré.) C'est pour cette raison même que la Décade est si importante. Qu'il est impératif de créer une force opérationnelle contre l'Ordre des Desmions. Ils... Ils détruisent nos barrières de protection. Affaiblissent notre système de défense.

— Mais n'est-ce pas vous qui installez ces barrières ? s'écria Irene d'un ton amer.

Un autre silence s'abattit sur la pièce lorsque Silas s'écarta de la porte qui menait à l'Éther. Il reprit la parole d'une voix autoritaire, rappelant la puissance qui couvait sous la surface.

— Si, miss Bamford. Et elles ont protégé Blackwood pendant bien plus d'années que vous ne pouvez l'imaginer. Mais tout a un point de rupture. Et nous avons atteint le nôtre. (Ses paroles résonnèrent dans la salle.) L'Ordre des

Desmions projette une attaque depuis des années. Je le sens. Si on n'agit pas maintenant, je crains que, lorsque l'heure viendra, on ne soit pas prêts.

Emilio frissonna.

— Si vous savez d'où vient la créature, qu'est-ce que vous nous voulez ?

— La créature a été façonnée avec de la magie d'ombres. Pour la détruire, il faut pouvoir lui opposer la même quantité de pouvoir et de magie. (Silas parcourut le groupe du regard.) J'ai besoin de savoir qui l'a vaincue.

August se tourna aussitôt vers Louise. Elle était pâle et claquait des dents. Puis il laissa ses yeux survoler les autres. Ils semblaient tous penser la même chose. S'ils avouaient la vérité à Silas – que Louise avait, sans qu'ils sachent comment, généré cette magie d'ombres –, qui sait ce qu'il adviendrait d'elle ?

August soupira. Puis il se leva lentement et le banc grinça derrière lui.

— Nous ne savons pas qui l'a terrassée.

Silas inclina la tête.

— Vraiment ?

— J'ai essayé d'abattre la créature avec un faisceau de magie corporelle, mais je n'étais pas assez fort. Et, tout à coup, elle a… (August claqua des doigts) … disparu.

Silas poussa un soupir d'exaspération.

— Ainsi, personne ne sait qui a détruit la créature ?

Emilio secoua la tête.

— Je n'ai pas vu grand-chose. Mais il n'y avait personne d'autre.

— Moi non plus, renchérit Olivier.

Silas braqua son regard sur Irene et Masika, qui se contentèrent de secouer la tête.

— Je vois… déclara le proviseur en retirant ses gants en cuir. Il semble donc que la menace qui pèse sur Blackwood soit encore plus forte que je ne le pensais. Parce que si nous ignorons qui a vaincu la créature, cela signifie que cet individu est quelque part sur le campus. Tapi dans l'ombre. Caché dans un recoin. (Il observa sa montre de gousset et jura sous cape.) Je dois me rendre au Conseil pour informer ses membres de l'attaque. Encore une fois, je suis désolé de vous demander de garder le secret. Nous allons enquêter davantage sur le sujet, mais nul besoin d'inquiéter vos camarades avec tout ça tant que nous n'avons pas de réponses claires.

Ils acquiescèrent à l'unisson.

— Très bien, continua Silas en refermant sa montre. Vous avez une semaine pour vous reposer et vous préparer à la prochaine épreuve. En attendant, je vais faire ce que je peux pour contenir la menace. Bonne chance, candidats.

Sur ce, il disparut dans un nuage de fumée noire.

Tous restèrent silencieux. August s'apprêtait à quitter le Bureau Opale au plus vite quand une voix le retint.

— Wren Loughty, lança Irene en se dirigeant vers celle-ci et Louise.

Elle faisait tourner un poignard entre ses doigts.

— Je suis choquée. Je m'attendais à ce que les autres mentent, mais toi ? (Elle pointa le bout de la lame vers Wren et lui adressa un sourire moqueur.) Je suis agréablement surprise.

Les traits de Wren se durcirent.

— Si tu as quelque chose à dire, dis-le.

— Oh, ne fais pas l'idiote, ricana Irene. Tout ça est lié à la nuit de… *tu sais quoi*.

Elle avait murmuré les trois derniers mots et désigné Louise, qui tressauta.

— C'est elle qui a libéré la magie d'ombres. Je le sais.

À ces mots, les autres se raidirent. Silas était certes parti mais d'autres les espionnaient peut-être. Même prononcer ces paroles semblait risqué.

— Et que comptes-tu y faire, Irene ? demanda August en bondissant jusqu'à elle, la surplombant et la toisant avec défiance. C'est quoi, ta grande idée ? Tu vas la menacer ? L'obliger à te dire la vérité ?

— On fouille le cerveau de Louise, répondit Irene sans hésitation. On explore ses souvenirs. On envahit son inconscient jusqu'à découvrir ce qu'il se passe là-dedans. Si elle nous cache des choses, si elle appartient à l'Ordre, on le saura.

Louise poussa un hoquet de terreur et agrippa ses genoux.

Dans un élan protecteur, Wren se leva.

— Jamais de la vie. C'est une violation de son intégrité personnelle. De plus, ça risque de lui griller le cerveau. Elle pourrait se retrouver à l'infirmerie pendant des mois.

— Je suis d'accord avec Wren, marmonna Olivier, méfiant. On ne peut pas sonder ses pensées.

— L'heure n'est pas à la morale, railla Irene. On parle de choses qui échappent à notre contrôle. Au-delà de nos compétences. Et si la nouvelle a des informations utiles cachées quelque part sous son crâne, il faut qu'on le sache.

— Elle a raison, intervint Masika en grimaçant (elle ne semblait pas ravie). Si on ne dit pas la vérité à Silas sur ce qu'on a vu, on a quand même besoin d'en savoir plus. Parce que, et ça me tue de l'admettre, je n'ai pas le sentiment qu'on soit au bout de nos peines. Au contraire. (Elle s'interrompit, parut hésiter, puis reprit.) Je pense que ce n'est que le début.

Ses paroles furent accueillies par un autre silence tendu. Puis :

— Je ne contrôlais rien.

Ils sursautèrent. Les mots qu'ils venaient d'entendre avaient été prononcés par la seule personne qui n'avait pas parlé depuis une heure.

— Je la sentais, continua Louise à voix basse, les yeux remplis de larmes. La magie d'ombres. Elle… Elle a jailli de moi. J'ai vu que vous aviez des ennuis et… j'étais désespérée. (Elle avait beaucoup de mal à parler, à se confier.) Je ne sais pas comment j'ai fait. Mais je vous le jure : je n'appartiens pas à l'Ordre des Desmions.

— Tu sais comment tu as fait pour déclencher cette magie d'ombres ? lui demanda Wren avec douceur.

— Non, bafouilla Louise. C'était une sorte de réaction involontaire. Je cherchais un moyen de vous aider… et c'est arrivé.

— Mais comment as-tu su qu'on avait des ennuis ? demanda Masika.

Louise rougit.

— Eh bien, je suis sortie en cachette pour voir la fin de la deuxième épreuve. J'avais entendu dire que les candidats allaient arriver près du portail et j'ai pensé que, si j'attendais dans les parages, je vous verrais défiler.

— Et tu as vu la créature nous attaquer, comprit Olivier.

— Oui. Je ne vous connais pas bien, mais Wren est mon amie. Et même si ce n'est pas évident pour tout le monde, elle s'inquiète pour vous. Je voulais simplement l'aider.

Sa voix s'était transformée en sanglots.

Wren se précipita et enveloppa Louise de ses bras. Quelque chose de vif et de désagréable transperça August. Un mélange étrange de jalousie et de peur qui lui donna envie de disparaître.

— Tu as fait ce qu'il fallait pour nous sauver, murmura Wren. Tu nous as aidés.

Irene poussa un soupir agacé.

— OK, ça va. Raccompagnons-la dans sa chambre. Ça me soûle, tous ces épanchements.

Olivier posa la main sur l'épaule de Louise.

— On peut l'emmener. Elle loge comme nous à Litterman.

— Un instant, intervint Masika. Et Silas ? Qu'est-ce qu'on lui dit ?

Ils se regardèrent, mal à l'aise.

Louise se racla la gorge.

— J'imagine que je n'ai pas forcément voix au chapitre, mais je préférerais que vous ne disiez rien. Du moins, pour l'instant.

— Et pourquoi ? demanda Irene en plissant les yeux.

— Parce que je ne sais pas ce qui ne va pas chez moi, admit Louise. Je sais que je ne devrais pas pouvoir générer de la magie d'ombres, or je l'ai fait. Et le proviseur Silas tient vraiment à protéger Blackwood, tout en maintenant l'ordre et l'équilibre. S'il découvre ce dont je suis capable, alors…

Elle laissa sa phrase en suspens, mais August avait parfaitement compris.

Il l'accusera d'appartenir à l'Ordre des Desmions.

— Moi, je vote pour qu'on garde ça pour nous, déclara Wren. Du moins, pour le moment. On peut enquêter de notre côté. Chercher une explication. Si, à la fin de la semaine, on n'a pas plus de réponses (elle regarda Louise, qui hocha légèrement la tête), on en parle à Silas.

— Ça me va, annonça Emilio.

— Pareil, enchaîna Olivier.

Masika se tâta puis soupira.

— OK, ça marche.

Irene leva les yeux au ciel.

— Je persiste à dire que c'est une très mauvaise idée, mais OK.

August était le dernier à répondre.

Il observa Louise. Plongea les yeux dans les siens.

— On ne dira rien. Mais sache qu'on trouvera une explication. Donc, si tu sais quelque chose d'autre sur la magie d'ombres, quelque chose qui nous permettrait de comprendre comment tu as pu la manipuler, dis-le-nous.

Louise secoua la tête.

— Je vous le promets. Je ne sais pas.

August acquiesça et se détourna.

— Alors on est tous d'accord.

Après quelques au revoir échangés, Emilio et Louise s'éloignèrent en direction de la sortie, Olivier et Masika derrière eux. Irene hésita, son regard oscillant entre Wren et August. Puis elle se résigna à suivre les autres et referma la porte derrière elle d'un geste rapide du poignet.

August traînait. Il fit tourner l'anneau sur son doigt jusqu'à être sûr que tout le monde soit parti.

Wren n'avait pas bougé. Elle avait les yeux rivés sur la porte menant à l'Éther, mais August savait qu'elle avait noté sa présence. Il le vit à la raideur de son maxillaire inférieur, au léger tremblement de ses lèvres.

Puis elle parla :

— Tu as quelque chose à me dire ?

Les doigts d'August se figèrent sur son anneau.

— Je… (Les mots restèrent bloqués dans sa gorge. Il prit une grande inspiration.) Je voulais m'assurer que tu allais bien. Vu tout ce qui s'est passé.

Elle pencha la tête sur le côté. Un rire tendre lui échappa.

— Parce que tu te soucies de moi ?

August ne put se retenir, et il éructa, rude et orgueilleux :

— Putain, Loughty, t'as un sacré culot ! T'as déjà oublié que c'est moi qui t'ai trouvée ? Qui t'ai sortie de là ?

— Pourquoi tu m'as sauvée ? l'interrogea-t-elle en s'approchant de lui. Explique-moi. J'avoue, j'ai du mal à comprendre. On est en compétition, non ? Pourquoi n'as-tu pas saisi cette occasion pour m'éliminer ? Pourquoi m'as-tu sauvée ?

— Je t'ai sauvée, répondit-il, la mâchoire serrée. Ça ne te suffit pas ?

— Je mérite une explication.

Évidemment, qu'elle méritait une explication, mais qu'est-ce qu'August pouvait lui offrir d'autre qu'une vérité traumatisante qui ne cesserait de la hanter ? Qu'une immense déception ? Il n'existait pas de mots en ce bas monde permettant de tout améliorer.

Il fit un pas en avant et effleura son poignet du bout des doigts. À peine une caresse. Mais cela suffit à déclencher un tremblement dans tout son corps. Ce genre de réaction, ça pouvait le rendre fou. Wren se tendit. Un long frisson familier lui parcourut le bras.

Elle ferma les yeux.

— August, arrête. Tu évites la question.

— Tu sais que je ne peux pas répondre.

Il se mit à dessiner des cercles sur son poignet. Chaque centimètre de peau qu'il touchait faisait voler en éclats les barrières qu'il s'était imposées. Brisait une promesse.

— Aucune explication ne suffira. Ça ne te satisfera pas. Je ne peux… Je ne peux pas te donner ce que tu veux.

Une émotion à la limite de la souffrance se peignit sur son visage.

— Tu ne sais pas ce que je veux, murmura-t-elle.

Tout à coup, August la lâcha. Il recula, mit de la distance entre eux.

— Ma chère Loughty, dit-il avec douceur, je te connais mieux que personne. Chaque particule de ton âme. C'est ma plus grande faiblesse.

Elle fouilla son regard. Tout son être irradiait de désespoir.

— August.

Il se détourna.

— Je dois y aller.

Un silence assourdissant les enveloppa, lourd de tous les mots qu'ils refusaient de se dire.

— D'accord.

Elle le contourna. Ses doigts frôlèrent les siens alors qu'elle passait devant lui.

August avait déjà pensé que Wren ressemblait à un ange. Par exemple, la fois où il l'avait vue en train de lire sous un arbre. La brume du soir enveloppait ses cheveux auburn qui tombaient sur ses épaules. Ou quand il l'avait surprise s'entraînant pour un examen. Elle avait le front plissé de concentration, les bras recouverts de filaments dorés. Il y avait même eu des occasions où cette pensée lui avait traversé l'esprit alors qu'elle appuyait une arme sur sa gorge. Mais ce fut en cette seconde, alors que la lumière argentée de Blackwood se reflétait sur son visage et que sa silhouette disparaissait dans les ombres, qu'il sut avec certitude que Wren était un ange dans tous les sens du terme – vengeur, dévastateur, sublime.

Dangereux.

— Bonne nuit, August.

Il enfouit les mains dans ses poches et la regarda s'éloigner.

— Fais de beaux rêves, Loughty.

Il n'alla pas se coucher immédiatement. Il ne parvenait pas à faire taire les pensées qui l'assaillaient, ces pensées incontrôlables qui le rongeaient comme une maladie incurable. Et alors qu'il se tenait là, cherchant à comprendre comment il avait pu oser la toucher de manière aussi effrontée, il ne put s'empêcher d'écouter l'autre moitié de son cerveau. La moitié qui lui enjoignait de lui dire que la seule chose qui occupait son esprit, la seule chose à laquelle il rêvait, c'était elle. À l'instant où elle était apparue devant lui, à l'instant où il l'avait vue, il avait compris, sans le moindre doute, que Wren Loughty serait la force inébranlable qui changerait à jamais la trajectoire de sa vie.

PARTIE V

LE COMMENCEMENT

37

IRENE

Le tic-tac de l'horloge allait la rendre folle.

Elle avait à peine dormi, ces derniers jours. L'imminence de la troisième épreuve l'inquiétait, tout comme l'attaque de la créature d'ombres. Quand elle fermait les yeux, elle la voyait encore. L'immensité obscure. Les ombres ondoyantes formant des ailes pointues. Sans parler de la démonstration de magie d'ombres de Louise peu après. En dépit du choc qu'elle avait ressenti en voyant la nouvelle manipuler cette magie obscure, elle devait admettre que cela l'avait épatée.

Impressionnée, même.

Emilio avait passé les derniers jours caché entre les rayons de la bibliothèque, le nez plongé dans des manuels et des parchemins anciens. Malgré son obstination, à la limite de l'obsession, il n'avait pas encore trouvé d'explication au pouvoir de Louise. Irene commençait à craindre que leurs efforts ne soient vains. Si même Emilio ne parvenait pas à dénicher ce qu'ils cherchaient, quels espoirs avaient-ils ? Louise avait tenté de libérer de la magie d'ombres une deuxième fois, sous la surveillance de Wren, pendant une de leurs séances d'entraînement, et *rien*. Elle n'arrivait pas à puiser dans la source de magie qu'elle avait utilisée le soir de l'attaque.

Ils s'étaient donné une semaine pour faire leurs recherches. Si, à cette échéance, ils n'avaient pas de pistes intéressantes, alors ils iraient voir Silas, et tant pis pour Louise. Cela signifiait qu'il leur restait deux jours. Deux jours pour obtenir des réponses.

Si ça ne tenait qu'à elle, ils passeraient tout leur temps à enquêter sur la magie d'ombres, sa provenance, son utilisation. Mais il y avait un petit problème.

Le bal de la Décade.

Ils ne pouvaient pas y échapper. Ce soir, ils seraient obligés de porter des vêtements ridicules et de tourbillonner dans la salle des banquets tout en affichant leurs plus beaux sourires de gagnants. Au lieu de parfaire leurs connaissances, il leur faudrait bavarder de tout et de rien. Au départ, Irene avait été contente de s'y rendre, ne serait-ce que pour briser quelques cœurs et causer des ravages, mais que ce soit obligatoire gâchait tout.

Par ailleurs, sa plaie au ventre n'était toujours pas guérie. De temps en temps, une douleur vive la transperçait, comme un rappel cuisant de la faiblesse désormais incrustée dans sa chair.

Néanmoins, elle était toujours là – toujours dans la compétition.

Georgia et Tristan avaient été éliminés après la deuxième épreuve. Silas avait été vague dans ses explications – ils avaient apparemment glissé à travers un obstacle élémentaire. Carter et Josie semblaient très affectés par la disparition de leurs partenaires. On leur avait dit qu'ils risquaient de mettre des mois avant d'aller mieux, et tout le monde savait que quelques mois à Blackwood pouvaient parfois paraître une éternité.

Irene, pour sa part, s'en fichait complètement.

Deux autres candidats en moins, cela signifiait qu'elle était un peu plus près de la victoire.

Après avoir terminé ses cours de la journée, Irene retourna dans sa chambre et s'écroula sur la couverture en velours posée sur son lit. Du bout des doigts, elle tripotait par habitude son médaillon. La fenêtre était entrouverte et une douce brise pénétrait dans la pièce. Au loin, elle entendait le murmure incessant des autres élèves. Leurs voix étouffées se mêlaient au vent. Le feu dans la cheminée crépitait, de la fumée dansait au-dessus des braises.

Elle n'avait pas appelé Mateo depuis qu'il lui avait donné le pendentif. Elle n'aurait su dire pourquoi, sans doute était-elle tiraillée entre le désir d'en savoir plus et une méfiance innée qui la retenait. Rejoindre l'Ordre des Desmions, c'était une décision sur laquelle elle ne pouvait pas revenir. Et si elle prenait cette décision irrévocable, elle voulait être sûre que c'était son choix, et pas celui d'un autre.

Cependant, si quelqu'un avait des réponses concernant Louise, ce serait certainement lui.

Avant même qu'elle ne puisse rassembler son courage pour prononcer son nom, la porte de sa chambre s'ouvrit et une voix agacée mais familière brisa le silence.

— Je ne lui fais tout simplement pas confiance.

Masika débarqua dans la pièce tel un ouragan d'énergie et de stress. Elle se mit à faire les cent pas devant la cheminée et à agiter les bras.

— Son histoire ne tient pas la route. Je n'arrive pas à mettre le doigt dessus mais…

— Masi, s'il te plaît, la coupa Irene en se redressant. Ralentis.

— Louise, reprit Masika en se passant la main dans les cheveux, tu crois vraiment qu'elle ne sait pas utiliser sa magie d'ombres ? Enfin, réfléchis. En principe, on ne peut pas se servir de magie d'ombres sans perdre son humanité. Ce qui signifie que soit Louise a trouvé un moyen de contourner cette loi sacrée, soit c'est un Desmion et elle nous ment.

— Attrape.

Sans prévenir, Irene lança à Masika le poignard niché sous son oreiller. La lame tournoya dans l'air à une vitesse dangereuse.

Masika s'écarta au dernier moment.

— Irene ! protesta-t-elle en délogeant le poignard du mur derrière elle. Tu peux cesser ton numéro de sale gosse pendant un instant et m'écouter ?

Irene haussa les sourcils et feignit la surprise.

— Eh bien, dis donc. Tu es de sacrée mauvaise humeur.

— Louise nous ment, s'énerva Masika.

Irene se leva et s'avança lentement vers son amie.

— Non.

— Comment peux-tu en être sûre ?

— Je le sais.

— Mais comment tu le sais ?

— J'ai fouillé ses pensées.

Masika en resta bouche bée.

— Tu as recouru à la magie psychique ? Alors que tout le monde t'avait dit de ne pas le faire ?

— Oh, ne fais pas ta mijaurée, s'indigna Irene.

Elle prit le couteau des mains de Masika et le lança vers le plafond. Il s'immobilisa, en suspens dans l'air.

— Tu étais d'accord avec moi, non ?

Masika se mordit l'intérieur de la joue. Qu'Irene ait passé outre à la décision collective lui déplaisait fortement. D'un autre côté, à quoi s'était-elle attendue ? Irene n'allait pas risquer de tout perdre simplement parce que les autres, qui étaient tous des lâches, refusaient de faire ce qu'il fallait faire. Après que tous avaient quitté le Bureau Opale pour retourner dans leurs chambres, Irene s'était faufilée jusqu'à celle de Louise et avait sondé son cerveau pendant qu'elle dormait.

— Et alors ? soupira Masika. Qu'est-ce que tu as vu ?

— Un grand tas de rien. (Le poignard lui retomba dans les mains.) Quelques vagues pensées sur sa famille. En tout cas, rien qui soit en rapport avec la magie d'ombres. Il semblerait qu'elle ne sache vraiment pas comment elle a pu la manipuler.

Cela avait été très décevant. Irene avait espéré trouver quelque chose – un bon gros mensonge, un truc avec lequel elle aurait pu la faire chanter –, mais cette fille était aussi nulle qu'elle en avait l'air.

— Je n'y crois pas, contra Masika. Je le sens dans mes tripes. Je sais que l'Ordre des Desmions est à l'œuvre.

Irene prit conscience du médaillon pendu à son cou – c'était un fardeau subitement trop lourd à porter. Masika ne pouvait pas le voir, Mateo l'avait enchanté, mais elle craignait quand même que Masika ne le sente. S'il y avait bien une personne capable de discerner les plus grandes peurs d'Irene, c'était Masika.

— Masi, reprit Irene en posant les mains sur ses épaules, je crois que tu prends tes fantasmes pour la réalité. Tu réfléchis trop, comme d'habitude. Et puis, de toute façon, j'ai des choses plus importantes à l'esprit.

Elle se dirigea vers sa penderie, ouvrit les grandes portes en bois. À l'intérieur, se trouvait une robe scintillante d'un indigo profond.

— Comme mettre cette robe et être ridiculement sexy.

Masika ne répondit pas. Elle semblait loin. Puis elle cligna des yeux et recula vers la porte.

— Je reviens tout de suite, marmonna-t-elle.

— Comment ça ? protesta Irene. Le bal commence dans une heure !

Masika l'ignora et posa la main sur la poignée.

— Je serai de retour avant.

— Masika Sallow, je t'interdis de me faire faux bond !

Masika agita les doigts en sortant.

— Réserve-moi une danse !

Irene leva les yeux au ciel et tomba en arrière sur son lit. Pour qui Masika la prenait-elle ? Elle savait qu'elle mijotait quelque chose. D'ordinaire, Irene aurait choisi de suivre discrètement son amie pour voir ce qu'elle tramait, mais là, elle était contente d'avoir un peu de temps à elle.

Elle avait besoin de parler à quelqu'un.

Elle ouvrit le médaillon. À sa grande surprise, elle crut l'entendre pousser un soupir – mais peut-être l'avait-elle imaginé ? C'était comme si quelqu'un l'appelait.

Elle ferma les yeux et murmura son nom.

— Mateo.

Lorsqu'elle les rouvrit, elle n'était plus seule.

— Tu es là.

Mateo était adossé à la porte de sa chambre et lui souriait gentiment.

— Tu as prononcé le mot magique.

Il était tout de noir vêtu – un pantalon sombre, un tee-shirt charbon. Les ombres courant dans ses veines étaient très visibles.

L'instant s'étira entre eux. Irene prit appui sur ses coudes.

— Parle-moi de la créature d'ombres.

Le sourire de Mateo s'accentua. Des fossettes apparurent sur ses joues.

— Il va falloir que tu sois plus précise.

— Tu sais très bien de quoi je parle. C'était *quoi*, ce truc ? Et qui l'a fait entrer dans Blackwood ?

Mateo ne répondit pas. Il se contenta d'avancer vers elle et de faire tourbillonner des ombres entre ses doigts.

— Tu sais quoi, Irene ? dit-il ensuite d'une voix grave, légèrement menaçante. Tu poses beaucoup de questions pour quelqu'un qui n'a pas encore accepté de nous rejoindre.

Il voulait l'intimider, c'était clair. Et si une légère appréhension la prenait à la gorge, il faudrait plus que quelques ombres pour la faire trembler.

— Et toi, tu es bien cachottier pour quelqu'un que je pourrais facilement dénoncer, répliqua-t-elle sans hésiter. Tu sais qu'il me suffirait d'aller voir Silas et de lui révéler qu'il y a un Desmions dans ma chambre ?

Mateo ne tressaillit pas. Curieusement, son visage s'adoucit. Son sourire moqueur se transforma en sourire complice.

— Tu ne ferais pas ça.

— Comment peux-tu en être sûr ?

— Parce que. Tu veux ce que j'ai à te proposer.

Il réduisit la distance entre eux et s'assit à côté d'elle sur le lit. Elle n'eut pas le temps de lui demander ce qu'il faisait qu'il lui prit la main et l'ouvrit. Les ombres dansant autour de ses doigts glissèrent jusqu'à sa paume.

— Que tu l'admettes ou pas, tu sais que ce que Blackwood aura à t'offrir si tu remportes la Décade ne te suffira pas. Tu es une battante, Irene. Une survivante. (Il balaya la pièce du regard et plissa le front.) Tu espères vraiment me faire croire que *ça*, ça va te combler ?

Irene ne put répondre.

Mateo soupira. Les ombres disparurent. Puis il la dévisagea et ramena une mèche de ses cheveux derrière son oreille. La tendresse surprenante de son geste faillit lui couper le souffle.

— Ce n'était pas moi, confia-t-il dans un murmure. Si c'est ça que tu voulais savoir.

Irene cligna des yeux.

— Quoi ?

— La créature d'ombres, reprit Mateo. Ce n'est pas moi qui l'ai fait entrer dans Blackwood.

— Alors qui ?

Il ouvrit la bouche, prêt à répondre, mais se ravisa. Au lieu de quoi, il émit un petit rire et se leva lentement en secouant la tête. Il s'avança ensuite jusqu'à la fenêtre et observa les élèves qui vaquaient à leurs occupations en dessous.

— Au fait, tu as été remarquable, continua-t-il en se tournant vers elle.

Quand Irene comprit à quoi il faisait référence, elle frémit.

— Je n'ai pas envoyé la créature d'ombres mais j'ai tout observé. La façon dont tu t'es battue. Ta technique. Tu es sans pitié. (Il sourit.) Magnifique.

Irene leva les yeux au ciel.

— La flatterie ne te mènera nulle part.

— C'est bien ce que j'espère, répondit-il avec un rictus.

Il y avait plus à dire. Des mots tus qu'il était trop tôt pour prononcer. Et bien qu'Irene sût que cette petite voix persistante dans sa tête, celle qui lui criait de les rejoindre, n'allait pas disparaître, elle n'était pas encore prête à se détourner de Blackwood.

Pas encore.

— Tu devrais y aller, déclara-t-elle en regardant ailleurs. Masika va bientôt revenir.

— Bien sûr, répondit-il en hochant la tête. Le bal de la Décade. Comment pourrais-je oublier ?

— Je te rappellerai, continua-t-elle en tripotant son médaillon. Après la troisième épreuve.

— J'attendrai.

Un frisson lui parcourut l'échine. Même après qu'il eut disparu en un clin d'œil, elle sentait sa présence dans la pièce. Sa puissance, envahissante, inévitable, irradiait dans l'air, l'entourait comme une deuxième ombre. Elle la sentit ramper sur sa peau, se frayer un chemin dans son cerveau – un parasite insatiable.

Elle savait ce que réclamait cette puissance.

Elle voulait être reconnue. Revendiquée.

Elle voulait être utilisée.

38

MASIKA

Masika se précipita en bas de l'escalier de sa résidence, contourna la horde d'élèves qui se préparaient pour le bal et s'enfonça dans la nuit. La brume s'enroula autour de ses pieds en fines volutes. Elle n'y voyait pas grand-chose et fabriqua une flammèche dans sa paume afin d'éclairer le chemin devant elle.

Sa conversation avec Irene ne l'avait pas étonnée. Irene était un mur, une forteresse épaisse et imprenable. Elle changeait rarement d'avis. Par ailleurs, elle lui avait paru plus distante que d'habitude. Sa méfiance l'emprisonnait comme une cage en métal. Masika devait l'admettre : elle s'inquiétait.

Cependant, elle n'avait pas le temps d'analyser le comportement étrange d'Irene.

Elle avait une urgence à régler.

Sa conversation avec Irene lui avait rappelé que, parfois, mieux valait travailler seule. Et si Irene refusait d'enquêter davantage sur Louise, Masika, elle, comptait bien persister.

Elle s'arrêta devant le bâtiment de Litterman. Les portes étaient fermées, à cette heure-ci, les serrures verrouillées à l'aide d'un sort que seuls les Maîtres et ceux qui y résidaient pouvaient débloquer.

Elle opta donc pour un autre accès.

Elle marcha jusqu'au mur adjacent à la salle commune et créa une bourrasque à ses pieds qui l'éleva dans les airs et la fit atterrir sur un large balcon au premier étage.

Elle s'épousseta et jeta un œil à l'intérieur à travers la porte-fenêtre.

Ce fut alors qu'elle aperçut Emilio.

Accoudé à la rambarde de la mezzanine, il observait quelque chose au rez-de-chaussée. Il s'était débarrassé de son éternel pull en laine moche pour endosser une tenue plus formelle – un costume trois-pièces noir très élégant et une cravate émeraude. Mais ce qui attirait surtout l'attention de Masika, c'était le carnet sur lequel il était en train d'écrire.

Elle poussa la porte sans prévenir.

— Emilio.

Il sursauta et se tourna vers elle, l'air complètement affolé – on aurait dit un chiot perdu et paniqué.

— Masika, souffla-t-il en posant la main sur sa poitrine. Qu'est-ce que tu fais là ?

Elle s'approcha et regarda à son tour en bas. Louise s'était endormie sur le canapé de la salle commune. Elle était allongée devant le feu, les mains croisées sous sa nuque.

Très intéressant. C'était donc elle que contemplait Emilio.

— Tu l'espionnes ?

— Je… l'observe, hésita-t-il.

— Et qu'as-tu observé ? insista Masika, curieuse. Ça vaut la peine d'être partagé ?

Il voulut refermer son carnet et manqua de le faire tomber par terre.

— Non, pas vraiment.

— Oh, allez, Emilio.

— Eh bien… elle aime dessiner.

— Dessiner ? s'indigna-t-elle faussement. Vite, jetons-la tout de suite en prison.

Emilio fit la moue.

— Ce n'est pas tout. Elle passe beaucoup de temps à regarder par la fenêtre. Comme si elle attendait quelqu'un ou quelque chose. Un signal. (Il secoua la tête et tripota sa manche.) Je sais que c'est peu mais, franchement, c'est bizarre. Je n'ai jamais rencontré quelqu'un qui passait autant de temps à contempler le vide.

— Hormis toi, plaisanta-t-elle.

— Oui, dit-il en levant les yeux au ciel. Hormis moi.

— Je te charrie. En toute sincérité, reprit-elle d'une voix basse, c'est pour ça que je suis là. Pour l'espionner. Mais on dirait que tu t'en charges à ma place.

— Je le savais ! s'écria-t-il sans hausser la voix. *Je le savais*. J'ai essayé de faire part à Olivier de mon inquiétude. Il n'a rien voulu entendre.

— Des théories ?

— Non, pas vraiment, souffla-t-il, abattu. Mais j'ai une idée.

— Je suis tout ouïe.

— Tu as entendu parler de la section des Maîtres de la bibliothèque ?

— Oui, répondit-elle en levant les sourcils. L'accès est limité. On ne peut pas y entrer.

— Alors, oui, sauf que… moi, je peux, dit-il en souriant.

Elle le regarda, stupéfaite.
— Comment ?
Il glissa la main dans sa poche et sortit une clé en fer, qu'il fit tourner entre ses doigts.
— Je l'ai volée à Maître Wesley hier.
— Eh ben, dis donc ! le chambra-t-elle. Tu es plein de surprises !
Il rougit et remit la clé dans sa poche.
— Bref. Cette dernière semaine, j'ai lu le plus de livres possible sur la magie d'ombres. Et pour l'instant, rien. Mais j'ai entendu parler d'un ouvrage qui se trouvait dans la section des Maîtres. Un des textes originaux sur la magie d'ombres.
— Et tu prévois de le dérober ?
— Ce soir, acquiesça-t-il.
— Ce soir ? répéta Masika, étonnée. Mais tu ne peux pas rater le bal. On a signé le serment.
— Je sais, concéda-t-il. Je ferai vite. Personne ne saura que j'y suis entré. Et ensuite, j'irai à la salle des banquets. (Il désigna son habit en grimaçant.) Voilà pourquoi je suis déjà en costume.
— Tu crois que tu peux y arriver sans être vu ?
— Oui, répondit-il, et son assurance la surprit. S'il y a une chose que je maîtrise, c'est être si ordinaire que j'en deviens invisible.
— Emilio, protesta Masika en fronçant les sourcils. Tu n'es pas ordinaire.
— Oh, tu sais, ça va. J'ai accepté. (Il passa la main sur les pans de sa veste.) Certains sont nés pour être le centre de l'attention. Pour être des forces de la nature, brillants, incroyables. Et ça, ce n'est pas moi.
Masika secoua la tête.

— Tu ignores vraiment à quel point tu es extraordinaire. C'est même douloureux à voir.

Emilio eut un mouvement de stupeur. Puis il toussota et changea de sujet.

— Je… Euh… Je te dirai sans faute si je tombe sur quelque chose d'intéressant. Dès que je mets la main sur le livre, on peut se retrouver tous les six pour le lire. Et voir si on obtient enfin les réponses dont on a besoin concernant Louise.

— OK, répondit Masika.

Elle le contempla ensuite de la tête aux pieds.

— Ça te va bien. Tu es très élégant, très beau.

Il la fusilla du regard.

— Arrête de chercher à me faire rougir.

— Mais c'est tellement drôle ! gémit-elle en riant. Et puis, il faut que tu t'y fasses. J'en connais un qui va te noyer de compliments à l'instant où il te verra.

Emilio vira à l'écarlate.

— Est-ce que tout le monde est au courant ?

— Je le crains, oui.

Emilio se frotta les yeux avec le dos de la main.

— Je suis un idiot.

— Non. Au contraire, tu es un petit génie. Qui est aussi un humain.

Emilio grogna et s'affaissa sur la rambarde.

— Ne dis rien.

— Ton secret ne craint rien avec moi. Cependant, Emilio, reprit-elle en se dirigeant vers le balcon, je sais que notre existence est malheureusement éternelle et que le temps n'influence plus notre processus de décision, mais rends-toi service. Ne gâche pas une seconde de plus.

— Hein ?

— Dis-lui, supplia Masika. Arrête d'être lâche et dis simplement à Olivier ce que tu ressens.

Elle n'attendit pas de voir la réaction d'Emilio et bondit avec grâce du balcon pour atterrir sur le sol quelques mètres plus bas sans un bruit.

Elle avait souvent souhaité que quelqu'un fasse pareil pour elle. Même quand on a l'éternité devant soi, il est important de ne pas perdre de temps. Depuis son arrivée à Blackwood, elle avait appris au moins une chose, qu'elle ne comptait pas oublier : rien n'était plus dévastateur qu'une occasion manquée.

Rien n'était plus terrible que ces moments perdus à jamais.

39

EMILIO

Emilio ne cessait de repasser en boucle les paroles de Masika.

« Arrête d'être lâche et dis simplement à Olivier ce que tu ressens. »

C'était plus facile à dire qu'à faire. Notamment parce qu'il avait souvent du mal à comprendre ce qu'il ressentait.

Ça ne lui venait pas spontanément. Même dans sa vie d'avant. Et décortiquer les sentiments compliqués qu'il éprouvait pour Olivier était risqué – ça pouvait très mal se terminer. Ou, pire encore, il pouvait s'humilier royalement. Quand il s'autorisait à y penser, il avait l'impression d'être au bord d'un précipice – ce qui ne l'aidait pas non plus.

Qui pouvait savoir ce qui l'attendait tout au fond ?

Après le départ de Masika, Emilio passa encore quelques minutes à observer Louise. Elle s'agitait dans son sommeil, marmonnait des paroles inintelligibles. Au bout d'un moment, elle se réveilla et étira les bras au-dessus de sa tête. Emilio cessa de respirer, se demandant si elle allait faire quelque chose qui sortirait de l'ordinaire, mais elle se dirigea vers l'escalier en colimaçon qui menait aux chambres et disparut.

Emilio soupira. Autant passer à l'étape suivante de sa mission.

La bibliothèque.

Mais avant, il avait besoin de prendre quelque chose dans sa chambre.

C'était idiot. Une idée ridicule qui avait surgi dans sa tête plus tôt dans la journée et qu'il croyait avoir définitivement abandonnée. Mais, à la suite de sa conversation avec Masika, voilà qu'elle réémergeait. Il doutait de la mener à terme, cette simple pensée lui donnait envie de se désintégrer. Mais au cas où il parviendrait à rassembler suffisamment de courage, Emilio se précipita dans sa chambre et fouilla son bureau jusqu'à trouver ce qu'il cherchait.

Une violette.

Il l'avait cueillie en revenant à Litterman. Il avait eu l'impression de sortir de son corps, comme s'il avait été possédé par le fantôme de quelqu'un de bien plus téméraire que lui. Un instant il marchait, comme d'habitude, et le suivant, il prenait une fleur avec l'intention de l'offrir à Olivier. Il n'aurait d'ailleurs pas su dire d'où lui était venue l'idée.

De nouveau, la voix de Masika retentit : « Rends-toi service. Ne gâche pas une seconde de plus. » Il savait comment suivre ce conseil. Il donnerait la fleur à Olivier et l'inviterait au bal. Oui, d'accord, le bal commençait dans une heure, il s'y prenait très tard, mais peu importait.

La fleur dans la main, il ressortit dans le couloir. Malheureusement, il était tellement préoccupé qu'il ne vit pas Olivier qui s'avançait vers lui et le percuta de plein fouet.

Emilio recula, paniqué.

— Olivier… Qu'est-ce que tu fais là ?

— Et toi ? répondit Olivier en riant. Si je ne te connaissais pas mieux, je penserais que tu te rends quelque part en cachette.

— Non. Je…

Emilio prit tout à coup conscience de la fleur dans sa main, qui semblait lui rentrer dans la peau.

— C'est quoi ?

Emilio se figea.

— C'est quoi *quoi* ? demanda-t-il.

— Ça, désigna Olivier. C'est une violette ?

— Oui.

— OK, reprit Olivier, amusé. Et pourquoi tu l'as avec toi ?

— Je… bafouilla Emilio. (« Arrête d'être lâche. ») En fait, j'espérais…

— Attends. Tu as une cavalière pour le bal ? l'interrompit Olivier en se rapprochant. D'où la fleur ?

— Eh bien, c'est… Non…

— Mince. J'aurais dû y penser. Tu es censé offrir une fleur ou une boutonnière à ta cavalière, non ? Un de ces trucs kitsch et faussement romantiques ? (Olivier se maudit intérieurement et passa la main dans ses cheveux.) Scarlett va me tuer. Elle pense déjà que je suis le pire cavalier du monde parce que j'ai refusé de l'accompagner au bal.

Emilio sentit son ventre dégringoler dans ses talons.

Évidemment.

— Tu… Tu as une cavalière ? bégaya-t-il.

Olivier hocha la tête. Cependant, l'air soudain très nerveux, il se mit à tirer sur le col de sa chemise.

— Scarlett Byrne. Tu la connais, non ? Elle est dans notre cours d'obstacles élémentaires. Elle m'a pratiquement supplié pour que j'y aille avec elle. Soi-disant que je lui devais bien ça parce qu'elle m'a aidé lors du dernier examen de Birdie. (Il leva les yeux au ciel.) Enfin, je ne me plains pas, elle est sublime. Mais…

— Je dois y aller.

Emilio pivota sur ses talons et s'élança dans l'autre direction. Il écrasa la fleur dans sa main. Les pétales glissèrent entre ses doigts et s'écrasèrent par terre.

Qu'est-ce qui lui était passé par la tête ? Bien sûr qu'Olivier avait un rancard. Il aurait dû lui en parler plus tôt. Il aurait dû avoir le courage de…

— Attends ! lança Olivier en lui courant après. Tu vas où ?

— Je… (*Ne pleure pas, Emilio. Ressaisis-toi.*) Je dois faire une recherche de dernière minute.

— Eh bien, je vais venir avec toi.

Emilio laissa tomber les derniers pétales.

— Tu ne devrais pas plutôt rejoindre Scarlett ? Le bal commence bientôt.

Olivier soupira.

— Scarlett peut attendre. De toute manière, elle m'a uniquement demandé d'y aller avec elle pour rendre son ex jaloux.

Emilio s'immobilisa.

— C'est la seule raison ?

Olivier hésita. Puis il observa Emilio attentivement.

— Je ne peux pas parler pour Scarlett, reprit-il d'une voix enrouée, mais je peux affirmer, sans le moindre doute, que, pour ma part, ça ne représente rien. (Il fit un pas en avant, l'air soudain très sérieux.) *Rien.*

Emilio sentit le nœud dans sa poitrine se dénouer. L'étau se desserrer.

— Ah, d'accord, marmonna-t-il. En fait, j'allais m'introduire en douce dans la bibliothèque. J'en ai pour une minute.

— Emilio, murmura Olivier d'un air complice. Je t'ai corrompu !

— C'est pour notre enquête.

— Tu m'en dis plus ?

— Tu as combien de temps ?

— Pour toi ? L'éternité.

Ils traversèrent le campus dans la brume en direction de la bibliothèque. Ils marchaient en silence. Une tension étrange s'était installée entre eux et semblait imprégner l'air.

Olivier avait posé un pied sur les marches menant au bâtiment quand Emilio l'attrapa par le col et l'attira à lui.

— Où est-ce que tu vas ? siffla-t-il.

— Tu n'as pas dit qu'on allait à la bibliothèque ?

— Si, mais on ne peut pas entrer comme ça. C'est fermé. Il y a des sceaux de protection autour de l'entrée. Et des Valeureux qui montent la garde. (Il posa les mains sur la tête d'Olivier et la fit pivoter vers les portes.) Tu vois ? Ils sont deux.

Deux Valeureux se tenaient en effet côte à côte. Un garçon qu'Emilio reconnut vaguement, avec des cheveux roux et des taches de son, et une fille qui s'appelait Dylan Blatheson. Réputée pour être maligne et intelligente. Nommée pour la Décade cinq ans après son arrivée.

Leurs yeux irisés brillaient dans la nuit. Ils ressemblaient à deux prédateurs prêts à frapper.

— Il faut qu'on fasse le tour, poursuivit Emilio.

Il entraîna Olivier de l'autre côté du bâtiment et ils avancèrent plaqués contre le mur, sous le lierre, et prirent bien soin d'éviter les trouées de lumière entre les arbres.

— De toute façon, on ne va pas dans le bâtiment principal, continua-t-il. Le texte dont on a besoin n'y est pas. On doit aller dans la section des Maîtres.

— Et comment comptes-tu t'y prendre ?

Emilio sortit la clé en fer.

— Je ne suis pas venu les mains vides.

Olivier haussa les sourcils de surprise.

— Emilio Córdova ! Je dois dire que je suis impressionné.

Quelque chose d'ardent, d'effervescent, lui enflamma les entrailles. Il s'approcha de la porte voûtée.

Olivier l'inspecta.

— Il n'y a pas de serrure, grommela-t-il en posant les mains dessus. Tu es sûr que c'est la bonne entrée ?

Emilio leva les yeux au ciel.

— Bouge.

Il prit la clé et l'apposa contre la porte, à plat. Dès que la clé entra en contact avec le bois, des filaments dorés l'entourèrent puis se répandirent sur toute la surface comme des étoiles filantes. Derrière Emilio, Olivier poussa un cri d'étonnement alors que la lumière explosait en petites étincelles. Puis la porte s'ouvrit, grinçant sur ses gonds.

— D'accord, soupira Olivier. Là, je suis totalement bluffé.

Emilio retint un sourire.

— Suis-moi.

De l'extérieur, cette section de la bibliothèque était ensorcelée afin de paraître plus petite mais, une fois les deux visiteurs entrés, l'espace s'agrandit en un clin d'œil. Les murs en bois sombre semblaient s'étendre vers les cieux à l'infini et croulaient sous les parchemins et les livres anciens. Un large orbe flottait au centre de la pièce et diffusait une lueur verte qui formait au niveau du sol un épais et étrange voile. L'air était chargé d'une odeur moite de vieux ouvrages et de terre humide.

— Waouh, souffla Olivier en avançant. Cet endroit est gigantesque. On dirait que ça ne finit jamais.

— C'est aussi ma théorie, répondit Emilio. Les murs en surplomb ne sont sans doute qu'une illusion et je pense que cet endroit est une source éternelle de savoir. Il est impossible de déterminer précisément combien il y a de livres dans la section des Maîtres. C'est un puits sans fond de…

Sa voix s'estompa. Olivier le regardait avec amusement.

— Quoi ?

— C'était simplement une expression, Emilio, rit-il.

— Ah, bredouilla Emilio. Je le savais.

Ignorant la chaleur irradiant de ses joues, Emilio marcha jusqu'à l'orbe au milieu de la pièce et fit signe à Olivier de le rejoindre.

— Comment allons-nous trouver le bouquin dont tu as besoin ? demanda celui-ci, perplexe. On en a pour des heures.

— En fait, marmonna Emilio en retroussant les manches de sa veste, ça ne devrait prendre que quelques secondes.

— Comment ça ? demanda Olivier, sceptique.

Au même instant, Emilio plongea la main dans l'orbe. Aussitôt, la lumière verte ondulante s'enroula autour puis remonta le long de son bras en dessinant des volutes. Olivier l'observait avec autant de curiosité que de terreur. Emilio aurait pu facilement lui expliquer le fonctionnement de l'orbe mais il préférait garder le secret. Surtout qu'il appréciait de voir Olivier s'inquiéter pour lui.

Lorsque le processus fut terminé, il retira sa main. La lumière serpenta en sens inverse et retourna dans l'orbe.

Pendant un moment, il ne se passa rien. Puis un bruit sourd retentit. Un froissement de papier, un grincement métallique. L'air autour d'eux crépitait de magie. Le sol sous leurs pieds se mit à vibrer.

— Qu'est-ce qu'il se passe ? l'interrogea Olivier, sur ses gardes.

— Attends.

Le livre jaillit de l'orbe vert sans prévenir, vola au-dessus de leurs têtes et atterrit doucement dans les mains d'Emilio. Un halo vert enveloppait la couverture. Lorsque Emilio souffla dessus, il disparut.

— Comment…

Olivier secoua la tête. Un sourire presque émerveillé s'étira sur son visage.

— Il faut absolument que tu m'expliques comment ça marche.

— C'est un Orbe Clairvoyant. Qui est relié à tes pensées. Il suffit d'y plonger la main et de penser au livre que tu cherches. S'il est dans la bibliothèque, il apparaîtra. (Emilio ne put s'empêcher de sourire.) C'est cool, non ?

Les prunelles d'Olivier brillaient d'une lueur pure et belle et il souriait jusqu'aux oreilles. Emilio faillit en avoir le souffle coupé. Mais, avant qu'ils ne puissent dire quelque chose, un appel d'air familier parcourut le couloir derrière eux – un sort de délocalisation. Des murmures s'élevèrent. Des mots pressés.

— … ne va pas être si simple…

Terrifié, Emilio écarquilla les yeux. Olivier semblait sur la même longueur d'onde parce qu'il lui agrippa la main et le tira derrière une rangée d'étagères au moment où deux Maîtres apparurent.

— Peu importe de quoi ça a l'air. Il est quand même complice. Et il l'est depuis le début.

Russo. Emilio reconnut sa voix douce et la cadence de ses phrases. Elle portait son manteau de Maître, dont la capuche relevée masquait son visage. La personne marchant à ses côtés avait aussi pris la peine de se cacher, mais Emilio devina qu'il s'agissait de Birdie. Sa taille, associée aux quelques mèches blondes qui s'échappaient de sa capuche, permettait de l'identifier. Tout comme son fort accent texan.

— Tu n'en sais rien, répondit Birdie. Les choses changent. Nous, on a changé.

Elles avançaient vers l'Orbe Clairvoyant. Quand elles jetèrent un regard derrière elles, Emilio comprit pourquoi elles semblaient tendues. Il ignorait ce qu'elles faisaient ici mais elles ne voulaient surtout pas être vues.

— C'est différent. Là, ça dépasse tout ce qu'on savait déjà. C'est un lien qui va au-delà de toute compréhension. Il ne peut pas se dérober.

— Oui, tu as sans doute raison, soupira Birdie en s'approchant de l'orbe. Par ailleurs, il n'a pas tellement le choix. J'imagine que tu as appris, pour sa situation.

Russo hésita.

— Oui.

Emilio brûlait d'envie de rester pour en savoir plus, mais le risque de se faire prendre était trop élevé. De plus, ils allaient être en retard au bal.

— On devrait y aller, murmura-t-il à Olivier en tirant sur sa manche.

Olivier hocha la tête sans pour autant quitter les deux Maîtres des yeux, visiblement aussi tiraillé qu'Emilio entre sa curiosité et son instinct de survie.

Russo et Birdie posèrent leurs mains sur l'orbe, leur attention entièrement tournée vers la lumière. C'était là leur seule chance de quitter la bibliothèque sans éveiller le moindre soupçon. Emilio entremêla ses doigts à ceux d'Olivier et ils se faufilèrent rapidement entre les rayons, jusqu'à retrouver l'entrée. Il ne se retourna pas pour voir si les Maîtres avaient remarqué sa présence.

Il se contenta de courir.

40

OLIVIER

— J'arrive pas à croire qu'on ait réussi.

Olivier tremblait d'excitation. Les mains le picotaient. La tête lui tournait. C'était la montée d'adrénaline qui accompagnait toute infraction au règlement. Il n'avait jamais compris pourquoi il aimait à ce point cette sensation. Cela faisait partie de lui, sans doute était-il né ainsi. Un besoin insatiable de prendre des risques. Pourtant, cette fois-ci, il ne put s'empêcher de se demander si l'ivresse qu'il ressentait était vraiment liée à leur excursion dans la bibliothèque ou au fait qu'Emilio lui tenait toujours la main.

Certainement les deux.

— Tu as entendu ce qu'elles disaient ? lui demanda Emilio alors qu'ils entraient dans Litterman.

Un feu mourant crépitait encore dans la cheminée, éclairant la salle commune d'une lueur orangée. Malgré le peu de lumière, Olivier distinguait les tapis couleur ocre étalés sur le parquet, les pots remplis de fleurs sauvages et les bougies à moitié consumées posées sur la table en bois clair, au fond.

— Un peu, marmonna Olivier.

Il aurait aimé en entendre davantage. Assister à toute la conversation. Malheureusement, tout s'était passé si vite.

— À ton avis, de qui parlaient-elles ?

— Aucune idée. Mais elles essayaient clairement de ne pas se faire remarquer, constata Emilio.

Ses yeux se posèrent sur leurs mains entrelacées et quelque chose se modifia dans son expression. Un léger frémissement parcourut ses lèvres. Puis il lâcha la main d'Olivier comme si c'étaient des braises et reporta son attention sur la pièce.

Olivier fit de son mieux pour cacher sa déception.

— Nous aussi, on agissait en cachette. On ne peut pas tellement les juger.

— Non, c'est vrai.

Emilio se balançait d'un pied sur l'autre. Il se racla la gorge.

Bon Dieu. Pourquoi cette gêne, tout à coup ? Olivier avait envie de plonger la tête dans une bassine d'eau glacée.

— En tout cas, s'exclama-t-il en frappant dans ses mains dans l'espoir de dissiper la tension, on a le livre !

Le visage d'Emilio s'éclaira.

— Oui ! Je vais prendre le temps de le feuilleter. Voir si je peux trouver quelque chose d'utile. Je ferai vite.

— Bonne idée.

— Je te retrouve là-bas, lança-t-il en s'éloignant dans le couloir. J'en ai pour un instant !

Il disparut bientôt à l'angle du couloir.

Olivier resta planté là. Son corps entier vibrait, toujours sous l'effet de l'adrénaline. Ne sachant pas trop quoi faire, il se mit à arpenter la pièce tout en sifflant entre ses dents. Afin d'occuper ses mains, il voulut ajuster les pans de sa veste puis se rendit compte qu'il l'avait laissée dans sa chambre en suivant Emilio.

— Zut, marmonna-t-il.

Il avait sans doute quelques minutes avant qu'Emilio en ait terminé avec le livre et il se dépêcha de remonter dans sa chambre.

En gravissant les marches menant à l'étage, il avait l'impression de flotter. Il voyait encore le visage d'Emilio qui luttait pour ne pas sourire. Il avait bien vu la lueur d'excitation dans son beau regard brun tandis qu'ils traversaient le campus en courant, main dans la main.

Il poussa la porte de sa chambre, un sourire bête sur les lèvres, et se figea.

Quelqu'un l'attendait à l'intérieur.

— August.

Il était assis au bord du lit d'Olivier, éclairé par un rayon de lueur argentée qui filtrait par la fenêtre ouverte. Ses paumes semblaient s'enfoncer dans ses genoux, comme si un poids énorme pesait sur ses épaules. Ses cheveux noirs étaient ramenés en arrière, ce qui mettait ses traits en valeur – il était vraiment très beau.

On aurait dit un ange déchu.

— Bonsoir, Olivier.

Ce dernier aurait sans doute dû être inquiet. Une visite surprise d'August, à la nuit tombée, ce n'était jamais réjouissant. Cependant, son visiteur n'avait pas l'air hostile. Surtout, il semblait fatigué. D'ordinaire, August était un roc avec lequel on ne plaisantait pas. Un garçon qui déambulait fièrement dans les couloirs en sachant que personne ne serait assez stupide pour le défier.

Mais là, il donnait l'impression d'avoir besoin d'une bonne sieste.

— Que me vaut cet honneur ?

August leva la tête, lentement et posément.

— Il faut qu'on parle.

— Tu aurais pu frapper, tu sais ? reprit Olivier en fermant la porte derrière lui.

Il avait conscience de chacun des mouvements d'August, de chaque pause dans sa respiration.

— Ton apparition soudaine, telle une ombre menaçante, a un côté très théâtral, même venant de toi.

August ne mordit pas à l'hameçon. D'ailleurs, il réagit à peine.

— Pardon. C'est la première fois que j'arrive à te parler seul à seul de toute la semaine, dit-il en redressant le menton. Tu es toujours avec Emilio.

— Eh bien, marmonna Olivier d'une voix crispée, je suis tout à toi. Vas-y.

August se pencha en avant. Ses yeux gris s'assombrirent.

— Loughty ne doit jamais découvrir ce qu'il s'est passé à Bonestrod.

Olivier sentit sa poitrine se serrer. Il savait que cette conversation aurait lieu tôt ou tard.

— Tu veux dire, à propos du fait qu'une partie de ton âme réside à présent dans la sienne ?

Un sourire désenchanté s'afficha sur le visage d'August.

— Correct.

— Oui, bon. Ça ne me regarde pas.

Ce n'était pas tout à fait vrai. Il en avait été témoin. Il avait même aidé August. Du reste, l'idée de devoir mentir à Wren le dérangeait au plus haut point. Mais ce n'était pas la réponse qu'attendait August, et la dernière chose qu'il voulait, c'était le contrarier alors qu'il n'y avait personne alentour pour l'entendre crier.

— J'ai besoin que tu me promettes que tu ne diras rien, ajouta August en poussant un soupir exaspéré. Regarde-moi dans les yeux et promets-le-moi.

— Allez, August. Tu ne crois pas que…

— Olivier.

August se leva et réduisit l'espace entre eux en une seule enjambée. Il n'était pas tellement plus grand qu'Olivier mais il était intimidant.

— Ça suffit, les plaisanteries. Promets-moi.

Olivier sentit ses muscles se tendre sous le regard impitoyable d'August. C'était comme affronter l'œil d'un cyclone. L'étrange calme avant la tempête. Il avait souvent vu la colère frémissant sous la surface, le danger présent derrière ses yeux glacials. Mais en faire l'expérience d'aussi près, de manière aussi limpide, c'était autre chose.

— Tu ne peux pas lui cacher éternellement, murmura Olivier d'une voix hésitante. Tu sais que ce n'est pas bien.

— Oui, répondit August avant de serrer la mâchoire. Mais elle ne peut pas savoir. Du moins, pas pour le moment. Pas pendant la Décade.

— Pourquoi ? demanda Olivier.

Et son courage le surprit.

— On a tous nos secrets. Toi, tu caches des choses à Emilio pour le protéger, n'est-ce pas ? Pour qu'il ne souffre pas ? (La véracité de ses paroles le frappa de plein fouet et Olivier sentit ses joues s'enflammer.) Permets-moi de faire pareil.

— C'est… Ce n'est pas la même chose, objecta Olivier. Je ne lui parle pas de mes oublis parce que c'est *mon* secret. *Mon* fardeau. Ce que tu as fait la concerne directement.

August secoua la tête.

— Olivier, grimaça-t-il. Ne m'oblige pas à endosser le rôle du méchant.

— C'est une menace ?

— Non, répondit August en faisant un pas en avant. C'est une requête.

Avec le recul, Olivier n'aurait su dire ce qui motiva sa réponse. Peut-être la lueur désespérée dans le regard d'August. Ou le tremblement de ses mains. Ou peut-être simplement le fait que, qu'il le veuille ou non, ce garçon le désarçonnait. Quoi qu'il en soit, il hocha la tête et posa timidement la main sur l'épaule d'August.

— D'accord, murmura-t-il. Je promets.

À peine ces paroles prononcées, August soupira. La tension sur ses traits se dissipa. Son corps se détendit. Tout en tripotant son anneau en argent, il se dirigea vers la porte.

— Merci, Olivier. Je ne l'oublierai pas.

— J'espère bien.

August fit une pause avant de sortir.

— Et pardon d'être entré sans prévenir. La prochaine fois, je frapperai.

Olivier ne put s'empêcher de rire.

— Ça m'étonnerait.

41

WREN

Wren commençait à se sentir dépassée. Son existence bien rangée à Blackwood était en train de s'effriter petit bout par petit bout, et elle ne pouvait rien faire d'autre que voir l'ensemble se réduire en poussière.

Elle n'arrivait pas à se concentrer en cours. Elle ressassait en boucle son périple dans l'Éther et les événements qui avaient suivi. Plus précisément, sa conversation avec August dans le Bureau Opale. Elle savait qu'elle ne pouvait pas lui faire confiance. Qu'il ne fallait pas qu'elle franchisse la limite. Cependant, quelque chose avait changé. Quelque chose qu'elle ne comprenait pas. C'était comme une sorte de pression incessante. Une irritation impossible à ignorer. Elle s'était toujours sentie liée à August, mais là… c'était autre chose.

À plusieurs reprises, ces derniers jours, elle aurait même pu jurer entendre la voix d'August dans sa tête. Comme s'il l'appelait. Son rire rauque et familier. À croire qu'elle était sur le point de perdre la raison.

Au fil des ans, Wren avait parfois senti la ligne entre eux se brouiller. Les murs s'écrouler. Mais leur relation était fondée sur une interdépendance malsaine et une curiosité morbide. Oui, aux côtés d'August, elle se sentait vivante. Sa présence, si agaçante qu'elle fût, lui redonnait vie aux moments où elle en avait le plus besoin. Néanmoins, elle ne pouvait pas céder à la tentation – ce n'était qu'une illusion.

August ne se livrerait jamais à elle. Pas comme elle le voulait. Elle le percevait chaque fois qu'il la regardait – les tourments de son passé lui collaient à la peau. Si Wren s'autorisait à se rapprocher, à lui révéler ses faiblesses, August ne ferait que s'en servir à son avantage. Jamais il ne lui rendrait la pareille.

Elle traversait le campus, la tête baissée et les mains agrippant ses manuels. Le ciel prune devenait gris à l'horizon à mesure que la lueur argentée familière de la nuit prenait le dessus. Blackwood était presque déjà entièrement plongé dans la brume et elle voyait à peine ses chaussures. Quelque part au loin, la cloche d'Elysium retentit, signalant la fin de la journée de cours.

Un terrible sentiment d'appréhension l'envahit.

Il ne lui restait qu'une heure avant le bal de la Décade. Elle n'avait pas l'intention de parader dans la salle des banquets – pas quand tout lui semblait aussi incertain. Comment pouvait-elle plaisanter et sourire alors qu'elle ne savait toujours pas ce qui était arrivé à Louise ? D'autant plus qu'elle avait l'impression qu'ils étaient proches de la vérité. Lentement, les morceaux s'assemblaient. Ensuite, elle n'aurait qu'à ouvrir les yeux pour découvrir la solution.

Il fallait qu'elle sache. Pas uniquement pour elle, mais aussi pour Louise. La pauvre était vraiment bouleversée par son interaction avec la créature d'ombres. Elle avait changé depuis. L'étincelle dans son regard s'était ternie, remplacée par une méfiance nouvelle. Ce n'était pas juste. Louise ne méritait pas un tel fardeau.

Quelque chose dans son champ de vision attira son attention et elle s'arrêta.

Le bâtiment Asphodel.

C'était une petite structure en briques qui abritait les bureaux des Maîtres et l'infirmerie. Aucun cours n'y était donné.

En principe, les élèves n'avaient pas le droit de s'y rendre. C'était contraire au règlement. Mais Wren savait que cette règle était facile à contourner – il suffisait d'y aller après le couvre-feu. Seuls ceux qui voulaient désespérément voir un proche dont ils étaient séparés depuis longtemps prenaient ce risque.

Wren ne pouvait pas l'envisager. Ça n'avait aucun sens. Les quatre élèves éliminés étaient sans doute inconscients, maintenus dans un état végétatif le temps que leur corps guérisse.

Pourtant, elle se surprit à se diriger vers Asphodel. En peu de temps, elle fut devant la porte. Elle serra les poings, prit quelques grandes inspirations.

Elle risquait gros. Sans doute serait-elle éliminée si on la surprenait. Mais elle était incapable d'ignorer sa maudite empathie. Elle pensait à ces candidats malheureux qui rataient toute la suite de la Décade. Qui allaient passer des mois enfermés dans l'infirmerie à ruminer ce qu'ils auraient pu faire différemment. À leur place, elle aurait aimé que quelqu'un vienne lui rendre visite.

Elle aurait aimé se sentir moins seule.

Un petit tour rapide, se rassura-t-elle en posant le pied sur la première marche.

Le sceau de protection autour de la porte était facile à défaire – du moins, pour Wren. C'était un sort à plusieurs niveaux qui l'obligea à revoir sa méthode mais, au bout de quelques secondes, la serrure céda.

Wren ignora sa soudaine fatigue et pénétra dans le bâtiment, l'oreille tendue.

Elle perçut deux voix à l'étage – un murmure étouffé qui résonnait dans le bâtiment, désert pour l'essentiel. Qu'il n'y eût presque personne ne la surprit pas. À cette heure-là, la plupart des gens, professeurs inclus, se préparaient pour le bal.

Wren grimpa l'escalier en silence. Se cachant dans un recoin, elle jeta un coup d'œil dans le couloir.

Au bout, deux Valeureux étaient postés devant les portes de l'infirmerie.

Everly Hawthorne et Paolo Valle.

— C'est tellement injuste, gémit Everly en tapant du pied par terre. Pourquoi c'est nous qui avons été choisis ?

— C'est le planning, répondit Paolo, visiblement agacé. À la prochaine Décade, ce sera d'autres personnes.

— Je sais, mais quand même, grogna l'autre en appuyant sa tête contre la porte derrière elle. Ils ne viendront pas ce soir, de toute manière. Ils ont signé le serment. Ils sont obligés d'aller au bal.

Wren s'avança discrètement. Parlait-elle des candidats ?

Paolo soupira.

— Oui. Mais tu te souviens de ce qui s'est passé il y a trois cycles ? Cette fille… Comment s'appelait-elle, déjà ?

— May Westfield.

Wren fouilla dans sa mémoire. Ce nom ne lui disait rien.

— Elle a brisé le serment pour venir voir son petit ami, tu te rappelles ? Il nous a fallu des semaines pour réparer les dégâts qu'elle avait causés. Elle en avait parlé à cinq autres élèves. C'était un désastre.

De quoi parle-t-il ? se demanda Wren. De toute évidence, il lui manquait des informations. Elle remit ses interrogations à plus tard et se concentra sur sa mission.

Une idée lui vint.

Elle leva les mains et invoqua sa magie d'illusion. Une odeur sucrée lui emplit les narines et neutralisa momentanément ses sens. Les runes violettes apparurent au bout de ses doigts – des filaments irisés qui dansaient dans l'air comme des toiles d'araignée. Elle élabora deux illusions distinctes. Une fille et un garçon. Ils n'avaient pas de visage précis mais joueraient leur rôle à merveille si personne ne s'approchait d'eux de trop près. Deux vagues silhouettes d'élèves.

Elle fit courir la première illusion à gauche du couloir et lui murmura ses instructions. Le bruit de ses pas parut faire trembler le sol.

Everly et Paolo redressèrent la tête, sur leurs gardes.

— Merde, marmonna la fille en penchant la tête vers la gauche. Tu as entendu ?

— Va voir ce que c'est. Moi, je reste ici pour m'assurer que…

Wren envoya la deuxième illusion dans l'autre sens, dont les pas résonnèrent dans le couloir.

Paolo se tourna vers la droite.

— Ça fait deux.

— Vas-y, lui intima Everly d'un geste de la main. Mais dépêche-toi.

À son grand soulagement, son plan fonctionna. Everly et Paolo s'élancèrent dans deux directions opposées à la poursuite de ses illusions.

Elle ne perdit pas de temps et se précipita vers l'infirmerie sur la pointe des pieds. Priant pour que la porte ne grince pas, elle tira délicatement dessus. Aucun bruit. Telle une ombre, elle se glissa dans la pièce, silencieuse et invisible.

Elle se trouvait dans une chambre stérile aux murs blancs. Il n'y avait pas de fenêtres. Pas de lumière naturelle. Des lanternes en fer, accrochées aux parois, baignaient la pièce d'une lueur orangée. Une dizaine de lits, chacun entouré d'un rideau, étaient alignés contre le mur du fond.

Wren s'avança vers le premier et passa la tête derrière le rideau.

C'était un garçon qu'elle ne connaissait pas. Il avait la peau très pâle, les cheveux encore maculés de sang. Son corps était couvert d'entailles, qui avaient commencé à se suturer. Wren referma le rideau et passa au lit suivant.

Elle s'attendait à voir un des candidats éliminés mais, quand elle écarta le tissu, elle tomba sur un autre visage inconnu.

C'est très étrange.

Et ainsi de suite, pendant quelques minutes. À chaque rideau tiré, Wren se retrouvait face à un lit vide ou à un élève blessé qu'elle n'avait jamais vu de sa vie.

Il ne restait plus qu'un lit. Le dernier, dans un coin de l'infirmerie. Derrière le rideau, elle devinait les contours d'une personne mais il y avait autre chose aussi. Une ombre, penchée au-dessus du corps, qui le surplombait.

Wren retint son souffle et s'avança.

Elle cligna des yeux, perplexe.

Keira Holland était allongée sur le lit, inconsciente. Elle avait été récemment victime de l'affection chimérique. Elle avait les lèvres sèches, abîmées. Ses veines étaient enflées. Une fille assise à côté d'elle pleurait en silence.

— Maya ? s'étonna Wren.

La fille leva les yeux, surprise.

— Wren. Que… Qu'est-ce que tu fais là ?

— Je suis venue voir quelqu'un, expliqua Wren à voix basse. Comment es-tu entrée ?

— J'ai profité de la relève de la garde ce matin. J'ai attendu toute la journée.

Maya essuya une larme, renifla, puis se ressaisit.

— Pardon. C'est trop nul de voir Keira comme ça. Elle a été victime d'affection chimérique pendant l'examen de Calligan. Il va lui falloir encore un mois avant de se réveiller.

Wren posa une main réconfortante sur son épaule.

— Je suis désolée.

Maya sourit à travers ses larmes.

— Je suis triste pour elle. Elle attendait le bal avec impatience. Et c'est vrai que la soirée a quelque chose de particulier. On se sent tous presque normaux.

— Oui, c'est vrai.

Le bal de la Décade était le rappel d'une vie qui ne leur appartenait plus. Et Wren était forcée d'admettre qu'elle était un peu fébrile à l'idée d'y aller. Qui aurait refusé ce semblant de normalité, ne serait-ce qu'une soirée ?

Maya se passa les mains sur le visage, expira longuement. Puis elle observa Wren et pencha la tête sur le côté.

— Et toi, tu ne devrais pas te préparer ? demanda-t-elle en consultant sa montre. Le bal commence dans une demi-heure.

— J'étais en route vers Pettyworth pour m'habiller quand… (Wren parcourut l'infirmerie du regard.) Tu sais où ils ont mis les candidats éliminés ? Je voulais leur rendre visite mais je ne les trouve pas.

Maya cligna des yeux.
— Qui ?
— Nick, Liza, Tristan et Georgia, énonça Wren. J'ignore ce que tu sais mais, pour l'instant, ce sont eux qui ont été éliminés et j'aimerais simplement les voir, vérifier que…
Elle s'interrompit en voyant l'expression de Maya. Cette dernière semblait avoir à peine entendu ses paroles.
— Qu'est-ce qu'il y a ?
Maya secoua la tête, troublée.
— Je… Je ne sais pas de qui tu parles.
— Quoi ? s'étonna Wren. Maya, tu es à Blackwood depuis des années. Depuis plus longtemps que moi. Évidemment, que tu les connais.
— Non.
— Tu ne faisais pas partie du comité d'organisation de la Décade avec Nick ? continua Wren, stupéfaite.
— Si, je fais partie du comité.
— Alors tu connais Nick, insista Wren. Je vous ai vus traîner ensemble des dizaines de fois !
— Nick…
Maya répéta le nom à plusieurs reprises avec détachement, sans conviction. Un instant, Wren crut apercevoir dans ses yeux une soudaine prise de conscience, qui disparut rapidement. Maya se leva d'un bond.
— Bon, il faut que j'y aille. Moi aussi, je dois me préparer. Keira ne voudrait pas que je rate ça.
— Attends ! s'écria Wren en la suivant. Stop !
Elle agrippa Maya par les épaules et l'obligea à se retourner.
— Regarde-moi. Tu sais qui est Nick. J'en suis certaine.
— Je… Je ne… Non…

— Liza. Nick. Tristan. Georgia. Ils ont été sélectionnés pour la Décade. Tout le monde sait qui sont les candidats. Comment peux-tu ne pas te rappeler d'eux ?

Des larmes apparurent au coin des paupières de Maya. Elle sourit mais il y avait de toute évidence quelque chose qui clochait.

— Wren. S'il te plaît. Lâche-moi…

Elle ferma les yeux mais Wren eut le temps de voir ses iris se voiler, comme subitement envahis par la brume. À peine une demi-seconde, certes. Cependant, Wren l'avait bel et bien remarqué.

Elle plaqua la main sur sa bouche, choquée.

— Ton cerveau… Quelqu'un manipule ton cerveau, révéla-t-elle. (Elle jura sous cape. *Évidemment.*) Maya. Regarde-moi. Quelqu'un a effacé tes souvenirs. Pour que tu oublies les candidats éliminés. Est-ce que tu sais qui ?

Maya ouvrit la bouche puis la referma. Un éclair de panique traversa son regard, un bref instant de compréhension, puis elle lui adressa le même sourire forcé.

— J'ignore de quoi tu parles, déclara-t-elle en se dégageant de l'emprise de Wren. Je… À plus tard !

Avant que Wren ait le temps de la retenir, elle s'élança hors de l'infirmerie.

Wren la regarda partir, bouche bée, les yeux écarquillés.

Quelqu'un a effacé les candidats éliminés de sa mémoire.

42

AUGUST

Les murs de la salle des banquets avaient été ensorcelés afin de paraître saupoudrés de poussière d'étoiles. Sur le plafond en verre, un cosmos projeté par magie scintillait. Autour des fenêtres, des lianes parsemées de roses blanches descendaient jusqu'au sol, et des plateaux argentés soutenant des pyramides de coupes de champagne flottaient à portée de main des convives. Formant un kaléidoscope opalescent, des papillons enchantés dessinaient des motifs dans la pièce. Des élèves occupaient la piste de danse, plaisantaient, gloussaient. Tous étaient vêtus de tissus de qualité, de couleurs vives – et cet étalage ostentatoire donnait à August envie de vomir.

Lorsqu'il trouva enfin le courage d'entrer, des effluves écœurants l'assaillirent. L'air était imprégné de l'odeur putride de la magie d'illusion. Un des papillons virevolta près de lui et il agita la main pour s'en débarrasser.

Le papillon disparut dans un petit nuage de fumée indigo. Rien qu'une illusion. Comme tout, dans cet endroit maudit.

— Tu es très élégant, quand tu veux.

La voix d'Irene avait retenti derrière lui. Il se retourna et l'étudia de la tête aux pieds.

Elle portait une robe fourreau bleu nuit scandaleusement fendue sur le côté et qui exposait sa cuisse droite. Des boucles d'oreilles en argent en forme de poignards, avec un saphir sur la lame, pendaient à ses lobes. *Rien d'étonnant.* Tout comme pour leur uniforme, l'académie fournissait aux élèves une tenue pour le bal en phase avec leur personnalité. Et les boucles d'oreilles effilées d'Irene servaient de rappel : sa beauté était dangereuse.

— Jolie robe.

Elle plissa les yeux.

— Tu meurs d'envie de me l'arracher, je le sais.

— Je préférerais m'arracher les yeux.

— Ça peut s'arranger.

Il baissa le regard vers son abdomen. Deux semaines s'étaient écoulées depuis qu'elle avait été blessée dans le labyrinthe, mais August put constater que ça la gênait toujours.

— Tu te remets ?

— La plaie est encore là, si tu veux tout savoir, répondit-elle, contrariée. J'avais oublié à quel point la douleur pouvait être persistante. Dès que je crois aller mieux, je fais un mauvais geste, même minuscule, et ça revient.

— Ça craint, répliqua August, songeur.

— Merci pour ta sollicitude, connard. Il reste deux épreuves. Tu es peut-être toujours en un seul morceau, mais je doute que tu aies autant de chance la prochaine fois.

— Ça te réjouirait, hein ?

Quelque chose traversa son regard. Une émotion éphémère. Si rapide qu'il faillit la rater.

Irene fit un pas en avant.

— Tu sais quoi ? Oui, ça me réjouirait. J'aimerais tellement te voir t'effondrer, surtout si cela signifie que je suis la dernière encore debout. Peu importe ce que tu mijotes, peu importent tes machinations, je trouverai le moyen de gagner.

Elle le contourna puis le toisa par-dessus son épaule.

— Je trouve toujours.

Sur ce, elle disparut rapidement dans la foule.

August reporta son attention sur la salle. Les autres candidats s'étaient rassemblés un peu à l'écart des autres élèves. Josie et Carter semblaient collés l'un à l'autre. Assis à une table, ils buvaient lentement leur verre de vin. Ils étaient inséparables depuis qu'ils avaient perdu leur partenaire respectif et avaient de toute évidence formé une nouvelle alliance. Emilio et Olivier se tenaient derrière la table et tanguaient maladroitement au rythme de la chanson diffusée dans la pièce. August en conclut qu'ils attendaient chacun que l'autre rassemble son courage et l'invite à danser. Ils n'osaient même pas se regarder.

— Ils me rendent folle, déclara une voix familière.

Masika était apparue derrière lui, sans bruit. Elle portait une robe brodée dorée et, autour de ses poignets, de fins bracelets dont les émeraudes scintillaient à la lumière.

— J'aimerais les forcer à ouvrir les yeux.

— On pourrait toujours s'en charger à leur place, fit remarquer August. Une petite manipulation mentale, et le tour est joué.

Masika secoua la tête de désapprobation et attrapa une flûte de champagne sur un plateau flottant voisin.

— Pourquoi tu te comportes comme ça ?

— Quoi ?

— Pourquoi tu prétends que tu détestes tout ? Tu veux que tout le monde pense que tu es froid et antipathique, mais ce n'est pas le cas. (Elle prit une gorgée sans le quitter des yeux.) Tu n'es pas un sale type, August. Arrête de faire comme si.

— Masika, répondit-il en rapprochant son visage du sien. Crois-moi. Je suis loin d'être un chic type.

Elle garda les yeux rivés aux siens, sans ciller.

— Tu sais quoi ? dit-elle avec un sourire. Je n'y crois toujours pas.

August rit puis pivota en direction de la piste de danse. Il aperçut Irene de l'autre côté de la pièce, seule. Elle n'arrêtait pas de tripoter son cou, comme s'il y avait quelque chose, mais August ne voyait rien.

— Irene a l'air plus distante que d'ordinaire.

Masika pinça les lèvres et acquiesça.

— Je pensais que c'était à cause de la Décade, de la pression supplémentaire, mais… elle m'inquiète. J'ai l'impression qu'elle s'estompe. Je peux pratiquement voir la faille se creuser entre nous. Franchement, ça me rappelle…

— Catherine ?

— J'ai beau savoir qu'elles ne sont pas pareilles, je suis préoccupée. C'est plus fort que moi.

— Tu crois qu'elle va rejoindre l'Ordre des Desmions ?

— Elle en a déjà parlé, avoua Masika tout bas.

August eut un geste de désaccord.

— Non, Irene ne ferait pas ça. Elle est plus maligne.

— Mais elle a peur. Qu'elle l'admette ou pas, elle est terrorisée. Elle veut reprendre le contrôle et, pour cela, il lui faut du pouvoir. Je crains que, si elle ne gagne pas, si elle ne devient pas Valeureuse…

Sa voix se perdit. Cependant, August avait parfaitement compris.

— Il faut que tu la surveilles de près.

— Oui.

Le garçon soupira.

— Les amitiés dans l'au-delà, ce n'est pas pour les petites natures.

— L'amour non plus, répondit Masika en désignant Emilio et Olivier. Là aussi, je crains qu'ils ne persistent à ne pas admettre leurs sentiments.

— Peut-être.

— En parlant de sentiments compliqués, murmura Masika avec un sourire malicieux.

August redressa la tête.

— Quoi ?

Elle le fit pivoter en direction de l'entrée.

— Toi aussi, ouvre bien les yeux.

Et c'est là qu'il la vit.

Libérés de leur éternelle tresse, ses cheveux auburn tombaient en vagues sur ses épaules. L'académie lui avait offert une robe écarlate qui ondulait jusqu'au sol. Des rubis ornaient son cou – on aurait dit des gouttes d'hémoglobine cristallisées imprimées sur sa peau ivoire.

August avait vaguement conscience du regard amusé de Masika derrière lui mais il s'en fichait. Son cerveau était tout à Wren Loughty, qui fendait la foule comme une flamme nappée de sang.

August.

Il se figea. Pourquoi son nom avait-il résonné dans sa tête ? Un instant, il pensa que quelqu'un l'appelait, que son esprit lui jouait des tours. Or, il connaissait cette voix.

Il la reconnaîtrait toujours, entre mille.

Wren l'observait et son prénom retentit de nouveau dans sa tête.

August.

Tout à coup, il comprit, et un frisson d'effroi lui parcourut l'échine.

Qu'il y eût des effets secondaires au transfert qu'il avait effectué lui avait paru possible. Donner à quelqu'un un morceau de son âme avait forcément des répercussions.

La télépathie, en revanche… ça, il ne l'avait pas vu venir.

Il avait deux options. Faire semblant de ne pas avoir remarqué et faire durer la comédie. Ou brouiller les limites un peu plus. Accepter ce nouveau lien entre eux, et au diable les conséquences.

Il laissa ses yeux errer sur le visage de Wren et comprit qu'il n'y avait pas vraiment débat. Il savait très bien ce qu'il comptait faire.

Il expira, nerveux, puis plongea dans son esprit.

Loughty, darling. *Tu vas rester plantée là à me regarder, ou bien tu vas mettre ta fierté de côté et venir me parler ?*

Elle eut un mouvement de recul. Perplexe, elle fronça les sourcils. Entrouvrit les lèvres.

C'est quoi, ça ? demanda-t-elle. *Pourquoi je t'entends ?*

Bon Dieu. Entendre la voix de Wren était une chose, mais la sentir dans sa tête en était une autre, très différente. C'était trop. Étourdissant. Euphorisant.

Il fallait qu'il se ressaisisse.

Ses jambes se mirent mécaniquement en marche et il s'avança parmi la foule. Ni l'un ni l'autre n'osait regarder ailleurs, même quand la distance entre eux se réduisit.

Lorsqu'ils furent enfin face à face au milieu de la piste, Wren soupira douloureusement.

— Qu'est-ce qui se passe ?

August secoua la tête.

— Je ne sais pas.

Ce n'était pas tout à fait un mensonge. Il en connaissait la cause mais pas le mécanisme précis – comment était-ce possible ?

— On ne peut pas… Je ne devrais pas… bafouilla-t-elle. La télépathie, c'est au-delà de toutes nos capacités. On ne devrait pas en être capables.

August lui adressa un petit sourire en coin. *À croire qu'on est vraiment meilleurs que tout le monde.*

Wren ricana. *Tu es insupportable.*

— C'est joli, ajouta August à voix haute en l'examinant en détail.

C'est joli. C'était peu dire. Elle était tellement plus que ça. Néanmoins, il n'était pas certain de pouvoir trouver les mots lui permettant de décrire correctement ses sentiments pour elle.

— Merci, répondit-elle.

Et ses yeux scrutèrent la pièce, comme si elle cherchait quelqu'un.

— Tu passes déjà à autre chose ? demanda-t-il en se rapprochant. Tu n'as pas davantage envie de savoir pourquoi on peut communiquer par la pensée ?

Soudain, Wren reporta son attention sur lui.

— C'est que… J'ai besoin de te parler de quelque chose d'important.

L'appréhension lui étreignit la poitrine.

— Plus important que ça ? Comme c'est intrigant.

Wren se mordit l'intérieur de la joue. Puis, à la grande surprise d'August, elle s'immisça de nouveau dans ses pensées.

Je suis allée à l'infirmerie.

August haussa un sourcil.
— Pourquoi ?
— Chuuut.
Elle lui attrapa le poignet et le tira vers elle. Il essaya d'ignorer le vol de papillons dans son ventre, la chaleur qui s'empara de ses membres.
— Je voulais rendre visite aux candidats éliminés.
— OK, soupira-t-il, impatient. Je ne vois pas trop en quoi c'est pertinent ou plus important que…
Ils n'étaient pas là.
August se raidit, plissa le front. *Comment ça ?*
Ils n'étaient pas là. Aucun des quatre. Mais il y avait Maya. Elle était venue voir une amie. Quand je lui ai parlé des candidats éliminés, elle m'a répondu qu'elle ne savait pas de qui je parlais.
C'est ridicule, protesta-t-il. *Maya sait qui ils sont.*
Quelqu'un les a effacés de sa mémoire.
August sentit ses mains s'engourdir. *Qu'est-ce qui te fait penser ça ?*
Wren jeta un coup d'œil derrière elle et aperçut des Valeureux. Ils étaient assis sur une estrade et enchaînaient les verres de vin et autres alcools. Elle eut le sentiment qu'ils les observaient, elle et August, qu'ils les suivaient de loin.
— On ne peut pas continuer de se parler comme ça, murmura-t-elle. Si on reste là à se regarder dans les yeux, ça va éveiller les soupçons.
Elle avait raison. Au même moment, un air de musique les enveloppa. Le rythme ternaire d'une valse, des notes de piano, amplifiées par un sort de magie. Une idée lui traversa alors l'esprit – une idée immensément stupide.
Il se racla la gorge, leva les yeux vers le plafond.
— On pourrait danser.

Elle cligna des paupières.

— Toi et moi ?

— Oui, Loughty.

— Ah.

Elle semblait horrifiée. S'il lui avait demandé de tuer son premier-né, elle aurait eu la même réaction. Il lui offrit sa main.

— À moins que tu n'aies une meilleure suggestion ?

— Non, avoua-t-elle en secouant la tête.

Elle glissa les doigts dans les siens et il ne put empêcher la tension de s'emparer de son corps. Et cette chaleur, de nouveau, dans ses entrailles. Chacun de leurs mouvements lui paraissait dangereux – comme s'il se trouvait au bord d'un précipice.

Il détestait ça.

Enfin, non, il détestait ne pas détester ça.

La musique prit de l'ampleur et August se lança. À son grand étonnement, les pas lui revinrent aisément. Il n'avait pas dansé depuis un moment, cette activité appartenait à une vie qui ne lui semblait plus être la sienne, mais les mouvements étaient inscrits dans ses muscles et n'étaient pas si faciles à oublier.

Alors, dis-moi, reprit August par télépathie. *Qu'est-ce qui te fait penser qu'il y a de la magie psychique impliquée là-dedans ?*

J'ai vu quelque chose dans les yeux de Maya, répondit Wren. *Une sorte de brume.*

August pesta. *Oui, il est tout à fait possible que ce soit de la manipulation mentale.*

Et plus tôt dans la semaine, j'en ai parlé à Lou. Elle non plus ne se souvenait pas d'eux. J'ai cru que c'était parce qu'elle était nouvelle, mais son nez s'est mis à saigner. Je ne m'y suis pas attardée, seulement…

Il faut qu'on en parle aux autres. August observa la piste de danse et fit le bilan de la situation. *En privé, évidemment. On ignore qui est impliqué. Sincèrement, je ne serais pas surpris que ce soit l'un d'entre nous.*

Tu penses que c'est un des candidats qui fait ça ? demanda Wren en écarquillant les yeux. *Pourquoi ?*

August haussa les épaules. À vrai dire, il n'était plus sûr de rien.

Un silence tendu s'immisça entre eux alors qu'ils continuaient à évoluer sur la piste, en rythme avec la musique. Il lui sembla qu'une éternité s'était écoulée avant qu'il n'entende de nouveau la voix de Wren – tout haut, cette fois.

— Tu sais danser.

— Ça t'étonne ? rit-il.

Elle sourit et August détourna le regard.

— Pardon si tu ne sembles pas être du genre à savoir valser au pied levé.

— Tu ne me connais peut-être pas aussi bien que tu le crois.

— Tu te sers de mes mots contre moi ? feignit-elle de s'indigner. Très mature. Tu sais, August, tu n'es pas aussi mystérieux que tu ne le penses.

— Vraiment ?

Il l'attira contre lui et elle poussa un petit cri de surprise. Leurs mouvements étaient fluides, harmonieux, comme si un fil invisible les reliait l'un à l'autre.

— Dis-moi, Loughty, lui murmura-t-il à l'oreille de sa voix râpeuse. Qui suis-je, alors ?

Elle plongea les yeux dans les siens.

— Tu es quelqu'un qui évite de s'attacher aux autres parce que tu as peur.

— De quoi ?

— Qu'on te voie sous ton vrai jour et pas dans je ne sais quel rôle que tu as décidé de jouer.

Elle examina attentivement son visage et August lutta de toutes ses forces pour ne pas partir en courant. Il avait l'impression qu'elle voyait son âme. Qu'elle voyait toute la noirceur qui pourrissait en lui. Toutes ces parties qu'il voulait désespérément lui cacher.

— Tu n'es pas spécial, August. Tu es perdu et brisé. Comme nous tous.

Il sentit sa poitrine se comprimer.

— Bravo, de toute évidence, tu me connais par cœur.

— Arrête de faire ça.

— Quoi ?

Wren se pencha davantage vers lui, et ses lèvres lui effleurèrent l'oreille.

— De faire comme si ça ne te touchait pas.

Cédant soudain à la panique, il s'arrêta, lui lâcha les mains et fit un pas en arrière. Si les autres autour d'eux remarquaient quoi que ce soit, il s'en fichait.

Il avait cessé de se soucier des autres à l'instant où Wren était entrée dans la pièce.

— Qu'est-ce que tu me veux ? demanda-t-il, les poings serrés, tremblants. À quoi t'attends-tu ? À une déclaration d'amour ? À un changement profond dans mon comportement ?

— Tais-toi.

Wren leva la main, comme pour le tancer, mais il lui attrapa le poignet et la tira vers lui.

— Je ne peux pas changer, souffla-t-il.

Et le vacillement de sa voix le surprit.

— Je suis qui je suis.

— Je ne te demande pas de changer, répondit Wren.

Elle refusait de le quitter des yeux, presque par défi.

— Je te demande d'être honnête.

— L'honnêteté a un prix. Et j'ai été avec toi aussi franc et ouvert que possible, sans risquer…

Il s'interrompit, libéra son poignet. Les mots s'accumulaient dans sa gorge et il fut submergé par une envie d'ouvrir les vannes.

Non.

Pas maintenant.

— Risquer quoi ? insista Wren. S'il te plaît, August. Je sais qu'il y a quelque chose que tu refuses de me dire. Depuis que je te connais, je le sens. Ce mur entre nous. Cette résistance. Mais si tu osais te confier à moi, si tu acceptais de me parler de ton passé…

Elle ne termina pas sa phrase, prise de court par August qui la plaqua contre lui et se remit à danser. Cette fois-ci, il la serrait sans retenue, sans hésitation, s'autorisant à la sentir totalement.

Il franchit le seuil de ses pensées et rétablit leur lien.

Tu dois me promettre de faire attention.

Son visage se tordit. Afficha un air perplexe.

Ne change pas de sujet… répondit-elle.

Écoute-moi, continua-t-il en lui agrippant la main. *N'essaye pas de jouer les héroïnes. Du moins, le temps qu'on comprenne ce qu'il se passe avec les candidats éliminés. On ignore qui est derrière tout ça et tant qu'on n'a pas parlé aux autres, tout le monde est suspect.*

Je suis plus que capable de me défendre.

Je sais, poursuivit-il, nerveux. *Mais j'ai besoin que tu me promettes. Quoi qu'il arrive, quoi que tu voies, tu veilleras sur toi. Et uniquement sur toi.*

Elle secoua la tête. *Mais…*

S'il te plaît, la supplia-t-il. *Promets-le-moi.*

Wren ouvrit et referma la bouche, ferma les yeux, puis elle hocha la tête.

— Je te le promets, souffla-t-elle.

Il la fit tourner, la paume plaquée contre son dos, puis la fit basculer en arrière. Elle serra sa main, haletante. Pensait-elle qu'il allait la lâcher, l'humilier devant tout le monde ? Non. Il la tint fermement, le regard fixe, et la fit remonter avec grâce jusqu'à ce que son visage soit à quelques centimètres du sien. C'était enivrant d'être aussi près d'elle. De savoir qu'il enfreignait presque toutes les règles. Qu'il franchissait toutes les lignes.

— Le morceau est terminé, murmura-t-elle, et son souffle lui frôla le cou. Je crois qu'on peut s'arrêter.

Cependant, August ne desserra pas son étreinte. Il était comme paralysé, envahi par un sentiment aigu de terreur qui avait pris le contrôle de son esprit. S'il la laissait partir, s'il ne la gardait pas contre lui, il risquait de la perdre à jamais.

— August.

— Ne fais confiance à personne, chuchota-t-il, désespéré. Pas même à ceux qui sont proches de toi. Pas même à ceux qui ont été gentils. Pas même à ceux qui semblent être de ton côté.

— Pourquoi tu me dis ça ?

— Parce que, soupira-t-il.

Puis, avec réticence, il lui lâcha la main.

Il se pencha en avant et ses lèvres effleurèrent sa peau avant qu'il ne dépose sur sa joue un baiser plein d'une infinie tristesse. Une dernière fois, il s'autorisa à pénétrer dans son esprit.

C'est tout ce qu'il me reste.

Sur ce, il partit, traversa la salle de bal telle une ombre menaçante en direction des grandes portes en bois. Il entendit Wren l'appeler, la musique qui reprenait. Les autres élèves le suivaient des yeux tandis qu'il s'en allait. Ses gestes auraient des conséquences. Ses paroles étaient lourdes d'une réalité que lui seul comprenait. Et bien qu'il eût donné n'importe quoi pour modifier le passé, il ne pouvait échapper à ce qu'il avait déclenché.

43

EMILIO

Emilio n'aimait pas trop les fêtes. À cause de la musique ? De l'obligation de socialiser ? Ou parce que la dernière fois qu'il avait été à une fête, il était mort ? Sans doute. Ainsi, en dépit des décorations et de l'excitation dans l'air, il ne pouvait s'empêcher d'être de mauvaise humeur.

— Allez, une dernière danse. Tu me dois bien ça.

Scarlett se tenait devant Olivier, les bras croisés et l'air fâchée. Elle portait une robe en tulle rose qui lui donnait des airs de cupcake – un très joli cupcake, mais un cupcake quand même.

Olivier soupira et fit tournoyer son champagne dans sa flûte.

— Scarlett, ma chère, je t'ai escortée au bal. J'ai dansé sur trois morceaux, comme convenu. Je t'ai même tenu la main alors que Jamie te regardait afin de le rendre jaloux. Je crois que j'en ai fait plus qu'assez.

— Mais tu es mon cavalier, insista-t-elle, boudeuse.

— Je suis ton prisonnier.

Elle leva les yeux au ciel.

— Ce que tu peux être rabat-joie.

Elle pivota sur ses talons aiguilles argentés et s'éloigna, mécontente, avant de sauter sur la première personne qu'elle croisa pour l'entraîner de force sur la piste de danse.

Emilio ravala un sourire. Il était un peu triste pour Scarlett – Olivier n'était pas le cavalier le plus coopératif –, mais il se réjouissait de voir qu'il ne lui portait pas plus d'intérêt que ce qu'il avait dit.

Alors que le morceau se terminait, Josie et Carter, qui avaient passé la dernière demi-heure à se trémousser sur la piste, s'avancèrent vers Emilio et Olivier. Ils étaient en nage et respiraient bruyamment.

— Qu'est-ce que vous faites, tous les deux ? gloussa Josie en prenant une gorgée de la flûte de champagne d'Olivier. C'est un bal. À un bal, on danse. On ne reste pas plantés là à broyer du noir.

— Je ne broie pas du noir, protesta Olivier.

— Et toi ? continua Josie. C'est quoi, ton excuse ?

— Je n'aime pas danser, répondit Emilio en haussant les épaules.

— Allez, quoi ! reprit-elle en croisant les bras. Tristan serait furieux s'il vous voyait comme ça. Franchement, il vous aurait déjà remis les idées en place.

— Et Georgia vous aurait ensuite traînés de force sur la piste de danse, s'exclama Carter.

— Oui, eh bien, ils ne sont pas là, bougonna Olivier.

Et sa remarque sembla vider la pièce de son oxygène.

Josie tressaillit, comme si on l'avait giflée.

— Je le sais.

— Moi, je n'ai pas envie de danser et de faire la fête alors qu'ils sont coincés dans l'infirmerie dans je ne sais quel état, continua Olivier en attrapant une flûte sur un plateau. Je trouve même très étrange que vous déambuliez joyeusement en sachant ça.

— Tristan voudrait qu'on en profite, chuchota Josie d'une voix incertaine.

Olivier ricana.

— Continue de t'en convaincre.

Le ton cruel d'Olivier fit grimacer Emilio.

— Hé, ça va ? lui demanda-t-il doucement.

— Oui, super, répondit-il sans même se tourner vers lui.

Carter posa une main réconfortante sur l'épaule de Josie puis fusilla Olivier du regard.

— Bien, conclut-il, mal à l'aise. Si vous changez d'avis, on est sur la piste de danse. (Il adressa ensuite un sourire amical à Emilio.) Essaye quand même de t'amuser un peu.

Olivier vida sa flûte d'un trait puis s'éloigna. C'était sa quatrième. Ou sa cinquième, peut-être.

Emilio avait cessé de compter.

— Un verre ? lui proposa son ami.

— Non, merci, déclina-t-il d'un ton pincé.

— Et pourquoi non ? railla Olivier.

Parce que la dernière fois que j'ai bu, je me suis fait tuer.

— Je n'ai pas envie.

— Comme tu voudras.

Emilio soupira. Il était à bout de patience.

— Qu'est-ce qu'il t'arrive ? Tu n'avais aucune raison de te montrer grossier envers Josie.

— Je ne vois pas de quoi tu parles, répliqua Olivier.

Emilio avait l'intention de poursuivre, mais il aperçut Masika de l'autre côté de la salle. Elle leur faisait signe de la rejoindre, visiblement agacée.

— Masika nous appelle.

— Qu'est-ce qu'elle veut ? répondit-il, indifférent.
— Je ne sais pas.

Emilio se détacha du mur et se dirigea vers elle. Olivier râla mais Emilio l'entendit le suivre. Mais qu'est-ce qui lui prenait ? Il lui avait paru aller bien, dans la bibliothèque. D'ailleurs, Emilio aurait pu jurer qu'il y avait eu quelque chose d'électrique entre eux. Une étincelle.

— Il vous en a fallu, du temps, marmonna Masika.
— On était occupés, rétorqua Olivier.
— Ouais, ricana-t-elle. Occupés à vous contempler de loin.

Emilio sentit ses joues s'empourprer. Elle avait raison. Il avait passé une bonne demi-heure à attendre qu'Olivier vienne le voir. Cependant, il pensait que personne n'avait remarqué.

Heureusement, Masika lâcha l'affaire.

— Bref, soupira-t-elle en se penchant vers Emilio. Comment s'est passée votre excursion à la bibliothèque ?

Olivier se racla la gorge. Si le commentaire de Masika l'avait troublé, il ne le montrait pas.

— Emilio a récupéré le livre dont il avait besoin.
— Génial ! se réjouit-elle. Et tu as trouvé quelque chose d'utile ?
— Je l'ai simplement feuilleté, répondit Emilio en regardant nerveusement autour de lui. Il y a des théories intéressantes mais il me faut plus de temps. Je ne voulais pas prendre le risque d'être en retard. Compte tenu de…

Masika hocha la tête.

— Préviens-nous quand tu auras la moindre info. Je suis sûre que les autres auront envie de savoir eux aussi.
— Louise incluse… chuchota Emilio.

Dans un même élan, ils pivotèrent vers l'autre côté de la pièce, où se trouvait Louise. Elle était assise seule et tapotait la table en rythme avec la musique. Bien que craignant que Louise en sache plus qu'elle ne le disait, Emilio dut admettre qu'elle paraissait inoffensive. Avec ses grands yeux bleus et son visage doux. Ses lèvres couleur cerise et ses longs cils.

Elle lui faisait plus penser à une reine de beauté qu'à un Desmion.

— J'ai du mal à croire qu'elle a manipulé de la magie d'ombres, grommela Olivier. Ça n'a aucun sens. Enfin, regardez-la.

— Et pourtant, si, observa Masika. Deux fois, même.

Olivier soupira. Il porta sa flûte à ses lèvres puis grogna de frustration en constatant qu'elle était vide.

— Je reviens. J'ai besoin d'un autre verre.

Emilio posa doucement la main sur son avant-bras.

— Ce sera ton sixième, non ?

— Et alors ? cracha Olivier. N'ai-je pas le droit de boire en paix ?

Un silence tranchant comme un couteau lui répondit. Une seconde à peine s'écoula entre l'instant où ses paroles avaient quitté ses lèvres et l'instant où il les regretta, mais Emilio fut blessé par son ton.

Olivier ferma les yeux, grimaça.

— Emilio. Merde. Je n'aurais pas…

— T'inquiète, enchaîna Emilio. Vas-y.

Olivier ouvrit la bouche, la referma. Apparemment, il avait jugé que ce qu'il allait dire n'en valait pas la peine, et il se mêla à la foule.

Masika souffla à côté d'Emilio.

— Hé, dit-elle en lui prenant le coude.

Emilio ne trouva pas le courage de la regarder.

— Si tu comptes me dire d'arrêter d'être lâche, je préférerais que tu t'abstiennes.

— Non, lui assura-t-elle en le tournant vers elle. Ne laisse pas son attitude te toucher. On sait tous les deux qu'Olivier t'adore. Simplement… (Elle souffla de nouveau.) Je ne sais pas ce qu'il a mais je te promets que ça n'a rien à voir avec toi.

— Il semblait aller bien, tout à l'heure, chuchota Emilio, vaincu.

— Tu as essayé de lui parler ?

Ça paraissait si simple. *Allez, essaye.* Pourtant, Emilio ne pouvait s'empêcher d'écouter la petite voix dans sa tête qui instillait de la peur dans son cœur et du doute dans son esprit.

— J'ai… bafouilla-t-il. J'ai besoin de plus de temps.

Masika passa le bras autour de ses épaules.

— Comme nous tous.

44

WREN

Figurant parmi les meilleures élèves de Blackwood, Wren s'était habituée aux regards appuyés, voire envieux. Mais les yeux qui la fixaient à présent lui donnaient envie de se fondre en elle-même et de disparaître. Bien qu'au milieu d'un grand hall, elle se sentait claustrophobe, comme si les hauts murs tout autour d'elle avaient commencé à rétrécir et allaient la piéger dans une cage de mensonges et de déceptions.

Ils les avaient tous vus danser ensemble. August et Wren, glissant sur la piste de danse tels deux fantômes. Pire que tout, ils avaient aussi tous vu August partir en trombe et la laisser endurer le reste de la soirée toute seule.

Elle avait mal à la tête – comme si des milliers de cailloux rebondissaient à la base de son crâne. *Elle pouvait entendre les pensées d'August*. Ça n'avait aucun sens. Ce n'était même pas possible. Cependant, comment nier ce dont elle avait fait l'expérience ?

Ajouté à cela, il y avait le problème des candidats éliminés. De toute évidence, quelqu'un avait effacé leur souvenir dans l'esprit des autres élèves, mais qui ferait une chose pareille ? Qui en avait la capacité ?

Dans un sursaut de frayeur, elle pensa à la créature d'ombres qui s'était faufilée dans Blackwood après la deuxième épreuve – et à la mise en garde de Silas à l'encontre des Desmions. Étaient-ce eux, les responsables ?

Avaient-ils infiltré Blackwood ? Étaient-ils déjà là ?

Elle parcourut la salle du regard à la recherche d'un visage familier. Elle ne vit personne, il y avait trop de gens – un océan d'élèves qui tourbillonnaient autour d'elle dans une palette de couleurs criardes qui lui donnaient la nausée. La douleur dans sa tête descendit le long de sa colonne vertébrale et elle eut l'impression de suffoquer. Elle se pencha en avant, posa les mains sur ses genoux. Elle envisageait de s'enfuir à toutes jambes lorsqu'elle entendit une voix douce et amicale.

— Est-ce que ça va ?

C'était Masika. Elle prit gentiment Wren par les épaules et la redressa.

— On dirait que tu vas vomir.

— Non. Je… Enfin, oui, ça ne va pas.

Wren regarda autour d'elle d'un air nerveux.

Elle ne pouvait pas l'expliquer mais elle avait le sentiment que les Valeureux l'observaient. Qu'ils écoutaient ses conversations.

— Je peux te parler ? En privé ?

— De quoi ?

Wren lui attrapa le poignet.

— S'il te plaît. Fais-moi confiance.

Masika hocha la tête et se laissa entraîner hors de la salle des banquets.

Elles se faufilèrent dans un couloir contigu. Quelques élèves traînaient plus loin et s'enivraient en douce d'alcool enchanté versé dans des flasques en argent. D'autres s'embrassaient dans la cage d'escalier mais, pour l'essentiel, elles étaient à l'abri. Cependant, Wren s'éloigna davantage de la salle et s'arrêta sous une lanterne.

— Tu vas me dire de quoi il s'agit ? lança Masika, exaspérée.

— Les candidats éliminés, lâcha Wren.

— Eh bien ?

— Je suis allée à l'infirmerie. Ils n'y sont pas.

— Comment ça, ils n'y sont pas ?

— Ils ne sont pas là, reprit Wren, quelque peu affolée. Pas de corps. Aucune trace. Nick. Liza. Georgia. Tristan. Ils ont disparu.

Masika pâlit.

— Ils sont peut-être dans un autre bâtiment ?

— Pire encore, poursuivit Wren en s'approchant. J'ai parlé à plusieurs élèves, et personne ne se souvient d'eux.

— Ce n'est pas possible, répondit Masika en secouant la tête. Moi, je me rappelle. Toi, tu te rappelles.

— Parce qu'on participe toutes les deux à la Décade. Mais tous les autres, ceux qui ne sont pas impliqués dans la compétition, c'est comme s'ils avaient été effacés de leur esprit. Tout souvenir qu'ils avaient d'eux s'est évanoui.

Wren entendait bien que c'était impossible. Ridicule. Sincèrement, si elle ne l'avait pas vu de ses propres yeux, elle aurait eu du mal à y croire.

— Tu es sûre ?

— Oui, répondit Wren en hochant vigoureusement la tête. Je te jure que je ne mens pas. Je te le jure.

— OK, enchaîna Masika. Je te crois.

Wren ouvrit de grands yeux, visiblement surprise.

— Tu me crois ?

— Évidemment. Wren, tu es beaucoup de choses, mais pas une menteuse.

— Merci !

— Le mieux serait d'aller chercher les autres et de les mettre au courant, reprit Masika en tripotant l'un des bracelets en or à son poignet. Emilio s'est introduit en cachette dans la bibliothèque tout à l'heure et a récupéré un livre sur la magie d'ombres. Il se peut que tout ça soit lié. La magie d'ombres. La compétition. Les souvenirs. Il faudrait qu'on rassemble tout le monde et qu'on trouve des réponses.

— À Bonestrod ?

— Je ne pense pas que ce soit une bonne idée. Si on s'absente trop longtemps, cela risque d'éveiller les soupçons de Silas.

— Et le jardin ? suggéra Wren. Comme ça, on ne s'éloigne pas trop du bal.

— Parfait.

Elles étaient en chemin vers la salle de bal quand une pensée traversa l'esprit de Wren. Elle s'arrêta.

— Attends. Je crois qu'August n'est plus là.

— Comment ça ? lui demanda Masika.

— Il est parti.

Wren grimaça en se rappelant son expression meurtrie au moment où il s'était élancé hors de la salle et l'avait laissée seule sur la piste de danse.

— Et je ne pense pas qu'il compte revenir.

Masika eut un geste d'agacement.

— Tu sais où il est ?

— Oui, j'ai ma petite idée.

— Alors vas-y, lui enjoignit Masika. Je m'occupe des autres. Mais dépêche-toi.

Wren hocha la tête et se précipita dans le couloir. Poussant les lourdes portes du bâtiment, elle sortit dans la nuit. La brise fit voleter les pans de sa robe écarlate et glissa sur son visage alors qu'elle partait en courant à la recherche d'August. Elle ignorait pourquoi elle savait où le trouver. C'était une intuition. L'instinct. Elle pouvait l'entendre l'appeler, même quand ils étaient loin l'un de l'autre, même quand tout leur barrait la route. Lorsqu'elle s'approcha des marches en granit menant au Mémorium, sa certitude ne fit que se renforcer. Une sorte d'élan l'attira vers lui comme une boussole trouvant enfin le nord.

Avant qu'elle ne pose sa main sur la poignée, avant qu'elle n'ouvre la porte, elle entendit sa voix, pareille à une douce caresse sur ses joues.

Loughty.

45

OLIVIER

Tout le mauvais champagne du monde ne pourrait réparer les dégâts qu'il avait causés. Comment avait-il pu parler à Emilio sur ce ton ? Avec autant d'amertume ? Sans le moindre égard pour ses sentiments. Cet éclat soudain était un rappel qu'Olivier n'avait pas autant changé qu'il l'espérait. Il avait toujours tendance à repousser les autres – quand il était en proie à la panique ou à la détresse, il ne savait que mordre. Semblable à un animal qui se ronge la patte dans une tentative de se sauver.

Il tendit le bras pour attraper une autre flûte de champagne mais se ravisa et fourra la main dans sa poche. Noyer son chagrin dans l'alcool ne prouverait rien. C'était simplement une façon de fuir. *Non.* Il voulait assumer les conséquences de ses actes avec toute la dignité dont il était capable. Faire demi-tour, se précipiter sur Emilio et plaider sa cause. Il devait…

— Dis-moi ce que j'ai fait de mal.

Olivier se retourna et aperçut Emilio, qui l'observait, les yeux rougis, triturant une serviette en papier entre ses mains.

— Emilio, soupira Olivier en se frottant le visage, exaspéré. Tu n'as rien fait de mal. Je ne suis qu'un pauvre ivrogne. Vraiment.

— Ce n'est pas tout. Il y a quelque chose que tu ne me dis pas.

— Oui. Mais qui n'a pas de secrets ?

Emilio ne broncha pas.

— Olivier.

De nouveau, il soupira. Se pinça l'arête du nez.

— OK. Tu ne vas pas lâcher l'affaire, de toute façon, hein ?

Comme Emilio ne répondait pas et continuait de le regarder sans ciller, Olivier comprit qu'il avait perdu.

— Bon, d'accord. Finalement, j'ai bien fait de me soûler, c'est pas plus mal, pour te dire que… (Il souffla nerveusement puis rassembla assez de courage pour prononcer les deux mots qu'il avait espéré ne jamais prononcer à voix haute.) J'oublie.

Emilio cligna des yeux.

— Tu oublies quoi ?

— *J'oublie*, répéta Olivier. Mes souvenirs.

Et voilà. La seule chose qu'Olivier avait voulu éviter. Parce qu'il savait que cela lui briserait le cœur en mille morceaux. À savoir cette expression d'angoisse terrible qui traversa le regard d'Emilio à l'instant où il comprit.

— Non, marmonna Emilio en secouant la tête. Ça… Ça ne peut pas… Tu ne peux pas…

— Malheureusement, si, répondit Olivier, qui masqua sa douleur par un haussement d'épaules. Si je ne remporte pas la Décade, c'est « au revoir mes souvenirs » et « bonjour à une éternité passée à errer dans l'Éther ».

— Comment peux-tu être aussi insensible ?

La question transperça le cœur d'Olivier.

— Pardon ?

— Comment peux-tu faire comme si c'était une vaste blague ? bafouilla Emilio.

La tristesse qui avait embrumé ses yeux avait disparu, laissant place à une colère inhabituelle qui donna à Olivier envie de disparaître sur-le-champ.

— Ce n'est pas si simple.

— Évidemment que non ! s'écria Emilio. Si tu bascules… si tu pars dans l'Éther, ça changera tout. Tu n'auras plus le droit de revenir à Blackwood. Tu ne…

— Tu crois que je ne le sais pas ? rétorqua Olivier, la voix chargée d'anxiété tandis que tous ses verrous internes sautaient. Tu ne crois pas que cette réalité me ronge ? Que je ne me noie pas dans mon propre malheur ? Sachant que je risque de tout perdre ? Que je risque de te perdre, toi ?

Emilio tressaillit. Les mots résonnèrent dans l'air.

Il fit un pas en avant. Son regard s'adoucit.

— Alors pourquoi tu ne m'as rien dit ?

— Parce que, bredouilla-t-il. Parce que je suis débile. Parce que je ne voulais pas te charger de ce poids. Je ne voulais pas être un fardeau, un truc qu'on regarde avec pitié.

— Un fardeau ? hoqueta Emilio. Tu ne seras jamais un fardeau pour moi. Tu es… Tu es *tout* pour moi. Tu comprends ?

Olivier sentit son cœur tressauter – une merveilleuse douleur. « Tu es tout, pour moi. » Il avait envie de se tatouer cette phrase sur la peau. De la graver dans son esprit. Qu'on la lui récite en boucle jusqu'à la fin des temps.

Avant même de comprendre ce qu'il faisait, il posa doucement les mains sur les joues d'Emilio. Celui-ci parut aussi surpris, ses yeux s'arrondirent et sa bouche s'entrouvrit. Olivier se rendit compte à quel point il lui serait facile de parcourir la distance entre eux. Comment ne s'en était-il pas rendu compte plus tôt ? Il suffisait de pencher un peu la tête en avant. Un minuscule acte de foi. Un instant de bravoure.

Mais l'univers s'était de toute évidence ligué contre lui parce que, au même moment, Masika apparut à leurs côtés. Sa poitrine se soulevait douloureusement et elle essayait de reprendre son souffle. Derrière elle se trouvaient Josie, Carter, Irene – et tous avaient le même air effrayé.

Olivier pesta et retira ses mains du visage d'Emilio.

— Timing impeccable, Masika.

— Désolée de vous interrompre, marmonna-t-elle en leur adressant un petit sourire contrit. *Vraiment.* Mais il faut que vous veniez avec nous dans le jardin. Maintenant.

46

WREN

August était à genoux. Les épaules contractées et les mains appuyées sur le sol. Il s'était placé devant la pile de lettres, comme s'il les passait en revue. Wren ferma la porte et entra. Il ne fit aucun mouvement signalant qu'il avait remarqué sa présence mais elle savait que c'était le cas. Elle le sentait. À travers ce fil inexorable qui les reliait l'un à l'autre.

Il glissa dans ses pensées et l'appela encore une fois.

Loughty.

— Je suis là, dit-elle tout haut.

Le son de sa voix rebondissant dans la pièce sembla briser l'enchantement. August leva la tête. Il avait l'air épuisé. De gros cernes enflaient sous ses yeux. Un poids pesait sur ses épaules, comme si une force invisible le poussait vers le bas.

— Tu m'as trouvé, murmura-t-il en esquissant un sourire.

Ce même sourire en coin qu'elle connaissait si bien, ce même éternel air malicieux. Mais moins vibrant. Il avait toujours le regard voilé par l'angoisse.

Elle fit un autre pas en avant.

— Évidemment. Et je te trouverai toujours.

Il reporta son attention sur les lettres. Wren s'arrêta à sa hauteur.

— Tu en connaissais ? demanda-t-elle.

— Non. Enfin, personne qui aurait laissé une lettre. La personne que j'ai perdue est simplement… partie.

Wren s'agenouilla à ses côtés.

— Tu ne m'as jamais dit que l'Ordre des Desmions t'avait pris quelqu'un.

August laissa une lettre glisser entre ses doigts. Elle tomba sans bruit.

— C'était il y a longtemps.

Wren se mordit l'intérieur de la joue. Fallait-il qu'elle insiste ? Elle avait envie d'en savoir plus sur son passé. Elle rêvait d'abattre enfin le mur érigé entre eux. S'il acceptait de se confier à elle, il pourrait peut-être se rendre compte qu'ils n'étaient pas si différents. Que toute cette noirceur, cette rage, cette douleur qu'il gardait en lui vivaient aussi en elle.

— Tu peux me parler de tout ça, dit-elle en posant la main sur la sienne. Je sais ce que c'est que de perdre quelqu'un. De vivre avec cet énorme trou dans la poitrine. Cette fissure qui ne disparaît jamais. Certains matins, au réveil, je suis tellement en colère que ça me fait peur. Comment puis-je contenir autant de colère ?

Sa main à lui tremblait mais elle ne le lâcha pas. Au contraire, elle la serra plus fort.

— Je sais que tu as envie de partir en courant dans l'autre sens, de faire comme si ça n'existait pas. Malheureusement, ça ne fonctionne pas, August. Ta peine n'est pas ton ennemie. Elle veut simplement t'aider à te souvenir que, malgré la tristesse, la douleur, la misère, il y a eu de l'amour.

Le silence s'étira entre eux. August prit une grande inspiration. Elle espéra que cela suffirait, que cela le pousserait dans la bonne direction. Mais il retira sa main. Comme si ses mots ne signifiaient rien. Comme si elle ne signifiait rien.

Quand il parla, ce fut d'un ton froid.

— Qu'est-ce que tu me veux, Loughty ?

Chaque mot lui fit l'effet d'une gifle. C'était un rappel sanglant et amer de ce qu'elle avait toujours refusé d'accepter : Augustin Hughes était cruel. Insensible. Le monstre de Blackwood. Peut-être était-il temps qu'elle se fasse à cette idée et cesse de vouloir le changer.

Elle déglutit, ravala ses larmes. Il ne méritait pas de la voir pleurer.

— J'ai besoin que tu reviennes au bal avec moi.

Il se releva en grimaçant.

— Je ne supporterai pas d'y passer une seconde de plus.

— Tu n'as pas vraiment le choix, répondit-elle d'un ton sec. J'ai parlé à Masika des candidats éliminés. On va rassembler tout le groupe et tenter de découvrir qui est responsable.

— Je pense que ça ne sera pas nécessaire.

Ils ne l'avaient pas entendu entrer. Rien. Pas un bruit. Pas avant qu'il ne parle, et sa voix claqua dans l'air comme une menace.

Le proviseur Silas se tenait dans l'entrée du Mémorium, juste derrière les bancs. La cape noire qui enveloppait ses épaules lui donnait l'apparence d'un spectre, d'un fantôme drapé d'ombres.

— Proviseur Silas, bredouilla Wren, pleine d'appréhension. Pardon. Nous nous apprêtions à retourner au bal. August avait besoin de prendre l'air et je…

— Vous n'avez pas trouvé étrange que nous soyons prêts à renier une tradition qui constitue les fondements mêmes de l'au-delà ? l'interrompit Silas.

Il avança vers eux, et ses bottes martelèrent le sol.

— Que nous renoncions aussi facilement à un processus sacré ? Mais peut-être ne devrais-je pas être surpris. Tout le monde s'imagine sortir du lot, non ? Être *sans précédent* ?

À côté d'elle, August frémit. Puis il fit un pas en avant et se plaça légèrement devant elle.

— Pardon, proviseur, reprit Wren en secouant la tête. Je ne comprends pas.

— Et si je vous disais qu'on a respecté la tradition ? poursuivit Silas en faisant traîner sa canne par terre, ce qui emplit l'air d'un grincement terrifiant. La vérité, c'est que toute Décade est une compétition. Il y a toujours eu douze candidats. Et seul l'un d'eux parvient à obtenir sa place parmi les Valeureux.

— C'est impossible, bafouilla Wren. On… On le saurait. On…

— La magie psychique est une arme puissante, continua Silas en lui adressant un sourire sinistre. Les élèves peuvent accéder à une minuscule partie de celle-ci, mais ceux qui savent s'en servir pleinement… Certains disent même que c'est la plus dangereuse magie de toutes. Elle peut vous faire croire à quelque chose qui n'est pas vrai. Vous faire voir des choses qui n'ont jamais été là. Vous faire tout oublier, y compris des *gens*.

La vérité foudroya Wren avec la force d'une tempête.

— C'est vous, murmura-t-elle, incapable de masquer la terreur dans sa voix. C'est vous qui avez effacé les candidats éliminés de leur mémoire.

Silas fit un autre pas en avant, mais, cette fois-ci, August l'imita. Il se planta devant Wren, s'interposant clairement entre elle et Silas. Des flammes jaillirent au bout de ses doigts puis remontèrent le long de ses avant-bras. Wren sentait la chaleur émanant de son corps. La fureur brûlant dans son regard.

— Stop, rugit-il. Restez où vous êtes.

— Bien sûr, monsieur Hughes, acquiesça Silas en levant les mains dans un geste d'apaisement feint. Je n'ai pas l'intention de vous faire du mal. D'ailleurs, j'apprécie toujours autant votre chère Wren. C'est une élève remarquable et une adversaire hors pair.

— Expliquez-vous, exigea-t-elle en s'écartant d'August.

Elle n'avait pas besoin qu'il la défende. Surtout après l'avoir méprisée comme ça.

— Oui, naturellement. Si vous le souhaitez, répondit Silas en retirant lentement ses gants. C'est très simple. À chaque Décade, je fais la même annonce. Je révèle à la grande surprise de tous qu'elle a été transformée en concours. Et à mesure que les épreuves se déroulent, j'efface les candidats éliminés de la mémoire des élèves. Vous oubliez leur existence. Tout ce que vous vous rappelez, c'est le gagnant. L'élu.

Un bourdonnement perçant envahit les oreilles de Wren. Elle lutta contre le flot de panique qui déferlait sur elle et s'efforça de rester calme.

— Pourquoi ?

— L'Éther repose sur un équilibre fragile, reprit Silas d'un ton serein. Il a toujours eu besoin de consommer des âmes corrompues pour fonctionner. Cependant, ces dernières centaines d'années, quelque chose a changé. Il a commencé à résister. Vous n'avez pas remarqué qu'il s'oppose à vous quand vous en franchissez le seuil ?

Bien sûr qu'elle avait remarqué. L'Éther s'acharnait toujours contre eux. Simplement, elle pensait que c'était normal. Que c'était ainsi que ça marchait. Elle n'avait jamais envisagé, pas même une seconde, une telle possibilité.

Il poursuivit :

— Nous ne savons pas ce qui a provoqué ce changement. Une chose néanmoins était sûre : l'Éther avait besoin de plus. Les âmes corrompues ne suffisaient pas. Et les élèves de Blackwood… Il y a quelque chose dans vos âmes qui satisfait l'Éther. Du moins pendant dix ans. La Décade nous offre l'occasion d'opérer les sacrifices nécessaires. D'offrir un petit groupe d'élèves en échange d'un au-delà équilibré et ordonné.

August jura et se passa la main sur le visage.

— Équilibré et ordonné ? C'est vraiment ce que vous croyez ?

— Je ne crois pas, je sais.

— Vous êtes un monstre, souffla Wren.

— Je vous ai donné ce que vous vouliez, affirma-t-il en pinçant les lèvres.

— Ça, siffla-t-elle, les poings serrés, ce n'est pas ce que je voulais.

— Ah bon ? Vous vouliez la nomination. La possibilité d'être Valorisée. De faire partie de l'élite académique. Et je vous l'ai donnée.

— Mais si j'avais su…

— Vous auriez changé d'avis ?

Sa question la frappa comme un coup de poing dans le ventre. Elle sentit ses genoux trembler.

— Ne vous voilez pas la face, Wren. La vérité ne change rien. Vous auriez quand même souhaité être candidate.

— Vous vous trompez.

Cependant, lorsque les mots quittèrent ses lèvres, elle vacilla. Aurait-elle changé d'avis ? Cela aurait-il modifié quoi que ce soit ? Elle avait toujours été ambitieuse – probablement trop.

Silas vit le doute s'afficher sur son visage. Il s'avança, lui adressa un sourire mauvais.

— On ne peut échapper à ce qu'on est, dit-il.

Et sa voix froide et perfide sembla courir sur sa peau.

— D'ailleurs, vous me faites beaucoup penser à moi. Cette volonté d'être la meilleure. D'accéder à tout son potentiel. C'est pour cela que je vous ai choisie.

Wren le laissa plonger son regard dans le sien. Elle refusait de détourner les yeux.

— Je ne suis pas comme vous.

Il pencha la tête sur le côté, plissa les paupières.

— Et Maeve, alors ?

L'espace d'un instant, tout se figea. À croire que le monde autour d'elle avait cessé d'exister, réduit à cet affrontement entre eux deux. Elle vit une ombre voiler le regard de Silas et prit la mesure de sa cruauté.

Il avait ouvert la boîte verrouillée en elle et l'avait fracturée en mille morceaux.

Avec un simple mot.

Un prénom.

— Comment ? bredouilla-t-elle.

— Votre sœur n'aurait pas dû être dans la voiture avec vous. Vous l'avez laissée conduire alors que vous saviez qu'elle avait bu. De plus, votre mère vous avait explicitement demandé de ne pas l'emmener à cette fête. Mais vous étiez fâchées. Vous vouliez la défier, avoir gain de cause.

Le monde vacilla. L'air se densifia.

— Arrêtez.

— Mais ce n'était pas que cette nuit-là. En permanence, vous ne vous souciiez que de vous. Tout ce qui vous intéressait, c'était manipuler les autres selon votre volonté. Vous exultiez d'être meilleure que tout le monde. C'était votre addiction. Et vous auriez préféré condamner votre sœur à une mort précoce plutôt que de vous conformer aux règles. (Sa voix se fit plus grave.) Je suis le seul qui ne vous jugera pas, Wren. Je ne vous juge pas parce que je vous comprends. Les règles de la vie ont parfois besoin d'être modifiées. Parfois, un sacrifice est nécessaire pour atteindre son maximum.

Les larmes lui brûlaient les paupières et menaçaient de couler. Elle sentait le regard d'August posé sur elle. Savoir qu'il était là, qu'il entendait tout, lui donnait envie de mourir. Cela dit, ce n'était plus la peine de fuir. De faire semblant. August verrait enfin la terrible vérité cachée au plus profond d'elle-même, la noirceur qui habitait son âme.

— Vous… Vous avez tort, se défendit-elle en secouant la tête. Changer les règles, c'est une chose. Vous, vous sacrifiez des âmes innocentes, vous détruisez.

— Ça suffit.

Ses paroles la réduisirent au silence, comme s'il avait placé ses mains autour de sa gorge.

— À présent, reprit Silas en s'approchant encore d'eux, telle une ombre menaçante, si je ne me trompe pas, on nous attend dans le jardin.

Wren tituba, sous le choc.

— Comment le savez-vous ?

— Mieux vaut ne pas les faire attendre.

Le proviseur claqua dans ses doigts avant que Wren ne comprenne ce qu'il allait faire. Un instant, ils étaient tous les trois dans le Mémorium, plongés dans la pénombre, et, l'instant d'après, ils étaient dans le jardin, que la lueur argentée de la nuit éclairait, au milieu des autres candidats.

Masika, qui parlait aux autres, s'interrompit en pleine phrase. Elle regarda Wren, perplexe.

— Qu'est-ce qu'il se passe ?

— Bonjour à tous, s'imposa Silas. Pardon pour cette intrusion. Mais je crois qu'il est grand temps que je vous confie quelque chose.

PARTIE VI

LA TRAHISON

47

MASIKA

La relation qu'entretenait Masika avec l'angoisse était faite de vigilance constante. Elle était toujours à l'écoute des signes avant-coureurs. Toute sensation était scrutée avec appréhension. Cela lui semblait toujours inévitable. Quelque chose auquel elle ne pouvait pas échapper, malgré tous ses efforts.

S'il y avait bien un moment pour que la panique s'empare d'elle, c'était maintenant. Elle attendit que l'adrénaline monte. Que ses sens s'engourdissent. Mais tandis qu'elle captait les mots sortant de la bouche de Silas, que son cerveau les analysait, ce ne fut pas de la panique qu'elle ressentit.

C'était de la rage.

La colère chassa toute trace d'anxiété de son corps. C'était un torrent tempétueux, prêt à tout balayer sur son passage. Elle serra les poings, accueillit la douleur. Cela signifiait qu'elle était toujours là. Qu'il y avait encore de l'espoir.

Contrairement aux autres.

Nick. Liza. Georgia. Tristan. Ils n'étaient pas blessés. Ils n'étaient pas convalescents.

Ils étaient partis. Ils avaient été détruits.

Livrés en sacrifice à l'Éther, dont l'appétit était insatiable.

Masika ravala la bile qui envahissait sa bouche alors qu'elle pensait aux derniers instants de Nick. À la façon dont il l'avait regardée. Au cri qui avait déchiré sa gorge. C'était gravé dans son esprit à jamais.

Ce n'était pas une illusion. Pas un tour de magie.

C'était la réalité.

Sa douleur, son angoisse, son désespoir – c'était entièrement vrai.

La seule façon de survivre était de gagner. Dans quel but ? À quoi cela servait-il de devenir une Valeureuse si c'était pour voir les autres périr ? Elle comprenait à présent pourquoi certains préféraient passer de l'Autre Côté, malgré l'incertitude que cela engendrait. Ils avaient refusé de poursuivre cette existence éternelle en sachant que leur triomphe, leur entrée dans l'élite académique, s'étaient faits aux dépens de onze autres âmes. Ce qui signifiait que les nommés qui étaient restés, qui avaient choisi la Promotion, avaient réussi à outrepasser cette terrible réalité.

Ils savaient que leur victoire était imprégnée de souffrance et avaient décidé de l'ignorer.

Le proviseur Silas croisa ses mains gantées et observa le groupe.

— Est-ce qu'il y a des questions ?

Josie poussa un cri primal. Carter la rattrapa avant qu'elle ne s'effondre. Lui-même était sous le choc. Il avait la peau grisâtre et ses mains tremblaient alors qu'il serrait Josie dans ses bras.

Emilio et Olivier n'avaient pas bougé depuis que Silas était apparu et leur avait expliqué toute la sordide entreprise. Ils se tenaient l'un près de l'autre, un air de déni sur le visage. Même Irene, dont les émotions étaient difficiles à cerner, paraissait secouée par la nouvelle. Dans son regard, Masika vit de la détresse.

Wren et August semblaient lutter de toutes leurs forces pour ne pas sauter sur Silas et lui arracher la tête. Masika ne pouvait pas leur en vouloir. Elle comprenait cette fureur, ce besoin d'infliger beaucoup de douleur dans l'espoir de combler un vide intérieur.

— Ça va aller, Josie. Ça va aller.

La voix de Carter se brisa. Il retenait encore ses larmes, mais Masika savait qu'elles finiraient par couler. Il avait perdu sa sœur. Sa jumelle. Un morceau de lui-même avait été détruit à tout jamais.

Josie sanglotait contre lui, et ses cris ébranlèrent Masika.

— Je ne… Je ne lui ai même pas dit au revoir. Je… *Oh, mon Dieu*. Il est parti… parti.

Cela poussa Wren à bout.

— Comment pouvez-vous faire ça ?

Ses yeux brûlaient de rage. C'était surprenant. Un côté animal de Wren que Masika n'avait jamais vu.

— Vous avez effacé nos souvenirs je ne sais combien de fois. Vous nous avez fait oublier des gens. Combien d'élèves avez-vous anéantis ? Combien de gens avons-nous oubliés ?

Si Silas fut touché par ces paroles, il n'en montra rien. Il poussa un soupir, comme si tout cela n'était qu'un léger inconvénient.

— Je ne m'attends pas à ce que vous compreniez tout. C'est très compliqué. Comme je l'ai déjà dit, l'Éther a besoin de consommer des âmes d'élèves tous les dix ans. C'est la seule chose qui nous permette d'y voyager. Si l'Éther n'est pas rassasié, on ne peut pas faire notre devoir. Vous me suivez ? Sans ces sacrifices nécessaires, l'Éther perdrait sa stabilité. (Il inclina la tête, esquissa un sourire.)

Posez-vous la question. Un petit sacrifice, insignifiant, n'est-ce pas un prix honnête à payer pour que l'ordre règne dans l'au-delà ?

Masika ne sentit pas ses jambes bouger.

Sans vraiment en avoir conscience, elle se jeta sur Silas, toutes griffes dehors, déterminée à lui déchiqueter la gorge. Mais avant qu'elle ne puisse l'atteindre, des bras puissants l'agrippèrent et la ramenèrent en arrière.

— Non.

C'était August. Il avait son bras autour de sa taille et lui parlait d'une voix rauque.

— Ça n'en vaut pas la peine. Il n'en vaut pas la peine.

— Insignifiant ? hurla Masika en se débattant – elle enfonça ses ongles dans le bras d'August mais il ne céda pas ; il ne réagit même pas. Comment pouvez-vous ? C'étaient des êtres humains !

Silas éclata d'un rire froid et moqueur.

— Miss Sallow.

— Vous n'êtes pas Dieu ! cracha Masika. Vous ne pouvez pas jouer avec les âmes des gens. Vous n'avez pas le droit de décider qui mérite ou non d'exister !

Silas l'observait d'un air indéchiffrable. Puis il se mit à faire les cent pas, posant le regard sur chaque candidat.

— La colère est une réaction normale. Je m'attends à ce que vous soyez fâchés. Frustrés. J'ai déjà vécu ça. À des centaines d'occasions. Ce n'est pas la première fois que la vérité est révélée avant qu'elle ne doive l'être, mais les élèves finissent toujours par l'accepter. C'est pour cela que nous avons actuellement un groupe de Valeureux aussi talentueux qui maintiennent l'ordre dans nos couloirs.

— Alors ils sont aussi pervers et malades que vous, riposta Masika. Toute personne sensée préférerait passer de l'Autre Côté plutôt que soutenir une institution qui prospère sur les cendres de ses élèves.

— Vraiment ? Regardez autour de vous, miss Sallow. Réfléchissez. Je suis certain que, face à ce choix, chacun de vos camarades ici opterait pour rester. Ce sacrifice, si terrible soit-il, ne change rien à l'objectif que vous vous êtes tous fixé.

Masika se détourna de Silas et observa le groupe.

Elle ne voulait pas qu'il ait raison. Ce n'était pas possible. Mais alors qu'elle examinait les autres tour à tour, la vérité lui apparut. Ils voulaient tous rester, désespérément. Ils voulaient se sauver. Que ce soit par soif de pouvoir, par amour, ou parce que c'était toujours mieux que de plonger dans l'inconnu.

Ils resteraient. Tous.

La tension dans ses muscles s'apaisa. Son corps cessa de se débattre. August dut deviner son sentiment de défaite et il desserra son emprise.

— Qu'est-ce que cela signifie pour nous ? demanda Irene.

Masika avait très envie de lui parler en privé, seule à seule.

— Ça ne change rien, déclara Silas. Vous avez tous signé le serment solennel qui vous rattache à la Décade. Ce qui signifie que vous *devez* participer aux épreuves restantes.

— On pourrait rompre notre promesse, murmura Emilio, une touche d'espoir dans la voix. On serait envoyés dans les limbes du purgatoire mais on ne serait pas détruits. On aurait une chance de…

— Mes excuses, monsieur Córdova, l'interrompit Silas, faussement désolé. Il y avait des conditions annexes à votre serment.

Olivier jura à mi-voix.

— Évidemment.

— Si vous rompez votre serment, vous ne serez pas simplement expulsés de Blackwood, expliqua Silas. Quiconque décide d'abandonner, de ne pas participer aux épreuves suivantes, sera considéré comme éliminé.

— Éliminé ? répéta Carter. C'est-à-dire ?

— C'est-à-dire que, si on ne participe pas aux épreuves, si on revient sur notre promesse, il nous sacrifiera quand même à l'Éther, répondit Wren, les yeux rivés sur Silas. N'est-ce pas, *proviseur* ?

Silas sourit.

— Exact.

Josie enfouit son visage dans le torse de Carter et laissa échapper un sanglot. Il posa la main sur sa tête dans un geste tendre et la serra contre lui. Les autres semblèrent se ratatiner à mesure que la réalité de leur situation s'imposait à eux.

— On ne peut pas y échapper, murmura Emilio, la voix enrouée. Seul l'un d'entre nous survivra.

— C'est l'unique moyen, affirma Silas.

Masika avait envie de hurler. Elle balaya les autres du regard – ces concurrents qu'avec le temps elle en était venue à apprécier. Ça ne pouvait pas être le dénouement de leur histoire. Quelle fin brutale : rien que des sacrifices condamnés à l'oubli.

— Malheureusement, j'ai une autre annonce surprise, reprit Silas en l'arrachant à ses pensées.

Il partit ensuite vers le fond du jardin.

— Vous devez tous quitter le bal immédiatement et me suivre.

August croisa les bras, se rembrunit.

— Pourquoi ?

Silas le regarda par-dessus son épaule, une lueur mauvaise dans ses yeux.

— Pour la troisième épreuve, bien sûr.

48

OLIVIER

Olivier était fier d'avoir toujours su déceler les failles dans le système. Il était capable de s'extraire de situations dans lesquelles d'autres se seraient retrouvés coincés. Cela faisait partie de lui – c'était dans son ADN. Il était très intelligent. Rapide. Agile.

Mais là, il venait peut-être de signer sa perte. De tomber dans l'unique piège auquel il ne pourrait échapper. Il avait beau tourner le problème dans tous les sens, il ne voyait pas d'issue. Pas de faille. Une seule et implacable conclusion.

Il gagnerait. Ou il serait détruit.

Mais à quoi bon une vie éternelle sans Emilio ? À quoi bon s'en tirer, si c'était pour endurer le supplice de savoir que cette victoire s'était faite au prix de son âme ?

Personne n'avait le temps de poser des questions. Le proviseur Silas avançait dans la nuit, les entraînant hors du jardin. Il marchait vite, d'un pas assuré.

Au bout d'un moment, il devint évident qu'il les conduisait vers le portail.

Emilio fronça les sourcils.

— On quitte le campus ?

— Oui, monsieur Córdova.
— Mais, protesta Emilio en observant les autres avec stupéfaction, je pensais qu'on n'avait pas le droit.
— Les circonstances ont évolué.
August fit un pas en avant.
— Où nous conduisez-vous ?
Silas s'arrêta devant le grand portail voûté. Les pans de son manteau ondulaient dans la brise. D'un air amusé, il glissa la main dans sa poche et en sortit une grande clé en fer.
— Suivez-moi, et vous le saurez.
À l'instant où Olivier franchit la limite qui séparait Blackwood des bois environnants, la pression atmosphérique dégringola et le vent se renforça tout à coup, éparpillant les feuilles couleur terre de Sienne autour d'eux. Ça vibrait dans les os d'Olivier, altérant la façon dont l'air pénétrait dans ses poumons.
Puis, sans prévenir, le monde autour d'eux s'assombrit. De gros nuages gris s'amoncelèrent dans le ciel.
L'instant d'après, de minuscules flocons tombèrent sur eux.
Emilio leva les mains.
— C'est de la neige ?
— On dirait bien, commenta Wren derrière eux.
Olivier ouvrit la bouche et laissa un flocon se poser sur sa langue.
— Oui, c'est vraiment de la neige.
— Je crois qu'on a compris : il neige, maugréa Irene.
Un flocon atterrit sur un de ses cils et elle le chassa avant de scruter le ciel avec contrariété.
— Allez, les candidats ! s'écria Silas en agitant la main. Je vous suggère de ne pas traîner. Vous n'avez pas envie de vous perdre dans la forêt.

Plus ils progressaient, plus l'atmosphère fraîchissait. Les nuages étaient désormais d'un noir opaque et dense, comme si les cieux s'apprêtaient à se fissurer.

— Nous y voilà.

Silas s'arrêta à l'orée d'une clairière. Elle formait un cercle parfait au milieu des arbres et offrait une vue dégagée sur les ténèbres au-dessus de leurs têtes. Des bancs jaillirent de la terre recouverte de neige, de même que des dizaines de fleurs. Huit arches étaient érigées tout autour. Des lianes et de la vigne vierge recouvraient les piliers.

— Où sommes-nous ? demanda Josie en reniflant. Ça fait partie de Blackwood ?

— On ne dirait pas, répondit Masika d'un ton méfiant.

— Nous sommes à un carrefour, expliqua Silas. La forêt que nous venons de traverser appartient, techniquement, à Blackwood. Cette clairière marque la fin du territoire de l'académie. Le début de ce qui se trouve au-delà.

— Et qu'est-ce qui se trouve au-delà ? lança Irene en poussant un soupir d'impatience.

— Le reste du purgatoire, répondit Silas avec un sourire en coin. Un monde sombre, dangereux. Vous êtes habitués à la structure et à la sécurité de Blackwood, mais ce qui se trouve au-delà est tout sauf sûr.

— Ça suffit, les mystères, déclara August en mettant les mains dans ses poches. Dites-nous simplement ce qu'on fait là.

— Très bien, acquiesça Silas. Comme vous pouvez le voir, il y a huit arches autour de nous. Une pour chacun d'entre vous. Elles sont reliées à un lieu précis à la périphérie du purgatoire. Lorsque vous aurez franchi le portail, vous atterrirez à un de ces endroits. Vous serez seuls, séparés des autres. Là, vous devrez mettre la main sur un élixir qui vous permettra de démanteler une illusion. Vous avez exactement une heure.

— C'est tout ? ricana Irene. Une illusion ?

— Ce sera plus compliqué que vous ne le pensez, miss Bamford.

— Que se passera-t-il, une fois qu'on l'aura démantelée ? l'interrogea Wren, les bras croisés.

— Vous devrez trouver l'arche d'origine et la franchir dans l'autre sens. Vous reviendrez alors dans cette clairière. Vous rentrerez ensuite à Blackwood et me retrouverez, ainsi que les candidats restants, à Bonestrod.

Les candidats restants. Olivier frissonna. Il savait ce que ces mots signifiaient : certains d'entre eux n'allaient pas revenir.

— D'accord, cracha Irene. On peut y aller ?

Silas frappa dans ses mains, et le bruit résonna autour d'eux.

— Très bien. Candidats… choisissez une arche.

L'espace d'un instant, personne ne bougea. On aurait dit qu'ils essayaient de mémoriser les visages des autres. Qu'ils essayaient de figer le temps afin de préserver le moment.

Silas soupira.

— Je comprends votre hésitation, mais le temps presse. On a un planning à tenir. (Il sortit sa montre de gousset de sa poche.) Ah. Pardonnez-moi, je dois vous quitter. J'ai une affaire à régler. Vous pouvez commencer l'épreuve, et je verrai ceux qui réussissent à Bonestrod. (Il leur adressa un sourire énigmatique.) Bonne chance.

Sur ce, il disparut dans un nuage de fumée noire.

Irene s'approcha d'une arche. Elle s'apprêtait à passer de l'Autre Côté quand Masika étouffa une exclamation.

Irene se figea et serra les poings.

— Quoi ?

— Tu ne vas même pas dire au revoir ? fit observer Masika, incrédule.

Ce n'était pas vraiment une question, plutôt un reproche. Sa voix tremblait.

— Après tout ce qu'on a appris ? Et si l'un de nous ne revenait pas ? Et si c'était la dernière fois qu'on se voyait ?

Olivier retint son souffle. Le silence était épais comme de la mélasse.

Irene la regarda, la bouche entrouverte. Olivier aurait juré avoir vu une étincelle de regret dans ses yeux, mais elle se volatilisa rapidement, remplacée par la détermination qu'elle affichait depuis que Silas leur avait révélé la vérité.

— Qu'est-ce que ça peut faire ?

Masika tressaillit.

— Qu'est-ce que ça peut faire ? Enfin, Irene, tu ne comprends pas ? Tu es égoïste, cruelle, manipulatrice. Tu m'as brisé le cœur tant de fois que j'en ai perdu le compte, et tu l'as fait avec le sourire. Et malgré tout ça, malgré la cruauté que tu portes comme un étendard et la douleur que tu causes aux autres, tu es mon amie.

Un coup de vent rabattit les cheveux d'Irene sur son visage, l'obscurcissant un instant. Ses yeux se mouillèrent. Ses mains tremblaient. Elle ouvrit la bouche pour dire quelque chose puis se ravisa, pivota vers l'arche, la franchit et disparut.

Un silence de mort s'abattit sur la clairière. Les yeux de Masika étaient rivés à l'endroit où se trouvait Irene une seconde plus tôt. Pendant un instant, Olivier craignit qu'elle ne s'effondre ; cependant, elle se ressaisit.

Elle essuya ses larmes. Prit une grande inspiration.

Quand elle se tourna vers eux, sa tristesse s'était envolée. Ne restait qu'une ténacité de fer.

— Elle a raison, déclara Masika. Qu'on en finisse.

Un par un, les autres franchirent leur portail.

Carter d'abord. Olivier frémit en voyant l'expression sur son visage. C'était celle de quelqu'un qui a accepté son sort. Qui a reconnu sa défaite. Il ne prononça pas un seul mot avant de s'éclipser sous son arche.

Josie serra Emilio dans ses bras.

— Je ne vais pas y arriver, bredouilla-t-elle en chassant ses larmes.

— Si, répondit Emilio en posant la main sur ses épaules. Je sais que tu le peux.

Elle l'étreignit une dernière fois puis regarda les autres et leur adressa un sourire crispé.

— Bonne chance, souffla-t-elle.

Ensuite, elle avança d'un pas et s'évanouit dans les limbes.

August et Wren suivirent. Olivier s'attendait à un ultime échange entre eux, à une ultime altercation. Mais non. Ils se fixèrent pendant un long moment, en silence. Puis ils pivotèrent vers leur arche respective en même temps et s'évaporèrent.

Olivier considéra Masika et Emilio.

— Eh bien, dit-il. C'est notre tour, apparemment.

Masika leur sourit avec tristesse.

— Ce n'est pas un adieu. On peut arriver à la prochaine étape.

— Je sais, mais…

Olivier n'eut pas besoin d'en dire plus. Ils avaient compris.

Même s'ils survivaient à cette épreuve, seul l'un d'entre eux parviendrait au bout.

Emilio expira douloureusement.

— J'aurais aimé… Je pensais… (Il les observa tous les deux puis secoua la tête.) Je ne sais pas comment faire.

— C'est pas grave. Tu n'as pas besoin, le rassura Masika.

Elle redressa les épaules.

— Je vais y aller en premier.

Les yeux plissés, elle s'avança vers l'arche et s'arrêta sur le seuil. Sa respiration s'accéléra, comme si elle faisait une crise de panique. Quand elle regarda par-dessus son épaule, Olivier eut l'irrépressible envie de se jeter sur elle pour l'empêcher de partir.

— Si c'est la dernière fois qu'on se parle, reprit-elle, éplorée, je tiens à dire que je suis contente qu'on soit devenus des relations de circonstance. Ça n'a pas duré longtemps, mais c'était suffisant.

Avant qu'ils ne puissent lui répondre, elle disparut à son tour.

Olivier ravala le sanglot qui se formait dans sa gorge. Il se tourna vers Emilio et lut dans ses yeux la même détresse que celle qu'il ressentait. Ils se regardèrent, sans bouger, presque même sans respirer.

— Emilio, murmura Olivier avec révérence.

Il n'arrivait pas à trouver les mots et se maudit pour cela. Ses mains tremblaient – de peur, de nervosité à l'idée de faire sauter un verrou qui n'aurait jamais dû exister.

Dans la clairière, il n'y avait pas un bruit. Emilio posa les mains sur les joues d'Olivier puis son front délicatement contre le sien.

— Je sais, murmura-t-il.

Ses paroles le fissurèrent de part en part.

Ils s'écartèrent l'un de l'autre sans se quitter des yeux.

Cependant, la terreur avait envahi Olivier et il ne pouvait plus bouger. Il ne pouvait que contempler Emilio, plonger dans la chaleur de son regard, et exiger que l'amour qu'il éprouvait pour lui suffise à arrêter le temps.

— On devrait y aller, reprit Emilio, brisant l'enchantement.

Malgré sa douleur, Olivier hocha la tête.

Ils s'approchèrent des deux dernières arches. Quelque chose frappa Olivier à la poitrine. Un sentiment de panique, à la limite de l'asphyxie, comme s'il se noyait.

Emilio croisa son regard.

— On se retrouve à Bonestrod ?

Olivier acquiesça de nouveau. Les mots qu'il aurait voulu prononcer furent avalés par sa détresse.

Puis, dans un dernier soupir, ils passèrent sous leur arche, et le monde autour d'eux s'estompa.

49

IRENE

Irene en vint à penser qu'elle allait mourir de froid avant même la fin des épreuves. Elle avait atterri dans une toundra, qui s'étendait à perte de vue – de la neige, de la glace et des cimes acérées au loin. La transition était surprenante. Tout cet espace après des années et des années sans autre horizon que Blackwood – elle ne savait pas trop comment gérer cela. Le purgatoire ne se résumait donc pas à l'académie.

C'était effrayant. Excitant.

Elle avait besoin d'en savoir plus.

Par réflexe, elle tripota son pendentif tout en marchant. Elle avait essayé d'appeler Mateo, mais le lien qui les unissait ne semblait pas fonctionner au-delà du périmètre de l'académie. Cependant, elle avait besoin de lui parler. De savoir s'il avait toujours su la vérité à propos de la Décade.

Un objet quelques mètres plus loin attira son regard. Un objet enfoui dans la neige, qui brillait sous le ciel argenté. Elle ne comprit de quoi il s'agissait que lorsqu'elle fut devant.

Une tasse.

Elle la ramassa et l'examina avec attention. L'anse était en argent poli et ornée de rubis. Un liquide noir familier se trouvait au fond.

L'élixir.

Irene ne perdit pas de temps. Elle le but d'un trait.

L'illusion s'étira devant elle comme un rayon de soleil. Elle ferma les yeux. Son corps s'engourdissait. Quand elle rouvrit les paupières, elle se trouvait dans une cage en verre. Au-dessus, un projecteur l'éclairait.

Tout autour, un océan d'obscurité.

Elle était seule.

Du moins le croyait-elle.

Une silhouette émergea des ténèbres.

— On dirait que tu as des ennuis.

Irene n'oublierait jamais ce visage. Ces pommettes saillantes. Ces cheveux noir corbeau. Des yeux aussi sombres que les siens. Elle portait le même rouge à lèvres qu'elle avait porté chaque jour de la courte vie d'Irene, d'un rouge cerise profond qui donnait l'impression que sa bouche était recouverte de sang.

— Maman ?

Sa mère posa les mains sur la vitre.

— Irene.

Non.

Irene trébucha en arrière et heurta la paroi en verre. Une onde de terreur la saisit à la gorge, lui broya la poitrine comme un étau.

Ce n'était pas possible. Ce n'était pas réel. En revanche, l'effroi coulant dans ses veines, la terreur qui la clouait au sol, ces sentiments-là, eux, l'étaient. Ils la ravagèrent comme un feu de forêt, consumant chaque cellule de son corps.

Ressaisis-toi, s'admonesta-t-elle. Ce n'était qu'une illusion. Une mise en scène visant à la détourner de sa mission. Mais quand elle essaya d'appeler sa magie, rien ne vint.

— Il y a quelque chose qui ne va pas, ma chérie ?

La voix de sa mère la fit sursauter.

— Tu n'existes pas. Tu n'es qu'une illusion.

— Mon Irene, toujours aussi méfiante. Aussi obstinée, gloussa sa mère. Et maintenant, regarde-toi. Prise au piège. Rien qu'une petite fille têtue coincée dans les confins de son esprit.

— Je suis là à cause de toi, cracha Irene. Si je suis morte, c'est ta faute.

— Ce n'est pas vrai.

— Si. Tu m'as abandonnée, l'accusa-t-elle.

Des bribes de souvenir s'insinuèrent dans son cerveau, mais Irene les chassa, tout comme elle chassa ses larmes.

— Tu aurais pu m'envoyer quelque part. Tu as fait preuve d'égoïsme.

— On n'est pas là pour parler du passé, Irene.

— Alors de quoi ?

Sa mère baissa les yeux vers le sol. Irene fit de même.

Elle frissonna.

Une eau sombre s'accumulait autour de ses chevilles. Irene retint sa respiration, sentit son cœur tressauter. Elle se mit à frapper la paroi de verre avec ses poings, aussi fort que possible.

— S'il te plaît ! Laisse-moi sortir !

Sa mère inclina la tête sur le côté.

— Tu ne vois pas ? Tu ne cesses de repousser les gens. Même ceux que tu considères comme des amis. Personne ne t'a rien fait. (Elle tapota la vitre et sourit.) Ma fille, cette cage, c'est toi seule qui l'as fabriquée.

— Non, siffla Irene.

Elle serra les dents et fit apparaître les runes violettes de la magie d'illusion dans ses mains.

— Rien de tout cela n'est réel. Ce n'est qu'une illusion. Et je vais me débarrasser de toi.

L'eau montait à toute vitesse. Elle en avait désormais jusqu'aux hanches. Un froid glacial pénétra ses os, lui paralysant les jambes.

— Dépêche-toi, chantonna sa mère. Tu n'as plus beaucoup de temps.

Elle pouvait y arriver. Elle avait déjà démonté des illusions comme celle-ci. Les runes violettes flottaient dans l'air. Elle les déplaça, cherchant à trouver la bonne combinaison. Mais l'eau montait vite, plus vite qu'elle n'agissait. Jusqu'à sa taille. Sa poitrine. Son cou. Le liquide froid la dévorait.

L'eau lécha son menton, et elle poussa un petit cri. Ses mains continuaient de s'agiter sous la surface mais elle ne les voyait plus. L'eau était trop sombre et obscurcissait tout.

Quelque part au loin, sa mère éclata de rire. Le son, cruel, accentua son sentiment de panique.

Puis l'eau recouvrit sa bouche et acheva de l'engloutir. Tout sembla ralentir. Elle avait les poumons en feu. La gorge irritée. Elle voulait respirer. Laisser l'eau entrer. Lâcher prise.

C'était une illusion : l'eau n'existait pas vraiment, mais ses effets, si. Elle devait se débrouiller à l'aveugle. Son corps était totalement ankylosé. Un silence étourdissant envahit son crâne.

Ça ne pouvait pas finir ainsi. Elle ne pouvait pas n'être qu'un sacrifice. Si elle était détruite, qu'est-ce qui l'attendait ? Si ce n'était pas l'Autre Côté, alors quoi ? Le néant ?

Non, hors de question. Une fille qui avait lutté toute sa vie pour végéter ensuite dans les entrailles du purgatoire méritait un autre destin.

Non. Ça n'allait pas finir ainsi.

Elle avait survécu à pire. Elle avait enduré des épreuves bien plus douloureuses.

Ses poumons fonctionnaient mal. Son esprit dériva vers Masika. Son amie. Pouvait-elle encore l'appeler son amie ? Après la façon dont elle l'avait traitée ? Les secrets qu'elle lui avait cachés ? Elle revit Masika dans la clairière, son regard implorant.

« N'y va pas. »

« Ne me laisse pas. »

Mais elle l'avait laissée.

Parce qu'elle était comme ça. Elle survivrait, même si c'était aux dépens des autres. Pour préserver tout ce pour quoi elle s'était battue, elle détruirait tous ceux autour d'elle. Alors que l'illusion menaçait de la broyer, de la noyer, elle sut qu'elle n'avait pas le choix.

Elle se battrait.

Et elle gagnerait.

50

EMILIO

Il marchait dans la neige compacte depuis des heures, lui semblait-il, les bras serrés autour de lui et les yeux baissés, quand il tomba sur le cadavre. De la neige fraîche couvrait ses membres comme du sucre glace et cachait une partie de son visage et de son corps. Cependant, Emilio reconnut sa peau mate et ses cheveux blond foncé. La robe pervenche qu'elle portait au bal. Le tatouage d'une boussole dessiné à l'intérieur de son poignet.

Josie.

Ses jambes cédèrent, et il s'effondra sur le sol. Posant les mains avec douceur sur ses épaules, il la retourna. Elle avait des plaques rouges sur le visage, les veines saillantes. Les yeux grands ouverts, la mâchoire de travers. De l'écume au coin des lèvres.

L'illusion l'avait consommée.

Et détruite.

Un mug pendait à sa main. Au fond se trouvait un reste d'élixir.

— Je suis désolé, sanglota-t-il.

Il avait mal au cœur, même s'il pressentait qu'elle avait sans doute désiré cette fin. À quoi bon une existence éternelle sans la personne qu'on aime ? Lui-même en était certain : si Olivier ne revenait pas, s'il ne survivait pas, il ne comptait pas se sauver non plus.

Le cadavre se décomposa lentement, se réduisit à de fines particules de magie et de cendres, jusqu'à ce que Jocelyn Foster ne soit plus qu'une nuée d'atomes emportés par le vent.

Emilio se leva et se força à s'éloigner. Il avait envie de vomir mais résistait. *Elle est partie.* Cette pensée le tourmentait alors qu'il s'obligeait à avancer. Il s'apprêtait à s'écrouler de désespoir quand il aperçut le lac au loin.

Il s'arrêta, plissa les yeux. Et la vit.

La tasse à thé se trouvait au milieu du lac gelé et semblait le défier. *Allez*, le provoqua-t-elle. *Je parie que tu ne le feras pas.* Mais si. Même si ses mains tremblaient. Même si sa respiration devenait difficile et que sa poitrine s'emplissait de terreur.

Il fit quelques pas sur la glace.

Il le fallait.

Il accéléra, se recroquevilla sur lui-même pour se protéger du vent glacial. Plus il se rapprochait de la tasse, plus sa panique augmentait. Lorsqu'il aurait bu l'élixir, il ne pourrait plus faire machine arrière. Il devrait déconstruire l'illusion, ou périr. Il n'avait pas d'autre option.

Ses pensées dérivèrent vers Olivier. Il repensa à son regard lorsqu'il avait franchi le portail.

Il aurait dû se montrer plus résolu. Il aurait dû abolir l'espace entre eux et avouer enfin à Olivier ce qu'il ressentait pour lui. Qu'il l'aimait, désespérément. Qu'il ferait n'importe quoi pour être avec lui, y compris renoncer à son rêve d'accéder à l'Autre Côté. S'il y avait une personne pour qui cela valait la peine de rester, d'endurer l'éternité, c'était bien Olivier.

Il avait laissé la peur le contrôler. À présent, il ne pouvait plus rien y faire.

Les mains tremblantes, Emilio ramassa la tasse. Il prit une grande inspiration, rassembla son courage et en avala le contenu.

Le temps se suspendit. Le vent se calma. La panique d'Emilio se dissipa, remplacée par une onde de chaleur. Lorsqu'il ouvrit les yeux, il se retrouva dans un endroit qu'il ne pensait jamais revoir.

Chez lui.

Les murs jaune passé. Le fauteuil dans un coin du salon, face à la télévision, celui de son père dont la silhouette semblait imprimée dans le cuir. La table basse en verre sur laquelle Emilio s'était coupé quand il avait quatre ans. Le portrait de sa grand-mère. Le vieux micro-ondes qui bipait au milieu de la nuit.

Puis une voix.

— Emilio ! Viens là !

Ses jambes réagirent de leur propre chef. Un pas. Un autre. Maintenant, il se trouvait dans la cuisine et regardait sa mère, debout devant l'évier. Elle portait sa robe préférée, bleu ciel avec des fleurs blanches. Elle était pieds nus sur le carrelage.

— Te voilà. Je t'appelais.

Emilio secoua la tête. Il ne fallait pas qu'il se laisse avoir. *Ce n'est qu'une illusion.*

Les ridules délicates sur son visage, le goutte-à-goutte du robinet, les lézardes sur les murs. Tout ça n'était pas réel. Évidemment. Il n'existait aucun moyen de revoir sa mère. De récupérer sa vie d'avant. Et bien qu'il ne désirât rien tant que d'y céder, que de s'y lover, il savait que les illusions étaient faites pour être détruites.

Il fit apparaître les runes au bout de ses doigts. Démanteler une illusion n'était pas son fort. Cependant, il en savait assez. Il avait la possibilité de se sauver.

— *Amor*, arrête, rit sa mère.

Et son rire résonna comme un carillon.

— Viens m'aider.

— Je ne peux pas.

Emilio serra les dents. Des larmes s'accumulèrent au coin de ses paupières. Il ne devait pas interagir avec l'illusion, lui accorder le moindre crédit, mais c'était plus fort que lui. Il avait passé toutes ses nuits à Blackwood à rêver de voir sa mère une dernière fois, d'entendre de nouveau le son de sa voix. Il pouvait peut-être rester quelques minutes ?

— Le voilà !

Une voix forte retentit derrière lui. Emilio tressaillit, baissa les mains. Les runes s'évanouirent.

Son père se tenait là, un journal sous l'aisselle. La lumière du matin traversant la fenêtre éclairait sa peau marron et sa barbe grise. Il avait l'air tellement vrai. Tellement humain.

— *Papá ?*

— On t'attendait, dit son père en le tapant gentiment dans le dos.

La chaleur de ses mains rugueuses l'acheva. C'était familier. Ferme. Comme si son père n'était pas une illusion, mais un être de chair et d'os.

— Assieds-toi, lui proposa sa mère en souriant. J'ai presque terminé le petit déjeuner.

— Je…

Emilio chancela en arrière. Une sorte de courant d'air le parcourut de la tête aux pieds, emportant toute pensée rationnelle.

— Je ne peux pas.

— Pourquoi ? demanda son père en posant un baiser sur la joue de sa femme. Regarde. On t'a gardé une place.

Sidéré, Emilio observa ses parents.

— Ce… Ce n'est pas réel.

Ils penchèrent la tête sur le côté en même temps. Le sourire de son père s'estompa, un instant seulement.

— Ne sois pas ridicule, déclara-t-il après avoir retrouvé sa bonhomie habituelle. Assieds-toi avec nous, Emilio. S'il te plaît. Tu nous as manqué.

— Je sais, répondit-il.

Et sa gorge se serra. Néanmoins, il recula jusqu'à atteindre le mur du fond.

— Vous aussi, vous m'avez manqué. Mais je ne peux pas. Je dois vous laisser partir.

Il avança les mains et invoqua de nouveau ses runes, qu'il déplaça et réarrangea, encore et encore, avec frénésie. Il avait mal à la tête. Il pouvait cependant voir les coutures de l'illusion. Les morceaux qui ne collaient pas. Ses parents vacillèrent. Leurs visages fondaient comme des bougies.

— Arrête, murmura sa mère par-delà le chaos.

— S'il te plaît, supplia son père.

Mais Emilio ne pouvait pas rester. Ces gens n'étaient pas vraiment ses parents, parce que ses vrais parents n'étaient plus là. Ils avaient été arrachés à son existence à l'instant où il était injustement mort. Pendant longtemps, Emilio avait cru pouvoir garder ses parents avec lui en restant accroché à son passé, en niant la réalité et en refusant de faire son deuil. Hélas, ce n'était pas possible.

— Je suis désolé.

Sur ces paroles, l'illusion se réduisit à des fragments de lumière et de couleur. Emilio les balaya du bout des doigts et détruisit le peu qu'il restait.

Il fut projeté au sol et reprit connaissance. Il était à genoux sur le lac gelé. L'air froid lui remplit les poumons et il posa les mains sur la glace.

Il y était arrivé. Il s'était libéré. Il avait brisé l'illusion.

Quand il leva les yeux, prêt à retourner à l'arche, il se rendit compte que quelqu'un se trouvait devant lui.

C'était Olivier.

Mais, en fait, non.

Des yeux rouge sang l'observaient. Au-dessus de deux rangées de dents noires et pourries.

C'était la même réplique d'Olivier que celle qu'il avait affrontée dans le labyrinthe. Quand elle parla, ce fut d'une voix déformée, râpeuse comme du papier de verre hérissé de clous rouillés.

— Dis-moi, mon amour. À quoi ça sert, d'y retourner ?

Emilio était toujours à quatre pattes. Il tremblait, et ce n'était pas à cause du froid. Il était terrifié.

— Je ne… bredouilla-t-il tout en luttant contre la peur. Je ne comprends pas.

La réplique d'Olivier s'accroupit devant lui et croisa son regard. Elle pencha ensuite la tête. Dans ses yeux injectés de sang brillait un éclat malveillant.

— Tu sais aussi bien que moi que tu n'as aucune chance de gagner. Tu n'es pas comme eux. Tu n'as pas ce qu'il faut. Je peux t'aider à y mettre fin. À couper le cordon.

À quoi ça sert de retarder l'inévitable ? Et je te promets que ce sera rapide et sans douleur.

Emilio secoua la tête.

— Non.

— Tu ne peux pas y échapper.

Mais peut-être que si. Derrière la réplique, au loin, se dressait l'arche qu'Emilio avait franchie. Avant qu'il n'ait le temps de trop y penser, de douter du courage qui grandissait en lui, il se mit debout et partit en courant.

Il contourna la réplique. Il avait mal aux jambes, aux poumons. Il ne lui restait que quelques mètres à parcourir. Il pouvait y arriver. Il était rapide. Malgré la bourrasque glaciale qui le percuta, il ne flancha pas.

Ses pensées s'accrochèrent à Olivier. Au son de sa voix. À la chaleur de ses doigts.

Il ne pouvait pas le perdre. Il ne pouvait pas le perdre. Il ne pouvait pas…

Il avait l'arche en ligne de mire. Soudain, quelque chose le heurta de plein fouet et il tomba. La violence du choc fractura la glace sous ses pieds.

La réplique était sur lui. Emilio se débattit de toutes ses forces. Il donna des coups de pied. Il griffa. Il fallait qu'il s'échappe. Qu'il se libère. Mais la créature prit le dessus et lui plaqua les bras au sol. Un sourire pervers s'afficha sur son visage. Elle semblait savourer sa peur, s'en abreuver.

— Tu es pathétique. Faible.

— Non, gémit Emilio. Non, ce n'est pas vrai.

Hélas, il n'y croyait pas lui-même.

Peut-être était-il faible. Mou. Et alors ? Était-ce si terrible ?

Il aimait être différent des autres. Il n'avait pas laissé la mort endurcir son cœur, et il en était fier. Fier de se soucier de son prochain. En soi, c'était aussi une force d'être empathique, hypersensible. C'était son acte de défiance. Il pouvait regarder la mort en face et se défendre. Il n'allait pas céder à sa froideur. Il n'allait pas renier qui il était.

Même maintenant.

Il ne regrettait pas sa faiblesse.

Il s'y accrocha. Il ferma les yeux, pensa à sa mère, à son père. À l'amour qu'ils avaient déversé en lui, tissé dans son cœur. Il pensa à Olivier. Qui lui donnait le sentiment d'être en vie même face à autant de morts. Sans cette prétendue faiblesse, Emilio ne se serait sans doute jamais ouvert à d'autres possibles.

Il n'aurait peut-être jamais trouvé Olivier.

Emilio ouvrit les yeux. Il sentit quelque chose de froid sur sa peau, quelque chose de tranchant, d'effilé.

De métallique.

Il eut à peine le temps de comprendre que la réplique lui avait enfoncé son poignard dans l'estomac.

51

MASIKA

Masika atterrit au pied d'une montagne. Elle cligna des yeux, essaya d'y voir quelque chose malgré les flocons qui tombaient, se ressaisit. Elle avança les mains et heurta une paroi. La montagne semblait s'étirer jusqu'aux cieux. Le sol était constitué de neige et de glace – une combinaison dangereuse.

Ignorant les cristaux s'accumulant sur ses lèvres, elle pivota sur elle-même et étudia son environnement. Elle aurait pensé qu'il y aurait un chemin évident, un signal lui indiquant la bonne direction, mais non. Rien. Elle se mit à marcher aux abords de la montagne.

La neige glacée lui fouettait le visage. Elle y voyait à peine. Le vent hurlait tout autour d'elle, et son mugissement lui transperçait le crâne.

Après ce qui lui parut une éternité, Masika aperçut une faible lueur au loin. Une lumière orange, qui oscillait de gauche à droite mais dont la permanence la rassura.

Alors qu'elle s'en approchait, le monde s'éclaira. C'était une lanterne. Elle était suspendue à un poteau en bois et se balançait dans le vent. Le métal rouillé grinçait à chaque à-coup. Masika attrapa la lanterne et la braqua sur la montagne. La chaleur qui en émanait la réchauffa.

Ce fut alors qu'elle vit la porte en bois incrustée dans la roche.

Un immense soulagement l'envahit.

La porte n'était pas verrouillée et elle put l'ouvrir. Poussée en avant par une bourrasque, elle fut projetée à l'intérieur.

Plus elle observait le couloir étrange, plus elle prenait conscience que la lanterne n'était pas seulement bienvenue mais indispensable. Seule cette flamme venait crever la noirceur opaque qui l'entourait. L'air sentait le bois brûlé. Le feu de cheminée. Ce qui l'encouragea à avancer.

La voie s'élargit, et Masika sentit l'espoir l'envahir. Au bout du corridor se trouvait une grande pièce circulaire, creusée à la base de la montagne.

Les murs se dressaient vers le ciel et semblaient aussi hauts que la montagne elle-même. Un feu crépitait au milieu, brisant le silence. Devant l'âtre étaient installés un tapis rouge et un canapé en cuir. Des morceaux de roche et de glace jonchaient le sol.

Elle se précipita vers les flammes, s'agenouilla, tendit les mains. Tout de suite, elle se sentit mieux.

Quand elle se fut suffisamment réchauffée, elle inspecta les alentours avec attention. Sur le tapis, elle aperçut la tasse.

L'élixir d'illusion.

Masika bondit et l'attrapa. Alors qu'elle approchait le récipient de ses lèvres, une voix retentit dans son dos.

— Si j'étais toi, je ne ferais pas ça.

Une note d'amusement. Un accent texan familier.

Masika se figea un instant. Puis elle jeta un coup d'œil derrière elle. Birdie et Russo se tenaient l'une à côté de l'autre, à quelques mètres d'elle.

Cependant, tout était différent.

Elles ne portaient pas leur uniforme habituel de Maître. D'ailleurs, elles ne portaient aucun de leurs vêtements ordinaires. Elles étaient toutes deux vêtues d'un pantalon noir, de bottes en cuir et d'une tunique rouge cramoisi assortie d'une ceinture. Birdie avait un harnais en cuir accroché à la taille auquel étaient fixés des poignards en argent. Russo avait un long sabre attaché entre ses omoplates, et une émeraude pendait à une chaîne en argent autour de son cou.

Masika avait-elle déjà bu l'élixir ? C'était *ça*, l'illusion ? Elle baissa les yeux vers la tasse : le liquide était toujours à l'intérieur.

Birdie fit un pas vers elle.

— Vous ne rêvez pas, miss Sallow.

Son cœur se mit à battre la chamade. Elle n'aurait pas su dire exactement ce qui la troublait dans la voix de la Maître, mais il était évident que quelque chose n'allait pas.

Elle les observa.

— Ça fait partie de la Décade ?

— Non, répondit Russo d'un ton de dégoût. On n'a rien à voir avec cette compétition sadique.

— On est là pour vous aider, enchaîna doucement Birdie. On sait comment briser le serment solennel. Vous pouvez arrêter la compétition et garder votre âme.

Ses paroles lui parurent amplifiées par les parois de la montagne. Une crampe lui tordit l'estomac. Briser le serment solennel. C'était trop beau pour être vrai. Ou alors, le prix à payer était trop élevé.

— Comment ? demanda-t-elle.

Russo lui répondit.

— Il vous faudra quitter Blackwood. Pour de bon.

Masika tourna et retourna ces paroles dans tous les sens.

— Et faire quoi ? Me cacher aux frontières du purgatoire et attendre que l'Ordre des Desmions me trouve ?

Les Maîtres échangèrent un regard. Masika tenta de suivre leur conversation silencieuse. Elle y devina de l'hésitation, des secrets, des choses tues. C'était le genre de regard qu'échangent deux personnes qui savent que ce qu'elles vont dire va tout bouleverser.

Masika eut un geste de recul. Avait-elle bien compris ?

— Vous faites partie de l'Ordre des Desmions ?

— On en faisait partie, admit Russo. Plus maintenant.

Masika ne réfléchit pas. Elle appela sa magie. Des aiguilles argentées surgirent de ses paumes et elle se prépara à se battre.

Birdie leva la main en signe d'apaisement.

— S'il vous plaît. On n'est pas là pour vous faire du mal.

— Vous ne pouvez pas avoir été des Desmions, cracha Masika, sur ses gardes. Ce n'est pas possible. Vous auriez dû renoncer à votre humanité. Silas l'aurait remarqué. Il aurait…

— Il n'a rien remarqué parce qu'on n'a pas abandonné notre humanité, intervint Russo, légèrement agacée. On était des agentes infiltrées. À moitié Desmions, si vous voulez. On n'a pas perdu notre humanité mais on transmettait des informations à l'Ordre.

— On n'a plus rien à voir avec eux, renchérit Birdie en lui adressant un regard suppliant. Depuis un bon moment.

La panique menaçait de l'emporter. Masika leva les mains. Sa magie pulsait, en attente.

— Cette fille est trop méfiante, soupira Russo, frustrée. Je savais qu'elle ne comprendrait pas. On aurait dû d'abord s'adresser à d'autres. On n'a pas de temps à perdre.

Ces paroles embrouillèrent Masika. Que se passait-il ?

— Stop ! lança-t-elle en regardant les deux Maîtres. Pourquoi devrais-je vous faire confiance ? Vous étiez des Desmions. Des traîtresses. Par ailleurs, vous savez ce que manigance Silas depuis tout ce temps. Vous auriez pu nous prévenir. Vous auriez pu les sauver.

— Ce n'est pas si simple, soupira Birdie. Notre alliance avec l'Ordre a été rompue. Et notre relation avec Blackwood est compliquée. Nous ne pouvions pas intervenir dans la Décade, le risque pour nos activités était trop grand.

Masika poussa un grognement de frustration.

— Ça n'a aucun sens !

— Alors laissez-nous vous expliquer, implora Birdie.

Masika avait envie d'écouter, mais, cédant à l'affolement, elle envisagea de frapper à l'instant, parce qu'elles ne se méfiaient pas encore d'elle. C'était l'occasion ou jamais. Il suffisait qu'elle fasse appel à sa magie et elle pourrait…

— Si vous ne voulez pas entendre ce qu'on a à vous dire, continua Russo, le regard furieux, je vais laisser quelqu'un d'autre vous parler.

Interdite, Masika pencha la tête sur le côté. Avant qu'elle ne puisse poser la moindre question, un bruit résonna derrière elle, l'appel d'air généré par un sort de délocalisation. Puis des pas. Lents. Assurés.

Une voix retentit dans le creux de la montagne – une voix que Masika pensait ne plus jamais entendre.

— Ma petite colombe, je t'ai manqué ?

Cela faisait des années qu'elle ne l'avait pas vue. Des années qu'elle n'avait pas entendu sa voix.

Pourtant, il n'y avait aucun doute. C'était elle.

Catherine.

Elle avait les mêmes yeux d'un vert ambré, la même peau dorée, les mêmes cheveux blond foncé. Cependant, quelque chose était différent. Dans le regard de Catherine, Masika vit une dureté qu'elle ne reconnut pas. Aucune chaleur. Pas de petit sourire complice. Elle portait la même tunique rouge que Russo et Birdie, avec, en plus, un plastron rembourré. Elle avait une lance dans la main droite.

— C'est vraiment toi ? murmura Masika.

Catherine lui adressa un rictus et fit un pas en avant.

— Enfin ? Tu ne me reconnais pas, après tout ce temps ?

— Mais, bafouilla Masika avant de s'enfoncer les ongles dans la paume, pourquoi ?

— Ce que Birdie et Russo t'ont dit est vrai, expliqua Catherine d'une voix assurée. On a fait partie de l'Ordre des Desmions, mais notre allégeance est désormais ailleurs. Et pas avec Blackwood non plus.

— Avec qui, alors ?

Catherine serra davantage sa lance.

— Personne.

Ce n'était pas possible. Il n'y avait que deux camps – l'Ordre des Desmions et Blackwood Academy. Il n'y avait pas de troisième voie. Pas de juste milieu. On n'échappait pas aux règles qui gouvernaient ce monde.

Cela dit…

Elle sentit le sol se dérober sous ses pieds, flancha. Puis elle se ressaisit et prit une grande inspiration.

— Je ne comprends pas, murmura-t-elle, contrariée.

— Considérez qu'on est la résistance, proposa Russo derrière elle.

— À quoi ? demanda-t-elle par-dessus son épaule.

Le visage de Catherine s'adoucit. Elle s'avança, leva les mains en signe d'apaisement. Toutes sortes d'alarmes se déclenchèrent dans le cerveau de Masika, mais elle la laissa parler.

— La corruption ne sort pas de nulle part, commença Catherine d'un ton posé. Elle a été créée. Ce qui est vrai pour les deux camps. Blackwood Academy a été fondé pour faire le bien mais, entre de mauvaises mains, il a été corrompu. C'est pareil pour l'Ordre des Desmions. Ce qui était au départ un groupe de gens aux idéaux partagés s'est transformé en outil de vengeance pour Celui-Sans-Âme.

Celui-Sans-Âme. L'entité inconnue que vénéraient les Desmions. Leur chef.

— Si un camp vainc l'autre, l'au-delà s'écroule. Tout sera détruit. (Catherine fit un geste les désignant toutes les trois.) Nous voulons empêcher ça.

Blackwood Academy… corrompu. Si bouleversée fût-elle, Masika ne fut pas non plus surprise d'entendre qu'une force obscure se nichait au cœur de l'institution où elle avait vécu tant d'années. Des secrets pourrissaient en dessous. Si Silas pouvait cacher la réalité de la Décade à tout le monde, que cachait-il d'autre ?

— Attends, intervint Masika. Tu dis que Blackwood a été corrompu parce qu'il est tombé entre de mauvaises mains. Toutefois, c'est impossible. Silas a toujours été le proviseur de l'école. Depuis sa création.

Le visage impassible de Catherine se troubla un instant. Une étincelle de rage illumina son regard.

— Non, répondit-elle. Il ne l'a pas toujours été.

Birdie prit le relais, d'une voix calme.

— Cela fait des siècles que Silas est proviseur. Mais ce n'était pas lui le premier. Il est entré dans l'Éther en tant qu'âme corrompue.

Un bourdonnement envahit les oreilles de Masika.

— Quoi ? Ça ne peut pas être vrai. Si une âme corrompue pénètre dans le purgatoire, elle est consommée par l'Éther afin de maintenir l'équilibre.

— Silas était différent, poursuivit Russo avec hargne. Il est né avec de la colère en lui. Avec une soif de revanche dans l'âme. Et quand il est entré dans l'Éther, il a trouvé le moyen de changer son destin. Il a résisté. (Elle balaya le visage de Masika de ses yeux sombres.) Savez-vous où vont les âmes corrompues ? Comment elles sont consommées ?

Masika hésita.

— Non.

— Elles sont envoyées aux Terres d'ombres, expliqua Birdie. Si une âme arrive ici et est considérée comme corrompue, elle est transférée aux Terres d'ombres et détruite. Il ne reste d'elle qu'un écho de ce qu'elle était. Sa décomposition, sa corruption, sa pourriture. Mais quand Silas a été conduit aux Terres d'ombres, il est parvenu à se défendre. Il n'a pas été détruit. En revanche, il a dévoré. Toute la noirceur. Toute la gangrène moisissant sur ces terres. Il a tout ingéré, et c'est comme ça qu'il a réussi à contrôler la magie d'ombres.

— Quand il a accumulé suffisamment de force, continua Russo, il est allé à Blackwood afin d'obtenir vengeance. Il en voulait à l'académie qui avait considéré son âme comme corrompue. Il voulait imposer ses propres règles. Sa propre hiérarchie, ses propres notions du bien et du mal. Il a infiltré Blackwood, a tué le Vrai Proviseur et pris le pouvoir. Tous ceux qui tentaient de s'opposer à lui étaient bannis de Blackwood.

— Tu ne t'es jamais demandé pourquoi l'Éther te résistait ? demanda Catherine. Pourquoi il exige ces horribles sacrifices ?

— Silas, souffla Masika comme une révélation.

Catherine acquiesça.

— Quand il a pris le contrôle de Blackwood, quelque chose a changé dans l'Éther. À croire qu'il pouvait sentir la corruption. Il s'est mis à demander plus, à exiger les âmes des élèves afin de fonctionner correctement. Si nous voulons que l'Éther retrouve son état naturel, nous devons arrêter Silas une bonne fois pour toutes. Il doit être détruit. C'est le seul moyen de restaurer pleinement l'au-delà.

Des secondes s'égrenèrent. Un silence oppressant s'installa, à peine entrecoupé par les hurlements du vent.

— Ceux qui ont été bannis, demanda Masika une fois remise de son choc initial, où sont-ils allés ?

— À la périphérie, répondit Catherine. Ils se sont cachés.

— L'Ordre des Desmions, poursuivit Masika, à mesure que les pièces du puzzle s'assemblaient. C'est comme ça qu'ils se sont formés. Les élèves et les Maîtres bannis quand Silas a pris le pouvoir.

Birdie hocha la tête d'un air solennel.

— Oui. Et sa mission première était bien de trouver un moyen de renverser Silas. Malheureusement, ensuite, Celui-Sans-Âme est arrivé.

— La corruption ne sort pas de nulle part, répéta Masika. Elle a été créée.

Catherine planta son regard dans le sien.

— Tu comprends, à présent ? Il ne s'agit pas de choisir un camp. Il s'agit d'éradiquer la gangrène avant qu'elle n'envahisse tout. Nous devons arrêter Silas mais nous devons aussi empêcher l'Ordre des Desmions de détruire Blackwood. Si l'un des deux camps prend le dessus, l'au-delà va disparaître.

— Pourquoi vous me dites ça ?

— Parce que nous voulons que tu te joignes à nous, déclara Catherine.

Elle marqua une pause, dans l'attente d'une réponse, mais Masika n'arrivait pas à articuler le moindre mot.

— Je sais que ce n'est pas facile à entendre, reprit Catherine, et je sais qu'on a toutes les deux besoin de parler de…

Un bruit soudain étouffa la fin de sa phrase. Un claquement de pas. Un ahanement pressé.

Catherine se plaça devant Masika et fit tourner la lance dans sa main. L'arme réagit. Au début, Masika pensa que ce n'était qu'un jeu de lumière, un reflet de la glace environnante.

Mais ensuite la pointe de sa lance crépita et des étincelles argentées se répandirent sur la lame et le manche.

Leurs armes sont imprégnées de magie corporelle. De toute évidence, Masika n'était pas au bout de ses surprises.

— Il est là, déclara Catherine en brandissant sa lance.

Masika frémit.

— Qui ?

Birdie et Russo se murent avec une rapidité qui la surprit et se placèrent devant elle afin de faire bouclier.

— Il va essayer de la distraire, murmura Birdie, ses poignards dans sa main scintillant de la même magie que la lance de Catherine. Je sais que la situation est compliquée mais je sais aussi de quoi il est capable.

Russo hocha la tête et sortit son sabre de son fourreau. Il brillait d'une lueur argentée.

— On ne peut pas lui faire confiance.

Masika crut devenir folle.

— Est-ce que vous pouvez m'expliquer ce qu'il se passe ?

Tout à coup, quelqu'un entra dans la pièce.

Il émergea de l'obscurité du corridor. Il avait le regard troublé. Ses cheveux noirs étaient en bataille. Sa chemise blanche était déboutonnée et débraillée. Ses yeux se posèrent sur Masika et il eut l'air surpris.

Elle brisa le silence.

— August ?

Il fit un pas en avant mais Catherine lui bloqua le passage avec sa lance. Il s'arrêta net, leva les mains.

— Laissez-moi lui parler.

— Tu n'en as pas déjà assez fait ? cracha Catherine.

Masika essaya d'avancer vers lui mais Birdie l'en empêcha.

— Non. Ne vous approchez pas de lui.

— Mais je le connais, murmura Masika.

August paraissait désemparé. Il voulait lui dire quelque chose. Il avait besoin de lui dire quelque chose. Elle le voyait sur son visage.

— C'est mon… mon…

— Quoi ? aboya Catherine en crispant la mâchoire. Ton ami ? C'est ce que tu penses ? C'est ce qu'il t'a fait croire ?

— Masika, reprit August.

Il s'interrompit lorsque Birdie lui lança un poignard à la tête. Il fit un écart, l'esquiva à la dernière seconde. Le poignard explosa en poussière de lumière argentée et fissura le mur de glace derrière lui avant de revenir dans la main de Birdie.

— Donnez-moi un instant pour lui expliquer, gronda August, frustré. Vous savez qu'il y a des choses que…

— M'expliquer quoi ? l'interrompit Masika, et sa voix flancha. August. Qu'est-ce qu'il se passe ?

Le garçon les observa toutes les quatre. Masika ne l'avait jamais vu dans un tel état, aussi épuisé, mal en point. Quelque chose le tourmentait. Il ouvrit la bouche, puis la referma, incertain.

— Dis-lui, intervint Catherine avec une haine que Masika ne pouvait pas comprendre. Ou c'est moi qui le ferai.

Et là, August prononça les sept mots qui changèrent tout.

— J'appartiens à l'Ordre des Desmions.

Masika cligna des yeux. Une fois. Deux fois. Quelque chose en elle se morcela.

— J'en fais partie depuis un long moment. Mais c'est compliqué. (Ses yeux se posèrent sur Catherine et il la regarda avec mépris.) Et elle, elle le sait. Elles le savent toutes les trois. C'est pour ça que j'ai besoin de quelques instants pour t'expliquer pourquoi je ne peux pas…

— Oui, on est au courant de ta situation, persifla Russo. Cela dit, ça ne change rien. On t'a offert une porte de sortie. L'occasion de nous rejoindre. Tu as dit non. Tu continues de travailler pour eux.

August secoua la tête. Sa détresse était manifeste.

— Uniquement parce que je ne peux pas faire autrement.

— Il aide l'Ordre des Desmions à infiltrer Blackwood, expliqua Catherine avec empressement. Comme Birdie et Russo, il n'a pas renoncé à son humanité, pour ne pas détruire sa couverture. Mais contrairement à elles, il a refusé de quitter l'Ordre quand l'opportunité lui en a été offerte. Il a refusé de se joindre à nous.

Masika fit un pas en arrière.

— C'est vrai ? demanda-t-elle, incrédule.

August n'hésita pas.

— Oui.

Un mot. Il n'en fallut pas plus pour que son sentiment de trahison soit absolu.

Le premier sort jaillit des mains de Masika sans prévenir, une flèche de lumière argentée qui passa au-dessus de la tête de Catherine et atteignit August à l'épaule. Il hurla, chancela en arrière. La douleur et la stupeur qu'elle vit dans ses yeux la firent douter, mais un instant seulement.

— S'il te plaît, implora-t-il, les mains en avant. Ne fais pas ça.

— Tu m'as menti, hoqueta Masika. Tu nous as menti à tous.

August agrippa son épaule.

— Je n'avais pas le choix, se défendit-il tout en grimaçant de douleur.

— Parce que tu as reçu des ordres ? demanda Masika, qui espérait encore se tromper.

— Oui, mais… (Il jura entre ses dents.) Masika, s'il te plaît. Je peux m'expliquer. Seulement, tu dois venir avec moi. Donne-moi une chance.

Masika avait envie de l'écouter. Au fond, elle voulait entendre sa vérité. Cependant, sa trahison l'avait blessée au plus profond de son âme, et elle ne put qu'obéir à la fureur qui gonflait dans sa poitrine.

Catherine s'écarta. Elle observait Masika avec une expression proche du triomphe, le regard étincelant. Birdie et Russo restèrent silencieuses. Elle comprit leur attitude.

Elles lui donnaient la permission.

Masika en avait assez entendu.

Elle jeta un autre sort. Et un autre. Un cri de rage accompagnait chaque déflagration de magie. August parait chaque coup, mais jamais il ne leva la main contre elle, jamais il ne riposta. Elle aurait voulu qu'il le fasse. Cela aurait atténué sa peine. Cela lui aurait permis de le détester vraiment.

Il vacilla, tomba par terre, les genoux sur la glace.

— Lève-toi et affronte-moi ! s'égosilla-t-elle.

Elle tituba en avant. Des gouttes de sueur perlaient sur sa nuque alors qu'elle faisait apparaître une autre boule de magie dans sa paume. Elle s'épuisait, se vidait, mais elle s'en moquait.

August secoua la tête puis croisa son regard.

— Non.

Un dernier. Un dernier sort, et ils seraient quittes. Cependant, quand la magie fusa de sa main en direction d'August, il bondit hors de sa trajectoire, et elle alla s'écraser contre le mur derrière lui. La montagne trembla. Des fissures se formèrent dans la glace et la roche, et tout, autour d'elle, commença à s'effondrer.

Des pics de glace fendirent l'air. Se fichèrent dans le sol. Les parois grondèrent.

August écarquilla les yeux d'horreur.

— Tout va s'écrouler !

Masika regarda autour d'elle. Catherine avait disparu. Russo et Birdie n'étaient plus là. Quand elle pivota vers August, il se tenait dans l'ouverture du couloir et lui faisait signe de venir.

— Masika ! hurla-t-il, affolé, désespéré.

Non, elle ne pouvait pas.

Puis la montagne lui tomba dessus.

52

IRENE

Irene se jeta sous l'arche et atterrit dans la forêt. Elle sentait encore l'eau glacée la tirer en arrière. Le son de la voix de sa mère bourdonnant tout autour comme une mouche persistante. Néanmoins, en dépit de la terreur qui l'avait envahie, elle avait démantelé l'illusion.

Elle s'était frayé un chemin et s'était échappée.

Il n'y avait pas de bruit dans la forêt, à part le bruissement des feuilles et le doux sifflement du vent. Elle envisagea de rester là, de voir qui d'autre allait apparaître, mais changea d'avis.

S'ils avaient été éliminés, elle ne pouvait plus rien pour eux.

Irene traversa la forêt, suivant bien le chemin qu'ils avaient emprunté à l'aller, et atteignit le grand portail à l'entrée de Blackwood. Quand elle s'en approcha, il s'ouvrit de lui-même, comme s'il lui souhaitait la bienvenue.

Elle se dirigea vers Bonestrod. Les feuilles craquaient sous ses pas. En arrivant, elle remarqua que la porte en bois était entrouverte. Elle prit une grande inspiration puis la poussa.

Sur le seuil, lorsqu'elle vit ce qui l'attendait, elle se figea.

August était assis sur une des longues tables, la main posée sur sa nuque. Il était dans un sale état, du sang coulait sur son épaule. Wren, elle, semblait indemne, Irene ne vit aucune blessure.

Cependant, ce ne fut pas ça qui la choqua.

Devant tout le monde, étalés sur le sol, se trouvaient Olivier et Emilio. Quelque chose n'allait pas. Olivier était assis derrière Emilio et serrait son corps contre lui, tout en appuyant fortement sur son abdomen.

Il y avait du sang. *Beaucoup de sang.*

Qui sortait d'Emilio et ruisselait entre les doigts d'Olivier, lequel essayait désespérément de contenir le flux. Emilio avait une énorme plaie au milieu du ventre.

Personne ne parlait. Olivier pleurait toutes les larmes de son corps tout en appuyant sur la blessure. Il était recouvert du sang d'Emilio. Sa chemise, ses bras, son cou. Même ses cheveux.

Irene les observait, stupéfaite.

— Qu'est-ce qu'il s'est passé ? demanda-t-elle.

Olivier tressaillit, surpris par sa présence. Il leva la tête. Il avait les yeux rougis.

— Je ne sais pas. Je l'ai trouvé comme ça. Il… (Un sanglot lui échappa) Il a été poignardé. C'était quelqu'un. Ou quelque chose…

Irene s'avança vers lui. Ses mains tremblaient.

— Mais ce n'était qu'une illusion. Ce n'est pas possible.

Emilio se tourna légèrement vers elle. Il avait du mal à garder les paupières ouvertes. Il était d'un calme olympien, ce qui la troubla.

Il semblait avoir déjà accepté son sort.

Elle regarda autour d'elle et autre chose la frappa.

— Où est Masika ? Où sont les autres ?

Sur ce, Wren cessa de faire les cent pas. Elle se redressa, secoua la tête.

— Josie et Carter ont été éliminés. J'ai trouvé le corps de Carter. (Elle grimaça, chassa une larme.) On… On ne sait pas où est Masika.

Irene ouvrit la bouche, déterminée à en savoir plus. Au même moment, la porte de la pièce s'ouvrit avec fracas et le proviseur Silas entra. Le bruit régulier de sa canne semblait ricocher dans sa tête.

Il les regarda avec solennité.

— Bonjour, candidats. Je suis content de voir que…

La voix d'Olivier noya le reste de sa phrase.

— *Faites quelque chose !*

Silas s'arrêta brusquement puis observa la scène à ses pieds.

— S'il vous plaît, le pria Olivier, terrorisé.

Il désigna le ventre d'Emilio d'une main tremblante.

— Je vous en supplie. S'il vous plaît. Soignez-le. Il a brisé l'illusion. Il a réussi l'épreuve.

— Vous avez raison, monsieur Dupont. Il a bien réussi l'épreuve. Néanmoins, sa blessure doit guérir naturellement.

— Ce… Ce n'est pas possible ! Elle est trop profonde ! hurla Olivier – le désespoir dans sa voix donna la chair de poule à Irene. On a besoin de matériel, de médicaments. D'un guérisseur. Il ne pourra pas participer à la dernière épreuve si on ne l'aide pas !

Silas secoua la tête, indifférent.

— Je ne peux rien y faire.

Un frisson de rage parcourut le corps d'Olivier. Il avait la mâchoire serrée, du mal à respirer. Cependant, il resta là et garda les mains fermement appuyées contre le torse ensanglanté d'Emilio.

Irene se racla la gorge et s'efforça de prendre un ton détaché.

— Où est Masika ? Elle s'en est sortie ?

— La situation de miss Sallow est indéterminée. Aux dernières nouvelles, elle se trouvait au pied de la montagne en bordure du purgatoire. (Silas inspira lentement, comme s'il se ressaisissait.) Cela étant, nous ne savons pas où elle est, à présent.

— Vous ne savez pas où elle est ? répéta Irene, et sa main tressauta.

— Le Conseil a diligenté une enquête, expliqua calmement Silas.

Mais une hésitation dans sa voix lui indiqua qu'il était bien plus inquiet par cette affaire qu'il ne le laissait paraître.

— Pour l'instant, nous considérons qu'elle a été éliminée.

— Comment est-ce possible ? hoqueta Wren, sidérée.

— Je vous assure que nous faisons tout pour localiser miss Sallow, insista Silas, dont le regard se fit menaçant. Je vous conseille de profiter du temps qu'il vous reste avec vos camarades. La dernière épreuve aura lieu demain. Dormez bien.

Il se dirigea vers la porte tel un fantôme enveloppé d'ombres, et disparut sans un mot.

Voilà. C'était tout. Deux autres élèves éliminés. Effacés des mémoires des autres. Une terrible sensation de désolation envahit Irene et manqua de la submerger. Elle était prise au piège, enfermée dans un train roulant à vive allure et sans conducteur.

Elle observa les autres nommés. Ils ne disaient rien, accablés, semblait-il, sous le poids du doute.

Elle savait qu'ils pensaient tous la même chose. Qu'ils étaient arrivés à la même conclusion qu'elle.

Ils ne contrôlaient rien. Ils n'avaient jamais rien contrôlé. Blackwood avait toujours eu un coup d'avance, avait dessiné leur avenir et tirait sur les fils de leur destin comme on détricote des mailles. Il ne restait plus qu'à voir l'ensemble se disloquer.

53

OLIVIER

Il était tellement lourd.

Emilio avait beau être petit, le poids de son corps inerte était tel qu'Olivier en eut le souffle coupé. Pourtant, il l'aurait porté jusqu'en enfer et au-delà s'il y avait eu un espoir de le sauver.

Ils débarquèrent dans sa chambre comme une tornade ensanglantée. Olivier l'allongea délicatement sur son lit et se mit à retourner la pièce à la recherche de quelque chose pour le soigner. Une aiguille. Une épingle. Même une agrafeuse aurait fait l'affaire !

Il avait le nez dans l'armoire lorsqu'il entendit Emilio émettre un son derrière lui. Un mot, à moitié avalé par un gémissement.

Olivier se tourna vers lui, frénétique.

— Qu'est-ce qu'il y a ? Ça va ? Ça fait mal ?

Emilio s'efforça de le regarder. Il était si pâle.

— Viens t'allonger avec moi.

— Je ne peux pas. Il doit bien y avoir…

— La plaie est trop importante. Tu n'y peux rien.

— Tais-toi.

Olivier fouilla chaque centimètre carré. Ses mains tremblaient. Des larmes brouillaient sa vision.

— Je vais te soigner.

— S'il te plaît.

Non. Il ne s'arrêterait pas. Il n'allait pas laisser Emilio disparaître. Ce n'était pas envisageable. Ce n'était pas juste. Emilio était le meilleur d'entre eux, le seul qui valait quelque chose dans cet endroit maudit. S'il y avait une personne qui méritait d'en sortir, c'était lui. Olivier allait s'en assurer.

Il lui fallait simplement plus de temps.

— Accroche-toi, par pitié. Donne-moi une seconde.

Olivier ne savait pas à qui il parlait. Emilio. L'univers. Dieu. Quiconque l'entendrait. Quiconque pourrait l'aider. Il farfouilla dans les tiroirs, balança des habits dans tous les sens.

— Il doit bien y avoir un truc qui…

— Olivier.

Entendre son prénom le sortit de sa transe. Il se figea, les mains enfouies dans une pile de vêtements, puis ferma les yeux. Il ne pouvait pas ignorer l'appel d'Emilio. Il rassembla tout son courage et se retourna.

Allongé sur le lit, Emilio agrippait son ventre. Du sang coulait entre ses doigts. Il esquissa un sourire tremblant.

— Allonge-toi avec moi.

Les jambes d'Olivier répondirent à cette supplique. Quand il parvint au lit, il s'écroula à côté d'Emilio. Il se fichait bien du sang sur les draps. Du sang sur sa chemise, sur sa peau.

Il avait besoin d'être au plus près de lui.

— Tu dois te battre, murmura Olivier en enveloppant l'épaule d'Emilio et l'attirant doucement à lui. Pour moi. Je t'en prie.

— J'essaye.

— Je sais.

Emilio expira. Le bruit était étrange – presque un râle.

— J'ai essayé de m'enfuir. Mais je… je n'étais pas assez rapide.

— Ça n'a pas d'importance.

— Je suis désolé. J'ai échoué.

Olivier secoua la tête, posa la main sur le front d'Emilio et repoussa des mèches de cheveux humides.

— Ne sois pas ridicule. Tu es là. Tu y es arrivé. Et maintenant, tu dois tenir.

— Je suis fatigué.

— On doit rester éveillés.

C'était une supplication. Un marché.

Emilio ferma les yeux.

— Promets-moi que tu resteras.

— Jusqu'au bout.

— Mon… valeureux… chevalier, soupira-t-il.

Olivier posa les mains sur ses joues.

— Hé. Regarde-moi. Ne pars pas. J'ai besoin de toi. D'accord ? J'ai besoin de toi, ici.

— Je suis là.

Ses lèvres dessinèrent un doux sourire mais il ferma de nouveau les yeux.

Une sensation vertigineuse de panique saisit Olivier.

— Emilio. Allez. Il faut que tu tiennes.

Emilio inspira douloureusement. Rouvrit les paupières avec difficulté.

— Et si tu me racontais une histoire ? haleta-t-il.

— Une histoire ?

— Ce que tu veux, reprit-il.

Il agrippa le poignet d'Olivier comme si c'était une bouée de sauvetage.

— Parle-moi de ton ancienne vie. Parle-moi. De ce dont tu te souviens.

— OK.

Olivier était prêt à tout. Il aurait fait n'importe quoi, dit n'importe quoi, du moment qu'Emilio restait conscient.

— J'ai... J'ai grandi dans une petite ville dans la banlieue de Paris. À une quarantaine de minutes en fiacre.

— J'ai toujours eu envie d'aller à Paris, fredonna Emilio.

Il toussa et du sang gicla sur ses lèvres.

— Quand es-tu mort ?

Olivier essuya le sang avec le dos de sa main.

— À la fin du XIXe siècle. Je crois. Je ne... Je ne sais plus trop.

Emilio rit. Un rire brisé, sans joie.

— Vieillard.

Olivier ne put s'empêcher de pouffer. De sa paume il repoussa ses larmes.

— Dix-huit ans, ce n'est pas vieux.

— J'aurais aimé t'avoir connu. À l'époque.

— Pas moi, répliqua Olivier. Quand je suis arrivé à Blackwood, je n'étais rien. Un imbécile entêté errant à l'aveugle dans l'éternité. J'étais indifférent. Dangereux. En chute libre dans le purgatoire. Mais un beau jour, tu es arrivé. (Olivier passa une main tremblante sur la joue d'Emilio.) Tu es arrivé et, je le jure, mon cœur s'est remis à battre. Parfois, je me dis que je n'ai commencé à vivre qu'après t'avoir rencontré. (Il posa son front contre celui d'Emilio.) C'est pour ça que j'ai besoin que tu restes. Pour moi. Tant pis si c'est égoïste. Tant pis si tu me détestes après. La vérité, c'est que je refuse une éternité sans toi.

Emilio baissa les paupières. Il s'éteignait lentement.

Olivier se promit de rester éveillé. Vigilant. Même si Emilio s'endormait, il lutterait contre le sommeil et s'efforcerait de garder les yeux ouverts. Il craignait, en détournant le regard, ne serait-ce qu'une seconde, qu'Emilio ne lui échappe.

Mais plus il restait comme ça, avec Emilio dans les bras, plus il ployait sous le poids de la fatigue.

Parfois, il est impossible de lutter contre l'épuisement.

Et parfois, une promesse ne suffit pas.

54

EMILIO

Dans une vallée baignée de soleil, par une chaude journée d'été, Emilio ferma les yeux. Il savait qu'il ne devait pas mais c'était si agréable de lâcher prise, de flotter à travers le temps et l'espace, léger et serein. Quelqu'un l'appelait. C'était une voix qu'il connaissait, une voix qu'il aimait. Il aurait voulu dire à la voix qu'il était désolé, même s'il ne savait pas trop pourquoi. Ça n'avait peut-être pas d'importance.

Rien n'avait plus d'importance.

55

IRENE

Elle l'appela et il se matérialisa devant elle en une fraction de seconde.

Vêtu de ses éternels habits noirs, Mateo se fondait dans la pénombre de sa chambre. Il semblait même se confondre avec l'obscurité. Un instant, elle se demanda ce qu'il restait de lui. Quelle proportion de lui était encore humaine. Et quelle autre avait déjà été consommée par les ombres coulant dans ses veines.

Il lui parla d'une voix chaude, amicale.

— Bonjour, Irene.

Elle se jeta sur lui et lui agrippa le col.

— Tu savais ?

— Oui, répondit-il sans une hésitation.

— Pourquoi tu ne m'as rien dit ? pesta-t-elle. Je méritais de savoir la vérité.

— Ça aurait changé quelque chose ? lui demanda-t-il avant de poser les mains sur ses joues. Regarde-moi dans les yeux et dis-moi. Si tu avais su la vérité, que tous les autres seraient sacrifiés, est-ce que tu aurais préféré ne pas être choisie ?

Irene ouvrit la bouche. Des larmes menaçaient de jaillir. Elle aurait aimé dire oui. Elle aurait aimé être de ceux capables de renoncer à tout. Capables de passer de l'Autre Côté parce que la victoire se serait faite au détriment de onze autres âmes.

Mais elle ne pouvait pas.

Elle s'écarta de lui, essuya ses maudites larmes du revers de la main.

— Masika, reprit-elle, les yeux rivés au sol. Elle a disparu pendant la troisième épreuve. Ils ne peuvent pas la trouver. J'ai besoin de savoir. J'ai besoin de savoir si elle s'en est sortie. Si elle est encore là.

— Je suis désolé, répondit-il en secouant la tête. Je ne sais pas. Je ne suis au courant de rien.

Malgré ce qu'elle savait sur Mateo, elle le crut. À la façon dont il la regardait, avec une telle sincérité que cela occultait la menace qui sourdait en lui. Il n'y avait pas de mur entre eux. Il ne prenait pas la peine de cacher la noirceur en lui parce qu'il savait qu'ils la partageaient.

— Je veux me joindre à vous, déclara-t-elle sans y réfléchir à deux fois. Je veux rejoindre l'Ordre des Desmions. Mais on m'a obligée à signer un serment solennel. Je suis attachée à la Décade jusqu'à la fin.

Mateo s'approcha d'elle.

— À dire vrai, c'est exactement ce que j'espérais.

— Comment ça ? demanda-t-elle en le dévisageant avec méfiance.

— Ce n'est pas parce que je veux que tu rejoignes l'Ordre que je ne veux pas que tu sois Valorisée.

Irene secoua la tête.

— Je ne comprends pas.

— Tu serais nos yeux, nos oreilles. (Les ombres dans ses veines frémirent alors qu'il parlait ; une puissance intoxicante emplit l'air.) Notre lien à Blackwood.

— Tu veux que je… sois infiltrée ?

— Le temps qu'on puisse mettre notre plan à exécution, expliqua-t-il. Réfléchis. Tu pourrais les contrôler comme des marionnettes et les voir tous tomber dans notre piège.

— C'est quoi, précisément, le projet de l'Ordre ?

— Je ne peux pas te le dire, déplora-t-il. Pas encore. Lorsque la Décade sera terminée et que tu l'auras remportée, alors j'aurai le droit de tout te révéler.

— Et si je ne gagne pas ? demanda Irene, une note d'appréhension dans la voix.

Mateo inspira lentement. En dépit de l'absence de lumière dans la chambre, Irene aurait juré qu'une ombre avait tournoyé dans ses yeux.

— Ce n'est pas une option.

Irene hocha la tête.

— Je peux y arriver.

— J'en suis sûr. Et quand ce sera fait, quand tu seras victorieuse, il te faudra être prête à y renoncer.

Il n'avait pas besoin d'expliciter. Elle savait de quoi il parlait.

De son humanité.

Irene avait souvent souhaité perdre son humanité. S'en débarrasser comme on retire une tumeur. Mais maintenant qu'une telle réalité se présentait, elle ne trouvait plus ça si facile.

Mateo sentit son malaise ; il fit un pas en avant.

— Je comprends que tu aies peur, poursuivit-il avec tendresse. Moi aussi. Mais si tu veux nous rejoindre, tu dois pouvoir le faire. (Il s'approcha davantage.) J'ai besoin de savoir. Quand l'heure viendra, seras-tu prête ?

Irene observa les ombres serpentant dans les veines de Mateo. Le terme qu'il avait utilisé pour décrire la sensation qu'elles lui procuraient résonna dans son cerveau comme les cloches d'une église.

Un pouvoir.

— Je veux le détruire, murmura Irene, laissant sa colère l'envahir. Je veux voir Silas trembler de frayeur. Tout ce qu'il a fait, toute la souffrance qu'il a causée, je veux qu'il l'éprouve au centuple.

Les traits de Mateo se durcirent. Sa chaleur habituelle se transformait en fureur glaciale.

— On va s'en assurer, déclara-t-il.

Et ses mots semblaient sceller une promesse.

— Ensemble.

56

WREN

Wren tombait.

Tombait.

Tombait…

Sa mère hurlait. L'interpellait. La suppliait de rester. De rester avec elle.

La troisième épreuve l'avait obligée à revivre l'accident, une scène terrible qu'elle voulait depuis toujours oublier. Après avoir brisé l'illusion, elle pensait qu'elle s'en était libérée, qu'elle s'était mise à l'abri.

Mais elle ne pouvait échapper à ses rêves.

Encore et encore, elle revivait ce cauchemar, cette nuit terrible, incapable de résister. Elle restait allongée là, dans une flaque de son propre sang, les yeux rivés sur le ciel noir au-dessus d'elle. Les phares éclairaient le visage de sa mère. Il régnait une odeur de pneu brûlé. À côté d'elle, une main couverte de sang, un vernis lilas écaillé. C'était le préféré de sa sœur.

Ouvre les yeux.

Wren se réveilla en criant. Sa chambre était plongée dans le noir, à l'exception d'un rayon argenté passant par la fenêtre. Elle n'avait pas eu l'intention de s'endormir, mais cette troisième épreuve l'avait épuisée. De la sueur imprégnait ses cheveux et sa nuque. Elle posa la main sur sa poitrine, cherchant à tout prix un battement de cœur. Un frémissement. Quelque chose. N'importe quoi qui lui signalerait que, en dépit de tout, elle était encore en vie.

Une fois assise, elle remarqua la personne se tenant sur le seuil.

August.

Ils ne bougèrent pas, ni l'un ni l'autre. Ils s'observaient.

Il se racla la gorge.

— Je t'ai entendue crier, murmura-t-il d'une voix tremblante.

Lorsque ses yeux se furent habitués à la pénombre, Wren remarqua qu'il était essoufflé et qu'il avait du mal à calmer sa respiration. Il était agité, fébrile – les joues écarlates, les yeux fous.

Elle le regarda, étonnée.

— Et tu es venu me voir ?

— Bien entendu, souffla-t-il.

Puis il s'appuya contre l'encadrement de la porte et balaya la chambre du regard d'un air hésitant, presque timide.

— Je… Je peux entrer ?

Wren lui donna son accord. Dès qu'il avança dans la pièce, elle vit que quelque chose n'allait pas. Il boitait légèrement. Sa main droite agrippait son épaule.

— Qu'est-ce qu'il s'est passé ?

— J'ai été blessé lors de l'épreuve, expliqua-t-il.

Il s'écroula devant le bureau en grimaçant.

— Je dois pouvoir te soigner, marmonna-t-elle en fouillant sous son lit.

Elle glissa les mains sur le plancher jusqu'à toucher le verre froid d'un flacon d'alcool.

Elle s'assit à côté de lui. August la regarda avec incertitude. Il serrait le bord du bureau de toutes ses forces.

— OK, soupira-t-elle. Laisse-moi voir de quoi il retourne.

Il commença à déboutonner sa chemise. Ses doigts ne tremblaient pas mais la douleur se lisait sur son visage. Dans la pénombre, elle devina les contours de son ventre musclé. Le halo argenté en provenance de dehors éclairait sa peau mate.

Il tira sur le côté gauche de sa chemise et révéla sa blessure.

Wren ne put masquer sa surprise. Ce ne furent pas le sang ou la plaie qui la prirent de court, mais les particules de magie qui frémissaient à la surface. Ce n'était pas une blessure ordinaire.

— Qui t'a fait ça ? s'indigna-t-elle tout en examinant l'entaille.

Un spasme de colère lui tordit la poitrine – c'était nouveau, pour elle.

Il secoua la tête.

— Personne. J'ai joué de malchance.

— Vraiment ? C'est tout ce que tu daignes me dire ?

Wren attendit mais August resta muet. Face à son refus, elle émit un petit rire amer.

— Ah oui. L'honnêteté a un prix. Je comprends.

— Loughty.

— T'inquiète.

Elle se mordit la langue et se plaça entre ses genoux. De toute évidence, quelqu'un lui avait lancé un sort. L'avait blessé avec de la magie corporelle. Qui ? Comment ? Wren savait qu'August n'allait pas lui confier ce secret-là.

Elle ramassa le flacon d'alcool et le secoua légèrement.

— Je vais en verser directement sur ta blessure.

— D'accord.

— Ça va faire mal.

— Évidemment, ricana-t-il.

OK. Comporte-toi comme un connard, pensa-t-elle. Puis elle renversa une bonne partie du liquide sur sa plaie.

Sa réaction fut instantanée. Un grognement rauque jaillit de sa gorge et sa tête alla cogner le mur derrière lui. Il serra davantage le bureau. Chaque muscle de son corps se tendit. Ensuite, il entrouvrit les lèvres et émit un discret soupir. Quand les points noirs devant ses yeux s'estompèrent, il dévisagea Wren longuement, comme s'il cherchait une réponse.

— Je t'avais prévenu.

— Oui, acquiesça-t-il en sifflant entre ses dents.

— Attends, murmura-t-elle. J'ai sans doute de quoi faire un bandage.

Elle se pencha et retira une de ses taies d'oreiller. Le coton n'était pas de grande qualité mais c'était mieux que rien. Avant qu'August ne puisse protester, elle la plaqua sur sa plaie.

Malgré lui, il gémit.

Wren chercha son regard.

— Pardon.

— Pourquoi tu t'excuses ? marmonna August, agacé. Tu m'aides alors que je n'ai rien fait pour.

Il sembla ensuite hésiter puis ajouta :

— Ce devrait être à moi de m'excuser.

— Pour quoi ?

— Pour tout, répondit-il en haussant les épaules.

— Je n'ai rien d'une sainte non plus.

— Ce n'est pas vrai. Tu n'es pas… Tu n'es pas du tout comme moi.

Les paroles fusèrent avant qu'elle ne puisse les retenir :

— Je crois que je te ressemble bien plus que ni toi ni moi ne voulons l'admettre.

— Un effet secondaire de notre proximité forcée, déclara-t-il.

— Forcée ? répéta Wren en passant le tissu sous son bras. C'est toi qui as fait le premier pas, August. Personne ne t'a forcé à me parler.

— Ce n'est pas ce que je voulais dire.

— Alors, quoi ?

— Parfois, commença-t-il avant de grimacer… Parfois, j'ai l'impression que, même si on n'était pas morts, si on était nés à des siècles d'écart, on se serait quand même trouvés.

— Destinés à souffrir en compagnie l'un de l'autre, commenta Wren avec un petit sourire.

— Une souffrance, enchaîna August en fermant les yeux. C'est comme ça que tu décrirais notre relation ?

La main de Wren se figea sur le bandage.

— Tu la décrirais comment ?

Il ouvrit les paupières et lui répondit par la pensée.

Compliquée.

Ils ne bougèrent pas, les yeux rivés dans le regard de l'autre. Puis un sentiment de frustration s'empara d'elle.

— Tu ne peux pas faire ça, August, affirma-t-elle en reculant d'un pas. Ça me donne le tournis.

Il tressaillit.

— Loughty.

— Un instant, je suis persuadée que je ne compte absolument pas pour toi, et l'instant d'après… (Elle se passa la main dans les cheveux puis ricana.) Eh bien, si j'étais assez stupide et naïve pour le croire, je dirais que tu te comportes comme si… tu éprouvais de l'affection pour moi.

— Et si c'était le cas ? rétorqua-t-il d'une voix éraillée.

Un silence s'abattit sur eux comme une détonation.

— Qu'est-ce que tu as dit ? murmura-t-elle.

August poussa un soupir lourd de sens.

— Ce serait vraiment si terrible ? Si j'éprouvais de l'affection pour toi ?

— Non, confia-t-elle en avançant vers lui. Bien sûr que non.

Les mains toujours agrippées au bureau, August la contempla. Comme elle ne réagissait pas, il détourna le regard vers son bandage.

— Merci. Je me sens mieux.

— De rien.

August ne bougea pas pour autant. Il semblait paralysé. Il se mordillait la lèvre inférieure.

Wren prit un risque. Elle mêla ses pensées aux siennes.

Tu as besoin de quelque chose d'autre ?

Il ouvrit grands les yeux, surpris. Il y eut un instant d'hésitation puis elle sentit ses pensées s'insinuer dans son esprit.

Non, je n'ai besoin de rien.

Wren réduisit la distance entre eux, lentement mais sûrement, et se replaça entre ses genoux.

Mais tu veux quelque chose.

August tendit la main, enroula son index autour du sien et la tira vers lui. Il agissait avec plus de tendresse que les autres fois où il l'avait touchée. C'était si doux qu'elle sentit à peine ses doigts caresser sa peau.

— Ce que je veux n'a jamais eu aucune importance, admit-il.

— Ça devrait.

— La vie est mal faite, continua-t-il, et il ravala sa salive avec peine. La mort encore plus, malheureusement.

Une question lui brûlait les lèvres. Devait être posée.

— Qu'est-ce qui te retient ?

August frémit. Sembla bloquer sa respiration.

— De quoi ? souffla-t-il.

Wren posa la main sur sa poitrine.

— De prendre ce que tu veux.

Il souffla, la tira davantage vers lui. Elle sentit les muscles durs de son torse et un éclair de désir embrasa ses entrailles.

— Si seulement je pouvais te le dire, reprit-il en secouant la tête. Je ne veux plus porter ce fardeau.

— Dis-moi, l'implora-t-elle.

Ses hanches appuyèrent contre l'intérieur de ses cuisses et ce fut comme une déflagration. Ils étaient tous les deux sur le point de prendre feu.

— Elle va sauter, murmura-t-il.

— Quoi donc ?

Il lui enserra le poignet.

Ma limite.

Une explosion de chaleur se répandit dans son ventre, une envie si forte, si douloureuse, qu'elle ne put que soupirer et se pencher encore plus vers lui. Elle savait qu'ils n'auraient pas dû, que c'était inconscient, que chaque centimètre de gagné n'était qu'une blessure qu'elle s'infligeait, un acte qui défiait sa propre raison, mais elle s'en fichait.

Qui savait de quoi serait fait le lendemain ? Et si c'était leur dernière nuit ici... ?

L'air entre eux semblait crépiter. Elle posa la main sur sa joue, caressa son cou. Son désir s'intensifia. Un besoin irrépressible de le tenir contre elle.

Il tressaillit, mais un instant seulement, puis inclina légèrement la tête, comme hypnotisé. Il gardait les yeux plongés dans les siens, et elle remarqua qu'il respirait de plus en plus vite. Elle se mit à dessiner des cercles sur sa mâchoire avec son pouce.

— Tu n'es pas obligé de faire semblant, avec moi, August. Tu n'es pas obligé de tout garder en toi. (Ses doigts remontèrent jusqu'à la petite cicatrice sur sa pommette.) Tu n'es pas seul.

— Si, je suis seul, Loughty.

— Et moi, alors ?

— Toi, grogna-t-il, les muscles de son cou se tendant. Toi, tu es mon supplice éternel.

— Ton supplice ? répéta-t-elle en interrompant son mouvement.

— Ça te vexe ?

— Un peu.

— Il ne faut pas.

Il avança la main vers elle, avec hésitation d'abord. Ses doigts parcoururent les bords de son haut. Comme elle ne protestait pas, il glissa les mains jusqu'à sa taille et la plaqua contre lui.

— Tu es mon supplice parce que je m'efforce constamment de ne pas envoyer balader tous mes principes pour agir selon mes désirs. Mon instinct me pousse à être avec toi tout le temps. À être physiquement près de toi.

— Vraiment ? exhala-t-elle en enroulant les mains derrière sa nuque.

Il ferma les yeux. Sourit, mais elle y vit de la souffrance. De l'angoisse.

— C'est exaspérant.

— Quoi donc ?

— De passer autant de temps à penser à toi.

Elle l'observa, chercha une trace d'ironie, mais ne trouva rien. Seulement ses yeux gris qui la regardaient, le va-et-vient de sa respiration, la légère tension de son maxillaire tandis qu'il attendait qu'elle réponde.

Elle s'immisça dans ses pensées.

Tu devrais peut-être agir en conséquence.

C'était un défi. Une imploration. Elle serra un peu plus sa nuque et vit avec satisfaction un muscle de sa mâchoire se contracter. Elle leva la main, lentement, et la passa dans sa chevelure noire.

— Tu crois que je n'en ai pas eu envie ? continua-t-il tout en basculant la tête en arrière pour accompagner son geste. Que je n'en ai pas rêvé ? Que mes foutues pensées n'ont pas failli me rendre fou ?

Ses mains lui enserrèrent davantage la taille. Elle avait les sens en alerte.

— Qu'est-ce qui t'en empêche ?

— Ma conscience, répondit-il.

Et elle perçut une touche de sarcasme.

— Je ne savais pas que tu en avais une.

C'était censé être une plaisanterie, une remarque moqueuse, mais lorsque les mots retentirent dans la pièce, l'air parut se charger d'électricité. Il serra les dents et acheva de réduire la distance entre eux.

— Ah si, j'en ai une.

Des taches rosées apparurent sur ses joues. Il se pencha en avant, effleura sa joue de ses lèvres. Tout doucement. Trop doucement. Puis, il murmura :

— Pour être tout à fait honnête, elle ne tient qu'à un fil.

— Très bien.

Il posa la main dans son dos puis remonta, délicatement, jusqu'à ses épaules, et ne s'arrêta que lorsque ses doigts furent en haut de son cou. Il bougea légèrement, et le bout de son nez frôla brièvement le sien.

— Pourquoi c'est très bien ?

— Parce que, répondit-elle en levant la tête. Un fil, ça casse.

Il ne lui en fallut pas plus.

Ses lèvres s'écrasèrent contre les siennes, sans prévenir. Toute hésitation de part et d'autre avait disparu. Ne restait qu'un besoin de se sentir, d'être plus près, de se respirer avec une avidité qui, d'ordinaire, leur aurait fait horreur.

Wren s'écroula contre lui, enroula plus encore ses bras autour de son cou. August la tenait fermement mais ses mains allaient et venaient goulûment sur son corps – son cou, sa taille, le creux de son dos. Il poussa un petit gémissement, auquel elle répondit de même – le besoin de se perdre en lui la submergea complètement.

La température dans la chambre augmenta. August se leva, la poussa en arrière et la guida jusqu'au lit sans jamais rompre le contact – jamais leurs lèvres ne se séparèrent. Il la fit s'asseoir, tendrement, et écarta une mèche de cheveux de son visage.

Il s'interrompit un instant.

— Ça te va ? demanda-t-il en la regardant avec ferveur.

— Oui, répondit Wren.

Et le trouble dans sa voix la fit rougir.

— Et toi ? Tu es sûr que c'est ce que tu veux ?

August pencha la tête et appuya ses lèvres contre les siennes.

— Ce n'est pas évident ? souffla-t-il. À quel point j'ai besoin de toi ? Que je suis désespérément à toi ?

Wren posa les mains sur son torse brûlant et le plaqua contre elle. Franchir cette limite entre eux lui donnait l'impression de sauter dans le vide avec le sourire – et de savourer l'inévitable anéantissement qui l'attendait en bas.

Il contempla chaque centimètre carré de son visage, comme s'il cherchait une réponse.

— Wren, murmura-t-il avec vénération. Tu es sûre ?

Était-elle sûre de vouloir ça ? Bien entendu. Elle l'avait toujours su, en dépit de tout. Son lien à August, elle ne pouvait pas y échapper. Ils étaient devenus le salut l'un de l'autre. Des âmes destinées à se percuter. Toutefois, oui, elle savait que ce n'était pas malin. Qu'elle exposait son cœur à une blessure potentielle. Qu'elle accueillait en elle l'espoir, pour qu'il soit détruit demain, à la fin de la dernière épreuve.

Elle le désirait et elle ne comprenait pas forcément ce désir. Ça la terrifiait.

Cependant, elle savait qu'il ressentait la même chose. Qu'il se confrontait à la même incertitude. Elle le voyait dans ses yeux. Il aspirait à réduire entièrement l'espace entre eux et craignait, en même temps, que ce ne soit la dernière fois.

Au final, la réponse fut simple.

Wren entremêla ses doigts aux siens et lui embrassa le cou. Il parut se liquéfier, et cela la ravit. Quand il la regarda, ce fut avec adoration. Comme si elle était une déesse.

« Je suis sûre. » Wren laissa les mots envahir ses pensées sans retenue.

Et pour la première fois depuis que Wren avait croisé August broyant du noir dans les couloirs de Blackwood, ils n'essayèrent pas de chasser la tension entre eux par des mots. Aucune remarque railleuse, aucune bravade, aucun besoin de se montrer plus fort.

Pour une fois, ils se turent. Et laissèrent leurs corps communier.

Wren se réveilla quelques heures plus tard. Le goût des lèvres d'August persistait sur les siennes, de même que la sensation de ses mains sur sa peau. Mais quand elle ouvrit les yeux et tendit la main vers lui, elle ne trouva que le vide.

Que des draps froids.

Elle ne fut pas surprise. Elle s'était attendue à ce qu'il parte. Il n'était pas du genre à assumer ses émotions, et l'idée qu'ils allaient se perdre était sans doute trop douloureuse à supporter. Elle ne le prit pas mal.

Si la situation avait été inversée, elle aurait sans doute fait pareil.

Cependant, elle ne parvint pas à se rendormir. Cela dépassait le simple souvenir d'August. Elle avait le sentiment qu'il manquait quelque chose. Les morceaux du puzzle s'étaient assemblés, la vérité de la Décade était désormais un fardeau qui l'égratignait chaque fois qu'elle respirait. Néanmoins, ça n'expliquait pas pourquoi Louise avait pu lancer un sort de magie d'ombres. Ça ne répondait pas aux questions qui les tourmentaient depuis plus d'une semaine.

Wren attrapa son manteau et l'enfila tout en sortant de sa chambre et de Pettyworth. La brume épaisse s'enroulait autour de ses membres, semblable à la caresse d'un fantôme, brouillait sa vision et perturbait ses sens. Ses pensées n'étaient qu'un embrouillamini de désespoir, mais elle sut quand même ce qu'elle devait faire et où se rendre.

La résidence Litterman se dressait devant elle. Toutes les lumières aux fenêtres étaient éteintes. C'était comme regarder dans les entrailles d'une bête. Elle s'approcha de la double porte, frémit. Quand elle posa la main sur la poignée, elle se rendit compte que la barrière de protection n'était pas en place. *Étrange*. Les sceaux fonctionnaient toute la nuit afin d'empêcher les élèves de se balader sur le campus sans chaperon.

Elle n'avait cependant pas le temps de se pencher sur ce mystère.

Elle bénit sa chance et entra. Elle grimpa les marches, maudit le vieux bois qui craquait sous ses pas. Les chambres étaient aux premier et deuxième étages, au sein d'un labyrinthe de portes et de couloirs similaire à celui de Pettywortth. Louise lui avait un jour révélé en passant le numéro de sa chambre. Wren savait exactement où aller.

La chambre 31.

Wren retint son souffle, frappa. Elle s'attendait à entendre du mouvement, un lit qui grince, alors que Louise se levait, mais non.

Elle frappa de nouveau.

— Lou ? appela-t-elle en collant son oreille au battant.

Toujours rien.

Wren appuya sur la poignée. À sa grande surprise, ce n'était pas fermé. Elle poussa la porte et entra.

Ce qu'elle vit de l'Autre Côté lui glaça le sang.

La pièce avait été entièrement retournée. Des morceaux de papier, de cahiers s'amoncelaient par terre. Les draps avaient non seulement été arrachés du lit mais déchirés. À croire qu'ils avaient été dévorés par un animal sauvage. De l'encre noire maculait les murs et formait des mots incohérents, des phrases sans queue ni tête.

Mais surtout, il n'y avait aucun signe de Louise.

Observant le chaos devant elle, Wren plaqua la main sur sa bouche. Puis elle tenta de déchiffrer les mots gribouillés frénétiquement sur les cloisons. Certains lui sautèrent aux yeux : *carnage*, *duperie*, *éveil*. Ça n'avait aucun sens.

Quelque chose d'autre accrocha son regard. Une feuille sur le bureau en bois.

Elle s'en approcha lentement. L'angoisse lui comprimait la poitrine, lui tordait les boyaux.

Ce fut alors qu'elle le vit.

Son prénom. Écrit à l'encre rouge. Encore et encore.

WREN. WREN. WREN. WREN. WREN. WREN.

D'une main tremblante, elle attrapa le papier et l'orienta vers la fenêtre, d'où provenait une faible lueur. Comme c'était étrange. L'encre n'était ni vraiment rouge ni lisse. Elle était carmin, granuleuse, et semblait avoir formé une croûte.

C'était du *sang*.

Wren poussa un hoquet de stupeur, lâcha la feuille, chancela en arrière. Un sentiment de panique, de perplexité, troubla ses pensées. Une foule de questions, toutes plus terrifiantes les unes que les autres, s'agitaient dans sa tête, la paralysant.

Louise avait-elle fait ça ? Est-ce que quelqu'un l'avait enlevée ? Son amie lui mentait-elle depuis le début ?

Wren devait la trouver. Elle jaillit dans le couloir, bien décidée à trouver Louise, mais percuta aussitôt un autre corps. Elle se ressaisit et, prête à se battre, fit apparaître une étincelle dans sa paume.

— Miss Loughty !

C'était Maître Calligan. Il lui agrippa l'épaule d'une main. De l'autre, il tenait une lanterne.

— Que faites-vous ici ? On vous cherche partout.

— Je suis venue voir Louise. Pour lui parler, expliqua Wren en s'efforçant de maîtriser sa respiration. Mais elle n'est pas dans sa chambre.

— Je suis certain que Louise ne s'est éclipsée qu'un instant. Un peu comme vous, d'ailleurs.

Wren secoua la tête.

— Sa chambre… Je crois qu'il s'est passé… euh, attendez… vous me cherchiez ?

Calligan hocha la tête avec solennité.

— Il y a du changement. Des circonstances imprévues nous obligent à modifier le planning de la Décade.

— Comment ça ? bredouilla-t-elle, pleine d'appréhension.

Calligan fit un pas en avant. La lanterne dessinait d'étranges ombres sur son visage.

— Vous devez venir avec moi, murmura-t-il. La quatrième et dernière épreuve va commencer.

57

OLIVIER

Il se réveilla en suffoquant.

À côté de lui, Emilio était immobile. Froid. En apparence sans vie. En apparence seulement. Si la blessure l'avait détruit, il se serait désintégré en millions de particules, aurait été consommé par l'Éther. Mais il était encore là, allongé à côté d'Olivier. En chair et en os.

Il devait bien y avoir quelque chose à faire. S'il ne pouvait soigner la plaie avec du fil et une aiguille, peut-être fallait-il qu'il réfléchisse autrement.

Une idée émergea.

Qu'ils n'aient plus la capacité de se guérir par la magie ne signifiait pas que d'autres ne pouvaient pas les soigner. C'était une possibilité. Un espoir. Qui suffit à pousser Olivier hors du lit.

Il savait où il devait aller, mais il n'aimait pas devoir laisser Emilio seul. Pourtant, si quelqu'un possédait des informations utiles sur la magie, c'était bien ce dernier. Sa chambre n'était pas loin. Il n'en aurait vraiment pas pour longtemps.

Olivier se tourna vers Emilio et mémorisa chaque détail de son visage.

— Tiens bon, murmura-t-il. S'il te plaît.

Puis il s'élança dans le couloir.

Dès qu'il entra, il se précipita sur le bureau de son ami et se mit à le fouiller. Comme il l'avait pensé, il trouva des dizaines de manuels, de notes, empilés dans les tiroirs et éparpillés un peu partout. Il devait bien y avoir quelque chose d'intéressant. N'importe quoi. Un sort pour soigner des plaies. Qui pourrait ralentir l'hémorragie.

Un livre accrocha son regard. C'était celui qu'ils avaient volé dans la section des Maîtres de la bibliothèque. Celui sur la magie d'ombres.

Ni une ni deux, il s'empara de l'ouvrage et courut jusqu'à sa chambre, manquant presque de rater sa porte.

Emilio était toujours là. Sa respiration était trop rapide. Sa peau marron virait au gris.

Olivier se mit à feuilleter l'ouvrage à toute vitesse. Il n'y comprenait pas grand-chose – des pages et des pages sur les portails d'ombres et les malédictions d'âmes. Rien qui puisse l'aider.

Jusqu'à ce qu'il tombe sur un passage sur les sorts de rajeunissement. Sur la guérison des âmes.

Malheureusement, le sortilège s'accompagnait d'un prérequis très problématique. Une condition qu'il ne pouvait satisfaire.

Il avait besoin de se débarrasser de son humanité.

— Non, murmura Olivier, un sanglot remontant dans sa gorge. Non. Non.

Il y avait forcément un moyen de contourner cette obligation. Mais plus Olivier lisait, plus il se rendait compte qu'il n'y pouvait rien. Ce n'était pas qu'il refusait de sacrifier son humanité pour sauver Emilio – il l'aurait fait sans hésiter –, c'était qu'il ne savait pas comment procéder : ce n'était pas expliqué.

Emilio gémit. C'était à peine audible. Sous ses paupières fermées, ses yeux roulèrent.

— Je suis désolé, souffla Olivier.

Il déposa un baiser sur le front d'Emilio tandis qu'un profond sanglot le secouait.

Si Emilio ne survivait pas, Olivier resterait avec lui. Jusqu'au bout. Et tant pis si cela l'empêchait de participer à la dernière épreuve et condamnait son âme pour l'éternité. Désormais, il s'en fichait.

Ce fut alors que les yeux d'Emilio s'ouvrirent. Lentement. Il murmurait.

— Qu'est-ce que tu as dit ? lui demanda Olivier en se penchant vers lui.

— La... page, soupira Emilio, à moitié inconscient.

— Quelle page ?

Emilio toussa. Des gouttelettes de sang maculèrent ses lèvres.

— La page 438, parvint-il à articuler. Regarde la partie théorique.

Olivier tourna frénétiquement les pages du vieux livre jusqu'à trouver la bonne. Toutefois, il n'y comprenait rien. C'était un sort ancien de magie d'ombres intitulé « immersion d'âme ». D'après les notes d'Emilio dans la marge, il permettait à quelqu'un d'habiter l'âme d'une autre personne. Comme une possession.

Olivier plissa les yeux. Il y avait autre chose d'écrit en bas.

C'était l'écriture d'Emilio. Sept mots très simples. Une question.

POURRAIT-IL Y AVOIR QUELQU'UN DANS LOUISE ?

Avant qu'Olivier n'ait le temps de demander à Emilio ce qu'il entendait par là et en quoi c'était utile, la porte de la chambre s'ouvrit brusquement.

Il lui fallut quelques secondes pour que l'information monte jusqu'à son cerveau.

Maître Birdie et Maître Russo se tenaient sur le seuil. Elles étaient essoufflées, comme si elles avaient couru.

— Vite, lança Russo. On n'a pas beaucoup de temps.

Olivier secoua la tête.

— Je ne comprends pas.

— On peut essayer de le sauver, intervint Birdie en jetant un rapide coup d'œil derrière elle. Mais vous devez venir tous les deux avec nous. Maintenant.

58

WREN

Un jour, quand Wren avait douze ans, elle était tombée d'un arbre dans son jardin et s'était cassé le poignet. L'os avait éclaté à l'instant où elle avait heurté le sol. Sa mère avait été furieuse. Combien de fois avait-elle dit à Wren de ne pas grimper à l'arbre ? Mais Wren, étant comme elle était, n'avait pas écouté. Elle avait voulu se prouver qu'elle pouvait y arriver. Ou peut-être avait-elle simplement l'esprit de contradiction.

Cette nuit-là, en la bordant dans son lit, sa mère avait plongé son regard dans celui de Wren et dit :

— Tes actes ont des conséquences. Tu dois réfléchir avant d'agir. Pour ce qui est de la vie et de la mort, il n'y a pas de seconde chance.

Peut-être avait-elle raison – sauf que non.

La mort avait offert à Wren une seconde chance, un chemin vers la rédemption. L'occasion de se prouver à elle-même, de prouver à sa mère, à tout le monde, qu'elle pouvait respecter les règles.

Qu'elle pouvait bien se comporter.

À présent, cette seconde chance lui avait été confisquée. Alors qu'elle entrait dans le Bureau Opale, que ses chaussures claquaient sur le sol en marbre, elle pensa à la remarque de sa mère.

« Il n'y a pas de seconde chance. »

Irene était déjà là. Elle s'était appuyée contre un banc, les bras croisés. Elle tapait du pied et vibrait d'une énergie fébrile. Elle croisa momentanément le regard de Wren puis baissa les yeux vers le sol.

Et puis il y avait August.

Il l'observait, le regard impénétrable. Cependant, ses lèvres s'étirèrent d'un centimètre à son arrivée. Un sourire.

Elle s'arrêta devant lui.

— August.

Étonnamment, il tendit la main et entremêla ses doigts aux siens.

— Loughty.

— Bon Dieu, marmonna Irene. Vous avez enfin décidé de vous mettre ensemble ? La veille de votre anéantissement respectif ? Quelle plaie. C'est très shakespearien de votre part.

Wren s'adressa à lui à voix basse.

— J'ai besoin de te parler.

— Qu'est-ce qu'il y a ?

— Je suis allée dans la chambre de Lou. Quelque chose n'allait pas. C'était le bazar. Comme si quelqu'un avait voulu tout détruire. Ou bien avait tout fouillé.

— Il se peut qu'elle soit simplement bordélique, répondit August en haussant les épaules. Je suis certain qu'elle n'est pas la seule.

— Non, ce n'est pas ça, insista Wren.

Puis, frustrée, elle le tira davantage vers elle.

— August. Écoute-moi. Je sais ce que j'ai vu. C'était… C'était terrible. Elle avait gribouillé sur le mur quelque chose avec du sang.

— Quoi ? hoqueta August, désormais inquiet. Qu'est-ce qu'elle avait écrit ?

— Mon nom.

L'attitude d'August changea radicalement. Ses yeux gris s'assombrirent et devinrent si opaques que Wren en eut la chair de poule. Malheureusement, avant qu'elle ne puisse reprendre, les portes de la pièce s'ouvrirent et le proviseur Silas entra.

— Bonjour, candidats, dit-il en hochant la tête dans leur direction, sa canne à la main. J'ai de mauvaises nouvelles. Je crains que nous n'ayons perdu deux concurrents durant la nuit.

Wren reçut un choc. *Non, ce n'est pas possible.* Même Irene semblait stupéfaite, son corps entier se raidit. Peut-être se trompait-elle, mais Wren eut le sentiment qu'Irene était préoccupée.

— Comment ça ? demanda la première.

— Il semblerait qu'Emilio et Olivier ne soient plus… disponibles.

Disponibles ? Ça n'avait pas de sens. La dernière fois que Wren l'avait vu, Olivier allait bien. Il n'avait pas été blessé lors de la troisième épreuve. L'état d'Emilio était inquiétant, certes, mais pourquoi auraient-ils été éliminés tous les deux ?

— Ce n'est pas…

— Je n'ai pas le temps de vous fournir de détails, la coupa Silas en s'arrêtant devant la porte menant à l'Éther. L'heure tourne et nous devons commencer la quatrième épreuve.

— Qui consiste en quoi ? lança Irene, exaspérée.

— J'ai caché un objet dans l'Éther, expliqua-t-il en désignant la porte. Pour votre dernière épreuve, vous parcourrez un paysage choisi exprès pour rechercher cet objet. Si vous croisez un autre candidat, n'hésitez pas à l'évincer de la compétition.

Wren avait envie de lui faire ravaler son sourire. Évidemment, qu'il allait suggérer une idée pareille. Pour lui, ils n'étaient que des pions bons à être sacrifiés. Jetables. Des âmes insignifiantes destinées à être consommées.

— Allez-vous nous dire quel est cet objet ? insista Irene en se rapprochant.

— Non, ça fait partie du défi. Si votre âme est forte, réceptive, vous devriez le trouver, peu importe ce que c'est.

Il frappa le portail du bout de sa canne et créa un nuage de magie qui se répandit sur le bois comme une pluie de météorites.

— Bon, reprit-il en croisant les mains et en s'écartant de l'arche, qui veut y aller en premier ?

Ce n'était pas vraiment une question. Tout le monde savait qui irait en premier.

Irene s'avança, redressa les épaules, le regard droit. Cependant, un voile passa sur son visage, ce qui déconcerta Wren. Ça ne lui ressemblait pas.

De l'hésitation. Du doute.

Irene se mordilla l'intérieur de la joue puis elle jeta un coup d'œil vers Wren. Soudain, Irene n'avait plus rien de la vipère cruelle que Wren avait toujours connue. Non, elle paraissait… effrayée.

Un sentiment de détresse parcourut Wren sans prévenir. Un désir subit de protéger Irene, en dépit de leur animosité.

Après tout, c'était très certainement la dernière fois qu'elles se voyaient, les derniers instants qu'elles partageaient.

Wren s'approcha.

— Irene, je…

Mais la sincérité dans sa voix dut surprendre Irene. Au même moment, elle secoua la tête, se tourna vers le portail et franchit le seuil.

À l'écart, Silas observait August et Wren, attentif. Ils devaient prendre une décision.

Qui allait suivre ?

August passa la main dans sa chevelure et lâcha un rire nerveux.

— J'aurais peut-être dû préparer un discours ou un truc comme ça.

Wren essaya de sourire, de rire, en vain. Elle se sentait étrangement vide.

— Ne t'inquiète pas. Les mots, ça n'a jamais été notre fort.

August étendit la main et ramena une mèche de cheveux derrière son oreille.

Souviens-toi de ce que je t'ai dit. Tu dois penser à toi d'abord. N'essaye pas d'aider qui que ce soit, d'accord ?

Wren déglutit, hocha la tête.

Je sais.

Mais Wren ne voulait pas se rappeler. Elle ne voulait pas se sauver si cela impliquait de perdre tout le monde au passage.

Si cela impliquait de le perdre, lui.

August s'avança vers le portail. Wren lui attrapa le poignet.

— Attends.

Il soupira, fronça les sourcils.

— Loughty.

Elle ne lui laissa pas le temps d'enchaîner. Elle le tira à elle, posa les mains sur ses joues et se colla contre lui – et peu importait que Silas fût là.

Leurs lèvres se trouvèrent violemment dans un pur moment de désespoir. Un ultime baiser. Un ultime moment ensemble. Elle avait simplement besoin de quelque chose à quoi s'accrocher. Un ultime souvenir de lui. Il enfouit les mains dans ses cheveux, l'agrippa, et tout le reste disparut.

Hélas, ça ne suffisait pas. Rien ne suffirait jamais.

Wren mit sa bouche contre son oreille.

— Retrouve-moi, murmura-t-elle. Où que tu sois, où qu'on atterrisse, ne cesse jamais de me chercher.

Et parce qu'elle ne pouvait supporter de le voir partir, de le voir s'éloigner d'elle, elle passa devant lui, ignora le son de sa voix appelant son nom, et sauta dans le portail.

59

IRENE

Cela faisait des années qu'elle n'avait pas parcouru l'Éther toute seule. Elle avait l'habitude d'avoir sa partenaire à ses côtés. Sa compagne permanente. L'absence de Masika bouleversa Irene bien plus qu'elle ne l'aurait cru possible lorsqu'elle pénétra dans l'Éther. Un immense trou sembla se creuser dans sa poitrine.

Sa respiration se fit laborieuse. Ses oreilles bourdonnèrent. Une crampe lui tordit l'estomac. C'était toujours comme ça. Rien de neuf.

Sauf que, cette fois, il faudrait qu'elle continue toute seule.

Lorsque sa vision s'ajusta et qu'elle comprit où elle était, elle eut un mouvement de recul.

Elle était dans un bâtiment de Blackwood. En apparence, tout était pareil – le plancher foncé, le lierre sur les murs, les appliques en fer le long des couloirs. Cependant, elle pouvait voir les imperfections étranges causées par l'Éther. Les miroirs étaient déformés. Le sol légèrement gondolé.

Et ce n'était pas tout.

Alors qu'elle marchait dans le couloir, elle eut l'impression qu'elle n'avançait pas. Comme si le couloir s'étirait à perte de vue, comme si c'était le plancher lui-même qui bougeait, tel un tapis roulant.

Irene regarda devant elle. Elle n'allait pas laisser l'Éther la prendre au piège. Sans doute valait-il mieux ne pas regarder les miroirs. Si elle avait le moindre instant de faiblesse, elle y verrait quelque chose de terrible.

Elle ne savait pas trop où elle devait aller. Chaque virage la menait dans un autre couloir identique. Elle invoqua sa magie, examina sa carte d'orientation interne. Elle percevait une sorte de fluctuation, au loin. Quelque chose de familier.

Elle essaya de mémoriser son chemin. C'était un bon moyen de rester concentrée, mais elle perdit vite le fil. Elle était là depuis des heures, lui semblait-il, soumise aux lois de l'Éther, qui la vidait de son énergie. Ses jambes s'engourdissaient. Elle avait très mal au crâne.

Elle tourna la tête à droite.

Une erreur. Une toute petite erreur.

Elle tomba sur un des miroirs ; oubliant qu'elle s'était promis de regarder droit devant elle, elle hurla en voyant ce qui s'y reflétait.

C'était son propre visage. Épuisé. Mais elle n'était pas seule.

— Tu m'as laissée.

Masika se tenait à côté d'elle. Elle avait le visage couvert de sang et de blessures. Ses paroles percutèrent Irene, envahirent son cerveau – elle tituba. Irene savait que c'était une illusion. Cependant, dévastée par la perte soudaine de son amie, elle ne put que réagir.

— Il fallait que je continue, lui répondit Irene. Tu aurais fait pareil.

— Je t'aurais dit au revoir, répondit Masika de sa voix désormais caverneuse. J'aurais essayé de te retrouver.

Irene s'avança vers le miroir.

— Je ne suis pas une bonne amie. Je ne suis même pas une bonne personne. On pourrait presque dire que je t'ai rendu service. Je t'ai facilité la tâche.

Les traits de Masika se brouillèrent.

— Tu n'es pas une mauvaise personne, Irene. Tu t'accroches à cette idée parce que c'est plus simple que d'affronter la personne que tu es devenue. Tu veux échapper au monstre à l'intérieur de toi. À la noirceur qui te suit. Mais tu n'es pas ça.

— Tu ne sais pas qui je suis.

Masika inclina la tête.

— Tu sais aussi bien que moi que c'est un mensonge. Je suis la seule à avoir vu qui tu es vraiment. La seule à avoir vu la petite fille terrorisée derrière le masque. Celle dont tu pensais pouvoir te débarrasser.

— Stop, hoqueta Irene.

Elle s'écarta du miroir mais le mur derrière elle s'était avancé et elle était à présent bloquée dans le couloir, devenu très étroit. Elle ne pouvait pas s'enfuir ni ignorer les paroles de Masika.

— Ta mère t'a fait du mal alors tu as juré de faire du mal aux autres. Tu as pris cette rage, cette haine, et tu les as laissées te transformer en celle dont tu avais le plus peur.

— Arrête.

— J'espère que ça en valait la peine. J'espère que perdre la seule amie que tu avais, ça en valait la peine.

Un cri d'angoisse déchira la gorge d'Irene et elle frappa le miroir. Qui se brisa. Une fissure scindait désormais le visage de Masika en deux.

— Tu ne peux pas continuer à te fuir, reprit-elle. Peu importent les choix que tu fais. Peu importe l'endroit où tu iras – toi, tu seras toujours là.

Irene cligna des yeux, et Masika disparut. Le couloir avait repris sa taille initiale : la voie était libre. Irene inspira. Des larmes brûlantes roulaient sur ses joues. Cependant, elle se tourna vers le miroir, dans l'espoir que Masika revienne, dans l'espoir d'entendre la voix de son amie… Mais elle n'était plus là.

Demeurait la seule chose dont elle avait toujours eu peur. Le vrai monstre tapi dans les recoins sombres de sa chambre.

La seule chose à laquelle elle n'échapperait jamais.

Elle-même.

60

WREN

Elle était dans sa chambre.

Tout était semblable à cette pièce qu'elle connaissait si bien : la commode en chêne, le vieux miroir. Les draps aux motifs fleuris, les rideaux en dentelle et les étagères pleines de poussière. Pourtant, Wren savait que ce n'était pas vraiment sa chambre. Elle sentait les effets de l'Éther autour d'elle – cette léthargie dans ses membres, ce poids sur son crâne. Par ailleurs, il y avait une énorme différence entre cette pièce et sa chambre d'adolescente. Quand elle regardait par la fenêtre, elle ne voyait pas les mêmes arbres que d'habitude ornant la cour principale. À la place, elle voyait un ciel infini parsemé d'étoiles – un univers entier s'étirant devant elle.

Wren jeta un coup d'œil dans la glace et examina son reflet. Elle avait du mal à reconnaître la personne qui lui faisait face. Elles partageaient les mêmes caractéristiques physiques – des cheveux auburn éclatants, la peau pâle, des sourcils épais –, mais ce n'était pas authentique. Elle savait qu'il y avait une autre personne, quelqu'un qui patientait, tapi là.

Derrière ce visage se trouvait quelqu'un d'autre.

La Wren d'avant. Qui commettait erreur sur erreur et semait le chaos derrière elle – elle était connue pour ça. Qui ne réfléchissait pas aux conséquences de ses actes sur les autres. Qui se fichait de savoir si elle risquait de blesser un proche.

Cette nouvelle version d'elle-même, aux résultats scolaires parfaits et au comportement irréprochable, ce n'était qu'un personnage. Un rôle. Une projection à destination des autres. Un moyen d'oublier la Wren d'avant et de la remplacer par une mouture plus acceptable. Meilleure.

Si elle pouvait oublier son passé, elle pourrait oublier l'accident. Elle pourrait passer à autre chose.

Voilà pourquoi elle s'était accrochée de façon aussi désespérée à la Décade. Pourquoi elle était obsédée par l'idée d'atteindre les sommets académiques. Or à présent, tous ces rêves, tous ces espoirs avaient été réduits en miettes.

Comment pourrait-elle devenir une Valeureuse en sachant le prix que cela avait coûté ?

Un cri retentit au loin. C'était confus, mais elle avait l'impression que quelqu'un appelait à l'aide.

Les paroles d'August résonnèrent dans sa tête, comme un avertissement.

« Souviens-toi de ce que je t'ai dit. Tu dois penser à toi d'abord. »

Wren jura. August n'aurait qu'à lui pardonner.

Elle sortit de sa chambre et s'élança dans le couloir. À mesure qu'elle courait, à chaque seconde, la voix se renforçait. Elle ne lui était pas inconnue – ce ton sec, impérieux, ça lui disait quelque chose.

Ce fut alors que Wren la vit.

Irene.

Elle se trouvait au bout d'un immense corridor. Son corps s'enfonçait dans le plancher, ses jambes étaient avalées par un épais liquide noir. Elle se débattait, en vain, agrippait le sol autour d'elle. En pure perte.

— Au secours !

Wren ne réfléchit même pas. Elle accéléra.

Si elle arrivait à temps, si elle parvenait à étouffer sa panique et à respirer correctement, elle pourrait sauver Irene. Lui offrir un répit. Mais l'épais liquide engloutissait Irene plus vite que Wren ne l'avait anticipé. Elle en avait jusqu'aux cuisses.

Lorsque Wren glissa par terre à ses côtés, la mélasse sombre lui enserrait la taille.

— Attrape ! cria Wren en lui tendant la main. Je vais te sortir de là !

Irene la regardait avec de grands yeux. Pleins de panique. Elle hocha la tête.

Leurs mains s'agrippèrent. Irene avait la paume humide, couverte de sueur et de ce liquide noir étrange, mais Wren tint bon. Serrant les dents, elle tira de toutes ses forces.

Wren bascula en avant. S'approcha trop près.

— Accroche-toi !

Le liquide monta jusqu'à sa poitrine. Lui recouvrit le cou. Ses bras disparurent en dessous, entraînant la main de Wren. Cependant, elle ne lâcha pas.

Elle ne pouvait pas se permettre de renoncer.

— S'il te plaît, murmura Wren.

Son emprise cédait. Si elle gardait la main d'Irene dans la sienne, elle tomberait elle aussi. Elle connaîtrait le même sort. Quand bien même, elle ne put abandonner Irene.

— Je n'y arrive pas, cracha Irene, la bouche pleine de liquide noir. Wren, je…

Ensuite, il se passa une chose déroutante.

Toute détresse, toute terreur envolées, Irene sourit.

— Wren, siffla-t-elle.

Non, quelque chose n'allait pas. Ce n'était pas la voix d'Irene.

— Toujours là pour les autres.

Puis la chose qui ressemblait à Irene saisit Wren par la nuque et la tira vers elle.

Wren atterrit sur le ventre, les mains en avant. Un goût désagréable lui envahit la bouche. Elle avait de la terre sur la figure. Grimaçant, elle s'agenouilla, avant d'observer son environnement.

Elle était dans un champ. Des étoiles brillaient dans le ciel nocturne. L'herbe sous ses pieds était sèche et se morcelait entre ses doigts.

Elle n'avait pas le temps de s'attarder sur l'étrange créature qui avait endossé les traits d'Irene. Il fallait qu'elle se concentre. Il devait y avoir un moyen de sortir d'ici. Où qu'elle fût, elle s'était de toute évidence écartée du bon chemin.

À peine s'était-elle redressée qu'une voix résonna derrière elle.

— Loughty ?

August se tenait à quelques mètres de là. Il avait le visage écarlate, la respiration haletante, le front couvert de sueur.

— August.

Elle se jeta sur lui et l'enlaça. Ses mains se posèrent ensuite sur ses joues. Elle avait besoin de s'assurer que c'était bien lui. Que ce n'était pas une illusion. Il semblait solide, réel.

— Pourquoi es-tu là ? Tu m'as suivie ?

Il s'écarta et lui agrippa les épaules.

— Il faut qu'on parte. Maintenant.

— Qu'on parte ? Où ? On ne peut pas partir.

— Je sais où on peut aller.

— Mais le serment, bredouilla-t-elle, perdue. On ne peut pas. On doit terminer l'épreuve.

— Ça n'a aucune importance, poursuivit August en lui prenant les mains. Je sais comment le contourner.

— Je ne comprends pas, protesta-t-elle.

La panique l'envahit, menaçant de la submerger.

— August. Ce que tu dis n'a pas de sens.

— Écoute-moi, reprit-il, la voix chargée de désespoir. Je sais comment contourner le serment solennel. Je connais un endroit où on peut se cacher. Seulement, j'ai besoin que tu me fasses confiance. (Il prit ses mains, déposa un doux baiser sur ses jointures.) Tu peux faire ça pour moi ? Me faire confiance ?

Wren essaya de parler. Rien ne vint. Elle venait de prendre conscience de quelque chose de terrible, et tout était de nouveau chamboulé.

— Mais… si tu sais comment contourner le serment, pourquoi tu n'as rien dit aux autres ? Pourquoi tu ne les as pas aidés ?

L'accusation fit tressaillir August.

— Ce n'est pas si simple. Je pourrai tout t'expliquer, mais tu dois venir avec moi.

— Et après ? On reste cachés aux frontières du purgatoire pendant que Silas continue de détruire des âmes innocentes ?

August la regarda avec confusion.

— Et alors ? Quelle importance ? Tu serais en sécurité.

Elle recula. Deux centimètres à peine, assez pour reprendre ses esprits.

— Si l'un de nous deux gagne, il ou elle peut essayer de le détruire de l'intérieur. Si on se cache, on ne pourra rien accomplir. C'est la solution de facilité.

— Je m'en fiche, répondit-il (et les tremblements dans sa voix lui pincèrent le cœur). Je veux la solution de facilité. Toute ma vie a été difficile. Douloureuse. Si on ne part pas maintenant… (Il passa la main dans ses cheveux puis expira bruyamment.) Tu ne comprends pas. J'ai tellement de choses à te dire. Mais le temps presse.

— Comment ça, le temps presse ?

Il plongea son regard dans le sien. Un silence paralysant s'ensuivit.

Si bien qu'August n'eut pas l'occasion de lui répondre.

Tout à coup, il poussa un hurlement de douleur, plaqua les mains sur son ventre et se plia en deux. Les muscles de sa nuque se tendirent. Ses genoux se dérobèrent sous lui et il s'écroula par terre.

— August ! s'écria Wren.

Elle s'accroupit à côté de lui, le palpa frénétiquement à la recherche d'une plaie. Il n'y avait rien. Pas d'entaille. Pas de sang. Rien qui pût expliquer sa souffrance.

Il bascula la tête en arrière et son corps entier se crispa. Deux mots s'échappèrent de ses lèvres.

— Laisse-moi.

Wren pencha la tête, perplexe. Des larmes s'accumulèrent au bord de ses paupières.

— Quoi ? murmura-t-elle d'une voix rauque.

Il gémit, les veines sur son front gonflées.

— Maintenant.

Quelque chose retentit derrière eux. Roula dans l'air comme un coup de tonnerre.

Wren mit quelques secondes avant de comprendre.

C'était un rire.

— Si divertissant que ça ait été, lança une voix familière, je crains qu'on ne doive y mettre fin. Vos mélodrames commencent à m'ennuyer.

Wren eut le sentiment qu'on lui avait grillé les neurones. Ça n'avait aucun sens.

Louise se trouvait là. Elle avait les bras croisés et l'air ravie. Le calme et la détermination avec lesquels elle l'observait firent frissonner Wren d'effroi, qui remarqua alors un changement : ses yeux n'étaient plus bleu pâle, de ce bleu qui faisait penser à de la glace.

Ils étaient presque entièrement noirs.

— Lou ?

— Non. Essaye encore.

Puis Louise cligna, et ses iris redevinrent bleus. Son sourire s'estompa, remplacé par une réelle détresse.

Elle regarda autour d'elle, stupéfaite.

— Où suis-je ?

Wren frémit, vit la terreur envahir les traits de Louise.

Un instant seulement. De nouveau, elle cligna des yeux, et ils noircirent.

— Elle pleurniche beaucoup, celle-là, dit-elle avec un sourire méchant.

Wren reconnut la voix de Louise, la voix de son amie, mais elle était pleine d'une cruauté inattendue. Chaque parole semblait passée au vitriol.

— Heureusement que je n'ai plus besoin d'elle.

Sur le sol, August grogna. Puis il attrapa le poignet de Wren, y enfonça ses ongles. Elle grimaça mais il ne la lâcha pas.

Au contraire, il s'accrocha davantage à elle et, luttant contre la douleur, la supplia :

— Pars. S'il te plaît.

Elle ne pouvait pas. Elle avait besoin de comprendre.

Pour une fois, elle voulait la vérité.

Elle enleva doucement la main d'August de son poignet et se tourna vers Louise.

— Qui es-tu ?

— Ah, enfin ! s'enthousiasma celle-ci en frappant dans ses mains. Enfin, tu poses la bonne question. (Elle s'approcha de Wren, savourant sa perplexité.) Oh, allez. Tu ne vois vraiment pas ? Tu sais, le nouveau, là. Comment il s'appelle, déjà ? Ah oui, Emilio. Il avait pratiquement tout compris. C'est terrible, ce qu'il lui est arrivé. Alors qu'il avait tout juste assemblé les morceaux.

— Tu possèdes Lou, c'est ça ? lui demanda Wren, la voix tremblante.

Louise – ou plutôt la personne dans Louise – éclata de rire.

— C'est un peu plus compliqué que ça.

— Laisse-la partir, exigea Wren. Tu l'as dit toi-même. Elle ne te sert plus à rien.

— Oui, c'est vrai. Malheureusement, elle sait trop de choses. Si je brise notre lien, elle pourra accéder à tous mes souvenirs. Elle verra tout ce que j'ai fait pendant que je la contrôlais.

— Tu ne peux pas vivre en elle éternellement.

— Tu as raison, soupira-t-elle, son sourire mauvais s'estompant légèrement. Je ne peux pas.

Louise claqua des doigts et ses iris redevinrent bleus. De nouveau, la panique la saisit. La prise de conscience.

— Wren, bafouilla-t-elle, effrayée. Qu'est-ce qui m'arrive ?

Wren se précipita vers elle sans hésiter et la prit dans ses bras.

— Ça va aller. Je vais te sortir de là.

— J'ai l'impression de devenir folle, pleura Louise. Je ne comprends pas ce qu'il se passe.

— Écoute-moi, Lou. Ce n'est pas ta faute, affirma Wren en lui prenant les épaules. Je vais trouver une solution. On va retourner à Blackwood, et tout ira bien. Personne ne te fera de mal. Je ne le permettrai pas.

Louise ouvrit la bouche. N'en sortit qu'un râle étouffé, et elle écarquilla les yeux de terreur, incapable de parler.

— Quoi ? reprit Wren, horrifiée. Qu'est-ce qu'il y a ?

Louise ne répondit pas. Elle ne pouvait pas. Sa peau se fissurait. Se désintégrait. Se déchirait. Wren posa la main sur sa joue, qui se morcela aussitôt, se réduisit en poussière. Des lambeaux de chair flottaient à présent dans l'air et s'évaporaient dans le néant.

Wren hurla. Fit tout son possible pour maintenir, retenir son amie. Mais les morceaux de Louise fondaient comme de la cire. Son visage disparut. Ses os s'émiettèrent. Chaque centimètre de sa peau se dispersa et, en dessous, un autre visage apparut. Celui qui était resté tapi sous la surface, à attendre le bon moment pour frapper.

Un visage cruel. Avec des yeux noirs, des dents pointues, et des pommettes si saillantes qu'elles auraient pu trancher un cœur en deux.

Et Louise Nordain disparut.

Devant Wren se tenait à présent une tout autre personne. Une fille aux cheveux noirs enveloppés d'ombres.

— Quel dommage, déclara-t-elle d'une voix rocailleuse, puissante. Cette élève avait du potentiel.

Une fureur aveuglante, abyssale, s'empara de Wren. Un instant, elle perdit l'usage de ses cinq sens. Son environnement se décomposa puis se recomposa, selon des angles impossibles. Il n'y avait plus que de la rage. Que le désir profond de détruire la personne en face d'elle, de la déchiqueter de part en part.

— Qu'est-ce que tu lui as fait ? haleta-t-elle.

La fille la regarda. Dans ses yeux, Wren ne vit aucune émotion.

— Ce qu'il fallait.

Non.

Wren se jeta sur elle. Dans ses veines, sa magie coulait, brûlante. Mais avant qu'elle ne puisse refermer les mains autour de la gorge de la fille, cette dernière claqua des doigts et le corps entier de Wren s'immobilisa. Ses jambes devinrent dures comme de la pierre. Ses muscles se raidirent. Elle ne pouvait plus bouger.

— Éloigne-toi d'elle, parvint à articuler August dans son dos.

Wren ne pouvait pas se retourner pour le voir, mais elle savait qu'il se tordait toujours de douleur. Elle l'entendait dans sa voix.

— Ne la touche pas.

— Tu sais que je ne peux pas te le promettre.

— Edith, implora-t-il (et Wren nota le ton familier avec lequel il avait prononcé ce nom). *S'il te plaît.*

Les traits de la fille s'adoucirent. Un instant éphémère de regret – ou du moins, autre chose que cette perpétuelle cruauté. Puis elle sourit, narquoise, et éclata d'un rire glaçant.

— Ah, mince, j'espérais lui révéler moi-même mon prénom. Mais j'apprécie que tu fasses les présentations, petit frère.

61

AUGUST

Il n'avait pas voulu qu'elle l'apprenne de cette façon. Il aurait préféré être enterré avec la vérité, pourrir de noirceur, plutôt que d'entendre ces mots formulés à voix haute. Plutôt que de voir le visage de Wren lorsqu'elle comprit qu'il lui avait caché énormément de choses.

Des années et des années de mensonges s'éclatèrent au grand jour.

Et il ne pouvait rien faire.

Edith semblait savourer l'instant, se délecter du chaos qu'elle venait de créer.

— J'en conclus qu'August ne t'a jamais parlé de notre histoire familiale ? lança-t-elle à Wren d'un ton menaçant.

Des ombres jaillissaient de son corps et tournoyaient autour de ses bras comme des serpents.

— Ça ne m'étonne pas. Lui et moi, on n'est pas en très bons termes, en ce moment.

— Je vais t'anéantir, rugit-il.

Edith l'ignora, les yeux rivés sur Wren. August voyait que celle-ci essayait de se libérer du sort qui la paralysait, imaginait la terreur dans son regard. Toutefois, même si elle y parvenait, elle n'était pas de taille contre Edith.

— Mon frère et moi avions un accord. Il était censé te conduire à l'Ordre des Desmions lors de la dernière épreuve. Et je croyais que tout se déroulait comme prévu, jusqu'à ce que je découvre que ses sentiments avaient évolué. (Elle sourit, haussa un sourcil.) C'est drôle. Je ne pensais pas mon frère capable d'aimer. D'un autre côté, il a toujours su me surprendre.

Elle s'approcha de Wren, avança la main. L'une des ombres sur son bras glissa sur l'épaule de Wren, s'enroula autour de sa clavicule. Wren écarquilla les yeux, effrayée, et August était toujours aussi démuni. Luttant contre la douleur, il parvint à se mettre à genoux, mais l'emprise exercée par la magie était trop puissante.

Il ne pouvait pas la sauver.

— Ces derniers temps, j'ai eu l'impression que je ne pouvais plus lui faire confiance. Une sorte d'intuition de sœur. J'ai donc pris la décision d'entrer dans Blackwood, pour évaluer la situation. (Edith poussa un soupir.) J'ai commis une erreur lors de la deuxième épreuve. J'ai révélé mon jeu trop tôt. Mon frère et moi, on sait toujours quand l'autre est dans les parages – c'est très énervant. En affrontant la créature d'ombres que j'ai envoyée, August a détecté ma présence.

Wren secoua la tête.

— Mais…

— Je sais que tu as des questions. Malheureusement, elles vont devoir attendre. On est un peu en retard.

Elle claqua dans ses doigts. Le sort cessa de faire effet et Wren frissonna. Cependant, avant qu'elle ne puisse riposter, une des ombres lui menotta les poignets.

— Désolée. Mesure de précaution.

Wren se débattit. En vain.

— Pourquoi fais-tu ça ?

Le visage d'Edith s'assombrit. Elle pivota vers August.

— Tu veux lui dire ? Ou c'est moi ?

La panique qui s'empara alors de lui décupla ses souffrances. C'était comme si son corps était englouti par des flammes. Sa tête allait exploser.

— Loughty.

Ses poumons le trahirent, et il faillit s'étouffer. Il tenta de rester concentré, de la regarder, mais des points noirs dansaient devant ses yeux.

— Je… Je t'ai caché des choses. Je t'ai menti. Mais je veux que tu saches que je ne l'aurais jamais laissée t'emmener.

Wren prit un air perplexe.

— M'emmener ?

Terrassé par un spasme de douleur, il se tordit en deux, mais maintint son regard posé sur elle. Il avait peur de la perdre complètement, s'il se détournait, s'il s'abandonnait à son supplice.

— Edith m'a recruté. Il y a longtemps. Elle m'a convaincu de rejoindre l'Ordre des Desmions avant que je ne comprenne ce qu'il était devenu.

Les mots se déversaient hors de lui. Il n'avait pas beaucoup de temps. Edith allait remporter cette bataille, de toute façon. Il ne pouvait pas l'en empêcher. Plus maintenant. En revanche, il pouvait s'expliquer. Il pouvait se servir des secondes qu'il lui restait pour essayer de réparer ce qu'il avait brisé.

— Ma mission était de m'approcher de toi. Pour te conduire à elle quand tu serais prête. Et au début, j'étais d'accord. Je pensais que c'était la bonne marche à suivre. Mais j'ai fini par comprendre que non. Et je ne suis plus cette personne, je ne veux plus l'être. Plus j'apprenais à te connaître, plus je savais que j'allais échouer.

Il poussa un cri déchirant, s'écroula au sol, perclus de douleur. Pourtant, il se remit à genoux, redressa la tête. Il était en nage. Il ne savait pas comment il allait réussir à prononcer les mots, mais il fallait qu'il persiste.

— Puis tout a changé. C'était impossible. Je ne pouvais pas aider Edith. Je savais depuis plusieurs années que l'Ordre des Desmions n'était plus ce qu'il était, qu'il n'incarnait qu'une autre forme de destruction. (Il inspira, s'efforça de ne pas perdre connaissance. Il fallait qu'elle entende ses aveux.) C'est toi, Wren, qui as rallumé la lumière. Qui m'as ramené à la vie après des années d'asphyxie. C'est toi qui m'as arraché à l'enfer. C'était toi. Seulement toi. Et ce sera toujours toi.

Un silence lui répondit. Dans le regard de Wren, August vit défiler des phrases qui ne seraient jamais prononcées.

Puis il y eut des applaudissements. Une fois. Deux fois.

— Magnifique, persifla Edith en frappant dans ses mains avant de basculer la tête en arrière et d'éclater de rire. Tu t'étais préparé ? Parce que c'était pas mal du tout. Tu devrais le noter pour ne pas oublier. Malheureusement, il faut que j'abrège cet étalage de sentiments. On nous attend.

Wren ne comptait pas se laisser faire.

— Je ne comprends pas. Pourquoi August a-t-il passé autant d'années à essayer de me recruter ?

Quelque chose de sauvage, d'indompté brillait dans les yeux d'Edith.

— Parce qu'on ne pouvait pas simplement te kidnapper dans ton lit au milieu de la nuit, cracha-t-elle. Il fallait qu'on attende. Qu'on soit patients. Qu'on obéisse aux écrits et qu'on accomplisse la prophétie de Celui-Sans-Âme. Toi, Wren Loughty, tu n'es pas une recrue ordinaire. (Edith la dévisagea longuement, avidement.) Toi, tu es tellement plus que ça.

Wren frissonna.

— Qu'est-ce que je suis ?

Pour toute réponse, Edith gloussa.

— Tu le découvriras bien assez vite. Mais pour le moment, tu dois venir avec moi.

Wren fit un pas en arrière.

— Je n'irai nulle part avec toi.

— Allons, Wren, ricana Edith. Sois gentille. Je ne peux pas te traîner jusque là-bas alors que tu hurles et tu te débats. J'ai besoin de ta coopération. Tu peux faire ça pour moi. Non ?

— Jamais, rétorqua Wren.

Le regard d'Edith se durcit.

— Très bien. Alors tu le verras souffrir.

August s'effondra par terre. Il était en feu. Partout. Il avait envie de s'arracher la peau. De se dissoudre dans l'air et de disparaître. Avait-il crié ? Un bruit résonnait dans ses oreilles, puissant, rugueux. Dévoré de l'intérieur par la douleur, il ne savait plus trop où il était.

Une voix s'immisça au milieu de cet enfer.

— Stop !

La douleur s'évanouit. August reprit son souffle, enfonça les doigts dans la terre.

À l'instant où il vit le visage de Wren, il sut.

Il comprit ce qu'elle allait faire.

— Non, souffla-t-il.

Il voulut se redresser mais il était trop faible. Trop détruit. Rampant sur le sol, il tenta de la rejoindre. Afin de la sauver de la terrible décision qu'elle s'apprêtait à prendre.

— Non.

Wren, cependant, avait déjà tendu la main vers Edith. Saisi de terreur, le garçon vit sa sœur tendre à son tour la main vers Wren. Dans les yeux de cette dernière, il vit passer une brève hésitation.

Au revoir, August.

Il secoua la tête. *Non, ne fais pas ça.*

Sa voix emplit ses pensées une dernière fois.

N'oublie pas ta promesse.

Puis elle glissa sa main dans celle d'Edith, et elles disparurent aussitôt, sans laisser la moindre trace de leur présence.

APRÈS

62

MASIKA

Des bruits de pas lui parvinrent – ici et là, puis plus rien. Elle essaya d'ouvrir les paupières, mais elles étaient trop lourdes. Elle avait l'impression d'être au fond de l'eau. Sous une couverture épaisse. Des chuintements surgissaient tout autour, à peine audibles. Incohérents.

Les heures fusionnèrent les unes avec les autres. Des jours, des semaines, des mois. Elle n'aurait su dire.

Puis arrivèrent les voix. Certaines familières, d'autres non.

« Bon sang, qu'est-ce qui lui est arrivé ? »

« On l'a récupérée dès que possible. »

« Promettez-moi ! Promettez-moi qu'elle va se réveiller ! »

Elle avait envie de communiquer. De leur dire qu'elle était là. Qu'elle s'accrochait.

Or, elle n'émit aucun son.

« On fait ce qu'on peut ! »

« Je ne comprends pas. Pourquoi vous l'avez laissée ? »

« On a essayé. C'est allé beaucoup trop vite. »

Une onde de chaleur l'envahit de la tête aux pieds. Une invitation à lâcher prise, à céder aux ténèbres, à se laisser entraîner. Pourquoi pas, après tout ? Elle n'aurait plus à se battre. Plus à fuir.

Elle pourrait capituler.

Quelqu'un me tient la main. C'est la première pensée qui traversa son esprit quand elle s'extirpa enfin de l'obscurité. Ses paupières s'ouvrirent. Des murs de pierre l'entouraient, quelque part, la flamme d'une bougie dansait. Une agréable odeur de feu de bois imprégnait l'air, emplissait ses poumons.

Une voix brisa le silence.

— Tu vas bien.

La main qui tenait la sienne serra davantage. Quand elle pencha la tête pour remonter à la source, elle éprouva un immense soulagement. Comme si on lui ôtait un énorme poids. La joie lui fit monter les larmes aux yeux.

C'était Emilio. Il était assis à côté d'elle, torse nu, avec un large bandage autour de la poitrine.

— Emilio, croassa-t-elle. C'est vraiment toi ?

Il gloussa puis éloigna une mèche de son visage à elle.

— C'est moi.

Masika eut envie de se jeter dans ses bras mais elle ne pouvait pas. Elle sentait qu'elle n'était pas complètement guérie.

Elle observa la pièce austère. Elle ne contenait que son lit et un petit tapis élimé. Une seule lanterne éclairait l'espace et baignait le visage d'Emilio d'une lueur orangée.

— Je suis où ?

— En sécurité.

On frappa à la porte. Masika leva les yeux et découvrit un autre visage familier, qui lui souriait.

— Heureux de te revoir, déclara Olivier en s'appuyant contre le chambranle de la porte.

Il l'observait avec une étrange appréhension, comme s'il craignait qu'elle ne se désintègre devant lui.

— On a eu peur de te perdre.

Masika esquissa un sourire.

— Aucune chance.

Elle se hissa sur ses coudes, mais une douleur aiguë se propagea dans son corps comme un raz-de-marée.

Elle souffla, agrippa le drap.

— Pourquoi ai-je mal partout ?

— Notre serment a été rompu. Mais ce n'est pas sans conséquence. On ne peut plus se soigner par la magie. (Les traits d'Emilio se tordirent. Il eut un instant d'hésitation, soupira.) En fait, il y a quelque chose que tu dois voir.

Il attrapa un petit miroir posé derrière lui.

— Qu'est-ce qu'il y a ?

— Regarde.

Lorsque Masika jeta un coup d'œil au miroir, elle tressaillit.

Une grosse entaille balafrait son visage de son sourcil droit jusqu'à son menton. De la chair abîmée, rose, était en cours de cicatrisation.

— Oh. (Elle tâta la plaie, en sentit les contours, et grimaça.) Je vois.

— Ça va dégonfler, expliqua Olivier en s'avançant. S'estomper. Un peu. Mais…

— Ce n'est pas sûr, conclut-elle.

— Il va te falloir du temps pour t'y habituer, poursuivit gentiment Emilio en prenant le miroir. En revanche, le reste de ton corps se remet bien. Elles disent que tu vas bientôt pouvoir marcher.

Masika sentit sa poitrine se comprimer.
— Elles ?
— Russo et Birdie, répondit Olivier.
Il regarda Emilio, semblant le consulter.
Masika hocha la tête.
— Catherine ? suggéra-t-elle.
— Oui.
— Vous êtes au courant, pour elle ?
— Oui, répondit Olivier en se balançant d'un pied sur l'autre.
Masika ferma les yeux.
— Ouais… Elles m'ont abandonnée.
— Elles sont revenues, insista Emilio. Elles t'ont sauvée. Elles nous ont sauvés. (Il désigna le bandage autour de son torse.) Si elles n'étaient pas arrivées à temps, je ne serais plus là.
— Où sont-elles ? demanda Masika.
Que Catherine puisse être dans les parages la troublait.
— Avec les autres.
— Les autres ?
— La résistance. Elles ne sont pas que trois.
Olivier s'avança et posa tendrement la main sur le dos d'Emilio.
— Il y en a d'autres. Des dizaines. Et ils ont un plan d'action pour faire tomber Silas et l'Ordre des Desmions. Un moyen de les empêcher de détruire complètement l'au-delà.
— Ils veulent notre aide, marmonna Emilio en se penchant vers elle. Ils veulent qu'on se joigne à eux.
C'était alléchant. Réduire à néant l'Ordre des Desmions et voir Silas s'effondrer. Mais elle était tellement fatiguée. Fatiguée de se battre. De courir.

Olivier s'assit à côté d'elle.

— Encore une chose. Irene a remporté la dernière épreuve. Et a choisi d'être Valorisée.

Quelque chose dans l'âme de Masika se fractura, la laissant avec un profond sentiment de trahison.

Elle le dissimula derrière un haussement d'épaules.

— Ça ne m'étonne pas.

— On a encore du temps pour lui faire entendre raison, reprit Emilio avec prudence. On peut peut-être la convaincre de se joindre à nous. Ça ne va pas être facile. (Il serra l'épaule de Masika et sourit.) Mais on peut essayer.

Cette dernière laissa un silence s'installer. Elle savait que cet instant allait tout changer. Qu'il allait non seulement déterminer leur avenir mais le sceller. Ils ne pourraient pas faire marche arrière. Ni changer ce qui avait déjà été établi. S'ils choisissaient de se battre, ce serait jusqu'au bout.

— Alors, qu'est-ce que vous en dites ? demanda Olivier en les regardant. Vous êtes prêts à sauver l'au-delà ?

— A-t-on vraiment le choix ? soupira Emilio en s'appuyant contre Olivier, qui lui sourit. Bon, d'accord. Ouais. Allons sauver l'au-delà. Super.

Leurs regards se posèrent sur Masika. Ils attendaient sa réponse. Sa décision.

Finalement, ce fut facile.

— Je suis partante.

63

IRENE

Irene s'enfonça dans son fauteuil en cuir et posa les jambes sur le bureau. Ses yeux parcoururent la plaque en or.

Irene Manette Bamford – Valeureuse

Elle venait d'emménager dans les quartiers des Valeureux. Pauvre Liza, elle avait eu raison, l'endroit était bel et bien ensorcelé pour paraître plus petit qu'il ne l'était en réalité. En entrant, Irene avait admiré les étages qui s'étiraient vers le ciel. Elle n'avait jamais rien contemplé d'aussi extraordinaire – une tour infinie de connaissance et de pouvoir, cachée à la vue de tous.

Irene regarda dans le miroir derrière elle et frémit. Elle n'était toujours pas habituée à ces yeux scintillants qui la regardaient. Elle pencha la tête, les vit briller d'une lueur dorée.

On frappa à la porte.

— Miss Bamford, dit Maître Wesley en entrouvrant le battant et en l'observant de ses petits yeux jaune-vert. Votre première réunion avec les autres Valeureux commence bientôt. Ils vous attendent. Nous avons quelques affaires à régler. Des élèves disparus à retrouver.

Les élèves disparus. Les Maîtres et les Valeureux ne parlaient que de ça depuis la fin de la Décade.

Cinq élèves – Wren, August, Masika, Emilio et Olivier – s'étaient évaporés dans la nature, sans laisser de trace. Leurs âmes demeuraient introuvables, ce qui signifiait que l'Éther n'avait pas été correctement nourri. Des rapports faisaient état d'élèves confrontés à bien plus de résistance que d'ordinaire. Des perturbations dans l'Éther engendraient de mauvaises récoltes. D'après Silas, ça ne ferait qu'empirer. S'ils ne retrouvaient pas vite les élèves disparus, s'ils ne donnaient pas leurs âmes à l'Éther, l'au-delà cesserait d'exister.

Irene hocha la tête.

— Oui. J'arrive dans un instant.

Wesley opina du chef. Il sembla ensuite hésiter, tripota la poignée mais choisit plutôt de fermer la porte.

Au final, faire partie des Valeureux avait été simple. Après avoir terminé la dernière épreuve et trouvé son objet – un bracelet qu'elle possédait dans sa vie d'avant –, elle avait été transportée à Blackwood, où le proviseur Silas et les six Maîtres l'avaient accueillie à bras ouverts.

Ils l'avaient applaudie. Félicitée. Comme si sa victoire méritait d'être célébrée.

Irene leur avait offert un sourire de vainqueur. Elle avait serré des mains, prétendu apprécier sa victoire, leur avait fait croire qu'elle était extatique. *Reconnaissante*. Si elle avait été quelqu'un d'autre, n'importe qui d'autre, ils ne l'auraient pas crue. Ils auraient percé sa ruse à jour. Si elle avait été plus gentille. Plus amène. De celles qui hésitent face à pareille décision.

Mais Irene Manette Bamford n'était pas connue pour sa gentillesse.

Elle se leva de son bureau et rassembla ses affaires. Wesley avait raison. Sa première réunion avec les autres Valeureux allait commencer.

Et bien qu'elle eût tout à fait l'intention de s'y rendre, elle avait autre chose à faire avant.

Elle attrapa le pendentif autour de son cou.

Elle murmura son nom.

Il était temps de se mettre au travail.

64

AUGUST

Des années plus tôt, des siècles plus tôt, August s'était fait une promesse. Bien qu'ayant rejoint l'Ordre des Desmions, bien qu'ayant abandonné une partie de lui-même, il se promettait de ne pas laisser les ténèbres le consumer. S'il ne se servait pas de sa magie d'ombres, s'il se retenait, il serait en sécurité. Il ne deviendrait pas comme sa sœur.

Il n'aurait pas à renoncer à son humanité.

Cela avait joué en sa faveur. Sa sœur avait besoin de quelqu'un à l'intérieur, quelqu'un qui pouvait demeurer dans les confins de Blackwood aussi longtemps que nécessaire. S'il avait sacrifié son humanité, quelqu'un l'aurait remarqué. Aurait vu le changement s'opérer en lui et l'aurait dénoncé. Alors Edith n'insista pas. Elle laissa August s'accrocher à son humanité dans l'intérêt de l'Ordre.

Mais à présent, le garçon avait fait une autre promesse. Qui comptait plus que tout.

« Retrouve-moi. Où que tu sois, où qu'on atterrisse, ne cesse jamais de me chercher. »

Il irait jusqu'au tréfonds de l'au-delà, ramperait à quatre pattes, les yeux en sang, s'il le fallait, pour ramener Wren. S'il le fallait, il anéantirait la moindre des âmes, morceau par morceau, jusqu'à ce qu'il ne reste qu'un abîme de néant. Il arracherait son humanité de ses propres mains et laisserait l'obscurité l'envahir.

Quel que soit le prix.

Il le ferait.

Il la retrouverait.

August invoqua les ombres.

Et elles lui répondirent.

65

WREN

Au final, l'enfer était étrangement silencieux.

Wren avait toujours imaginé qu'elle entendrait les âmes perdues hurler de douleur, que les cris torturés de tous les damnés ne cesseraient de se répercuter dans son crâne. Mais non. Rien de tout cela. Il n'y avait que le silence et le goutte-à-goutte d'un robinet, quelque part, un bruit incessant qui lui tapait sur les nerfs.

Plic. Ploc. Plic. Ploc.

Plus elle restait enfermée derrière ces barreaux de fer, à grelotter dans le froid et l'humidité, plus elle en venait à penser qu'Edith ne l'avait pas traînée en enfer mais dans un tout autre endroit.

Un endroit pire encore.

— Je suis désolée que tu sois si mal installée.

La voix d'Edith avait jailli de l'obscurité. Elle se tenait appuyée contre l'encadrement d'une porte, à quelques mètres d'elle. La Edith monstrueuse que Wren avait vue dans l'Éther avait été remplacée par une version plus humaine. Ses yeux étaient toujours froids et démesurément noirs. Ses traits tranchants, rudes. Cependant, aucune ombre ne l'enveloppait. Pas de dents pointues ni de sourire cruel.

Juste une fille enveloppée de ténèbres.

— Qu'est-ce que tu veux ?

— C'est une question simple qui a une réponse très compliquée.

Wren se redressa avec difficulté. Elle avait mal partout. Ses tempes pulsaient. Elle essaya de reprendre son équilibre et agrippa le barreau devant elle.

— Vu qu'il est peu probable que tu décides de me libérer dans un avenir proche, je pense que tu as tout ton temps.

Edith rit. Elle *rit* – un son léger, aérien.

— Le problème, ce n'est pas le temps. Ça ne l'a jamais été. J'en ai toujours eu beaucoup. Trop, même, diraient certains.

— D'accord. Je simplifie la question, se fâcha Wren en serrant le barreau. Qu'est-ce que tu me veux ?

Edith lui sourit.

— C'est une histoire tout à fait ennuyeuse, que je te raconterai plus tard. Pour l'instant, il suffit que tu saches que nous comptons pénétrer dans Blackwood et le détruire de l'intérieur. On travaille là-dessus depuis des années et on en voit enfin le bout. Le recommencement. La table rase. Et, d'après Celui-Sans-Âme, c'est toi qui vas nous aider à y parvenir.

Wren cligna des yeux, stupéfaite.

— Moi ?

Edith s'avança vers sa cellule, et les ombres s'écartèrent sur son passage. Wren remarqua alors combien August et sa sœur se ressemblaient. Au début, elle avait pensé que l'emploi par Edith du terme « frère » n'était qu'une façon de parler. Un terme employé par les membres de l'Ordre. Mais il était évident maintenant qu'ils avaient des liens de sang.

La même peau mate. Les mêmes cheveux noirs. Les mêmes pommettes saillantes. Ils étaient tous les deux effrontément beaux – et dangereux, sous la surface.

Elle s'efforça d'ignorer le frisson qui lui parcourut l'échine quand elle pensa à lui.

Elle avait toujours cru que leur relation était écrite dans les étoiles.

Désormais, elle connaissait la vérité.

Tout avait été orchestré par l'Ordre des Desmions. À présent, elle ne pouvait s'empêcher de se demander quels aspects de leur relation avaient été sincères et lesquels n'avaient été qu'une obligation.

— J'aimerais te montrer quelque chose.

Edith fit un geste du poignet, et la porte de sa cellule s'ouvrit.

Wren recula vers le mur du fond.

— Je ne bougerai pas d'ici.

— Allez. Sois sympa, insista Edith en souriant davantage. Tu n'es pas menottée. Et je préférerais que ça reste ainsi.

Wren hésita. Ses mains tremblaient. Elle tenta d'invoquer sa magie corporelle, de faire jaillir une étincelle de lueur argentée dans ses veines, mais rien ne vint. Encore et encore, elle essaya, en vain. À la place, il n'y avait que du vide.

Elle ne put masquer sa surprise.

— Qu'est-ce que tu as fait ?

— Tu récupéreras ta magie quand je serai sûre de pouvoir te faire confiance.

— Tu as… bredouilla Wren en secouant la tête. Comment ?

— Il y a tant de choses que tu ignores, soupira Edith en lui faisant signe de venir. Ce qu'on vous enseigne dans ces salles de classe rutilantes n'est qu'une fraction de ce dont vous êtes capables.

Avec précaution, Wren sortit de sa cellule.

— Est-ce que les autres sont en sécurité ?

— Pour l'instant, répondit Edith en haussant les épaules.

— Ils viendront me chercher.

— Je l'espère bien.

Wren s'arrêta devant Edith et s'obligea à ne pas tressaillir.

— Tu ne peux pas me garder ici pour toujours. Je comprends que tu crois que je vais vous aider à faire tomber Blackwood, mais vous vous trompez. Même si je déteste Silas autant que vous, je n'ai pas l'intention de détruire Blackwood et tous ceux qui y vivent.

— Peut-être pas pour le moment, répondit Edith d'un ton détaché. Mais plus tard, si.

Elle se détourna et poussa la large porte cintrée creusée dans le mur de pierre. Wren aperçut le miroitement de quelque chose de l'autre côté – de l'herbe haute, des montagnes – et sentit une odeur de terre. Cela la propulsa en avant : elle avait plus que jamais besoin d'échapper à sa prison.

Elle huma l'air nocturne.

Elles étaient dans un champ entouré de collines. Le ciel était un vaste néant noir, sans aucune étoile. Au loin, des montagnes aux cimes enneigées découpaient l'horizon comme des pointes de lance menaçantes. Wren en conclut qu'elles étaient quelque part à la périphérie du purgatoire

– où, précisément, elle n'en avait pas la moindre idée. Ce n'était pas l'Éther. Elle se serait sentie différemment, fatiguée.

— Où sommes-nous ?

Edith l'ignora et lui indiqua d'avancer.

— Viens. J'aimerais te présenter à quelques personnes.

Alors qu'elle traversait le champ, les contours de cet environnement se précisèrent. Wren vit un trou creusé au pied d'une montagne. Une lumière vacillait dans cette grotte imposante, elle crut aussi voir du mouvement, entendre des voix. À mesure qu'elles se rapprochaient, Wren comprit que ce n'était pas son imagination. Il y avait vraiment quelque chose dans cette caverne.

Un campement.

Des tentes noir et doré. Une odeur agréable de fumée et de magie. Le crépitement de dizaines de foyers aménagés dans le sol. Des lampions accrochés à un fil parcouraient la grotte de part en part, bercés par la brise. Des branches tordues sortaient de terre et parsemaient le terrain rocailleux.

Et des gens. Tellement de gens. Des dizaines, voire des centaines. Qui discutaient, murmuraient, allaient et venaient. Riaient et buvaient à la lueur des flammes. Certains semblaient s'affronter dans des duels factices. Se lançaient des sorts de magie corporelle et esquivaient. D'autres les regardaient et les encourageaient, les bras levés.

Wren s'arrêta brusquement.

— C'est quoi, cet endroit ?

Edith observa la scène en souriant. Ses yeux brillaient de fierté.

— Ça, c'est l'Ordre des Desmions.

Les ombres coulant dans les veines d'Edith vibrèrent de satisfaction et remontèrent le long de son corps, semblables à des rubans duveteux. Elle sourit, et une couronne entièrement faite d'ombres chatoyantes apparut au-dessus de sa tête.

— Et cela fait très, très, très longtemps qu'on t'attend, Wren Loughty.

REMERCIEMENTS

Pouvoir écrire ces remerciements a tout du moment « pincez-moi, je crois que je rêve », alors, s'il vous plaît, soyez patients pendant que j'essaye de fonctionner comme un être humain normal et de produire des phrases cohérentes. Il y a tellement de gens que je dois remercier pour avoir créé non seulement ce livre mais moi aussi, en tant que personne, que je pense que le mieux est de commencer par ceux qui m'ont littéralement mise au monde.

À mes parents, Viviana et Jorge, à savoir Mami et Papi, à savoir Vivi et Chochi. Ce livre n'existerait pas sans vous. J'ai tellement de chance d'avoir des parents qui m'ont laissée poursuivre mes rêves, si fous et inaccessibles qu'ils aient pu être. *Gracias por todos.*

À mes super frère et sœur, Camila et Andy. Camila, je ne vais pas virer sentimentale parce que C'EST DÉGUEU ! mais tu as été, es et seras toujours ma plus grande source d'inspiration. Je n'aurais pas lu mon premier livre si je n'avais pas eu désespérément envie de faire pareil que ma grande sœur. Andy, j'ai tellement de chance d'avoir pu bénéficier de ton soutien pendant toutes ces années.

Même si plus de trois mille kilomètres nous séparent, je sais sans le moindre doute que tu m'encourages toujours.

À mon incroyable grand-père Tato. Merci d'être un pilier dans ma vie. Je me souviens encore quand je t'appelais de l'école parce que j'avais oublié quelque chose à la maison et que tu venais en voiture me le déposer sans la moindre hésitation (et te lier d'amitié avec toutes les dames des bureaux au passage). Tu es le meilleur des grands-pères et j'espère que tu es fier de moi. Et aussi un grand merci à Nonna, qui n'est plus avec nous mais dont l'amour persiste.

Un merci chaleureux aux autres membres de ma famille. Vous êtes tellement nombreux que si j'essayais de tous vous citer, je remplirais une vingtaine de pages. À tous mes oncles, tantes, cousins et tous les autres – *los quiero a todos* !

À mes agentes, qui sont aussi talentueuses qu'impitoyables, Ariele Fredman et Gwen Beal. Merci pour votre soutien sans faille depuis le premier jour. Vous avez cru en cette histoire alors que ce n'était qu'un embryon de ce que ça allait devenir et je vous en serai éternellement reconnaissante. J'ai vraiment l'impression d'avoir gagné au loto des agents avec vous dans mon camp, et j'apprécie notre collaboration, pour laquelle je vous exprime toute ma gratitude. Je trinque à tous nos autres livres. Visons la Lune ! Un grand merci aussi à Geritza Carrasco, à Laurie-Maude Chenard et à Paloma Ortega, qui nous ont permis de rester organisées et ont été de bon conseil. Je remercie aussi toute l'équipe de Curtis Brown UK, et particulièrement Steph Thwaites et Grace Robinson. Et un très grand merci à Savanna Wicks pour avoir trouvé à cette histoire tant de points de chute à travers le monde.

À ma merveilleuse et talentueuse éditrice, Lydia Gregovic. J'ai eu tellement de chance de t'avoir comme éditrice pour mon premier roman (à dire vrai, je savais que tu étais l'éditrice qu'il me fallait lorsque tu as mentionné le geste de la main de Mr. Darcy lors de notre premier échange). Tes retours inspirés et détaillés ont transformé ce roman et en ont fait tout ce que j'espérais qu'il soit, et bien plus encore. J'ai hâte qu'on collabore sur le livre numéro deux et qu'on poursuive ensemble l'histoire de Blackwood Academy.

À toute l'équipe de Random House Children's Books. Merci d'avoir soutenu ce livre et d'y avoir cru dès le début. Colleen Fellingham et Barbara Perris, merci d'avoir passé le roman au peigne fin, avec un dévouement que je vous envie. Un autre grand merci à Noreen Herits, à Madison Furr et à Constance Inglima, ainsi qu'à Kristin Guy et à Gabriella Murdoch. Je serai éternellement reconnaissante d'avoir une équipe aussi merveilleuse chargée de mettre ce roman dans les mains des lecteurs. Un merci aussi à Liz Dresner et à Ray Shappell. Quelle chance d'avoir une telle équipe pour travailler sur la couverture. Et en parlant de couverture ! Un grand merci à Abel Klaer pour la couverture de mes rêves. Je n'aurais pas pu imaginer une couverture plus parfaite. Merci pour ton talent. Enfin, j'adresse ma gratitude à tous les gens qui travaillent à Random House Children's Books, entre autres la directrice littéraire Tamar Schwartz, la graphiste Cathy Bobak pour les beaux dessins intérieurs, la chef de production Tracy Heydweiller, l'attachée de presse Wendy Loggia pour son leadership et Judith Haut, Gillian Levinson et Barbara Marcus pour leur soutien.

Je dois aussi remercier ceux et celles, dans ma vie, qui me soutiennent depuis le début. Je n'aurais jamais pu faire de ce rêve une réalité sans vous.

À Josh. Je n'aurais pas pu écrire ce livre sans ta patience, ta gentillesse et ton soutien sans faille. Merci de m'avoir préparé le petit déjeuner le matin, d'avoir promené le chien quand j'étais trop stressée, de t'être assuré que toutes les fenêtres étaient bien fermées (même si tu l'avais déjà fait), de m'avoir avertie quand les lumières clignotantes s'arrêtaient dans les films et d'avoir toujours cherché à me faire rire. Honnêtement, il n'y a pas de mots que je pourrais associer pour exprimer ce que tu représentes pour moi mais je vais m'en tenir aux suivants : je t'aime.

À Andrea – ma *shmoo moo*. Ma meilleure amie depuis l'utérus (pratiquement). Si je devais un jour trouver un exemple de ce qu'est une véritable amie, je n'aurais pas à chercher longtemps. Merci d'être toujours là pour moi, peu importent les circonstances, dans les hauts et les bas. Je suis tellement reconnaissante de pouvoir t'appeler ma meilleure amie. Et un grand salut à toute la famille Cantor, la meilleure deuxième famille qu'une fille pourrait avoir. Merci de m'avoir laissée manger votre cake à la banane et de ne pas m'avoir mise dehors alors que j'ai dormi chez vous un nombre incalculable de fois.

À Dylan – garce. Ce qu'on a traversé ! Merci de m'avoir gardée en vie à cinq heures du matin quand je faisais une crise de panique chez Alo Yoga, d'avoir essayé d'habiller un mannequin alors qu'on n'avait pas assez dormi et d'avoir carburé avec moi à rien d'autre que de la bière froide et un rêve. Merci d'avoir écouté toutes mes idées de roman, de m'avoir laissée râler et fantasmer et de ne pas me juger quand je t'envoie des versions modifiées de Kylo Ren au milieu de la nuit.

À mes Filles de Miami. Merci d'être des filles avec moi. Je n'aurais pas pu rêver d'un meilleur groupe de filles pour traverser l'adolescence. Votre amitié et votre soutien me sont chers, et je les emporte partout.

À Logan, pour m'avoir aidée à trouver mes repères quand je suis arrivée à Los Angeles. Tu es un super beau-frère. À Ann et à Colin pour m'avoir soutenue pendant tout le processus et m'avoir encouragée.

J'aimerais aussi remercier les professeurs et éducateurs qui ont cru en moi dès le début. À Soraya Penate qui s'est assurée que mes années de maternelle étaient pleines de joie et de rires ; c'est dans votre classe que je me suis fait mes meilleurs amis. À Ellen Kahn qui a soutenu mon amour des livres et de la lecture ; je n'oublierai jamais cette sensation de joie chaque fois que je rentrais dans votre classe. À Phebe Hibshman qui m'a aidée à trouver ma voie et a permis à ma créativité de s'épanouir ; certains de mes meilleurs souvenirs de lycée ont eu lieu sur cette scène. À Joan Trujillo pour avoir fait de votre classe mon endroit préféré ; je n'oublierai jamais votre patience ni votre soutien pendant mes années de lycée. Et à tous les autres éducateurs : vous êtes incroyables ! Merci pour tout.

Un très grand merci aux premiers lecteurs qui ont lu toutes les versions de ce roman.

Taylor Epperson, De Elizabeth, Camilla Raines, Lindsay Marshall, Chantel Pereira, Spence (@hlp726), Marie (@mariemauthor), Naomi (@pensandposes), Emi (@woodsywriter), Anin (@AninDeGuzman) et à tous les autres que j'aurais oublié de mentionner. Merci ! Et un grand merci à mes camarades d'écriture – Callie Rowland,

Veronica Bane et Kendall Annette. Vous êtes merveilleuses. Merci d'avoir écouté toutes mes élucubrations. Merci de m'avoir évité de perdre les pédales (presque).

Même si c'est bizarre, je dois aussi remercier mon chien, Mr. Darcy. Certes tu es un chien et tu ne sais pas lire et tu n'as même pas des pouces opposables, mais merci de m'avoir tenu compagnie pendant mes longues séances d'écriture et d'avoir déménagé à l'autre bout du pays avec moi pendant un des moments les plus difficiles de ma vie. Je t'aime, mon grand.

Et un dernier grand merci à vous, les lecteurs et les lectrices. C'est grâce à votre soutien que je peux affirmer qu'écrire, c'est mon métier. J'ai grandi en rêvant de pouvoir m'échapper dans des mondes fantastiques, et j'espère que vous trouverez réconfort et sérénité en vous échappant dans le monde de *Blackwood Academy*. Avec tout mon amour.

I. V. Marie

Ouvrage composé par
PCA, 44400 Rezé

Imprimé en France par
CPI Brodard & Taupin
en août 2025
N° d'impression : 3061806
S34687/01

Pour plus d'information :
www.lisez.com
Imprimé sur du papier issu de forêts gérées durablement.

serviceclients@lisez.com

PKJ • www.pocketjeunesse.fr
POCKET JEUNESSE

92, avenue de France - 75013 PARIS